rororo

rororo

Darren Shan ist das Pseudonym des Schriftstellers Darren O'Shaugnessy. 1972 in London geboren, zog er einige Jahre später mit der Familie nach Limerick. Er studierte Soziologie und Englisch und arbeitete für eine Fernsehfirma, bevor er sich ganz dem Schreiben widmete. «Der Mitternachtszirkus», erster Band einer zwölfbändigen Vampirserie, wurde in über 20 Sprachen übersetzt. Die Serie verkaufte sich weltweit bereits über 12 Millionen Mal. Über seinen neuen Roman «Die Toten, die ich rief» schrieb *The Times*: «Absolut packend von der ersten bis zur letzten Seite!».

«Spannend und gruselig – eine großartige Lektüre!» (Sun)

«Wahrhaft einzigartig!» (Daily Telegraph)

Darren Shan

DIE TOTEN, DIE ICH RIEF

Thriller

Aus dem Englischen von Thomas Merk

Rowohlt Taschenbuch Verlag

Die Originalausgabe erschien 2012 bei Orion Publishing Group, London, unter dem Titel «Lady of the Shades».

Veröffentlicht im Rowohlt Taschenbuch Verlag,
Reinbek bei Hamburg, Juli 2014

Redaktion Lisa Volpp
Umschlaggestaltung any.way, Barbara Hanke / Cordula Schmidt,
nach einem Entwurf von Hautpmann & Kompanie Werbeagentur, Zürich
(Foto: Hauptmann & Kompanie Werbeagentur, Zürich)
Satz Plantin PostScript (InDesign) bei
Pinkuin Satz und Datentechnik, Berlin
Druck und Bindung CPI books GmbH, Leck
Printed in Germany
ISBN 978 3 499 26655 3

FSC
www.fsc.org
MIX
Papier aus verantwortungsvollen Quellen
FSC® C083411

Das für dieses Buch verwendete FSC®-zertifizierte Papier
Holmen Book Cream liefert Holmen, Schweden.

Für:
Bas – *meinen* guten Geist.

Mein Licht in der Dunkelheit:
die Agentur Christopher Little.

PROLOG

Als er exekutiert wurde, rubbelte sich Jose Nilson dos Linos gerade die Schuppen aus dem Haar. Der Aktivist einer Bürgerrechtsorganisation hatte den ganzen Tag über versucht, in den Unterlagen eines örtlichen Waisenhauses den Beweis dafür zu finden, dass es einem der größten Verbrecherkartelle Santiagos als Tarnadresse diente. Jose war der Leitung des Waisenhauses schon seit Monaten auf der Spur, aber erst als ein reumütiger Arzt vor ihm auspackte, war ihm der entscheidende Durchbruch gelungen.

Bis jetzt hatte Jose noch keine stichhaltigen Beweise gegen die chilenischen Mafiabosse gehabt, aber langsam kam er der Sache näher. Bald würde er die Wahrheit ans Tageslicht bringen und vor Gericht einen weiteren Sieg erstreiten.

Während er zu seiner bescheidenen Wohnung im dritten Stock eines heruntergekommenen Wohnhauses im Zentrum Santiagos hinaufstieg, bastelte er bereits an dem flammenden Plädoyer, das er im Gerichtssaal halten wollte. Er öffnete die Tür, trat an das runde Fenster und blickte hinab auf die Straße. Teilnahmslos sah er eine Weile dem Treiben der Menschen dort unten zu. Der Gedanke daran, bald ins Bett zu gehen, ließ ihn lächeln, aber zuvor musste er noch einen Eintrag in seinem Tagebuch machen, das vor ihm auf dem Schreibtisch lag.

Er schlug die dicke, in Leder gebundene Kladde auf und suchte die Stelle, an der er am Abend zuvor mit dem Schreiben aufgehört hatte. Nachdem er sorgfältig drei mit Fakten gespickte Absätze niedergeschrieben hatte, legte er den Stift beiseite. Er schloss die Augen und rieb sich mit Daumen und Mittelfinger der linken Hand den Nasenrücken, bevor er das Tagebuch von sich schob, den Kopf über den Schreibtisch beugte und mit den Fingern sanft die Kopfhaut massierte. Die Schuppen fielen wie winzige Schneeflocken auf die Schreibtischplatte herab, und Jose stellte sich bei ihrem Anblick ein kaltes, stilles Land vor.

Während die Schuppen weiterrieselten, bereitete sich Joses Killer unbemerkt auf die Exekution vor. Er hatte sich den Namen Sebastian Dash gegeben und erledigte seinen Job ohne jegliche Gefühle. Er wusste nicht, aus welchem Grund Jose Nilson dos Linos sterben musste, und hätte er es gewusst, dann wäre es ihm egal gewesen. Sebastian Dash wurde fürs Töten bezahlt, nicht fürs Fragenstellen.

Dash setzte die Mündung seiner Pistole so sanft an Joses Hinterkopf, dass dieser sie kaum wahrnahm. Er glaubte, es sei ein Nachtfalter und fuhr mit dem Massieren seiner Kopfhaut fort. Überrascht, dass sein Opfer keinerlei Reaktion zeigte, zögerte Dash noch einen Augenblick, bevor er langsam abdrückte.

Jose Nilson dos Linos' Schädel explodierte in einer Wolke

aus Knochensplittern, Hirnmasse und Blut. War die Eintrittswunde noch klein gewesen, fächerte sich die Kugel auf dem Weg durch Joses Schädel so weit auf, dass sie ihm beim Austritt das komplette Gesicht oberhalb des Mundes wegriss und nur ein undefinierbares, blutiges Loch hinterließ. Umgeben von einem perlmuttfarben schimmernden Kranz aus Gehirn, bohrte sich das Geschoss vor den beiden Männern in die Wand des Arbeitszimmers.

Dash packte Joses auf den Schreibtisch gesunkenen Kopf und rückte ihn so zurecht, dass Joses Frau, mit der er seit elf Jahren verheiratet war, gleich nach dem Betreten der Wohnung in sein zerstörtes Gesicht blicken musste. Dieses grausige Detail hatte Dashs Auftraggeber ausdrücklich verlangt. Kurz zuvor hatte in einem anderen Stadtviertel von Santiago die Ehefrau eines redseligen Arztes ihren Mann in einem ähnlichen Zustand aufgefunden. Für Sebastian Dash war es eine lukrative Nacht.

Der Killer ging zur Tür und überzeugte sich davon, dass der Kopf auch im richtigen Winkel lag, dann kehrte er zurück zum Schreibtisch. Die Kugel konnte er ruhig in der Wand stecken lassen, denn seine Waffe war nicht registriert. Stattdessen bückte er sich zu Joses Füßen und stellte mit einem Stirnrunzeln fest, dass der Tote Slipper trug. Rasch sah er sich in der Wohnung um, bis er in einem Schrank ein Paar schwarze Schnürschuhe entdeckte. Es waren die Schuhe, die Jose nur anzog, wenn er ins Gericht ging. Auch bei dem Prozess gegen die Leitung des Waisenhauses hätte er sie getragen. Dash wusste nichts von alledem, er brauchte lediglich ein Paar Schuhe, das Schnürsenkel hatte.

Dash zog der Leiche die Slipper aus und drückte ihre Füße in die Schnürschuhe hinein. Dann band er die Schnürsenkel des rechten Schuhs zu einer Schleife, während er die des linken offen ließ. Das war sein Markenzeichen, das er allerdings nicht immer hinterlassen konnte, schließlich gab es Aufträge, bei denen man sofort die Flucht ergreifen musste. Selbst in Dashs unheilvollem und verschwiegenem Metier zahlte Werbung sich aus.

Als alles zu seiner Zufriedenheit war, nahm Dash das Tagebuch, das er für seinen Auftraggeber vernichten sollte, an sich und schlich zur Tür. Er öffnete sie einen Spaltbreit und spähte ohne Aufregung hinaus in den Flur. Als er dort niemanden sah, schloss er die Tür hinter sich und ging nach unten. Noch auf der Treppe schlug er den Jackenkragen nach oben, kämmte die Haare nach links und setzte eine Brille auf – mit ungeschliffenen Gläsern, denn seine Sehschärfe betrug weit über hundert Prozent. Es war keine aufwendige Tarnung, aber Dashs Erfahrung nach fiel man am wenigsten auf, wenn man ganz normal aussah.

Während Sebastian Dash durch die Straßen von Santiago zu seinem Hotel ging, warf er die Pistole in einen Gully. Es war vielleicht nicht die beste Methode, belastendes Beweismaterial loszuwerden, aber Dash kannte sich in der chilenischen Hauptstadt nicht aus, und er wollte die Waffe ebenso rasch loswerden wie das Tagebuch und seine Handschuhe, die er ein paar Straßen weiter in ein Müllfeuer warf.

In seinem Hotelzimmer ließ er Wasser in die Badewanne laufen und warf seine Kleider hinein. Das war nun mal das Problem mit dem Blut: Man konnte nie wissen, wo es überallhin spritzte. Am Morgen, wenn die Kleider wieder trocken waren, würde er sie in eine Tüte stopfen und ebenfalls entsorgen.

Dash stand nackt am Fenster und sah hinauf in den Himmel über Chile. Der Hof um den Mond erinnerte ihn an die kleine Corona aus Gehirnmasse rings um das Projektil in dos

Linos' Arbeitszimmerwand. Ein Klopfen an der Tür riss ihn aus seinen Gedanken.

«Mr. O'Hara?», fragte eine Frauenstimme. Die Besitzerin des Hotels, eine Señora Covarrubias, sprach fließend Englisch, weil sie in ihrer Jugend ein paar Jahre in den Vereinigten Staaten verbracht hatte. Wenn Dash das geahnt hätte, wäre er woanders abgestiegen.

Während er zur Tür ging, räusperte sich Dash und erinnerte sich an den irischen Akzent, der zu seiner Tarnidentität als Donal O'Hara gehörte. «Sind Sie das, Señora?», flötete er und tat so, als fiele es ihm schwer, ihren Namen richtig auszusprechen.

«Das bin ich», lachte sie. «Sind Sie angezogen?»

«Leider nein. Kann ich Ihnen irgendwie behilflich sein, oder wollen Sie lieber etwas später kommen?»

«Ich habe einen Eilbrief für Sie», sagte Mrs. Covarrubias. «Aus Schweizerland.»

«Der Schweiz», korrigierte Dash. Bestimmt kam der Brief von Antonia. Wenn man Dash anheuern wollte, musste man das über Antonia tun. Außer seinem Auftraggeber war sie die einzige Person, die wusste, dass er in Chile war. Wenn Antonia ihm schrieb, musste es sich um etwas Wichtiges handeln. «Señora», sagte Dash, «wären Sie vielleicht so freundlich und würden mir den Brief unter der Tür durchschieben? Natürlich nur, wenn er nicht zu dick dafür ist.»

«Ich schätze, das geht, er ist ziemlich dünn.» Dash hörte das Kleid von Señora Covarrubias knistern, dann sah er, wie der Umschlag unter der Tür erschien.

«Haben Sie vielen Dank, gute Frau», sagte Dash mit seinem irischen Akzent. «Jetzt muss ich mir nur noch die Hände abtrocknen. Ich war nämlich gerade in der Badewanne.»

«Das dachte ich mir», sagte Senora Covarrubias. «Ich habe

das Wasser laufen gehört. Dann bis morgen beim Frühstück, Mr. O'Hara.»

«Bis morgen», erwiderte Dash. Mit einem skeptischen Stirnrunzeln wartete er, bis sich die Schritte der Frau entfernt hatten, erst dann bückte er sich nach dem Umschlag.

Er riss ihn auf und förderte einen weiteren, kleineren Umschlag zutage, auf dem eine in London abgestempelte britische Marke klebte. Antonia hatte den Brief geöffnet, gelesen und dann wieder zugeklebt. Dash schlitzte ihn mit einem Fingernagel auf und entnahm ihm ein Blatt Papier, auf dem eine handgeschriebene Nachricht stand. Dash ging grundsätzlich nur auf Jobangebote ein, die mit der Hand geschrieben waren – eine zusätzliche Lebensversicherung.

Diese Anfrage kam von Mikis Menderes, der von vielen nur «der Türke» genannt wurde. Menderes war in der Türkei geboren, hatte aber die meiste Zeit seines Lebens in London verbracht. Er hatte Dash schon zweimal engagiert, und beim zweiten Job hatte Dash nicht nur die Zielperson getötet – einen korrupten Polizeibeamten, dem niemand eine Träne nachgeweint hatte –, sondern auch dessen Geliebte, die zur falschen Zeit am falschen Ort gewesen war. Der Türke war stinksauer gewesen, denn der Tod der Frau hatte intensive Ermittlungen nach sich gezogen, und der Türke hatte eine Unsumme an Bestechungsgeldern bezahlen müssen, um seinen Namen aus der Sache herauszuhalten. Er hatte Dash dafür verantwortlich gemacht und das bezahlte Honorar zurückgefordert, was Dash aber abgelehnt hatte. Schließlich hatte er seine Zielperson ausgeschaltet. Nach einem hässlichen Wortgefecht hatte er dann doch nachgegeben und sich auf die Rückerstattung von einem Viertel der Auftragssumme eingelassen, die der Türke wiederum auf ein Drittel hochgehandelt hatte. Seitdem hatten sie keinen Kontakt mehr gehabt.

Noch an der Tür stehend überflog Dash den Brief, und nachdem er sich gesetzt hatte, las er ihn ein zweites Mal. Er war ebenso knapp formuliert wie die bisherigen Mitteilungen des Türken.

Man hat meine Frau in den Armen eines anderen Mannes gesehen. Das macht mich nicht glücklich. Ich muss mit Ihnen darüber reden. Eine Unterkunft steht für Sie bereit. Wenn Sie einverstanden sind, ziehen Sie dort ein, und warten Sie. Ich werde mich bei Ihnen melden.

Am unteren Rand des Schreibens, das mit *Mikis Theopolous Menderes* unterschrieben war, stand in Druckbuchstaben eine Adresse im Norden Londons.

Die Sache schien ziemlich unkompliziert. Die Frau oder die Geliebte des Türken – Dash war über sein Privatleben nicht auf dem Laufenden – hatte was mit einem anderen, und der Türke wollte, dass Dash entweder die Frau tötete oder ihren Liebhaber oder alle beide.

Dash hatte keine große Lust auf diesen Job. Wenn man eine geliebte Person töten musste, konnte das schnell gefährlich werden. Es kam schon mal vor, dass solche Kunden es sich anders überlegten und irrationale Dinge taten. Dash schätzte es, wenn seine Auftraggeber ebenso kalt und berechnend waren wie er, und lehnte Aufträge von eifersüchtigen Ehemännern normalerweise ab.

Wenn er das allerdings bei diesem Job tat, würde der Türke womöglich denken, dass Dash noch immer Groll gegen ihn hegte. Dash hatte ein paar wichtige Kunden in London, und die Vorstellung, dass der Türke vor ihnen schlecht über ihn reden könnte, gefiel ihm überhaupt nicht. Dash hatte lange und hart daran gearbeitet, sich als diskreter, professioneller Killer zu etablieren. Falls seine Kundschaft glaubte, er würde sich in seinen Entscheidungen von persönlichen Gefühlen beeinflussen lassen, könnte das abträglich für sein Geschäft sein. Er mochte den Türken ebenso wenig wie dessen Auftrag, aber wenn er ihn annahm, waren sie quitt, und er konnte den geizigen Gangster das nächste Mal beruhigt abblitzen lassen.

Dash schlief noch eine Nacht über die Sache und buchte am nächsten Morgen im Internet seinen Flug um. Eigentlich hatte er zurück in die Schweiz fliegen wollen – schließlich war er seit zwei Monaten nicht mehr zu Hause gewesen –, aber jetzt musste die Schweiz warten. Das Geschäft ging nun mal vor.

Als Nächstes rief Dash Antonia an und sagte ihr, dass er sich in London ein Kunstfestival ansehen wollte.

«Siehst du dort auch deinen türkischen Freund?», fragte Antonia.

«Ich denke schon», erwiderte Dash.

«Wann kommst du denn zurück? Ich vermisse dich.»

Dash grinste. Antonia war genauso gefühlskalt wie er, und es erheiterte ihn jedes Mal, wenn sie menschliche Regungen zeigte. «Ich hoffe, es wird nicht länger als ein, zwei Wochen dauern.»

«Und wenn jemand nach dir fragt, während du weg bist?»

«Dann schreib dir auf, was er von mir will, und sag ihm, dass er sich noch ein wenig gedulden soll.»

Sie verabschiedeten sich und legten auf. Dash blieb noch eine Weile neben dem Telefon stehen, dachte an Antonia und die Alpen und schüttelte schließlich mit einem leisen Seufzen den Kopf. Er arbeitete zu viel. Was nützte einem das ganze Geld, wenn man keine Zeit mehr hatte, es auszugeben? Ein paar Jahre noch, und er würde sich zur Ruhe setzen, irgendwo, wo es warm war. Er würde nicht den Fehler machen, den richtigen Zeitpunkt fürs Aufhören zu verpassen. Mit dem Töten anderer konnte man viel Geld verdienen, aber wenn man nicht vorsichtig war, dann konnte man dabei selber sterben.

TEIL EINS

EINS

Ich schrecke hoch aus unruhigem Schlaf und erkenne, dass die Toten sich ganz eng um mich geschart haben. Das halbe Dutzend Gespenster kratzt zähnefletschend und lautlos knurrend mit substanzlosen Fingernägeln in meinem Gesicht herum. Ich unterdrücke einen Schrei, vergrabe mein Gesicht im Kopfkissen und warte darauf, dass auch die letzten Schwaden dieses Albtraums verfliegen.

Mein Herz schlägt wie wild, und ich bewege mich nicht, bis es sich beruhigt hat. Als ich mich wieder unter Kontrolle habe, richte ich mich auf und sehe die sechs Gespenster direkt an. Jetzt, wo ich wach bin, haben sie sich zurückgezogen und glotzen böse zu mir herüber, so, wie sie es eigentlich immer tun. Sie gehen nur dann richtig auf mich los, wenn sie glauben, dass sie damit auch wirklich etwas bewirken können. Diese Augenblicke wählen sie mit großer Sorgfalt.

In Nächten wie diesen, wo ich im Schlaf leise wimmere

und unruhig herumzapple, schlagen sie gerne zu. Sie wissen aus Erfahrung, dass ich, wenn sie mich abrupt aus dem Schlaf reißen, eine Zeitlang orientierungslos und verwundbar bin. Körperlich können sie mir nichts anhaben, sonst hätten sie mich schon vor Jahren in Stücke gerissen, also müssen sie sich mit geistigen Qualen begnügen. Und darin sind sie verdammt gut. Kein Wunder, denn schließlich haben sie jede Menge Übung darin.

Ich stehe auf und gehe unter die Dusche. Die Gespenster folgen mir ins Badezimmer – sie gehen durch die Wände, als bestünden sie aus Nebel. Ich ignoriere sie, stelle das Wasser auf ganz kalt und zucke kurz zusammen, als es auf meinen Körper trifft. Aufs Ignorieren der Gespenster verstehe ich mich gut. Nur wenn sie unerwartet über mich herfallen, können sie mir noch einen Schreck einjagen, aber längst nicht mehr so wie am Anfang, als ich noch glaubte, sie könnten mich in den Wahnsinn treiben. Die Toten und ich, wir haben einen erbitterten Kampf gefochten, und ich habe ihn gewonnen. Zumindest bis jetzt. Allerdings fürchte ich, dass sie mich bis an mein Lebensende begleiten werden. Und falls sie keine Erfindungen meiner Phantasie sind, wahrscheinlich noch weit darüber hinaus.

Ich habe miserable Laune. Weil ich nicht wieder einschlafen konnte, habe ich mich durch den Tag geschleppt. Ich habe einen Spaziergang durch London gemacht, recherchiert und mir Notizen gemacht. Aber auch damit konnte ich weder die Zeit schneller vergehen lassen noch die Kopfschmerzen loswerden, die mich häufig heimsuchen, wenn ich nachts aus dem Schlaf gerissen wurde. Ich hielt mich, so gut es ging, von anderen Menschen fern, denn in dieser Verfassung kann ich bei der kleinsten Irritation in die Luft gehen.

Als es Abend wurde, überlegte ich mir, ob ich den Termin mit Joe nicht absagen sollte. Wir wollten uns ein Haus in Kilburn im Norden Londons ansehen. Joe hätte es nichts ausgemacht, die Sache zu verschieben, aber den Gespenstern hätte es einen kleinen Sieg beschert. Und wenn man darum kämpft, nicht den Verstand zu verlieren, darf man keinen Millimeter zurückweichen, denn jeder noch so geringe Sieg stärkt den Gegner.

Es ist kurz nach elf Uhr nachts am 2. Juli. Joe und ich haben die letzten paar Stunden in einem verlassenen Haus verbracht und auf den Geist gewartet, der dort angeblich herumspuken soll. Joe spürt meine schlechte Laune und verschont mich mit seinem üblichen Smalltalk.

Während unserer Wache hat sich meine Stimmung aufgehellt. In Zeiten wie diesen, wenn ich in die düstere Welt der Toten eintauche, kann ich mich mit meiner eigenen Situation noch am ehesten anfreunden. Ich bin ein Mann auf der Suche nach Antworten, und wenn ich mich ganz auf meine gespenstischen Recherchen konzentriere, finde ich ein gewisses Maß an Erleichterung und innerem Frieden.

Joe ist nach oben zur Toilette gegangen. Sie funktioniert zwar nicht mehr richtig – kein Wasser im Spülkasten –, aber er ist zu höflich, um einfach an die Wand zu pinkeln. Ich habe solche Skrupel nicht, und selbst wenn ich welche hätte, würde ich lieber meine Würde verlieren, als auf den morschen Stufen mein Leben zu riskieren. Ich hoffe, Joe erwartet von mir nicht, dass ich ihn aus den Trümmern ziehe, wenn die Treppe unter ihm zusammenkracht. Ich bringe mich für niemanden in Lebensgefahr.

Als ich ein Knarzen höre, trete ich hinaus in den Flur und sehe zu, wie Joe nach unten kommt. Er ist jetzt weniger optimistisch als beim Hochgehen und prüft jede Stufe sorgfältig, bevor er sein Gewicht darauf verlagert. Bei seinem Anblick heitert sich meine Stimmung weiter auf. «Warum rutschst du nicht auf dem Geländer herunter?», grinse ich.

«Willst du etwa, dass ich mir den Hals breche?», schnaubt er. «Kein Bedarf. Da versuche ich lieber mein Glück auf diesen verdammten Stufen.» Joe kommt aus Nordengland und hat einen starken Akzent. Anfangs hatte ich Schwierigkeiten, ihn zu verstehen, aber jetzt, nach vier Tagen, haben sich meine Ohren daran gewöhnt. Ich ertappe mich sogar schon hin und wieder dabei, dass ich seinen Tonfall nachahme.

Joe schafft es wohlbehalten nach unten und stößt einen dankbaren Seufzer aus, als wäre er gerade von einem Bombenangriff über Berlin zurückgekehrt. «Jetzt könnte ich eine Tasse Tee vertragen», brummt er.

«Dann musst du gleich wieder pinkeln.»

Er nickt mürrisch. «Wir sollten uns so ein Dixi-Klo mieten.»

«Oder du pinkelst einfach an die Wand.»

«Ich bin ein Geordie», empört sich Joe. «Wir im Norden sind zivilisierte Leute.»

Wir gehen wieder ins Wohnzimmer.

«Ist irgendwas passiert, während ich oben war?», fragt Joe, der meine bessere Laune bemerkt hat und jetzt, wo ich nicht mehr so finster dreinblicke wie Rasputin, munter zu plaudern beginnt.

Ich krame meinen besten nordenglischen Dialekt hervor. «Nüscht.»

Joe zuckt zusammen. «Wenn du noch mal so redest, hau ich ab.»

«Dann gehe ich wohl nicht als Einheimischer durch?»

«Vielleicht in Australien.»

Wir setzen uns auf zwei kaputte Klappstühle und warten

weiter auf den Geist. Als uns bei unserer ersten Nachtwache das Stehen zu beschwerlich wurde, haben wir uns die Stühle aus dem Garten geholt.

Drei Nächte in Folge warten wir nun schon darauf, dass der Geist sich endlich zeigt. (Die Nacht davor, meine erste hier in London, bin ich mit Joe durch die Kneipen gezogen, was aufregender klingt, als es in Wirklichkeit war. Joe trinkt nur alkoholfreies Bier, und ich erlaube mir selten mehr als vier Pints.) Laut der Besitzerin des Hauses soll der Geist mindestens ein- oder zweimal die Woche hier herumspuken, aber bisher hat er sich uns noch nicht gezeigt.

Ich bin Schriftsteller. Meine Bücher handeln ausnahmslos von Gespenstern. Das liegt nicht daran, dass mir die Phantasie fehlt, etwas anderes zu schreiben, und auch nicht an der Tatsache, dass ich eine Menge Fans habe, die sehnsüchtig auf die nächste Gespenstergeschichte aus meiner Feder warten. Ich habe mich vielmehr in jedem meiner Bücher dem eigentlichen Wesen von Geistern in unterschiedlicher Weise genähert und mit jedem versucht, herauszufinden, weshalb es Geister gibt. Oder, genauer gesagt, weshalb es meine Geister gibt.

Ich bin nicht dumm. Ich weiß, dass sie vermutlich Produkte meines verwirrten Verstandes sind. Ich bin mir vollauf bewusst, dass ich am Rand eines geistigen Abgrunds stehe und die Geister nichts weiter als die Ausgeburten einer zutiefst gestörten Psyche sind. Aber ich *will* nicht verrückt sein. Ich kann nicht akzeptieren, dass ich ein Geisteskranker sein soll. Ich will dagegen ankämpfen und wieder zurück in die Normalität finden.

Die meisten Leute an meiner Stelle würden sich einen Psychiater suchen, aber das kommt für mich nicht in Frage. Ich habe mir einen anderen Weg gesucht. Ich versuche zu beweisen, dass es Geister wirklich gibt. Wenn mir das gelingt, finde ich vielleicht auch heraus, wie ich mich mit meinen eigenen arrangieren oder sie womöglich sogar verscheuchen kann.

Als mir die Geister zum ersten Mal erschienen sind, haben sie mir einen gehörigen Schrecken eingejagt. Meine Welt wurde auf den Kopf gestellt. Ich hatte Schreikrämpfe und betrank mich bis zur Besinnungslosigkeit. Aber weder Alkohol noch Drogen halfen mir, die Geister verfolgten mich überallhin. Schließlich plante ich, mir eine Kugel in den Kopf zu jagen, nur um von ihnen wegzukommen.

Wahrscheinlich hätte ich das auch getan, wäre mir nicht eines Nachts mitten in meinen Qualen die (wahrscheinlich verrückte) Idee gekommen, dass ich die Schattenwesen vielleicht gar nicht erfinde, sondern dass sie real sein könnten. Diese ziemlich weit hergeholte Möglichkeit verlieh mir die Kraft, mich am Riemen zu reißen. Seitdem tue ich mein Möglichstes, um zu beweisen, dass wir in einer Welt der Wunder leben.

Am Anfang meiner Suche las ich jede Menge Gespenstergeschichten in der Hoffnung, dort einen Weg zur wahren Erkenntnis zu finden. Bald kamen mir Einfälle für eigene Geschichten, die sowohl auf dem Gelesenen als auch auf meinen eigenen Erfahrungen beruhten. Da ich viel Zeit totschlagen musste (Wortspiel beabsichtigt!), fing ich an, meine Ideen immer weiter auszuarbeiten. Das Schreiben half mir dabei, nicht ständig an meine eigenen Geister zu denken. Es diente mir als Anker zur Realität und gab mir das Gefühl, etwas Sinnvolles zu tun und nicht den komplett gestörten Psychopathen abzugeben, der ich fürchtete zu sein.

Kurzgeschichten führten zu längeren und schließlich zu dem Entwurf eines Romans. Aus Neugier schickte ich ein paar meiner Erzählungen an verschiedene Literaturagenten.

Ich wollte sehen, was sie von meinen Gespenstergeschichten hielten. Zu meiner Überraschung reagierten zwei von ihnen positiv, und mit dem einen schloss ich schließlich einen Vertrag ab. Auf diese Weise wurde der Schriftsteller Edward Sieveking geboren, auch wenn ich damals noch gar nicht unter diesem Namen veröffentlichte.

Joe ist einer meiner treuesten Fans. Er hat meine drei Bücher mehrmals gelesen und kennt sie besser, als ich es tue. Bei unserer Kneipentour in der ersten Nacht erwähnte er Personen und Ereignisse, an die ich mich eher vage erinnerte. Es ist sechs Jahre her, seit ich mein erstes Buch veröffentlicht habe. Wenn ich an einem Roman arbeite, versenke ich mich komplett in ihn, aber wenn er mir keine wichtigen Antworten auf meine quälenden Fragen bringt, hat er nach seiner Veröffentlichung für mich ausgedient, und ich wende mich anderen Dingen zu.

Joe hingegen glaubt, dass ein Schriftsteller jedes seiner Bücher sein Leben lang ständig präsent hat. Er kann nicht verstehen, dass ich die Details einer Geschichte, an der ich zwei oder drei Jahre lang gearbeitet habe, über Nacht vergesse. Er ist darüber sogar ein bisschen enttäuscht. Wenn ich wieder zu Hause bin, muss ich meine alten Notizen durchgehen und ihm ein paar Hintergrundinformationen und verworfene Handlungsstränge mailen, damit er nicht das Vertrauen in mich verliert.

«Es ist eiskalt», sagt Joe und bläst sich warmen Atem in den Ausschnitt seines Pullovers.

«Stimmt.» Das ist seltsam, denn eigentlich ist es eine laue Nacht.

«Vielleicht kommt jetzt der Geist», sagt Joe. «Kurz vor einer Erscheinung wird es kälter, oder?»

«Manchmal.» Ich nicke. «Ich war mal in einem Raum, in

dem die Temperatur innerhalb einer Minute um zwanzig Grad sank.»

«Und dann ist der Geist erschienen?» Joe lächelt. Er hat noch nie einen Geist gesehen. Wahrscheinlich glaubt er nicht, dass hier etwas geschehen wird.

«Weiß ich nicht. Ich musste raus, weil es zu kalt wurde.»

Joe reibt sich die Handflächen. Er friert mehr als ich, obwohl er einen dicken, grauen Pulli und einen Dufflecoat anhat, während ich nur ein leichtes Hemd trage. Ich hätte nicht gedacht, dass ein so stämmiger Mann wie Joe so verfroren sein kann. Er ist muskelbepackt wie ein Bodybuilder, was irgendwie seltsam aussieht, denn er ist ein relativ kleiner Mann mit zierlichen, schmalen Händen und einem zarten, ovalen Gesicht.

Joe bemerkt, dass ich ihn beobachte, und grinst schwach. «Du weißt ja, meine alten Wunden. Immer, wenn es kalt wird, machen sie mir wieder zu schaffen», erklärt er. «Du solltest mich erst im Winter sehen – wenn ich da mit weniger als drei Pullis und zwei langen Unterhosen aus dem Haus gehe, muss man mich hinterher vor einem offenen Feuer wieder auftauen.»

Ich lächle mitfühlend. Als ich Joe vor ein paar Tagen fragte, weshalb er bei dieser Hitze von Kopf bis Fuß dick eingepackt herumlief, erklärte er mir, dass seine Mutter aus Nordirland stammt und mit ihm dort öfters Verwandte besuchte. Eines Tages, als sie gerade in einem Einkaufszentrum waren, explodierte eine Bombe. Joe erlitt so schlimme Verletzungen, dass er fast gestorben wäre. Die Ärzte konnten ihn zwar wieder zusammenflicken, aber seitdem ist sein Körper so sehr mit Narben übersät, dass er ihn niemandem mehr zeigt. Außerdem hat er sich einen dichten Bart wachsen lassen, der den entstellten unteren Teil seines Gesichts verdeckt.

«Wenn du willst, machen wir für heute Schluss», biete ich ihm an.

Joe schüttelt den Kopf. «Ich will auf keinen Fall meine große Chance verpassen.» Joe ist noch entschlossener als ich, dieses Buch zu einem Erfolg zu machen. Der Gedanke, etwas zu einem meiner Romane beizutragen, fasziniert ihn so sehr, dass er alles tut, um mich zu unterstützen. Wenn ich es ihm erlaubte, würde er vermutlich sogar Geld in dieses Unternehmen stecken.

«Wir könnten das nächste Mal einen Heizstrahler mitnehmen», schlage ich vor.

«Bloß nicht. Dieser Geist mag doch keine Elektrizität.»

Auch das hat uns die Besitzerin des Hauses erzählt, weshalb wir jetzt hier bei Kerzenschein sitzen. Geister sind scheue Wesen, die sich nicht gerne zeigen. Von früheren Experimenten weiß ich, dass sie oft ausgerechnet dann erscheinen, wenn man gerade ein Problem mit der Kamera hat und sie nicht fotografieren kann. Skeptiker, die sich über solche Misserfolge lustig machen, können sich nicht vorstellen, wie ausgebufft Geister manchmal sind.

Ausgebufft. Dieses Wort habe ich von Joe, was nicht unproblematisch ist. Weil das neue Buch in London spielt, möchte ich eigentlich etwas Cockney-Slang mit einfließen lassen, und Joe stammt nun mal aus dem Norden Englands. Ich muss aufpassen, dass ich nicht zu viel von seinem Dialekt annehme.

«Du hast mir immer noch nicht erzählt, worum es in deinem neuen Buch eigentlich geht», bemerkt Joe.

«Weil ich mir selbst noch nicht ganz klar darüber bin», erwidere ich. «Ein paar Punkte weiß ich schon, aber es gibt immer noch große Lücken, die ich füllen muss.»

«Aber es bleibt dabei, dass es um spontane menschliche Selbstentzündung geht, oder?»

«Ja», lache ich. «Allein schon dir zuliebe.»

«Mir ist das piepegal», sagt Joe. «Ehrlich.»

Joe war es, der mich auf die spontane menschliche Selbstentzündung aufmerksam gemacht hat. Er hat über das Thema eine Menge Bücher gelesen und es öfter in seinen E-Mails erwähnt. Die Wissenschaft, sagte er, habe zwar keine Erklärung dafür, aber einige Theorien gebe es doch. Das hat mich so neugierig gemacht, dass ich selbst ein bisschen recherchiert habe. Im Lauf der Jahre habe ich mich mit allen möglichen übernatürlichen Phänomenen beschäftigt und an den entlegensten und unwahrscheinlichsten Orten geforscht. Diese Recherche hat mich jetzt hierher nach London gebracht.

«Aber es wird wieder ein Horror-Roman, oder?», will Joe wissen.

«Kann sein», grummle ich.

Joe stöhnt. «Komm schon, mir kannst du es doch sagen. Es bleibt schließlich unter uns.»

«Wenn ich es weiß, erfährst du es als Erster. Aber bis dahin musst du dich gedulden. Manchmal entstehen meine Plots ganz schnell, aber meistens ist das nicht der Fall.»

«So wie bei diesem?», fragt Joe.

«Genau.»

«Dann ...» Er wird rot. «Wenn ich jetzt eine Idee hätte und sie so gut wäre, dass du sie verwendest, würdest du mich dann in deinem Buch erwähnen?»

«Klar.»

«Wahnsinn», seufzt er. «Ein Buch von Edward Sieveking und Joe Rickard. Mein Name unter deinem, in etwas kleinerer Schrift.»

«Vielleicht wird am Ende ja *dein* Name oben stehen», sage ich trocken.

Joe wirft mir einen verletzten Blick zu. «Du brauchst nicht

zynisch zu werden. Ich weiß genau, dass es dein Buch ist. Ich dachte nur, es wäre schön, wenn –»

«Was war das?» Ich unterbreche ihn mit einer raschen Handbewegung.

Ich habe ein dumpfes, polterndes Geräusch gehört. Meine Hoffnung wächst, aber Joe macht sie zunichte.

«Das war nur eine Katze», lacht er. «Ein Kater auf der Pirsch.»

Er hat recht, und ich ärgere mich über mich selbst. Darauf hätte ich auch kommen können. Schließlich habe ich mehr Erfahrung in solchen Dingen als er.

Wir versinken wieder in Schweigen. Ich erinnere mich daran, wie Joe mich vor knapp einem Jahr zum ersten Mal kontaktierte. Ich habe damals Werbung für mein Buch *Seelengeier* gemacht, den ersten Roman, den ich unter meinem eigenen Namen herausgegeben habe. Zuvor habe ich das Pseudonym E. S. King verwendet, weil mein erster Agent der Meinung gewesen war, Fans von Stephen King würden wegen der Ähnlichkeit des Namens zu meinen Büchern greifen. In Wirklichkeit hat sie den Verkaufszahlen eher geschadet. Mit *Seelengeier* und einem neuen Agenten erschien schließlich Edward Sieveking in der Welt der Literatur. Als ich auch meine beiden ersten Romane, *Nächte der Angst* und *Sommerschatten*, unter diesem Namen neu herausbrachte, verkauften sie sich schon besser. Es reichte zwar nicht für die Bestsellerliste, aber immerhin gab es mir das gute Gefühl, nach einem schlechten Start endlich auf dem richtigen Weg zu sein.

Als *Seelengeier* erschien, veranstaltete der Verlag einen Internet-Chat, der allerdings nicht sehr ergiebig war. Die Teilnehmer stellten mir zwar viele Fragen über das neue Buch, aber Joe war der Einzige, der auch mit meinen alten Werken vertraut zu sein schien. Ich schickte ihm ein signiertes Exemplar von *Seelengeier* sowie die Neuauflagen der beiden anderen, und wir freundeten uns auf Facebook an. Als ich ihm vor ein paar Monaten schrieb, dass ich für meinen neuen Roman über spontane menschliche Selbstentzündung recherchierte, überredete er mich, das Buch in London spielen zu lassen.

«Diese Stadt ist noch unheimlicher als ein Friedhof», schwärmte er. «Und außerdem kenne ich einige Leute, die dir etwas über spontane menschliche Selbstentzündung erzählen können.»

Er brauchte nicht lange, um mich zu überzeugen. Ich war zwar vor vielen Jahren, als ich noch kein Schriftsteller war, ein paarmal in London gewesen, aber unter kreativen Vorzeichen hatte ich die Stadt damals nicht erkundet. Meine bisherigen Romane hatten immer auf dem Land gespielt – zwei in den USA, einer in Kanada –, aber bei dem neuen wollte ich eine Stadt als Schauplatz haben – warum also nicht London? Außerdem wollte ich Joe persönlich kennenlernen. Eigentlich bin ich der geborene Einzelgänger, aber vielleicht war es ja nicht schlecht, etwas mehr in Kontakt mit Menschen zu kommen. Mein Agent sagt mir ständig, dass ich bei Interviews viel zu steif rüberkomme, und vielleicht macht mich die Tatsache, dass ich mich mit jemandem wie Joe über meine Arbeit unterhalte, ein wenig lockerer.

Joe beugt sich nach vorne und klopft mir aufs Knie, was mich aus meinen Gedanken reißt. Aufgeregt deutet er auf die gegenüberliegende Mauer. Als ich den Kopf drehe, weht ein Windstoß durch den Raum und bläst die Kerzen aus. Zum Glück gibt es zwischen den Brettern, mit denen die Vorderfenster vernagelt sind, zahlreiche Ritzen und Spalten, durch die das Licht der Straßenlaternen in den Raum sickert.

Nebel steigt aus der nackten Ziegelmauer auf. Nein, er steigt nicht auf … er entströmt ihr. Er wabert auch nicht wie normaler Nebel, sondern er blubbert aus den Backsteinen, als ob er von unsichtbaren Lippen in den Raum geblasen würde. Eine dichte, hellgraue Wolke, die direkt aus der Wand kommt.

«Verdammt», keucht Joe und springt auf. «Es ist doch wahr!» Er schüttelt ungläubig den Kopf und starrt auf die Wand. Er fängt an zu zittern. Das ist sein erstes Mal, und nichts kann einen vorbereiten auf die erste Begegnung mit der Tatsache, dass es in dieser Welt mehr gibt als das, was die meisten Leute sehen.

Die Wolke hat jetzt ihre größte Ausdehnung erreicht – etwa neunzig Zentimeter im Durchmesser. Es sieht so aus, als würde sich ein Drittel von ihr noch in der Wand befinden. In ihrem Inneren drehen sich Nebelschwaden unterschiedlicher Dicke wie einander umschlingende, halbdurchsichtige Ranken. Ich lege die Kamera in meinen Schoß. Die Besitzerin des Hauses hat mir erzählt, dass ein Blitz die Erscheinung verjagen und alles zunichte machen würde, aber ich muss trotzdem versuchen, ein Bild von ihr zu machen. Andererseits muss ich mir nichts beweisen, weshalb ich auch nicht die übliche Ausrüstung mitgebracht habe, aber nicht einmal der stümperhafteste Geisterjäger würde ein Spukhaus ohne Kamera betreten.

«Hörst du auch dieses Ploppen?», fragt Joe und beugt sich mit vor Staunen weit aufgerissenen Augen nach vorn. Sein Gesicht ist ganz rot vor Aufregung.

«Ja.»

«Was ist das?»

Ich zucke mit den Achseln. «Vielleicht sind das Geister, die entstehen, vielleicht ist es der Nebel, der mit der Luft reagiert, oder Blasen, die in der Wand platzen. Such dir was aus.»

Ich stehe auf und betrachte die Nebelwolke von der Seite.

Sie strahlt eine eisige Kälte aus und wird immer undurchsichtiger.

«Ed», krächzt Joe und deutet mit einem zitternden Finger auf die Blase. «Das sind *Gesichter.*»

Ich gehe zurück zu meinem Stuhl, setze mich aber nicht. In dem Nebel formen sich Gesichter oder zumindest etwas, was so ähnlich aussieht. Obwohl sie nicht deutlich erkennbar sind, könnten es menschliche Gesichter sein. Man sieht Augen und Ohren und geöffnete Münder mit Zähnen. Ich denke an meine eigenen sechs Gespenster hinter mir – in solchen Augenblicken denke ich immer an sie –, aber ich drehe mich nicht zu ihnen um, denn ihre Gesichter sind mir inzwischen so vertraut wie mein eigenes.

Auch wenn ich es mir nicht anmerken lasse, bin ich ziemlich aufgeregt. Erscheinungen sind selten so deutlich wie diese. Das ist eines der erstaunlichsten Erlebnisse, die ich bisher hatte.

Ich wende mich an Joe. «Beschreibe mir, was du gerade siehst.»

Er schluckt nervös, zupft an seinem Bart herum und flüstert dann ehrfürchtig, als traue er sich nicht, laut zu sprechen. «Das Gesicht einer Frau, etwa zwanzig Jahre alt. Langes Haar. Jetzt verändert es sich. Es verliert seine Form. Es ist weg.» Ein paar Sekunden Stille. «Jetzt bildet sich ein anderes.»

«Das eines Jungen», unterbreche ich ihn. «Ziemlich füllig. Kurzes Haar, schlechtgeschnittener Pony. Ist das da unter seinem linken Auge eine Verletzung?»

«Könnte sein», stimmt Joe mir zu.

«Gut. Dann sehen wir offenbar das Gleiche.» Diese Feststellung ist wichtig, denn nicht alle Menschen interpretieren eine Erscheinung auf dieselbe Weise.

Bis jetzt waren die Gesichter klein gewesen, im inneren

Teil der Nebelblase. Nun bildet sich eines näher an ihrer Oberfläche, das größer als die anderen ist. Es ist das Gesicht eines alten Mannes. Die Hausbesitzerin hat uns erzählt, dass die anderen Gesichter ständig wechseln, dieses aber immer wiederkommt.

«Das kann doch nicht wahr sein», raunt Joe, als der Alte seinen Blick durch den Raum schweifen lässt. Joe zittert jetzt am ganzen Körper. Er schaut zur Tür, und eigentlich rechne ich damit, dass er aufspringt und das Weite sucht. Dann aber ballt er die Hände zu Fäusten und zwingt sich, sitzen zu bleiben.

«Siehst du seine Pupillen?», frage ich. Joe starrt den Mann an und nickt. «Bei den anderen habe ich keine gesehen. Alles war verschwommen. Aber dieser scheint weniger flüchtig zu sein.»

«Es ist wahr», stöhnt Joe. «Es gibt sie wirklich, die Geister.»

«Zumindest wollen sie uns das glauben machen», sage ich mit einem säuerlichen Lächeln und trete näher an die Wolke. «Sag mir deinen Namen», flüstere ich. «Beweise mir, dass du das bist, wonach du aussiehst.»

Der Geist antwortet nicht. Keiner von ihnen hat es jemals getan.

Wir beobachten ein paar Minuten lang das Gesicht des alten Mannes, der seinen Blick immer noch durch den Raum wandern lässt. Als sich nichts weiter tut, beschließe ich, ein Foto zu machen. «Hast du alles gesehen, was du wolltest?», frage ich Joe, während ich langsam die Kamera hebe.

Er nickt zögerlich. «Ja.»

Ich mache eine Aufnahme, und sofort löst sich das Gesicht auf, und die Nebelblase verliert ihre Form. Das meiste von ihr wird zurück in die Wand gesaugt, und ein beißender, schwefeliger Gestank erfüllt den Raum. Ich drücke mir die Atemmaske, die ich immer dabeihabe, auf den Mund. Auch Joe habe ich in unserer ersten Nacht in diesem Haus eine gegeben, aber er hat sie nicht sofort parat. Während er hustend in seinen Taschen nach ihr sucht, packe ich ihn am Ellbogen und führe ihn hinaus in den Flur. Als Joes Husten nachlässt, wischt er sich die Tränen aus den Augen und grinst schwach. «Ich habe die Maske wohl zu Hause liegengelassen», sagt er und starrt durch die offene Tür ins Zimmer, in dem sich die letzten Nebelfetzen verflüchtigen. «Und du siehst solche Sachen die ganze Zeit?»

«Ja, aber keine zwei Erscheinungen sind gleich.»

«Wahnsinn.» Er schlottert. «Dann sind die Geister also wirklich echt.»

Ich ziehe eine Augenbraue hoch und sehe ihn an. «Glaubst du?»

«Na klar. Nach dem, was wir gerade gesehen haben ...» Er wirft mir einen schrägen Blick zu. «Soll das etwa heißen, dass du es nicht glaubst?»

«Ich würde es gerne glauben», sage ich leise. «Mehr, als du dir vorstellen kannst. Aber ...» Ich sehe mir auf dem Display der Kamera das Bild an, das ich gerade gemacht habe. Außer der Wand und ein paar Nebelschwaden ist darauf nichts zu sehen. Ich zeige es Joe.

«Na und?», fragt er und runzelt die Stirn. «Du hast doch selbst gesagt, dass man Geister so gut wie nie fotografieren kann.»

«Genau das macht mich ja skeptisch.» Ich lege die Kamera beiseite und bin enttäuscht, wie ich es oft nach einer Erscheinung bin, selbst wenn sie so spektakulär war wie diese.

Joe starrt mich verunsichert an. «Wenn dir das, was wir gesehen haben, als Beweis nicht reicht, was brauchst du denn dann?»

Ich verziehe das Gesicht. «Ich möchte, dass mir einer von ihnen sagt, dass es ihn wirklich gibt. Wenn das tatsächlich der Geist einer verstorbenen Person ist, dann möchte ich, dass er mit mir redet, mir meine Fragen beantwortet und bestätigt, dass er ist, was er zu sein scheint.»

«Und das ist dir noch nie passiert?», fragt Joe.

Ich schüttle den Kopf. «Ich habe zwar über Medien und Ouijabretter schon öfter mit Toten gesprochen, aber kann man solchen Quellen wirklich vertrauen? Schließlich kenne ich die Tricks, die diese Typen benützen, um gutgläubige Kunden reinzulegen. Selbst bei den wenigen Gelegenheiten, an denen ich positiv überrascht wurde, konnte ich mir nicht erklären, was wirklich geschehen ist. Und deshalb suche ich immer noch nach einem handfesten, hundertprozentig sicheren Beweis.»

«Was ist mit dem, was wir heute Abend gesehen haben?», fordert Joe mich heraus.

Ich lächle bitter. «Es war zwar unglaublich, aber was beweist das schon? Früher haben die Leute geglaubt, im Nordlicht würden die Geister ihrer Toten über den Himmel jagen. Wer kann also sagen, dass es keine wissenschaftliche Erklärung gibt für das, was wir gerade gesehen haben?»

Joe kratzt sich am Bart. «Aber in deinen Büchern behauptest du, dass es Geister wirklich gibt.»

«Und genau das will ich auch: Dass Geister echt sind. Bis jetzt habe ich nur noch keinen Beweis dafür gefunden.»

«Was würde für dich als Beweis gelten?», fragt Joe.

«Eine richtige Begegnung», erwidere ich. «Ein Geist, der sich direkt an mich wendet, mir seinen Namen sagt und Fragen beantwortet. Ein Geist mit einer überprüfbaren Geschichte, die belegt, dass er genauso echt ist wie du, zum Beispiel.»

«Das ist eine schwierige Aufgabe», bemerkt Joe.

«Nicht, wenn es Geister wirklich gibt», sage ich und lache. «Na, wie sieht's aus? Hast du noch Lust auf Geisterjagd? Oder möchtest du aufhören?»

«Na, wie sieht's aus?», frage ich Joe. «Hast du noch Lust auf Geisterjagd? Oder möchtest du jetzt aufhören?»

«Soll das ein Witz sein?», schnauft Joe. «Das war doch umwerfend, gerade eben. Es hat mir zwar Angst gemacht, aber ich fand es echt gut. Du meinst doch nicht im Ernst, dass ich jetzt schlappmache!»

«Wirklich nicht?»

Er winkt ab. «Was machen wir als Nächstes? Diese Geschichte hat mich erst so richtig heiß gemacht.»

«Für heute ist es genug», sage ich. «Lass uns nach Hause gehen. Es ist spät.»

Joe schaut auf seine Armbanduhr und pfeift durch die Zähne. «Die Kneipen haben schon zu. Möchtest du vielleicht mit zu mir? Auf ein paar Drinks?»

Ich schüttle den Kopf. «Nein danke. Ich will diese Sache hier aufschreiben, solange sie noch frisch ist.»

«Kein Problem. Kommen wir morgen wieder her?»

«Nein. Dieses Haus hat alle seine Geheimnisse preisgegeben. Ich habe genug gesehen. Ich möchte mich lieber mit einem Mann namens Pierre Vallance treffen. Er ist ein Medium, glaubt aber nicht an Geister.»

«Wie kann ein Medium nicht an Geister glauben?» Joe runzelt die Stirn.

«Genau das will ich herausfinden», sage ich, während ich Joe zurück in die Geborgenheit der normalen, langweiligen Welt führe. Meine sechs Schatten gleiten hinter uns her, stumm, beobachtend und vorwurfsvoll wie immer.

ZWEI

Seit meinem letzten Besuch, der schon eine ganze Weile her ist, hat sich London in vielerlei Hinsicht verändert. Aber auch wenn die Stadt mit ihren neugebauten Hochhäusern, den Filialen großer Ketten und Coffeeshops sehr viel amerikanischer geworden ist, findet man hier trotzdem immer noch dieselben alten, grauen Gebäude und die höflichen, wenn auch ein wenig steif wirkenden Menschen wie damals. Nach wie vor gibt es einen Unterschied zu den Vereinigten Staaten, aber er hat sich verkleinert. Früher habe ich mich hier absolut fremd gefühlt, aber jetzt komme ich mir eher so vor, als wäre ich in einer mir nicht allzu vertrauten Stadt in den Staaten. In Zeiten der Globalisierung ist das wohl so.

Allerdings kann man nirgendwo in den USA eine Imbissbude wie Super Fish in der Waterloo Road finden, und die kleinen Lieferwagen wie der von Tubby Isaacs in einer Seitenstraße in Aldgate, aus denen Aal in Aspik verkauft wird, gibt es dort auch nicht. Und an keinem Ort in Amerika habe ich so etwas gesehen wie das Hunterian Museum, das die Knochen eines irischen Riesen, in Alkohol eingelegte Penisse und alte chirurgische Instrumente, die eher wie Folterwerkzeuge aussehen, ausstellt. An all diese Orte abseits der ausgetretenen Touristenpfade hat mich Joe geführt und mir so einen ganz anderen Blick auf die Stadt eröffnet.

Und noch eine weitere Eigenschaft von London ist mir erst bei diesem Besuch aufgefallen: Die ganze Stadt ist übersät mit den Fingerabdrücken der Toten. Wenn ich durch die Straßen mit ihren alten, auf römischen Begräbnisstätten und Pestfriedhöfen erbauten Häusern laufe, kommt es mir so vor, als würde ich einen Spaziergang durch das größte Mausoleum der Welt machen, in dem die Geister den Lebenden ihren Raum streitig machen. Wenn dann im Augenwinkel kaum erkennbare Gestalten auftauchen und die Luft vom Flüstern der Toten zu knistern beginnt, stehen mir regelmäßig die Haare zu Berge. Ganz gleich, ob es sich dabei um die Wirklichkeit oder nur um meine Einbildung handelt, eines wurde mir schon in den ersten Tagen hier klar: Diese Stadt ist zwar ein faszinierender Ort für einen Besuch, aber länger leben könnte ich hier nicht. Nach ein paar Monaten wäre ich reif für die Klapse.

Ich habe die Stadt ausgiebig erkundet, entweder allein oder zusammen mit Joe, der als Inhaber einer kleinen, nur halbtags geöffneten Elektrowerkstatt viel Zeit für so etwas hat. Mit Taxen, Bussen und der U-Bahn fahre ich an Orte, an denen ich unter dem Geröll der Lebenden nach den Schatten der Toten suche.

Früher habe ich nicht an ein Leben nach dem Tod geglaubt, und ehrlich gesagt bin ich auch jetzt noch immer nicht hundertprozentig davon überzeugt. Aber seit ich ständig von meiner Geisterschar umgeben bin, halte ich es zumindest für möglich, dass es so etwas geben könnte.

Meine Geister verfolgen mich überallhin: vier Männer, eine Frau und ein neunjähriges Mädchen, die jeden meiner Schritte genau registrieren, neben mir wachen, wenn ich schlafe, und nur auf einen Augenblick der Unaufmerksamkeit meinerseits lauern, damit sie mir Angst einjagen können. Mir ist klar, dass es sich bei diesen Geistern höchstwahrscheinlich um Wahnvorstellungen handelt. Die sechs sind die Schatten von Menschen, die ich noch als Lebende kannte und deren Tod mich in tiefe Depressionen gestürzt hat. Auch wenn das ein deutlicher Hinweis darauf ist, dass sie die Produkte eines schuldgeplagten Unterbewusstseins sind, wollte ich vielleicht gerade deshalb, dass sie real sind. Ich *brauchte* das. Ich öffnete mich nach und nach der Möglichkeit, dass es vielleicht doch ein Leben nach dem Tod gibt, und seither suche ich verzweifelt nach einem handfesten Beweis dafür. Diese Suche hat mir geholfen, bei Verstand zu bleiben, falls man das über jemanden, der Gespenster sieht, überhaupt behaupten kann.

Alle meine Romane drehen sich um Gespenster, woher sie kommen, wie sie entstehen, weshalb es sie gibt. In meinen ersten drei Büchern habe ich mich mit der Frage beschäftigt, wie Seelen durch magische oder spirituelle Kräfte in diesem Zwischenreich zwischen Leben und Tod gehalten werden können, aber für das neue habe ich eine andere Vorgehensweise gewählt. Von den mystischen Aspekten habe ich zumindest fürs Erste genug, jetzt will ich die Sache etwas wissenschaftlicher angehen. Es ist an der Zeit, nach einer Erklärung dafür zu suchen, wie und warum ich zu *meinen* Geistern kam, und möglicherweise finde ich ja dadurch auch einen Weg, sie wieder loszuwerden.

Vielleicht fällt mir bei der Arbeit an meinem neuen Roman

ein Werkzeug in die Hand, mit dem ich sie zurück in die wie auch immer gearteten dunklen Löcher schicken kann, in denen sich der Rest des Totenheers aufhält.

Über die konkrete Handlung des Romans bin ich mir tatsächlich noch nicht ganz im Klaren. Das war keine Lüge. Ich weiß zwar, dass sie etwas mit spontaner menschlicher Selbstentzündung zu tun haben wird – so kann ich der Theorie nachgehen, dass Geister möglicherweise dadurch entstehen, dass jemand eines unnatürlichen Todes stirbt –, aber ich bin mir noch nicht sicher, wie genau ich das Thema anpacken soll. Ich vertraue darauf, dass mir im Lauf meiner Recherchen etwas einfällt, aber momentan habe ich noch keine Ahnung, wo dieses Buch mich hinführen wird.

Wir haben uns mit Pierre Vallance in einer Starbucks-Filiale nahe seinem Wohnhaus verabredet, und die ersten paar Minuten reden wir über Amerika. Viele Leute hier in London reden, sobald sie meinen Akzent erkannt haben, mit mir über Amerika. Auch wenn die Medien uns ständig einreden, dass die Vereinigten Staaten ihre Stellung als wichtigste Weltmacht langsam an China, Indien und Russland verlieren, scheint Amerika nach wie vor das Land zu sein, an dem Menschen am liebsten herumkritisieren.

Als Pierre sich genügend über die USA ausgelassen hat, erzählt er uns, wie es ist, ein skeptisches Medium zu sein. Obwohl Pierre nicht an Geister glaubt, hat er sein Leben lang Stimmen gehört. Er wurde zum Medium, um dieses Phänomen zu erforschen – und wohl auch, um es wirtschaftlich zu verwerten. Mit der Zeit kam er zu dem Schluss, dass sein Gehirn wie ein Verstärker für elektromagnetische Impulse wirkt, die Menschen in seiner Nähe aussenden.

«Wenn Menschen etwas denken – egal, ob bewusst oder

unbewusst –, erzeugt ihr Gehirn Wellen», erklärt er, während er seinen Espresso schlürft. «Mein Gehirn fängt diese Signale irgendwie auf und verwandelt sie in Stimmen.»

«Wollen Sie damit sagen, Sie können Gedanken lesen?», fragt Joe und blinzelt nervös. Ich schätze, wir haben alle unsere dunklen Geheimnisse, die wir vor anderen verbergen möchten.

Pierre zuckt mit den Achseln. «Bis zu einem gewissen Umfang schon. Ich erkläre meinen Klienten immer, dass ich ihnen mit wissenschaftlichen Methoden helfen kann, die Mechanismen ihres Unterbewusstseins zu ergründen, aber die meisten wollen das nicht hören. Sie glauben lieber an ein Leben nach dem Tod und an Geister, die durch mich zu ihnen sprechen. Und weil der Klient immer recht hat, lasse ich mich nur selten auf Diskussionen darüber ein.»

Das Treffen mit Pierre hat mich neugierig gemacht. Wenn er wirklich Gedankenwellen in Stimmen verwandeln kann, können andere sie vielleicht in Visionen oder materielle Objekte umsetzen. Wenn dem so ist, wird vieles möglich, und mir eröffnet sich ein ganzes Universum von Ideen, mit denen ich spielen kann.

Die nächste Woche vergeht wie im Flug, jeden Tag entstehen neue Handlungsstränge für den Roman, und die Ideen sprudeln nur so. Zu meinem Erstaunen genieße ich die Zusammenarbeit mit Joe. Auch wenn ich ihn spontan zu meinem Assistenten gemacht habe, war ich von dieser Entscheidung nicht so richtig überzeugt gewesen und habe insgeheim geglaubt, dass ich mich über kurz oder lang wieder von ihm trennen würde. Stattdessen ist er für mich inzwischen fast unentbehrlich geworden. Ohne Druck hat er mich dazu gebracht, dass ich mit ihm mehr rede als mit irgendeinem anderen Menschen in den letzten Jahren. Normalerweise brumme ich nur, wenn man mir Fragen stellt, und Fremden gegenüber bin ich instinktiv zurückhaltend. Je mehr sich jemand mit mir anfreunden will, desto einsilbiger werde ich, aber bei Joe ist das anders. Bei ihm fange ich sogar schon an, in ganzen Sätzen zu sprechen. Ich weiß auch nicht, warum das so ist. Ich mag den Kerl einfach. Er spricht einen helleren, wärmeren Teil in mir an, den ich schon seit langer Zeit verloren geglaubt habe.

Um mich bei Joe für seine Hilfe zu bedanken, erzähle ich ihm viel von meinen Ideen für das neue Buch. Es soll ein übersinnlicher Thriller werden, in dem die Hauptfigur ein Opfer spontaner menschlicher Selbstentzündung wird und später als Geist zurückkehrt, um diesen ungewöhnlichen Tod zu sühnen.

«Ein Gespenst als Racheengel», strahlt Joe. «Das gefällt mir!»

Auf der Suche nach passenden Schauplätzen sehe ich mich in den berüchtigten Stadtvierteln Spitalfields und Whitechapel um, wo Jack the Ripper seine Morde begangen hat. Sie wirken heute noch genauso unheimlich wie damals, und wären da nicht die Bedenken, meine Leser könnten mir die Anspielungen auf Jack the Ripper übelnehmen, würde ich mein Buch liebend gern dort spielen lassen.

So aber konzentriere ich mich lieber auf Brixton. Wenn man dort aus der U-Bahn steigt, findet man sich sofort zwischen Straßenhändlern und Verkäufern der Obdachlosenzeitung *Big Issue* wieder. Eine düstere Atmosphäre liegt über dem Stadtviertel, und der Brixton Market, ein klaustrophobisch enges, überdachtes Labyrinth aus vielen kleinen Marktständen, wirkt auf mich wie die Kulisse für einen Horrorfilm. Vielleicht sollte ich meinen Geisterhelden direkt davor, in der

Nähe der U-Bahn-Station, unter den Augen eines Straßenpredigers in Flammen aufgehen lassen.

Ich sehe mich um und stelle mir einen Mann vor, der lichterloh brennend an den Marktständen vorbei taumelt. Es riecht nach verbranntem Fleisch, Menschen schreien vor Entsetzen und versuchen verzweifelt, das Feuer zu löschen. Ich lächle morbid vor mich hin. Manchmal verlangt es mein Beruf, dass ich mir die grausigsten Szenarios vorstelle. Deshalb macht er mir so viel Spaß.

Damit ich London auch von einer anderen Seite kennenlerne, hat Joe für uns eine Party aufgetan. Eine Freundin feiert Geburtstag und hat ein Schiff gemietet, das die ganze Nacht die Themse entlangfährt. Weil ich eigentlich nicht sonderlich scharf auf Partys bin, gebe ich Joe zunächst einen Korb, was dieser aber nicht gelten lässt. Er meint, wir hätten so hart gearbeitet, dass wir uns mal ein bisschen entspannen müssten. Am Ende willige ich ein, nur damit er endlich die Klappe hält.

Als ich mich für die Party rasiere, klingelt mein Handy. Es ist Joe. «Wahrscheinlich willst du mich jetzt am liebsten umbringen», stöhnt er, «aber ich kann leider nicht mitkommen. Meine Mutter ist plötzlich krank geworden, und ich muss den nächsten Zug nach Newcastle nehmen.»

«Hoffentlich ist es nichts Ernstes?», frage ich besorgt.

«Ich weiß es nicht. Meiner Mum ist es in den letzten Jahren immer wieder mal schlechtgegangen, doch sie hat sich jedes Mal erholt. Bestimmt tut sie es auch diesmal, aber ich muss trotzdem zu ihr, für alle Fälle.»

«Natürlich. Das verstehe ich vollkommen. Überhaupt kein Problem.»

«Ich weiß nicht, wann ich wieder zurück sein werde», sagt er.

«Wegen mir musst du dich nicht beeilen», sage ich.

«Willst du dich noch mit John Meyher treffen?», fragt Joe. Meyher ist ein Experte auf dem Gebiet der spontanen menschlichen Selbstentzündung. Er gibt nur selten Interviews, aber Joe hat es über Beziehungen geschafft, dass er mich empfängt.

«Selbstverständlich», erwidere ich. «Oder soll ich damit warten, bis du wieder hier bist?»

«Musst du nicht», sagt er, aber er klingt erfreut darüber, dass ich es ihm angeboten habe. «Und was ist mit heute Abend? Gehst du zu der Party?»

«Ich glaube nicht. Schließlich kenne ich niemanden von deinen Freunden.»

«Dann lerne sie doch kennen.»

«Vielleicht. Mal sehen, wie ich mich fühle. Vielleicht gehe ich auch nur irgendwo was essen und danach ein bisschen spazieren.»

«Sei kein Mufflon», meint Joe. «Ich an deiner Stelle würde einfach hingehen. Das wird bestimmt interessant!» Dann legt er auf.

Ich setze mich an die Bettkante und streiche mir nachdenklich über die bereits rasierte Seite meines Gesichts. Auf die Party bin ich nicht sonderlich scharf, aber den Gedanken, nachts auf der Themse herumzuschippern, finde ich ziemlich verlockend. Also beschließe ich hinzugehen. Wenn ich keinen Anschluss finde, kann ich etwas trinken und oben an Deck die frische Luft und die Aussicht genießen. Vielleicht kommen mir dabei ja ein paar Ideen für das Buch.

Ich rasiere mich zu Ende, klatsche mir Aftershave ins Gesicht und sprühe mir Deo in die Achselhöhlen. Dann bleibe ich halbnackt eine Stunde vor dem Fernseher sitzen und zappe quer durch alle Kanäle, bevor ich mich anziehe und auf den Weg zur Themse mache.

Auf Reisen meide ich große Hotels, aber allzu primitive Unterkünfte mag ich auch nicht. Das Royal Munster in der Nähe von Earls Court ist ein Hotel ganz nach meinem Geschmack: alt und ein wenig heruntergekommen, nichts Besonderes zwischen den vielen anderen Hotels in der Gegend. Mit seinen altmodischen Portiers und Hotelpagen ist es ein familiäres Haus, in dem eher Touristen absteigen als Geschäftsreisende.

Der Portier, ein weißhaariger Mann Mitte sechzig, legt zum Gruß zwei Finger an die Mütze und spricht die Gäste übertrieben förmlich an. Als ich ihn bat, er solle doch Ed zu mir sagen, hat er zwar genickt und gelächelt, aber nach wie vor spricht er mich mit «Mr. Sieveking, Sir!» an. Sein Vorname ist Fred, doch er besteht darauf, dass man ihn Mr. Lloyd nennt.

«Eine schöne Nacht zum Ausgehen, Mr. Sieveking, Sir», schnauft er, während er ein Taxi für mich heranwinkt.

«Hätten Sie vielleicht Lust mitzukommen, Mr. Lloyd?»

Er lächelt. «Das würde ich gerne, aber ich bin im Dienst. Dabei könnte ich Sie mit ein paar Leuten bekanntmachen, die Sie in Ihre Bücher einbauen könnten. Ich kenne einen königlichen Leibgardisten, der auf alles, was er isst, Senf schmiert. Und dann ist da noch ein …»

Er redet noch eine ganze Weile weiter, und ich mache keine Anstalten, ihn zu stoppen. Ich höre Fred gerne zu, denn er ist ein Aufschneider vor dem Herrn und hat immer die haarsträubendsten Geschichten parat.

Als er eine Atempause macht, entschuldige ich mich. «Jetzt muss ich mich leider verabschieden, Mr. Lloyd», sage ich und stecke ihm ein Trinkgeld zu.

«Vielleicht bin ich ja noch im Dienst, wenn Sie zurückkommen», erwidert er.

«Dazu müssten Sie schon Nachtdienst haben», lache ich.

Das Taxi bringt mich rasch zum Chelsea Embankment und von dort die Themse entlang zum Victoria Embankment, wo das Partyschiff liegt. Über eine Gangway gehe ich an Bord. Eine Hostess in einer tiefausgeschnittenen Marineuniform begrüßt mich, und nachdem sie meinen Namen auf ihrer Liste gefunden hat, überreicht sie mir eine Trillerpfeife, einen Papierhut und eine Tüte mit Konfetti. Und für ein paar Pfund könnte ich ein Foto machen lassen, auf dem sie mich auf die Wange küsst. Ich lehne höflich ab. Ich lasse mich nicht fotografieren, und selbst wenn ich Interviews gebe, halte ich es so, sehr zum Ärger der Fotoreporter. Auch wenn es ein ständiger Streitpunkt mit meinem Agenten ist, will ich nicht, dass es Fotos von mir gibt.

Bis das Buffet eröffnet wird, dauert es noch eine gute Stunde, deshalb gehe ich an die Bar und bestelle ein Bier. Allerdings muss ich mich auf einem Schiff mit dem Alkohol ein wenig zurückhalten, wenn ich nicht kotzend an der Reling hängen will – das musste ich vor Jahren auf einer Kreuzfahrt nach Nordafrika schmerzlich erfahren.

Die Bar ist voller junger Leute, und ein paar Teenager umringen mich und wollen wissen, wer ich bin, was ich tue und woher ich das Mädchen kenne, das heute Geburtstag feiert. Ich erzähle von meiner Verbindung zu Joe, aber sie kennen ihn nicht. Mein Beruf weckt da schon mehr Interesse bei ihnen.

«Ein Schriftsteller!», jubelt ein Mädchen beeindruckt, und ein Junge sagt: «Ich würde selber gern Schriftsteller werden. Verdient man dabei viel Geld?»

Eine Viertelstunde lang versuche ich ihnen zu erklären, dass meine Bücher keine Millionen-Bestseller sind, was sie mir aber nicht so recht glauben wollen. Obwohl sie noch nie von mir gehört haben, nehmen sie an, dass ich mindestens so reich bin wie Stephen King. Schließlich gebe ich nach und behaupte einfach, *Der Exorzist* geschrieben zu haben, woraufhin sie zufrieden abziehen, um es ihren Freunden zu erzählen. Meine Flunkerei hat allerdings einen unerwarteten Nebeneffekt, denn Stunden später, als ich die Sache längst vergessen habe, tippt mir ein erzürnter Herr mehrmals mit dem Zeigefinger an die Brust und sagt in anklagendem Ton: «Sie sind ein Schwindler, Sir. *Der Exorzist* wurde von einem Kerl namens Blatty geschrieben.»

Obwohl das Essen ziemlich einfach ist – Kartoffelbrei mit Bratwürsten und verkocht aussehenden Möhren, dazu billiger Wein –, machen sich die Gäste begeistert darüber her. Vielleicht bin ich nur deshalb so heikel, weil ich älter bin als die meisten hier. Das Geburtstagskind wird einundzwanzig, und die meisten Eingeladenen sind so alt wie sie. Ich hingegen habe die einundzwanzig schon vor vielen Jahren hinter mir gelassen.

Als die Pappteller eingesammelt und entsorgt sind, werden die Tische weggeschoben, und die Tanzfläche wird eröffnet, auch wenn der DJ noch nicht auf seinem Posten ist. Irgendjemand legt irgendetwas auf, und die ersten Gäste verfallen in rhythmische Bewegungen. Ich sehe ihnen eine Weile zu, bevor mir bewusst wird, dass ich genau das mache, was geile Säcke mittleren Alters so tun: mit lüsternen Blicken spärlich bekleidete Mädchen auf der Tanzfläche begaffen. Unauffällig schleiche ich mich davon und besorge mir noch etwas zu trinken.

Die nächsten paar Stunden sitze ich an der Bar und lausche den Gesprächen von Fremden. Die meisten Gäste ignorieren mich. Nur einmal zeigt ein Mädchen mit einem blonden Pagenkopf Interesse an mir. Sie kann nicht viel älter als achtzehn oder neunzehn sein, viel zu jung für einen Mann, dem langsam die Haare ausgehen, aber nach ein paar Gläsern Bier fühle ich mich um zehn Jahre jünger und überlege mir schon, wie ich die Kleine abschleppen kann.

Kurz darauf aber bezichtigt mich der erzürnte William-Peter-Blatty-Fan der Hochstapelei, und in dem betretenen Schweigen, das seinem Angriff folgt, räuspert sich meine hübsche Bewunderin, erklärt, sie müsse sich dringend mal wieder unter die Leute mischen, wünscht mir alles Gute und geht.

Ich bestelle mir ein weiteres Bier und nehme es, weil ich jetzt genug von der Bar habe, mit hinauf an Deck. Die frische Luft hat eine belebende Wirkung auf mich. Ich stehe allein am Heck und blicke ins Kielwasser. Vorne am Bug drängen sich die Gäste, aber hier hinten ist es schön ruhig. Erst nach einer Weile kommt ein Paar aus dem Niedergang und beäugt mich misstrauisch. Vermutlich hatten sie geglaubt, das Achterdeck für sich allein zu haben. Ihr Pech. Ich bleibe, wo ich bin. Leise murrend drehen sie mir den Rücken zu und fangen an zu knutschen. In der nächsten halben Stunde kommen noch ein paar andere Pärchen herauf, aber abgesehen davon bleibe ich ungestört. Und immer wenn der DJ einen beliebten Song spielt, strömen alle nach drinnen und kommen erst wieder, wenn die müden Beine eine Pause brauchen.

Ich mache mir nichts aus Tanzen und schaue lieber ans Ufer mit seinen vielen unterschiedlichen Gebäuden – alten und neuen, heruntergekommenen und verlassenen oder einfach nur für die Nacht zugesperrten. Ich überlege mir, wie ich sie in den langsam entstehenden Plot meines Romans einbauen kann. Die architektonischen Wahrzeichen der Stadt – der Tower, das Globe Theater, die Tate-Modern-Galerie, der Oxo Tower –, die ebenfalls an mir vorbeiziehen, sind hingegen zu bekannt, als dass ich sie in meinem Buch verwenden möchte.

Meine Gespenster teilen das Achterdeck mit mir, schwach schimmernd vor dem Nachthimmel im Hintergrund. Zwei von ihnen schweben hinaus über den Fluss und treten in der Luft auf der Stelle, als ob das die natürlichste Sache der Welt wäre. Dabei ignorieren sie den Ausblick und haben ihre Augen, wie immer, nur auf mich gerichtet. Der dünne, kahlköpfige Mann mit dem Spitzbart treibt auf mich zu und durch mich hindurch, was mich kurz frösteln lässt. Wenn ich wollte, könnte ich mich an seinen Namen erinnern – wie könnte ich ihre Namen auch vergessen? –, aber das tue ich nicht, denn ich versuche, mich nicht allzu viel mit ihren Identitäten zu befassen. Das erinnert mich zu sehr an meine Vergangenheit und den Grund, weshalb meine Geister mich heimsuchen.

Als wir am London Eye und dem Parlament vorbeifahren, gehe ich auf die andere Seite des Achterdecks und schaue mir die Gebäude auf dem gegenüberliegenden Flussufer an. Ich erinnere mich nicht daran, sie auf einer meiner früheren Reisen schon einmal gesehen zu haben. Eines von ihnen sieht aus wie ein Krankenhaus, und ich frage einen jungen Mann, der gerade mit seiner Freundin aufs Achterdeck gekommen ist, wie es heißt. «St.Thomas Hospital, wie denn sonst?», erwidert er, und starrt mich an, als ob meine Frage völlig verrückt gewesen wäre.

Das Krankenhaus interessiert mich, weil ich es möglicherweise in meinem Buch verwenden könnte. Vielleicht sollte ich dort meine Hauptfigur wieder Gestalt annehmen lassen. Ein Krankenhaus ist ein logischer Ort, um als Gespenst zu erscheinen. Ich stelle mir eine Szene vor, in der dieser Mann zum ersten Mal nach seinem Tod die Augen wieder öffnet und sich fragt, wo zum Teufel er überhaupt ist. Als sich die Nebel lichten und ihm klarwird, dass er in einem Krankenhaus ist, beruhigt er sich. Er erinnert sich daran, wie er in Brixton Feuer gefangen hat und nimmt an, dass man ihn hierhergebracht hat, um seine Verbrennungen zu behandeln. Ich ziehe mein Notizbuch, das ich überallhin mitnehme, aus der Tasche und schreibe rasch ein paar Sätze hinein.

Beruhigt versucht er, sich umzudrehen – kann es aber nicht – blickt hinab auf seinen Körper – da ist nichts!!! Versucht zu schreien – kann nicht – keine Lunge! – löst sich wieder auf.

Das gefällt mir. Später materialisiert er sich wieder, und diesmal weiß er, dass etwas mit ihm nicht in Ordnung ist, aber er kann noch immer nicht akzeptieren, dass er tot ist.

Während ich an dem Handlungsstrang arbeite, kommt eine gutaussehende Frau den Niedergang herauf. Sie stellt ihr Weinglas auf der Reling ab, lässt aber die Finger spielerisch am Stiel, während sie hinaus aufs Wasser schaut. Ich beobachte sie aus dem Augenwinkel. Sie ist älter als die meisten anderen Gäste, etwa Mitte bis Ende zwanzig. Ihr hellbraunes Haar ist zu einem hinten etwas längeren Pagenkopf geschnitten, und ihr schlanker Körper steckt in einem aufregend engen schwarzen Kleid, das zwar wenig Dekolleté zeigt, dafür aber umso mehr von ihren langen Beinen, die in einer silbrig schimmernden Strumpfhose stecken. Dazu passend hat sie ihre Fingernägel silbermetallic lackiert und um die Augen einen ebenfalls silbern glitzernden Lidschatten aufgetragen, der bei jedem Zwinkern hell aufblitzt.

Sie weckt mein Interesse, weil sie die erste Frau ohne Begleiter ist, die mir hier an Bord über den Weg läuft. Auch wenn ich mich gerade voll auf meine Arbeit konzentriert habe, erinnere ich mich jetzt wieder daran, weshalb Joe unbedingt wollte, dass ich auf diese Party gehe: um abzuschalten und Spaß zu haben und vielleicht ein bisschen zu flirten.

Bei so etwas war ich allerdings noch nie besonders gut. Ich bin kein geborener Charmeur. Hin und wieder fühlen sich Frauen wegen meines trockenen Humors zu mir hingezogen, aber wenn ich selbst eine ansprechen soll, tue ich mich für gewöhnlich ziemlich schwer.

Während ich mir noch überlege, wie ich die Frau neben mir ansprechen könnte, kommt mir das Schicksal zu Hilfe. Sie dreht sich mit einem leisen Seufzer zur Seite und stößt dabei versehentlich ihr Glas über Bord. Sie erschrickt, versucht noch, es zu erwischen und greift ins Leere. Auch ich strecke den Arm aus, beuge mich über die Reling und hätte das Glas um ein Haar noch zu fassen gekriegt. Ein Held meiner Bücher hätte es vermutlich in der Luft gefangen und mit einem charmanten Lächeln der Frau gereicht, ich aber kann ihm nur hinterherblicken, wie es ins schwarze Wasser der Themse fällt.

«Oje», sagt die Frau, als ich mich wieder aufrichte.

«Tut mir leid», sage ich lächelnd.

«Sie können nichts dafür», versichert sie mir und schaut mich ein wenig schuldbewusst an. «Meinen Sie, die Crew hat das mitbekommen?»

«Das glaube ich nicht.»

«Vielleicht sollte ich das Glas bezahlen.»

Ich lache leise. «So was muss man einkalkulieren, wenn man Leute auf einem Fluss spazieren fährt. Ihr Glas ist bestimmt nicht das einzige, das heute Abend ins Wasser fällt.»

Sie entspannt sich und lehnt sich mit dem Rücken an die Reling. «Wahrscheinlich haben Sie recht. Mir ist es immer furchtbar peinlich, wenn ich etwas falsch mache. So bin ich erzogen worden.» Sie spricht leise und überlegt. «Sind Sie Amerikaner?», fragt sie.

«Ja.»

«Und woher?»

«Ich bin viel umgezogen, zurzeit lebe ich in Montana.»

«Ich war noch nie in Montana. Aber ich wollte immer mal hin und es mir ansehen.»

«Das sollten Sie auch. Es ist wirklich beeindruckend.» Wir stehen nebeneinander an der Reling und sehen uns an. Sie mustert mich neugierig, und ich versuche, ihrem Blick standzuhalten.

«Sind Sie ein Freund von Shar?», fragt sie.

«Wer ist Shar?», frage ich verdutzt. Dann erinnere ich mich an den Namen der Gastgeberin. «Nein. Ich bin ein F. E. F.»

«Was ist das?», fragt sie verwundert, und Silberblitze funkeln auf ihren Augenlidern.

«F. E. F. – Freund eines Freundes – kennen Sie das nicht?»

«Ach so.» Sie kichert. «Ich dachte schon, es wäre was Militärisches.»

Es folgt ein Moment sympathischen Schweigens.

«Ich bin ein Freund von Joe», erkläre ich, um die Stille nicht zu lang werden zu lassen. «Kennen Sie Joe Rickard?»

Sie schüttelt den Kopf. «Ich kenne fast niemanden hier. Ich bin eine Kundin von Shar. Sie arbeitet in einem Kosmetiksalon.» Sie trommelt mit den Fingernägeln auf der Reling herum und hält sie mir dann vors Gesicht. «Voilà!»

«Hat Shar die lackiert?», frage ich.

«Nein. Aber sie hat mich manikürt.» Sie blickt auf ihre Nägel und runzelt die Stirn. «Finden Sie, dass ich es mit dem Silber ein wenig übertrieben habe? Ich dachte, es würde in der Disco super aussehen, aber hier draußen in freier Wildbahn …?»

Ich zucke mit den Achseln. Mir gefallen ihre Nägel wirklich, aber wenn ich das jetzt sage, klingt es vielleicht so, als wolle ich sie anbaggern. Was ich ja auch tatsächlich vorhabe, aber ich will nicht, dass es ihr negativ auffällt. Also schweige ich und lächle sie an.

«Ich habe es schon bereut, dass ich hierhergekommen bin», sagt sie mit leiser Stimme. «Shar hat viele ihrer Kunden eingeladen, aber ich bin wohl die Einzige, die aufgekreuzt ist. Vielleicht hätte ich ihr eine Geburtstagskarte mit einem dicken Trinkgeld geben und sagen sollen, dass ich heute Abend schon was anderes vorhabe.»

Es entsteht eine weitere Pause, in der wir uns gegenseitig unbeholfen anlächeln und überlegen, was wir als Nächstes sagen sollen. Diesmal bricht sie das Schweigen, indem sie mir die Hand hinstreckt und sagt: «Ich heiße Deleena Emerson.»

«Ed Sieveking», antworte ich und ergreife ihre Hand. «Sehr erfreut.» Als ich sie wieder loslasse, frage ich: «Deleena? Ich habe diesen Namen noch nie gehört. Woher stammt er?»

«Das ist kein echter Name», erwidert sie. «Meine Mutter hat ihn sich ausgedacht. Er hat keine tiefere Bedeutung.»

«Aber er klingt gut. Er gefällt mir.»

«Mir auch», sagt sie und errötet. «Ed Sieveking», murmelt sie nachdenklich, während sie mit den Rückseiten ihrer Fingernägel über ihre linke Wange streicht, als wolle sie auf diese Weise den silbrigen Schimmer abwischen. «Wussten Sie, dass es einen Schriftsteller mit diesem Namen gibt?»

Ich starre sie an. Das haut mich um. «Wie bitte?»

«Er schreibt Horrorromane. Durchaus lesenswerte, wenn Sie so was mögen.»

Ich bin überrascht. Ich bin es nicht gewohnt, dass jemand außerhalb von Schriftstellerkongressen meinen Namen kennt. Deleena schaut mich fragend an, weil ich sie so erstaunt angucke. Ich überlege kurz, ob ich die Sache nicht einfach ignorieren soll. Aus irgendeinem lächerlichen Grund schäme ich mich fast, meine Identität einzugestehen. Aber dann hole ich tief Luft und spucke es aus. «Ich bin Edward Sieveking. Der Schriftsteller.»

«Das gibt's doch nicht.» Sie runzelt die Stirn und glaubt wohl, dass ich sie auf den Arm nehme.

«Doch», grinse ich. Mein Selbstvertrauen kehrt zurück.

«*Sie* haben *Seelengeier* geschrieben?» Sie kann es offenbar kaum glauben, dass ein gewöhnlicher Sterblicher so ein wundervolles Werk geschaffen haben soll. Das macht mich stolz wie einen Pfau.

«Doch», erwidere ich geschmeichelt. «Und *Nächte der Angst* und *Sommerschatten* auch. Damals habe ich noch ein Pseudonym verwendet ...»

«... E. S. King!», fällt sie mir triumphierend ins Wort. «Deshalb bin ich überhaupt erst auf *Sommerschatten* aufmerksam geworden. Ich dachte, es wäre von Stephen King, und als ich feststellte, dass es nicht von ihm war, habe ich es trotzdem gekauft, weil ich kein anderes Buch fand, das mich interessierte.» Sie hält sich eine Hand vor den Mund «Oh, das hätte ich jetzt nicht sagen dürfen! Das klingt ja, als ob ich Ihr Buch nur aus Verzweiflung gekauft hätte.»

«Das geht schon in Ordnung», lache ich. «Hauptsache, meine Bücher werden überhaupt gekauft.» Ich befeuchte meine Lippen und fordere ihr unverfroren ein Kompliment ab. «Hat es Ihnen denn gefallen?»

«Hätte ich denn sonst auch noch die beiden anderen gekauft?», fragt sie schelmisch lächelnd zurück. «Allerdings war ich nicht so begeistert von *Sommerschatten*. Ich denke, es ist Ihr schwächstes Buch, aber immerhin fand ich es so interessant, dass ich mir danach noch *Nächte der Angst* und *Seelengeier* gekauft habe. Und zwar gleich nach ihrem Erscheinen.» Erneut mustert sie mich. «Das ist schon eigenartig», sagt sie. «Ich habe zwar auf Partys und Veranstaltungen schon ein paar

Schriftsteller kennengelernt, aber noch nie bin ich zufällig einem meiner Lieblingsautoren begegnet. Und das, nachdem ich es schon bereut habe, dass ich überhaupt hergekommen bin.»

«Und jetzt bereuen Sie es nicht mehr?», murmle ich.

«Nein», sagt sie. «Nur schade, dass ich nicht geahnt habe, dass ich Sie hier treffen würde. Dann hätte ich nämlich Ihre Bücher mitgenommen und sie mir von Ihnen signieren lassen.»

«Vielleicht kann ich sie ja ein andermal signieren», schlage ich vor.

«Vielleicht», erwidert sie unbestimmt und schließt halb die Augen, während sie über diese Möglichkeit nachdenkt.

Wir reden noch eine Weile über meine Bücher und darüber, was es bedeutet, ein Schriftsteller zu sein. Obwohl ich es genieße, ihr von meiner Arbeit zu erzählen, lenke ich das Gespräch hin und wieder auf andere Themen, damit es nicht so aussieht, als würde ich mich nur für mich selbst interessieren. Sie geht jedoch auf keinen meiner Versuche ein und fragt mich nach Verkaufszahlen und Tantiemen, wie ich für meine Geschichten recherchiere und wie lange es dauert, bis man einen Roman geschrieben hat. Als sie erfährt, wie wenig ich verdiene, ist sie bestürzt.

«Das ist ja furchtbar!», ruft sie und legt mitfühlend ihre Hand auf meine. Die Hitze, die von ihr ausgeht, lässt das Fleisch meiner Handfläche fast mit der Reling verschmelzen. «Mir war zwar klar, dass Sie nicht auf den Bestsellerlisten stehen, aber ich hatte keine Ahnung, dass Sie nur wenige Bücher verkaufen.»

«So wenige sind es nun auch wieder nicht», wende ich ein. «Eigentlich verkaufen sich meine Bücher sogar ziemlich gut, mit deutlicher Tendenz nach oben.»

«Trotzdem frage ich mich, wie Sie davon leben können, wenn Schreiben Ihr Hauptberuf ist.»

«Ich habe ein wenig Geld von meinen Eltern geerbt», lüge ich, so wie ich das immer tue, wenn man mir diese Frage stellt. «Und außerdem hatte ich einen ziemlich guten Job in der Computerbranche, bevor ich mit dem Schreiben angefangen habe, da konnte ich etwas auf die hohe Kante legen. Außerdem führe ich, wenn es sein muss, ein ziemlich genügsames Leben. Geld ist schließlich nicht alles.»

«Schön, dass es noch Menschen gibt, die sich ganz ihrer Kunst hingeben», sagt sie.

«Ich weiß nicht, ob das Hingabe ist», antworte ich bescheiden. «Wahrscheinlich bin ich nur dickköpfig. Ich weiß genau, dass ich nicht der beste Schriftsteller der Welt bin – nicht einmal der beste Horrorautor, bei weitem nicht –, aber ich bin fest entschlossen, immer besser zu werden und zu beweisen, dass man von Büchern leben kann, die ‹glanzlose Machwerke ohne Nervenkitzel› sind, wie sie ein grausamer Kritiker einmal genannt hat.»

«Das sind sie weiß Gott nicht!», ruft Deleena empört und schließt ihre Finger noch fester um meine Hand, deren Knochen sich dabei vor lauter Wonne aufzulösen scheinen. «Sie sind ein wunderbarer Schriftsteller.»

«Jetzt machen Sie mal halblang», lache ich und lege meine freie Hand auf ihre. «Wollen Sie vielleicht meine Agentin werden?»

«Was zahlen Sie?»

«Nichts.»

«Dann nehme ich den Job.»

Wir müssen beide lachen, und ich verschränke meine Finger mit ihren. Deleena blickt hinab auf unsere Hände und hört auf zu lachen. Ich lockere meinen Griff. Wenn sie jetzt ihre Hand wegnimmt, ist der Augenblick vorüber, und ich bin mir sicher, dass sie eine Entschuldigung finden wird, um sich von mir zu verabschieden. Aber zu meiner Freude lässt sie ihre Hand auf der meinen und blickt hinauf zur Unterseite einer Brücke, unter der wir gerade hindurchfahren.

Wir unterhalten uns darüber, was sie tut. Sie arbeitet in der City für eine Privatbank. Es ist kein sonderlich interessanter Job, sagt sie, aber man verdient gutes Geld und hat hervorragende Arbeitsbedingungen – drei bis vier Auslandsreisen im Jahr, geregelte Arbeitszeiten, interessante Aufstiegsmöglichkeiten.

Deleena hat mit sechzehn Jahren die Schule geschmissen und «hat ein paar Jahre herumgehangen», bis sie eine Woche nach ihrem achtzehnten Geburtstag einen sehr viel älteren Mann heiratete. «Das war ein Fehler. Ich habe ihn nicht geliebt, mochte ihn nicht mal wirklich. Aber er war ein Mann von Welt, er hatte eine gute CD-Sammlung, er war …»

«Sie haben diesen Mann wegen seiner CDs geheiratet?», unterbreche ich sie.

«Ein guter Musikgeschmack ist sehr wichtig», beteuert sie. «Ich könnte keine Beziehung mit jemandem eingehen, der sich die Eagles oder Rod Stewart anhört.»

«Was ist mit Dire Straits und Bob Dylan?», frage ich ängstlich.

«Dylan ist eine Legende, und die Dire Straits …» Sie macht eine So-lala-Geste.

«Sind sie akzeptabel?»

«Gerade noch.»

«Puh.» Ich tue so, als müsste ich mir den Schweiß von der Stirn wischen.

Die Ehe dauerte acht Monate. «Am Ende habe ich ihn gehasst, was aber unfair war, denn ich hatte ihn quasi zur Heirat genötigt. Vor ein paar Jahren habe ich mich dann mit ihm zusammengesetzt, und wir haben es geschafft, alles zwischen uns zu klären. Nun sind wir gute Freunde.»

Nach ihrer Scheidung ging sie zurück zu ihren Eltern, um erst mal wieder Tritt zu fassen. Ihre Mutter überredete sie, die Schule fertig zu machen, was ihr auf einer Abendschule mit Bravour gelang. Danach studierte sie Betriebswirtschaft und erhielt ihr Diplom als eine der Besten ihres Jahrgangs. Sie verbrachte ein paar Jahre im europäischen Ausland, um ihre Sprachkenntnisse zu vertiefen – sie spricht sechs Sprachen und lernt gerade Chinesisch –, und stolperte dann eher zufällig ins Bankgeschäft. Nach ihrer Rückkehr nach London arbeitete sie zunächst für eine große Geschäftsbank, bis ihr jetziger Arbeitgeber sie vor vier Jahren abwarb.

Während sie von ihrem Leben erzählt, fällt mir auf, dass sie älter sein muss, als ich dachte, und als ich sie vorsichtig nach ihrem Alter frage, tippt sie sich lachend auf die Nase und sagt, dass sie wohl nie wieder dreißig werden wird.

Ich frage sie, ob sie einen Freund hat. Keinen festen, antwortet sie. Es gab mal einen Kerl namens Mark, den sie auf ihren Reisen durch Europa kennengelernt hat und mit dem sie ein paar Jahre zusammen war. Danach hatte sie nur noch kurze Affären.

Als Nächstes muss ich Farbe bekennen. Ich erzähle ihr ein bisschen von meinem früheren Leben, dass ich in Chicago geboren wurde, mit sechs Jahren mit meiner Familie nach Seattle umgezogen bin und schließlich nach Detroit, als ich zehn war, weil mein Vater einen Job in der damals noch existierenden Autoindustrie bekam. Ich erzähle ihr nicht, was ich tat, bevor ich Schriftsteller wurde, so wie ich das auch bei Interviews mache. Ich sage ihr lediglich, dass ich an verschiedenen Orten in den Staaten verschiedene Jobs hatte. Ich komme schnell zu meinen Reisen und den Ländern, die ich in den vergangenen paar Jahren besucht habe.

Als ich ihr von meinen Reisen erzähle, vermutet sie, dass ich quasi überall auf der Welt eine Freundin habe. Ich schwöre, dass es nicht so ist, und behaupte, ich würde aus voller Überzeugung sexuelle Zurückhaltung üben. «Sex um seiner selbst willen bringt es nicht», erkläre ich. «Es reicht eben nicht aus, wenn sich nur die Körper berühren – auch Herzen und Seelen wollen berührt sein.»

Sie sieht mich mit feierlichem Gesicht schweigend an, bevor sie in schallendes Gelächter ausbricht. «Was für ein Blödsinn!»

«Wie bitte?» Ich spiele die verletzte Unschuld, aber mein Lächeln verrät mich.

«Wie viele Frauen haben Sie mit dieser Masche schon ins Bett gekriegt?», fragt sie spöttisch.

«Nicht so viele, wie ich gerne ins Bett gekriegt *hätte*», lache ich.

«Kein Wunder. Schließlich leben wir im 21. Jahrhundert, Sie Hippie. Die sechziger Jahre sind längst passé, da müssen Sie sich schon was Neues einfallen lassen.»

«Dann klären Sie mich auf», ermutige ich sie. «Was habe ich denn Falsches gesagt?»

«Diese ganze blöde Anmache können Sie vergessen. Die brauchen Sie nicht. Vertrauen Sie auf sich selbst.»

«Okay.» Ich wage es. «Hinter meiner schnoddrigen Fassade bin ich eigentlich ein stiller, introvertierter Kerl, den man auch als schüchtern bezeichnen könnte. Ich war einmal verheiratet, aber das ging nicht gut und hat sehr weh getan. Seitdem habe ich keine feste Beziehung mehr gehabt. Ich denke mir oft, dass ich für die Liebe nicht geschaffen und fürs Alleinsein bestimmt bin.»

«Niemand ist fürs Alleinsein bestimmt», widerspricht sie. «Man sucht es sich aus oder auch nicht. Niemand ist dazu verdammt.»

Ich könnte das mit ihr diskutieren, aber ich zucke diplomatisch mit den Achseln. «Vielleicht haben Sie recht», murmle ich.

Die ernste Wendung in unserem Gespräch nimmt der Nacht nichts von ihrem Reiz, aber sie macht uns so nachdenklich, dass wir nicht mehr viel sagen und einfach mit ineinander verschlungenen Händen dastehen und auf die Geräusche der Disco hören, während wir stumm ins vorbeifließende Wasser der dunklen, verzauberten Themse blicken.

DREI

Deleena will mir nicht ihre Telefonnummer geben – das macht sie nie bei Leuten, die sie gerade kennengelernt hat, sagt sie, selbst wenn es sich um «fabelhaft wunderbare Schriftsteller» handelt. Wenigstens nimmt sie meine und verspricht mir, mich demnächst einmal anzurufen. Bis vier Uhr früh liege ich wach und denke an sie, während ich unser Gespräch im Geist noch einmal Revue passieren lasse.

Ich erwache vom Klingeln des Telefons. Es ist kurz nach neun. Ich setze mich auf, greife nach dem Handy und schüttle benommen den Kopf, bevor ich meinen Namen sage.

«Habe ich Sie geweckt?», fragt Deleena.

«Nein. Ich war joggen. Bin gerade zurückgekommen.»

«Lügner», kichert sie.

«Wie kommt's, dass Sie mich so früh anrufen?»

«Früh? Ich arbeite seit halb sieben. Ich habe mich schon zurückgehalten.»

«Hätten Sie sich nicht noch ein bisschen länger zurückhalten können?», stöhne ich.

«Ich kann ja später noch mal anrufen, wenn Sie möchten.»

«Nein», sage ich schnell. «Legen Sie nicht auf.»

Deleena schweigt. Dann sagt sie: «Ich fand es sehr schön gestern Abend.»

«Ich auch.»

«Ich hoffe, ich habe auf Sie nicht wie ein Groupie gewirkt. Erst als ich zu Hause war, ist mir klar geworden, dass ich Ihnen die ganze Zeit Fragen über Ihre Bücher gestellt habe.»

«Ich bitte Sie», erwidere ich und lache leise. «Sie müssen sich nicht dafür entschuldigen, dass Sie mir geschmeichelt haben.»

«Also schmeicheln ist für mich noch was anderes», sagt sie leise.

«Für mich nicht», erwidere ich und grinse.

Ich fahre mir durch die Haare und bemerke, dass zwischen ihnen noch ein Stück einer roten Luftschlange hängt. Während ich es herausziehe, frage ich Deleena, ob sie mit mir zu Mittag essen möchte.

«Das geht nicht. Ich kann nur zum Mittagessen, wenn es ein Geschäftsessen ist, ansonsten muss ich bis zum Büroschluss an meinem Schreibtisch sitzen.»

«Haben Sie nicht gesagt, Sie hätten geregelte Arbeitszeiten?»

«Geregelte schon, aber recht lange», lacht sie. «Können wir uns nicht heute Abend um acht treffen?»

«Prima. Wo denn?»

«Wie wäre es mit dem National Film Theater? Sie zeigen gerade Horrorfilme aus den achtziger Jahren. Heute Abend läuft *Killer Party*, wenn ich mich nicht irre. Ich weiß, dass Sie blutrünstige Filme mögen, also …»

«Wie kommen Sie denn darauf?», unterbreche ich sie, aber dann erinnere ich mich, dass der Protagonist von *Sommerschatten* auf solche Filme steht.

«Mögen Sie denn keine Horrorfilme?», fragt Deleena verblüfft.

«Nicht sonderlich, wenn man von den Klassikern wie *Das Omen, Das Tor zur Hölle* und *Der Exorzist* einmal absieht.»

«Aber in *Sommerschatten* …?»

«Das war eine meiner Figuren, nicht ich, Deleena.»

«Aber *Sommerschatten* liest sich so, als hätte es jemand geschrieben, der solche Filme wirklich liebt. Es klingt so überzeugend.»

Ich lache. «Trotzdem verhält es sich anders, glauben Sie mir!»

«Sie sind also kein Fan von Horrorfilmen?»

«Genau.»

«Dem Himmel sei Dank», seufzt sie. «Ich kann Horrorfilme nicht ausstehen. Ich lese brutales Zeug wahnsinnig gern, aber anschauen mag ich mir so was überhaupt nicht.»

«Dann haben Sie den Film nur meinetwegen vorgeschlagen?», frage ich.

«Jetzt werden Sie bloß nicht übermütig», warnt sie. «Sie kennen meine Telefonnummer nicht, und wenn ich jetzt auflege und nicht wieder anrufe, müssen Sie ganz allein durch London dackeln.»

«Ich bin doch kein Hund.»

«Lenken Sie nicht ab.»

«Na schön. Horrorfilme sind gestorben. Was könnten wir sonst noch tun?»

Sie zögert. «Zu Abend essen?»

«Und wo?»

Sie schlägt ein kleines Restaurant im West End vor. Ich bin einverstanden. Dann frage ich: «Und danach?»

«Das werden wir schon sehen», erwidert sie. «Vielleicht habe ich nach dem Essen genug von Ihnen und will früh ins Bett gehen.»

«Vielleicht wollen Sie mich aber auch mitnehmen», flüstere ich frech.

Eine Pause. Die sich in die Länge zieht. Gerade als ich fragen will, ob sie noch da ist, flüstert sie: «Vielleicht.» Und legt auf.

Die nächsten beiden Abende sind wundervoll. Wir essen bei Kerzenschein in eleganten Restaurants, unterhalten uns gut und lachen viel. Ich fühle mich mit ihr sogar noch wohler als mit Joe. Sie gibt mir das Gefühl, ein anderer Mensch zu sein.

Nach dem Essen gehen wir zum Piccadilly Circus, zur Mall und zum Buckingham Palace, durch den Hyde Park oder die Themse entlang. Manchmal bummeln wir Hand in Hand, manchmal Arm in Arm. Wir reden über unsere Vergangenheit und Zukunft, unsere Hoffnungen und Träume, unsere Enttäuschungen und Misserfolge. Ich erzähle ihr nicht alles über mich, aber ich vertraue mich ihr mehr an als irgendeinem anderen Menschen in letzter Zeit: Erlebnisse aus meiner Jugend, den Tod meiner Eltern (meine Mutter starb an Krebs, als ich sechzehn war, mein Vater an einer unabsichtlichen Überdosis zwei Jahre später); ein paar von den Problemen mit meiner Ehefrau; warum ich Schriftsteller geworden bin; dass ich nur wenige Freunde habe und dass ich eigentlich schüchtern bin.

Auch Deleena erzählt mir viel von sich. Ich erfahre von einer schwierigen Zeit als Teenager, von einer Entziehungskur und einem zerrütteten Verhältnis zu ihren Eltern und davon, wie zurückgezogen sie nach der Trennung von ihrem Mann gelebt hat.

Trotz aller Vertraulichkeit küssen wir uns nicht. Am Ende eines jeden Abends erwarte ich, dass sie mir ihre Lippen anbietet, aber das tut sie nicht. Ein schneller Kuss auf die Wange, das war es auch schon, bevor sie in ein Taxi steigt und davonfährt. Ich bin verwirrt, aber irgendwie mag ich dieses Näherkommen auf Sparflamme. Ich bin mir sicher, dass es später schon noch zu Küssen und mehr kommen wird, aber momentan bin ich mit dem Reden, dem Spazierengehen und dem damit verbundenen besseren Kennenlernen ganz zufrieden.

Joe ist wieder zurück in London. Wir treffen uns am frühen Nachmittag in einem Café in Soho. Wir sitzen draußen und trinken ein Bier in der heißen Julisonne. Joe wirkt müde und abgespannt. Seiner Mutter geht es wieder etwas besser, aber der Arzt hat ihm gesagt, dass es wohl nur eine Frage von Wochen ist, bevor sie einem weiteren Schlaganfall erliegt.

«Ich weiß schon lange, dass es demnächst mit ihr zu Ende geht», sagt er. Er ist wieder dick eingepackt, während alle anderen Shorts und T-Shirts tragen, «aber wenn ein Arzt dich beiseitenimmt und es dir sagt, dann ist das noch mal was anderes ...» Er schüttelt den Kopf. Seine Hand mit dem Glas zittert.

«Du hättest bei ihr bleiben sollen.»

«Nein», sagt er und zupft traurig an seinem Bart. «Zwei meiner Schwestern sind zu ihr gezogen, und mein Bruder wohnt drei Häuser weiter. Ich würde nur im Weg rumstehen. Mag sein, dass ich das Ende verpasse, aber das ist vielleicht ganz gut so. Ich bin mir nämlich nicht sicher, ob ich dabei sein will, wenn sie … wenn sie …» Er hält inne. Ich blicke betreten auf die Tischplatte und schäme mich dafür, wie gut es mir hier ging, während Joe sich im Norden auf den Tod seiner Mutter vorbereiten müssen. «Mein Bruder hat mir einen guten Witz erzählt», murmelt Joe und lächelt schief.

Ich stöhne leise. Joes Witze sind meistens furchtbar schlecht. Fast hätte ich ihm gesagt, dass er sich die Mühe sparen kann, aber mir ist klar, dass er sich mit dem Witz nur von den Gedanken an seine Mutter ablenken will. «Erzähl», brumme ich.

«Ein Mann im Lokal sagt zum Kellner: Zahlen bitte.» Er macht eine Pause, dann seufzt er wehmütig. «Sagt der Kellner: Siebzehn, dreiunddreißig, elf.»

Ich zwinge mich zu einem gequälten Lachen. «Das war einer deiner schlechtesten überhaupt.»

«Warum lachst du dann?»

«Wenn ich das bloß wüsste.»

Wir grinsen uns an, und Joe schafft es offenbar, aus seiner düsteren Stimmung ein wenig herauszukommen.

«Na, hast du was geschafft?», fragt er.

«Nicht viel», erwidere ich.

«Gibt es was Neues an der Romanfront?»

«Um ehrlich zu sein, ich habe nicht allzu viel daran gearbeitet. Ich wollte warten, bis du wieder da bist.» Als er das hört, wird Joe munter. «Und außerdem … habe ich jemanden kennengelernt», fahre ich fort. Er wartet darauf, dass ich das näher ausführe. «Eine Frau.»

Er lacht. «Dass es kein Mann ist, kann ich mir denken.»

«Ich habe sie auf der Geburtstagsparty auf dem Schiff getroffen.»

«Auf der Party von Shar?», fragt er aufgeregt. «Bist du hingegangen?»

«Ja.»

«Und du hast dort tatsächlich eine abgeschleppt?»

«Ja.»

«Du ausgebuffter Bastard», prustet Joe los und ist einen Augenblick lang wieder ganz der Alte. «Du hast ja nicht gerade lange gebraucht, um zur Hochform aufzulaufen. Wie heißt sie denn?»

«Deleena Emerson. Sie arbeitet für eine Privatbank in der City.»

«Eine Bankerin.» Er pfeift durch die Zähne. «Respekt!»

Ich erzähle ihm ein wenig von Deleena und unseren gemeinsamen Abenden. Ich schildere, wie toll sie aussah in ihrem umwerfenden schwarzen Kleid und gebe auch ein paar Häppchen aus ihrer Vergangenheit zum Besten. Als ich Deleenas lange Beine, ihr weiches Haar und ihre funkelnden Augen beschreibe, grinst Joe wie ein Hai.

«Klasse», schnurrt er. «Hat sie vielleicht eine Schwester?»

«Sie ist ein Einzelkind.»

«Schade.» Dann trommelt er mit den Fingern auf dem Tisch herum. «Allerdings bin ich nicht gerade begeistert, was diese Geschichte für Auswirkungen auf deine Arbeit hat. Schön, wenn du verliebt bist, aber deinem Schreiben sollte das nicht in die Quere kommen. Hast du dich wenigstens mit John Meyher getroffen? Ich musste ihn daran erinnern, dass er mir noch einen Gefallen schuldet, damit er sich mit dir trifft.»

«Ich habe ihn gebeten, den Termin zu verschieben. Er hat gemeint, ich könne kommen, wann ich will, solange ich ihm ein paar Stunden vorher Bescheid sage.»

Joe droht mir mit dem Finger. «Dich kann man keine fünf Minuten allein lassen», schimpft er und schiebt mir sein Handy über den Tisch. «Ruf ihn jetzt gleich an, und mach einen Termin für heute Nachmittag.»

«Aber du bist doch müde, Joe. Lass uns warten, bis ...»

«Nein, wir warten nicht», beharrt er. «Wenn ich erst wieder arbeiten muss, hocke ich die ganze Woche lang in diesem dämlichen Laden und repariere Toaster und Mikrowellen. Heute kann ich noch sagen, dass ich unterwegs bin, aber ab morgen bin ich wieder viel zu beschäftigt, um dich zu begleiten.»

«Na schön.» Ich nehme das Handy und fange an zu tippen.

«Kennst du die Nummer denn auswendig?», fragt Joe erstaunt.

«Ich habe ein gutes Zahlengedächtnis.»

Meyhers Frau geht ran und sagt, dass ihr Mann gerade außer Haus ist, aber im Lauf des Nachmittags wieder zurückkommt. Ich lasse mir noch mal ihre Adresse geben – so gut ich mir Zahlen merken kann, so schnell vergesse ich andere Sachen – und mache ein Treffen für vier Uhr aus.

«Klappt's?», fragt Joe, als ich ihm sein Handy zurückgebe.

«Um vier.»

«Hervorragend.» Er trinkt aus und kommt mit auf mein Hotelzimmer, wo er auf der Couch ein Nickerchen macht, während ich mich wasche und umziehe. Joe ist erschöpft. Ich weiß genau, wie er sich fühlt. Als meine Mutter im Sterben lag, habe ich selten mehr als ein paar Stunden Schlaf gefunden. Am liebsten würde ich ihn schlafen lassen, aber er würde es mir sehr übelnehmen, wenn ich ohne ihn zu dem Termin gehen würde. Also rüttle ich ihn wach, lasse ihm einen Kaffee bringen, und dann machen wir uns in einem vom korrekten Mr. Lloyd herbeigerufenen Taxi auf den Weg.

John Meyher wohnt in Roehampton im Südwesten Londons. Als wir ankommen, stutzt er gerade in dem kleinen, sorgfältig gepflegten Garten vor seinem Haus einen Strauch zurecht. Er ist ein großer, beleibter Mann mit schütterem grauem Haar.

John begrüßt uns und bittet uns ins Haus für die in England obligatorische Tasse Tee. Obwohl John ein Experte für spontane menschliche Selbstentzündung ist, spricht er nur selten darüber. Wie die meisten anderen Verfechter dieser Theorie hat er jahrelang mit öffentlichem Spott und offizieller Missachtung zu kämpfen gehabt. Das macht ihn manchmal mutlos, erzählt er, aber als er erkennt, wie groß unser ehrliches Interesse ist, erwacht seine Begeisterung, und er beginnt schnell und eifrig zu reden.

Nach einem kurzen Ausflug in die Geschichte und einem knappen, aber verständlichen Abriss seiner Forschungen zeigt John uns Fotos von Menschen, die Opfer von spontaner menschlicher Selbstentzündung wurden – meist große Aschehaufen auf Küchen-, Schlaf- und Wohnzimmerböden. Manchmal liegen Hände oder Füße daneben, als wären sie vor der Verbrennung abgehackt worden. Mitten auf einem der Haufen liegt eine Pfeife, aus der noch Tabak auf die menschlichen Überreste rieselt.

John lenkt unsere Aufmerksamkeit auf die Umgebung der Aschehaufen und die Tatsache, dass sich an Wänden und Böden zwar hin und wieder Rußflocken finden, die Dielen und Möbel aber nicht einmal angesengt sind.

«Wissen Sie, bei welcher Temperatur sich ein menschlicher Körper in Asche verwandelt?», fragt John. «Mehr als neunhundert Grad Celsius. In einem Krematorium braucht man gigantische Feuerungsanlagen, um eine solche Hitze zu erzeugen. Einmal angenommen, man könnte ein Feuer dieser Intensität in einem einfachen Haus entfachen, wie kann es dann sein, dass in dem Raum, in dem ein lebender Mensch zu Asche verbrennt, keinerlei weitere Schäden entstehen?»

«Wie erklären das die Behörden?», frage ich.

«Überhaupt nicht», schnaubt John. «Sie ignorieren es einfach.»

«Und Sie? Wie meinen Sie, dass das abläuft?»

«Diese Menschen verbrennen von innen. Selbst Wissenschaftler, die nicht an spontane menschliche Selbstentzündung glauben, akzeptieren diese Möglichkeit. Im Inneren eines Körpers können sich Gase bilden und entzünden. Eigentlich müsste es dabei aber zu einer Explosion kommen, die den Körper von innen zerfetzt – nichts, was diese seltsamen, wie amputiert aussehenden Gliedmaßen übriglässt. Es sieht eher so aus, als würden diese Menschen in ihrem Inneren eine Feuersäule erzeugen, die sich immer weiter nach außen frisst. Die einzigen Körperteile, die dieses Feuer überleben, sind die Extremitäten, die von der Feuersäule nicht erreicht werden. Ich weiß nicht, wie das geschehen kann. Niemand weiß das. Es spricht allen uns bekannten physikalischen Gesetzen Hohn.»

Ich sehe mir ein Foto an, auf dem eine Hand neben einem Aschehaufen liegt, und denke über das Gehörte nach. Dann bringe ich es mit dem in Verbindung, was ich mir schon vor diesem Treffen überlegt habe, und beginne zu lächeln.

Nach unserem Gespräch mit John gehen wir in ein Pub – das Minotaurus –, wo ich rasch hintereinander ein paar Gläser Rum trinke, meinen derzeitigen Lieblingsschnaps. Ich trinke Wein zum Essen, Bier, wenn ich Lust auf eine rasche Erfrischung habe, und Rum, wenn ich etwas feiern will. Ich bin in Hochstimmung. John war das letzte Glied in der Kette. Mit dem, was er mir erzählt hat, kann ich mich bald ans Schreiben machen.

Joe wartet auf eine Erklärung für mein seltsames Verhalten. Breit grinsend hebe ich mein drittes Glas Rum und proste ihm zu. Joe wirft mir halb belustigt, halb verärgert, einen finsteren Blick zu.

«Tut mir leid», lache ich. «Ich weiß, dass ich mich wie ein Idiot benehme, aber jetzt habe ich alles für den Roman zusammen. Seit einem Jahr laufe ich dieser Geschichte hinterher, aber heute ist sie mir plötzlich in den Schoß gefallen. Ich habe zwar noch nicht alle Einzelheiten ausgearbeitet, aber im Kern ist sie da.»

Joe beugt sich nach vorn. «Kannst du sie mir erzählen, oder ist sie noch ein Geheimnis?»

Ich blicke hinab auf meine Hände und sammle meine Gedanken. «Erinnerst du dich noch daran, wie Pierre Vallance uns erzählt hat, dass er Gehirnwellen in Stimmen verwandeln kann?»

«Klar.»

«Wenn es wahr ist und man Wellen in Stimmen oder Bilder verwandeln könnte, würde das bedeuten, dass die Wirklichkeit subjektiv formbar ist. Manche Leute besäßen dann die Kraft, die Welt mit Hilfe ihrer Gedanken zu verändern. Nehmen wir an, einem Menschen mit dieser Gabe fällt ein brennendes Streichholz aus der Hand. Er bekommt einen Schreck und stellt sich vor, dass er in Flammen aufgeht. Und weil er diese Fähigkeit besitzt, die Wirklichkeit mit seinen Gedanken zu beeinflussen, stellt er sich das nicht nur vor, sondern er …»

«… fängt tatsächlich Feuer!», unterbricht mich Joe.

«Du hast es erfasst. Und weil er in Panik gerät, verhalten sich die Flammen auch nicht normal – sie tun das, was seine überhitzte Phantasie ihnen gebietet und verbrennen ihn wie eine Feuersäule von innen heraus.»

Ich lehne mich zurück und rede weiter, während sich die anderen Teile des Romans in meinem Kopf zusammenfügen. «Wenn einem Menschen gar nicht bewusst ist, dass er diese

Fähigkeit besitzt und sich deshalb unfreiwillig selbst verbrennt, ist das eine Tragödie. Aber jemand, der um diese Gabe weiß, könnte sie gegen andere einsetzen, und dann, Joe, wäre das Mord und damit genau das Richtige für einen Roman von Ed Sieveking.» Ich hebe mein Glas, trinke es aus und bedeute Joe, seines ebenfalls zu leeren. «Wir können es uns nicht leisten, den ganzen Tag lang herumzusitzen und zu saufen», sage ich. «Schließlich haben wir ein Buch zu schreiben!»

VIER

Ich treffe mich mit Deleena fast jeden Abend. Manchmal gehen wir essen, manchmal nur auf einen Drink in eine Bar, am häufigsten aber machen wir lange Spaziergänge, auf denen wir uns ziellos durch das nächtliche Straßenlabyrinth Londons treiben lassen.

Deleena erscheint mir wie eine Kreatur der Nacht, die sich an schwach beleuchteten Orten am wohlsten fühlt. Sie hat empfindliche Augen, sagt sie, weshalb ihr kleine, schummrige Restaurants lieber sind als große, hell ausgeleuchtete. Mir ist das recht, denn es bedeutet, dass ich bei jedem Treffen neue Seiten an ihr entdecke. Ein Muttermal auf ihrer linken Schulter, als der Träger ihres BHs ein wenig verrutscht. Eine Sommersprosse auf ihrem rechten Ohr, die zuvor hinter ihren Haaren versteckt war. Ein leicht verfärbter Zahn.

Gelegentlich frage ich mich besorgt, was wohl wäre, wenn ich Deleena einmal in hellem, direktem Licht sehen würde.

Würde ihre Schönheit dann bröckeln, würde sie sich als hässliche alte Schachtel entpuppen, die sich geschickt hinter einer Fassade aus Farbe und Make-up verbirgt? Aber natürlich ist das Unsinn. Auch bei schlechtem Licht kann ich erkennen, dass das, was ich sehe, keine Maske ist.

Sie liebt Bücher, und obwohl wir bis zu einem gewissen Punkt denselben Geschmack haben, hören die Ähnlichkeiten irgendwann einmal auf. Ihr Lieblingsroman ist zum Beispiel *Der Alchimist*, der für mich immer schon ein gefälliger New-Age-Humbug war, aber sie verteidigt ihre Meinung so überzeugend, dass sie mich langsam für das Buch gewinnt.

Eines Abends bringt sie es mit und liest mir auf einer steinernen Bank am Trafalgar Square einige ihrer Lieblingspassagen vor. Ich höre ihr mit einem warmen Lächeln zu und betrachte verträumt, wie ihre Lippen sich beim Formen der Worte sanft öffnen und schließen. Selbst wenn Paulo Coelho höchstpersönlich an unserer Bank vorbeikäme und mir anböte, an Deleenas statt weiterzulesen, würde ich ein strenges Gesicht aufsetzen und ihn wie ein britischer Bobby auffordern: «Gehen Sie weiter, Sir. Hier gibt es nichts zu lesen.»

Da wir ohnehin die meiste Zeit über Bücher reden, habe ich angefangen, Deleena von meinem neuen Roman zu erzählen. Normalerweise spreche ich in diesem frühen Stadium mit niemandem über die Details – das Erste, was irgendjemand von einem Ed-Sieveking-Roman zu Gesicht bekommt, ist die dritte oder vierte Fassung, die ich an meinen Agenten schicke. Aber es kommt mir ganz natürlich vor, Deleena in meine Gedankengänge einzuweihen und meine Ideen vor ihr auf den Prüfstand zu stellen, so, wie ich es auch mit Joe tue.

So nah wir uns auch gekommen sind, irgendwie spüre

ich trotzdem eine merkwürdige Distanz zwischen Deleena und mir. Unsere Treffen sind bisher sehr keusch abgelaufen. An zwölf Abenden haben wir zusammen gegessen und sind spazieren gegangen. Wir haben uns intime Dinge erzählt und unsere Seelen voreinander enthüllt, aber wir haben uns nicht einmal geküsst. Unsere Lippen haben sich noch kein einziges Mal berührt! Bedeutet das, dass sie mich nur als Freund haben will? Ich bin mir nicht sicher. Manchmal schaut sie mich an, als hätte sie sich auch in mich verliebt, aber gleich darauf ist da eine große Melancholie in ihren Augen, und ich bin mir fast sicher, dass sie mir in der nächsten Minute sagen wird, dass sie mich nie wieder sehen will. Deleena verwirrt mich, aber vielleicht ist es gerade das, was mich an ihr so fasziniert.

Ein paarmal verlässt sie, noch bevor wir zu Ende gegessen haben, urplötzlich das Lokal oder beendet mit irgendeiner fadenscheinigen Entschuldigung vorzeitig einen soeben begonnenen Spaziergang. Ich bleibe dann allein zurück und sehe ihr sehnsuchtsvoll hinterher, während ich mir ausmale, was wir miteinander noch hätten erleben können. Meistens laufe ich nach dieser Enttäuschung alleine los, um meinen Frust zu vergessen und Deleena aus meinen Gedanken zu verbannen, aber je kürzer die Zeit ist, die sie mit mir verbringt, desto mehr begehre ich sie.

Ich bilde mir ein, dass ich den Charakter eines Menschen ziemlich gut einschätzen kann – ein Schriftsteller muss das können –, aber bei Deleena will es mir einfach nicht gelingen. Es gibt Augenblicke, in denen ich mich ihr unglaublich nah fühle, doch dann klimpert sie nur einmal mit den Augen, und es ist so, als ob ich sie überhaupt nicht kennen würde.

Joe kann mir nicht helfen, weil er sie noch nicht kennengelernt hat. Ich würde die beiden gerne miteinander bekannt machen, aber irgendwie klappt das nicht. Joe hat schon mehrere anberaumte Treffen kurzfristig abgesagt, weil er nach Feierabend noch ein paar dringende Reparaturjobs zu erledigen hatte, bei einem anderen Termin musste Deleena überraschend länger im Büro bleiben. Letzten Samstag wollten wir zu dritt einen Grillabend machen, aber erst musste Joe zu einem Kunden, und dann rief mich Deleena an und sagte, sie habe unangemeldeten Besuch von alten Freunden bekommen. Wenn ich nicht genau wüsste, dass wir in einem vom Zufall bestimmten Universum leben, würde ich schwören, dass das Schicksal die beiden nicht zusammenkommen lässt.

Ich habe intensiv an meinem Buch gearbeitet und überlegt, weshalb meine Hauptfigur ums Leben gekommen ist. Weil reiner Zufall ausscheidet, brauche ich dringend einen Grund, der die Erzählung vorantreibt, aber ich kann mich nicht entscheiden, was für ein Grund das sein soll. Als ich eines Abends in meinem von Notizzetteln übersäten Hotelzimmer zu Joe sage, dass ich in einer Sackgasse stecke, hat dieser einen Geistesblitz.

«Wie wäre es mit einem Geheimdienst, der Menschen mit übernatürlichen Fähigkeiten eliminiert, die nicht mit ihm zusammenarbeiten wollen?», schlägt er vor. «Unser Protagonist gerät ins Visier des Geheimdienstes, und als man dort feststellt, dass sie ihn nicht für ihre Zwecke einsetzen können, wird er umgebracht.»

«Und dann kommt er als Geist zurück und lässt sie zur Strafe hundert lodernde Feuersäulen fressen», antworte ich begeistert und klopfe Joe auf den Rücken.

«Weißt du was?», frage ich ein paar Minuten später, als ich die Idee aufgeschrieben und ein bisschen weitergesponnen habe. «Du hast dir gerade eine Erwähnung in dem Buch verdient.»

Joes Augen weiten sich. «Heißt das, dass mein Name mit auf der Titelseite stehen wird?»

«Nein», lache ich. «Aber wie wäre es mit einer Erwähnung in den Danksagungen? Als kreativer Berater?»

«Meinst du das ernst?», freut sich Joe.

«Außerdem werde ich dich wohl an den Tantiemen beteiligen müssen.»

«Oje, Ed, das brauchst du doch nicht …»

«Ich bestehe darauf. Was hältst du von fünf Prozent?»

«Warum nicht zehn?», erwidert Joe sofort.

«Lass uns bei fünf bleiben», lache ich.

«Darauf müssen wir einen trinken», strahlt Joe und eilt zur Minibar.

«Ich fasse es nicht, wie großzügig ich auf einmal bin», stelle ich ironisch fest, während mir Joe einen Rum eingießt. «Wenn du mir vor ein paar Wochen gesagt hättest, dass ich jemandem einen Anteil an meinen Tantiemen anbieten würde, hätte ich dich für verrückt erklärt.»

«Machst du jetzt einen Rückzieher?», fragt Joe nervös.

«Nein», lächle ich. «Ich stehe zu meinem Wort. Willst du es schriftlich haben?»

«Sei nicht albern. Ich vertraue dir.»

Ich stürze den Rum hinunter und gieße mir ein zweites Glas ein, das ich etwas langsamer trinke. Schließlich will ich mich nicht mehr vor Einbruch der Nacht sinnlos betrinken.

«Vielleicht werde ich auch Deleena in der Danksagung erwähnen», sage ich.

«Warum denn das?», fragt Joe und runzelt die Stirn. «Sie hat doch gar keine Ideen zu dem Roman beigesteuert.»

«Stimmt, aber wir müssen ihr dafür dankbar sein, dass sie

meine Großzügigkeit geweckt hat. Wenn ich mich nicht verliebt hätte, dann hätte ich dich wohl nicht so stark in den kreativen Prozess mit einbezogen.»

Joe senkt den Blick. «Dann hast du dich also tatsächlich in sie verliebt?», fragt er ruhig.

«Ich glaube schon. Aber vielleicht liegt es ja auch nur am Rum. Verflixt noch mal, ich weiß es nicht. Prost.»

«Prost», sagt Joe ernüchtert.

«Was ist denn los?», frage ich.

«Nichts. Ich frage mich nur, wann du sie mir endlich vorstellst. Seit zwei Wochen enthältst du sie mir vor.»

«Ist es denn meine Schuld, dass du lieber Kühlschränke reparierst oder Fernseher einstellst oder Gott weiß was sonst noch alles machst, wenn ich dich mit zu Deleena nehmen will?»

«Nein, aber …» Er zuckt mit den Achseln. «Ich habe mit ein paar von meinen Freunden gesprochen, die auch auf Shars Geburtstagsparty waren, und niemand kennt sie. Außerdem wundert es mich irgendwie schon, dass sie mir nicht schon früher über den Weg gelaufen ist. So, wie du sie beschreibst, kann man sie nur schwer übersehen.»

«Das stimmt», seufze ich und stellte mir Deleena in dem schwarzen Kleid vor, in dem ich sie kennengelernt habe. «Aber dass deine Freunde sie nicht kennen, ist ganz normal. Sie ist eine Kundin von Shar und kannte wie ich niemanden auf dem Boot. Deswegen sind wir überhaupt erst miteinander ins Gespräch gekommen.»

«Trotzdem musst du sie mir demnächst mal zeigen, Ed. Sonst muss ich am Ende noch annehmen, dass sie in Wirklichkeit potthässlich ist.»

«Du kannst mich mal», knurre ich, und Joe lacht.

Ich gieße mir ein drittes Glas Rum ein und freue mich

darüber, dass ich so viel Glück habe. Der neue Roman entwickelt sich prächtig, ich habe eine Beziehung mit einer umwerfenden Frau und außerdem noch einen guten Freund. Was für ein Unterschied zu dem einsamen, leidenschaftslosen Leben, das ich normalerweise führe. Viele Jahre lang habe ich einen tiefen Groll mit mir herumgeschleppt, einen Groll gegen eine Welt, die mich so schlecht behandelt hat. Jetzt sehe ich seit einer halben Ewigkeit zum ersten Mal Licht am Ende des Tunnels. Ich bin mir nicht sicher, womit ich solch ein Glück verdient habe, aber ich bin fest entschlossen, es zu genießen, so lange es andauert. Und vielleicht, wenn das Schicksal es gut mit mir meint, bleibt es ja für immer. Wer weiß?

Ein weiterer Abend in Begleitung der bezaubernden Deleena, die mich in ein gutbesuchtes kleines Restaurant mit Blick auf die Themse führt. Ich erzähle ihr von meinem Gespräch mit Joe, und sie erklärt mir lachend, dass ich ihn jederzeit zu einem unserer Treffen mitbringen kann. Als ich ihr daraufhin vorschlage, zu dritt ein Wochenende auf dem Land zu verbringen, winkt sie ab.

«In der Bank ist momentan noch mehr los als sonst, und ich habe am Wochenende Bereitschaft. Es wäre doch jammerschade, wenn die mich vom Land zurück nach London zitieren würden.»

«Und ich dachte immer, die Sklaverei wäre längst abgeschafft», empöre ich mich. «Kannst du dir denn nicht wenigstens den Sonntag freinehmen?»

«Natürlich könnte ich das, aber demnächst wird bei uns im Büro eine Führungsposition frei, die ich gerne hätte. Dann würde ich mehr verdienen, hätte mehr Sicherheit und …», sie beugt sich vor und streicht mir lächelnd über die Nase, «… auch mehr Urlaub. Außer mir sind noch zwei andere Kollegen scharf auf die Position, weshalb wir alle drei momentan auf Hochtouren arbeiten, um unsere Herren und Meister zu beeindrucken. Wenn ich jetzt um Urlaub bitte, bin ich aus dem Rennen. Es tut mir leid, aber …» Sie zuckt mit den Achseln und sieht dabei verdammt schön aus.

Ich wechsle das Thema und erzähle ihr, wie ich mit dem Roman vorankomme.

«Hast du noch ein weiteres Medium interviewt?», fragt sie.

«Nein.»

«Auch nicht Etienne?» Sie meint Etienne Anders, ein Medium, das sie mir empfohlen hat.

«Ich habe ein paarmal bei ihr angerufen. Einmal war besetzt, und die anderen Male habe ich nur ihren Anrufbeantworter erwischt. Ich hasse es, Nachrichten zu hinterlassen, deshalb habe ich gleich wieder aufgelegt.»

«Hast du noch ihre Karte?», will Deleena wissen, und ich nicke. «Du solltest sie wirklich anrufen. Ich habe ihr gesagt, dass du dich bei ihr meldest. Sie ist wirklich gut, Ed. Ich war im Lauf der Jahre bei vielen Medien, und sie ist die Einzige, die mich wirklich beeindruckt hat.»

«Ich werde sie kontaktieren, versprochen. Im Augenblick bin ich zwar gerade an was anderem dran, aber wenn du willst, kann ich ein paar Dinge absagen und für morgen einen Termin mit ihr ausmachen.»

«Nein», erwidert sie lächelnd. Sie legt eine Hand auf meine. «Wegen mir musst du deine Pläne nicht ändern. Ich will dir nur helfen. Heb dir einfach ihre Karte auf und …» Sie blickt in den Raum und erstarrt. Schnell nimmt sie ihre Hand zurück. Ich folge ihrem Blick und sehe einen Tisch mit fünf Männern mittleren Alters, die übermütig ihre Scampi pulen. Deleenas Blick konzentriert sich auf einen Mann mit langem grauem Haar, das er hinten zu einem Pferdeschwanz zusammengebunden hat. Er ist braungebrannt und elegant gekleidet.

«Stimmt etwas nicht?», frage ich.

«Alles in Ordnung», keucht sie, beugt sich aber so über den Tisch, dass der Mann sie hinter meinem Rücken nicht sehen kann.

«Wer ist das? Und warum versteckst du dich vor ihm?», flüstere ich.

«Ein Bekannter, den ich nicht sehen will.» Sie nimmt die Serviette von ihrem Schoß. «Macht es dir etwas aus, wenn ich jetzt gehe? Ich weiß, wir haben noch nicht fertig gegessen, aber …»

«Schon in Ordnung.» Ich gebe dem Kellner ein Zeichen, dass ich die Rechnung haben will, und setze mich so hin, dass ich zwischen Deleena und dem mysteriösen Mann bin. Sobald ich bezahlt habe, erhebe ich mich, und Deleena und ich verlassen schnell und möglichst unauffällig das Lokal. Ich stelle ihr keine weiteren Fragen und verkneife es mir, im Vorbeigehen einen Blick auf den Tisch der fünf Männer zu werfen.

Beim Aufstehen habe ich, ohne dass Deleena es bemerkt hat, ein Messer genommen, das ich hinter meinem Körper verborgen in der Hand halte. Nur für den Fall, dass es Ärger gibt und ich mich verteidigen muss. Eine alte Gewohnheit, die sich automatisch wieder eingestellt hat. Auch wenn kein Lebender gesehen hat, dass ich das Messer geklaut habe, ist es meinen Geistern nicht entgangen. Sie fuchteln mit den Händen vor meinem Gesicht herum und versuchen, mich zu abzulenken. Es würde ihnen gefallen, wenn ich in Schwierigkeiten gerate, und ich kann mir gut vorstellen, wie sehr sie sich das herbeisehnen.

Aber ich muss die Gespenster enttäuschen. Die Männer bemerken Deleena nicht. Sobald wir das Lokal verlassen haben, verschwindet sie um eine Ecke und bleibt stehen. Mit vor der Brust gekreuzten Armen starrt sie hinaus auf den Fluss. Sie zittert. Ich sage nichts und warte auf eine Erklärung, während ich seelenruhig das Messer in die Tasche stecke. Ein Teil von mir bedauert fast, dass ich keine Gelegenheit hatte, es zu benutzen. Es ist der Teil, der sich die alten Zeiten wieder zurückwünscht.

«Schlimm, nicht wahr?», sagt Deleena nach längerem Schweigen.

«Wer war das?», frage ich. «Ein Exfreund?»

«Um Himmels willen, nein! Bond Gardiner ein Exfreund? Niemals!» Sie dreht sich mir zu. «Sagt dir dieser Name nichts?» Ich überlege kurz und schüttle den Kopf.

«Er ist … nun, ich schätze mal, man kann es nicht anders ausdrücken, er ist ein Gangster.»

Ich runzle die Stirn. «Und was hast du mit ihm zu tun?»

«Er wollte ein Konto bei unserer Bank eröffnen. Meine Vorgesetzten haben seine Anfrage abgelehnt, und ich war diejenige, die es ihm sagen musste. Er wurde fuchsteufelswild und hat mir wirklich schlimme Dinge an den Kopf geworfen. Um ein Haar hätte er mir ganz offen gedroht. Am nächsten Tag hat er mir eine Karte geschickt und sich für seinen Ausbruch entschuldigt, aber trotzdem …»

«Trotzdem willst du mit diesem Gangster nie wieder etwas zu tun haben.»

«Richtig.»

Wir lächeln uns an. Ich bin erleichtert, dass es nichts Schlimmes ist. Es gibt eine Menge, was ich über Deleena nicht weiß. Alle möglichen finsteren Gedanken sind mir schon durch den Kopf gegangen.

«Was machen wir jetzt?», frage ich.

Sie zuckt mit den Achseln. «Wollen wir ein Taxi ins Westend nehmen und uns eine Spätvorstellung im Kino ansehen?»

«Ich würde lieber noch etwas spazieren gehen.»

«Okay.»

Ich sehe sie an, wie sie mit dem Rücken an der Hauswand lehnt. In dem schummrigen Licht wirkt sie unglaublich jung. Und wunderschön. Ich hebe die Hand und streiche ihr die Haare aus dem Gesicht, dann lasse ich meinen Zeigefinger über ihre Wange zu ihrem Kinn wandern.

Deleena sieht mich erstaunt an und hebt leicht den Kopf. Ihre Lippen werden zu zwei dünnen, kaum mehr sichtbaren Strichen. Es ist das erste Mal, dass ich einen Annäherungsversuch wage. Ich bin nicht auf Sex aus – schließlich will ich nicht, dass unser erstes Mal im Freien stattfindet, mit dem Rücken an einer rauen Hauswand. Ein Kuss würde mir schon genügen. Normalerweise würde mich so eine Situation nicht nervös machen, aber mit Deleena bin ich wie gelähmt. Wenn sie jetzt ihren Kopf wegdreht, wo wird uns das hinführen?

Ich beuge mich langsam zu ihr. Sie bewegt sich nicht. Ich drücke sanft meine Lippen auf ihre. Dann sehe ich sie fragend an.

Deleena schaut mir direkt in die Augen. «Ed …», sagt sie, «ich weiß, dass du geduldig warst. Ich weiß, dass wir darüber nie gesprochen haben, und ich weiß auch, dass du dich fragst, was ich überhaupt von dir will.»

«Das ist okay», flüstere ich.

«Ich will es ja auch.» Ein flüchtiges, unsicheres Lächeln huscht über ihr Gesicht. «Aber erst, wenn ich bereit dazu bin. Bitte, dränge mich nicht.»

«Das werde ich nicht.» Ich stehle ihr noch einen flüchtigen Kuss. «Ich habe es nicht eilig.»

«Ist es okay, wenn wir uns nur küssen?», fragt sie.

«Auch das müssen wir nicht», sage ich ihr.

«Ich habe nichts gegen Küsse», sagt sie lächelnd. «Aber behalte bitte deine Hände bei dir.»

«Ich werde der vollkommene Gentleman sein», schwöre ich, während ich sie umarme. Sie stellt sich auf die Zehenspitzen, legt mir die Arme um den Hals und küsst mich. Erst ganz sanft, dann fester, leidenschaftlicher.

Eng umschlungen stehen wir im Schatten des Hauses. Ich streichle mit den Händen ihre Wirbelsäule entlang und achte darauf, dass sie nicht allzu tief gleiten. Sie schmiegt sich enger an mich, und über ihre warme Zunge und ihre feuchten Lippen kann ich den Rhythmus ihres lebhaft pochenden Herzens spüren.

«Deleena», stöhne ich, aber bevor ich noch etwas sagen kann, bringt sie mich mit einem weiteren Kuss zum Schweigen. Ich bin verloren. Worte werden bedeutungslos. Es gibt nur noch mich, die Nacht und sie.

FÜNF

Seit ich Deleena kennengelernt habe, schlafe ich eigentlich ziemlich gut, aber diese Nacht wird eine schlechte sein, das weiß ich. In meinem Hotelzimmer hole ich das Messer aus meiner Tasche und betrachte es nachdenklich. Es überrascht mich, wie schnell meine alten Instinkte wiedererwacht sind. Für den Fall eines Angriffs hatte ich mir bereits verschiedene Verteidigungsstrategien zurechtgelegt und einen Fluchtweg ausgemacht. Das Messer ist weder das schärfste noch das robusteste, aber das hatte ich mit einkalkuliert. In meinen Händen wäre es dennoch zu einer gefährlichen Waffe geworden.

Ich erinnere mich an andere Nächte und andere Messer. Nächte, in denen ich betrunken war und mir weinend wie ein kleines Kind die Spitze eines Messers ganz nahe ans Auge gehalten habe, um sie mir durch meinen Augapfel tief ins Hirn zu stechen. Meine Geister haben mich damals wortlos angefeuert, meinen Plan durchzuführen und mich zu ihnen in die düstere Schattenwelt zu gesellen.

Auch jetzt drängen sie sich an mich und suchen nach einer Chance, mich zu manipulieren. In solchen Augenblicken sehen sie unglaublich hasserfüllt aus. Wenn uns jemand zusammen sehen könnte, würde er mich unweigerlich für ein Opfer halten, eine bedauernswerte Kreatur, die von bösen Mächten angegriffen wird.

Ich weiß es besser. Ich habe meine Geister verdient. Sie haben ein Recht auf ihre Bosheit.

Ich lege das Messer beiseite und seufze. «Geht schlafen», sage ich zu den enttäuschten Geistern, bevor ich ins Bett gehe und auf die Albträume warte, die mich in dieser Nacht bestimmt quälen werden.

Joe und ich sind ein wenig durch die Stadt gefahren und haben Ausschau nach Orten gehalten, die ich eventuell für das Buch gebrauchen könnte. Mich faszinieren die kleinen, verwinkelten Gassen hinter einem Bahnhof, der den seltsamen Namen Elephant & Castle trägt. Obwohl es ein Viertel im Zentrum ist, sehen viele der schäbigen, alten Häuser so aus, als ob sie in der Vergangenheit steckengeblieben wären. Die ganze Gegend fühlt sich irgendwie makaber und unheimlich an. Ich mache mir Notizen über Straßennamen, Parks, Schulen, Läden und verlassene Gebäude.

Joe sitzt am Steuer. Er ist heute launischer als sonst und ziemlich wortkarg. Erst als wir unsere Erkundungstour beendet und den Fluss überquert haben, sagt er: «Hast du irgendwas gesehen, was wir für das Buch benützen könnten?»

«Vermutlich. Ich mag die Gegend um Elephant & Castle. Hast du eine Ahnung, woher der Name stammt?» Joe brummt ein Nein in seinen Bart und steuert den Wagen unnötig scharf um eine Linkskurve. Ich mustere ihn neugierig. «Wie geht es deiner Mutter?»

«Gut.»

«Und was macht die Arbeit?»

«Alles beim Alten.» Er wirft mir einen Blick zu. «Wieso fragst du?»

«Weil du irgendwie von der Rolle zu sein scheinst.»

Er grummelt wieder, bremst und fährt links ran. Ein paar Minuten lang sagen weder er noch ich etwas. Schließlich seufzt er. «Es wird dir bestimmt nicht gefallen. Vielleicht sollte ich lieber den Mund halten. Ich wollte es dir nicht sagen, und ich weiß immer noch nicht, ob ich es überhaupt tun soll.»

«Was ist denn los, Joe?», frage ich. Jetzt bin ich richtig beunruhigt.

«Ich habe nicht geschnüffelt», sagt er. «Ich habe nicht meine Nase in deine Angelegenheiten gesteckt. Ich habe nur … Erinnerst du dich, dass ich dir erzählt habe, ich hätte mich bei meinen Freunden über Deleena erkundigt?»

Das hatte ich nicht erwartet. Eigentlich hatte ich befürchtet, er hätte in meiner Vergangenheit gewühlt. Ich atme aus und nicke erleichtert.

«Gestern Abend war ich bei Shars Freund und habe mir seinen alten Videorecorder angesehen», sagt Joe. «Shar war auch da, und ich habe sie nach Deleena gefragt. Ich war einfach neugierig.»

«Verstehe.» Ich bin mir nicht sicher, was jetzt kommen wird, aber zumindest hat es nichts mit meiner Vergangenheit zu tun.

Joe zögert, dann spuckt er es aus. «Shar kennt sie nicht.»

Ich verdaue die Information, suche nach einer Erklärung. «Wieso kennt Shar Deleena nicht?»

«Sie hat keine Deleena Emerson in ihrer Kundenkartei.

Nicht einmal jemanden, der auch nur annähernd so ähnlich heißt.»

«Hast du ihr Deleena beschrieben? Vielleicht benutzt sie bei ihr ja einen anderen Namen …»

«Wie sollte ich sie denn beschreiben?», unterbricht mich Joe. «Schließlich habe ich sie noch nie gesehen.»

«Ach so. Stimmt.» Ich starre befremdet auf das Armaturenbrett.

«Ich hätte den Mund halten sollen», sagt Joe.

«Nein. Es ist gut, dass du es mir erzählt hast.»

«Aber was wirst du jetzt …?»

«Bitte. Keine Fragen. Überlass es einfach mir.»

«Okay.» Er klopft auf das Lenkrad. «Willst du noch irgendwohin oder gleich ins Hotel?»

«Ins Hotel.» Ich lächle humorlos. «Ich muss mich auf mein Rendezvous vorbereiten.»

Wir treffen uns in einer Pizzeria. Deleena liebt Abwechslung. Heute ein Sterne-Restaurant, morgen Burger King. Ich bestelle eine Pizza mit Schinken und Pilzen, Deleena eine mit Peperoni. Dazu trinken wir eine Flasche weißen Hauswein.

Bisher war ich ziemlich einsilbig. Deleena spürt, dass etwas nicht stimmt, tut aber so, als ob alles in Ordnung wäre. Sie erzählt mir von ihrem Arbeitstag und wie sehr sie den gestrigen Abend genossen hat – wir waren bei einem Bierfest, wo wir Ale aus massiven Holzkrügen getrunken haben – und macht Vorschläge für den morgigen. Ich antworte mit Brummen und Achselzucken und warte darauf, dass sie mich fragt, was denn mit mir los sei.

«Okay», sagt sie schließlich und legt Messer und Gabel weg. «Was habe ich getan?»

Ich stecke das Stück Pizza, das ich eben abgeschnitten habe, in den Mund und spüle es mit einem Schluck Wein hinunter, bevor ich ihr antworte. «Ich weiß, dass du mich angelogen hast.» Deleena zuckt zusammen, sagt aber nichts. «Shar kennt dich nicht. Du bist keine Kundin von ihr.»

Sie bewegt ihren Oberköper vor und zurück, das Gesicht neutral, die Hände liegen ruhig auf der Tischplatte. «Wenn du willst, kannst du jetzt gehen», bietet sie an. «Die Rechnung übernehme ich.»

«Ich gehe nirgendwohin, bevor du es mir erklärt hast.»

«Wozu soll ich das tun?», schnaubt sie. «Wer einmal lügt, dem glaubt man nicht. Da ist es wahrscheinlich klüger, du gehst jetzt, löschst meine Nummer aus deinem Telefon und legst auf, wenn ich jemals wieder anrufen sollte.»

«Daran habe ich auch schon gedacht, und vor einer Woche hätte ich es vielleicht sogar getan. Aber jetzt …» Am liebsten würde ich mich zu ihr hinüberbeugen und die Wahrheit aus ihr herausschütteln, aber ich begnüge mich mit einem stechenden Blick. «Ist Deleena überhaupt dein richtiger Name?»

«Nein», erwidert sie gelassen. «Ich heiße in Wirklichkeit Andeanna Moore, und ich *bin* eine Kundin von Shar – so viel stimmt wirklich. Du kannst sie fragen. Diesen Namen kennt sie.»

«Warum hast du mir einen falschen Namen genannt?»

«Das errätst du bestimmt. So schwer ist es auch wieder nicht.»

«Bist du verheiratet?», frage ich, und sie nickt. Diese knappe Geste lässt mich fast aufspringen und für immer aus ihrem Leben verschwinden. Lediglich ihr tieftrauriges Gesicht hält mich davon ab. «Liebst du ihn?»

«Du meine Güte, Ed!» Sie lacht freudlos.

«Liebst du *mich*?»

Jetzt fangen ihre Hände an zu zittern, und sie nimmt sie

vom Tisch, damit ich es nicht bemerke. Sie kann mir nicht in die Augen sehen. «Das ist nicht so einfach», sagt sie. «Es gibt Dinge, von denen du nichts weißt.»

«Dann erzähl sie mir.»

Sie hebt den Kopf. Ihre Augen füllen sich mit Tränen. Ich ignoriere das und konzentriere mich auf ihre Lippen, weil ich wissen will, ob sie mir die Wahrheit sagt. «Erinnerst du dich noch an den Mann, den wir neulich in dem Lokal gesehen haben? Bond Gardiner?»

«Ist er dein Mann?»

«Nein. Emerson Moore ist mein Mädchenname. Mein Ehename ist Andeanna Menderes. Mein Mann …»

«… ist Mikis Menderes», beende ich den Satz für sie.

Sie schaut mich verblüfft an. «Kennst du ihn?»

«Mikis Menderes, genannt der Türke.»

«Du weißt, wer er ist? Und *was* er ist?»

«Ich habe in der Zeitung mal was über ihn gelesen», lüge ich.

«Mikis steht in Amerika in der Zeitung?», fragt sie ungläubig.

«Nein», justiere ich rasch meine Geschichte nach. «Ich habe auf einer meiner früheren Reisen nach Großbritannien was über ihn gelesen.»

Als ich nicke, sagt sie: «Dann weißt du auch, warum ich so große Angst davor habe, mich mit dir einzulassen, warum mein Herz bei unserem ersten Kuss so geklopft hat. Warum ich nicht wollte, dass mehr daraus wird. Und du weißt, warum du jetzt gehen und nicht mehr zurückschauen solltest. Denn wenn Mikis von uns erfährt … wenn er auch nur die leiseste Ahnung davon bekommt, was wir …»

Sie kann nicht weiter sprechen, und ich kann mir nicht vorstellen, was sie dazu bringen könnte. Wir sitzen nur da und starren uns an, bis ein Kellner uns fragt, ob wir mit dem Essen fertig seien. Ich nicke, und er erkundigt sich, ob wir noch etwas zum Nachtisch wünschen. «Nein danke», murmle ich, dann bezahle ich und begleite Deleena – *Andeanna*, Mrs. Menderes, die Ehefrau eines der berüchtigtsten Gangster Londons – hinaus in die Ungewissheit einer schwülen, bedrohlichen Nacht.

TEIL ZWEI

SECHS

Es ist schon erstaunlich, wie schnell sich der Eindruck ändern kann, den ein Ort auf einen macht. Letzte Woche war ich noch regelrecht verliebt in London, in seine Architektur, seine Bewohner, seine Aura. Jetzt erscheinen mir die Gebäude alt und baufällig, und die Menschen haben graue, verhärmte Gesichter. London kommt mir vor wie eine Stadt der Verlorenen.

Drei Tage sind vergangen, an denen ich kein Wort von Andeanna gehört habe. Ich kann mich immer noch nicht an ihren neuen Namen gewöhnen. Eigentlich sollte ich auch daran arbeiten, ihre beiden Namen für immer aus meinem Gedächtnis zu streichen. Deleena, Andeanna, wo ist da der Unterschied? Diese Frau ist Gift für mich, egal wie sie sich nennt. Eine verheiratete Frau, die mich angelogen hat. Schlimmer noch, die Frau eines Gangsters. Was ist, wenn uns an dem Abend im Restaurant der Handlanger des Türken miteinander gesehen hat? Was ist, wenn er mitgekriegt hat, dass wir uns küssten, und das brühwarm seinem Boss erzählt?

Ich bin wütend auf sie, weil sie mich in diese Sache mit hineingezogen hat. Vor Mikis Menderes habe ich keine Angst. Ich kann notfalls auf mich selbst aufpassen, aber ich hasse es, wenn man mich ohne mein Wissen der Gnade eines Mannes ausliefert, der keine Gnade kennt.

Sie hätte mir das sagen müssen. Wäre sie mit einem einfachen Mann verheiratet, würde ich ihre Lüge möglicherweise akzeptieren, so aber steht mein Leben auf dem Spiel, ohne dass ich etwas davon geahnt habe. Sie hat sich brutal über mich hinweggesetzt. Mit einer Frau, die solche Spiele mit mir treibt, will ich nichts zu tun haben. Ich sollte auf diese Stadt pfeifen, das Buch woanders spielen lassen und London den Rücken kehren, ohne mich noch einmal umzudrehen.

Aber …

Jedes Mal, wenn ich die Augen schließe, spüre ich ihre Lippen auf meinen. Ich war nicht oft verliebt in meinem Leben, aber wenn, dann mit Haut und Haaren. Ich war immer rettungslos verloren. Könnte ich logisch darüber nachdenken, dann müsste ich mir sagen, dass ich Andeanna nicht lange genug kenne, um behaupten zu können, dass ich sie liebe. Aber trotzdem habe ich diese Gefühle. Ich bin ihr verfallen. Wie kann ich sie verlassen, wenn ich bei jedem Schritt, den ich ohne sie tue, furchtbaren Liebeskummer habe?

Zwei weitere Tage vergehen. Meine Geister haben einen Riesenspaß. Meine Qual weckt in ihnen sozusagen die Lebensgeister. Sie umkreisen mich wie Haifische, stürzen sich auf mich, wenn ich es am wenigsten erwarte, greifen mit ihren substanzlosen Fingern nach meinem Gesicht, verspotten mich und wollen mir auf ihre stumme Weise sagen, ich solle doch dem allen ein Ende setzen, zu ihnen in ihr Schattenreich kommen und endlich für das geradestehen, was ich in der Vergangenheit getan habe.

Ich versuche, mich nur noch auf das Buch zu konzentrieren, aber es misslingt mir, und das nicht nur wegen der hyperaktiven Geister. Immer wenn ich mit Joe, der mitfühlend ist und Deleena mit keinem Wort erwähnt, an dem Roman arbeite, schweifen meine Gedanken ab. Ich stelle mir vor, dass Deleena ebenfalls eine Art Geist war, weit entfernt von meinem richtigen Leben, in das sie nie wieder zurückkehren wird. Außer, dass sie *nicht* tot ist und aufgespürt werden *kann*. Dann könnte ich sie wieder in meine Arme schließen und …

Ich habe Joe gesagt, dass ich ein paar Tage für mich brauche. Er sagte, ich solle ihn einfach wieder anrufen, wenn mir danach ist. Ich fuhr hinaus aufs Land, in Gegenden, die mir fremd sind – bei meinen früheren Aufenthalten in Großbritannien bin ich nur selten aus London rausgekommen. Es war schwierig zu fahren, weil meine Geister mir ständig vor den Augen herumschwebten und mir die Sicht raubten. Dass ich mich auf die Straße konzentrieren musste, half mir andererseits, die sorgenvollen Gedanken aus meinem Kopf zu verbannen. Schließlich erreichte ich das weit abgelegene Devon, wo ich so lange im Moor herumlief, bis ich vollkommen erschöpft war. Ich ignorierte meine Geister und hoffte, durch die körperliche Betätigung auch die Gedanken an Andeanna vertreiben zu können.

Die erste Nacht schlief ich auf dem Rücksitz meines Mietwagens, auf dem sich auch meine Geister drängten, halb im Auto, halb draußen, an keinerlei physikalische Gesetze gebunden. Danach mietete ich mich in einem Cottage ein, das man zur Pension umfunktioniert hatte. Wegen meiner ermüdenden Wanderungen schlief ich zunächst tief und fest, ohne von Andeanna zu träumen. Einmal gelang es mir sogar aufzuwachen, ohne sofort an sie denken zu müssen. Dann aber kehrten die Erinnerungen zurück. Ich fing an, im Schlaf zu stöhnen, mich ruhelos hin und her zu wälzen, bevor ich aufstand und einen weiteren Tag voller körperlicher Anstrengung begann.

Eines Morgens klingelte mein Handy. Ich hatte eigentlich nicht vor, es überhaupt zu beachten, aber dann verlor ich die Nerven und ging doch ran. Es war nicht Andeanna, sondern Nigel Jonathan Wood Ruffles, mein Literaturagent. Er war in London und wollte ein paar Termine mit Verlegern organisieren. *Seelengeier* ist in England gerade herausgekommen, und jetzt fragten einige Verleger bei Nigel an, ob ich denn schon an einem neuen Buch arbeite. Ich sagte ihm, ich würde an den Verhandlungen mit den Verlagen lieber nicht teilnehmen, aber er ließ sich nicht darauf ein. Er käme nicht oft nach England, sagte er, und jetzt sei er nun einmal hier, um für einen anderen Klienten Werbung zu machen. Er meinte, es wäre extrem dumm von mir, diese Gelegenheit nicht zu nutzen.

Zurück nach London zu fahren war so ungefähr das Letzte, was ich wollte, aber schließlich gewann mein Geschäftssinn doch die Oberhand. Warum sollte ich die Arbeit von vielen Jahren wegen einer Frau zunichtemachen, die vermutlich triumphierend lachen würde, wenn sie wüsste, wie tief sie mich verletzt hat. «Okay», seufzte ich. «Treffen wir uns heute Abend, dann können wir alles besprechen.»

Und so bin ich wieder in London. Ich treffe Nigel Jonathan in der Bar seines Hotels, wo wir uns mehrere Stunden lang recht angenehm über die Wiederauflage von *Seelengeier* und meinen neuen Roman, für den ich mir den Titel *Feuergeist* oder *Feuersäule* überlegt habe. Ich verspreche ihm, bis morgen ein kurzes Exposé zusammenzuschreiben, das er dann interessierten Verlegern zeigen kann.

Seit ich zurück bin, sind die Geister wieder ruhiger geworden. Sie ernähren sich von negativer Energie. Wenn meine Stimmung sich bessert – zum Beispiel, wenn die Arbeit meine dunklen Gedanken verscheucht –, verlieren sie viel von ihrer Kraft und verfallen in ihre gewöhnliche Lethargie.

Auf dem Rückweg zum Royal Munster rufe ich Joe an, erreiche aber nur seinen Anrufbeantworter. Ich hinterlasse eine Nachricht und beginne, an meinem Exposé zu arbeiten. Eine Stunde später, als ich gerade ins Schreiben vertieft bin, ruft Joe zurück. «Komm rüber. Ich brauche dich», sage ich knapp ins Telefon.

«Geht es um das Buch oder um …?», fragt er zögernd.

«Um das Buch.»

«Ich bin gleich da.»

Als ich Joe von meinen Terminen morgen erzähle, möchte er am liebsten mitkommen, aber ich halte das für keine gute Idee. Ich habe Nigel Jonathan nichts von meinem neuen Partner erzählt und bin mir nicht sicher, wie er darauf reagieren würde. Je später wir es ihm sagen, desto weniger kann er etwas dagegen einwenden. Obwohl ich Joe das alles erkläre, ist er enttäuscht. Ich werde versuchen, es später wiedergutzumachen, und ihn auf eine Lesereise mitnehmen oder gemeinsam mit ihm Interviews geben. Etwas in diese Richtung.

Wir arbeiten bis vier Uhr morgens, um unsere vielen Ideen zu ordnen und ihnen wenigstens einen oberflächlichen Schliff zu verpassen, bevor wir sie möglichst elegant zu einem vorläufigen Handlungsablauf zusammenfassen. Am Ende schiebe ich mit einem erleichterten Seufzer einen dicken Stapel Notizen beiseite und halte Joe die Frucht unserer nächtlichen

Anstrengungen, ein drei handgeschriebene Seiten langes Exposé, so feierlich vor die Augen, als wären sie der Heilige Gral.

«Wäre es nicht besser, wir würden es abtippen?», fragt Joe.

«Vergiss es.» Ich stehe auf und gähne. «Das muss reichen.»

«Bist du sicher?»

«Ja.» Während ich mir vor Müdigkeit die Augen reibe, frage ich Joe, ob er nicht lieber bei mir auf der Couch schlafen will, anstatt den langen Weg in seine Wohnung zurückzufahren.

«Danke für das Angebot», erwidert er, «aber ich gehe lieber nach Hause. Wenn ich nicht in meinem eigenen Bett bin, schlafe ich schlecht. Aber ich würde gerne noch einen kleinen Abschiedsdrink nehmen.»

«Bedien dich», sage ich, schon auf dem Weg ins Schlafzimmer. «Aber mach mich nicht dafür verantwortlich, wenn du den Führerschein verlierst.»

Als ich am Morgen aufstehe, sehe ich, dass unsere Notizen ordentlich auf einem Stapel liegen, und auf dem zugeklappten Laptop entdecke ich neun sauber ausgedruckte DIN-A4-Seiten: unser von Joe abgetipptes und dreimal ausgedrucktes Exposé. Auf den Blättern liegt ein Zettel von Joe. *Ich denke, es kommt so doch besser an. Hoffentlich bist du mir nicht böse. Viel Glück!!! (Und lass mich wissen, wie es gelaufen ist.)*

Die Treffen verlaufen gut. Beide Verleger behaupten, Fans meiner Bücher zu sein, und sagen, sie seien gespannt auf meinen neuen Roman und würden gerne etwas davon sehen. Meine bisherigen Bücher sind bei amerikanischen Verlagen erschienen, aber Nigel Jonathan meint, ich sollte das neue lieber in England verlegen lassen, da es ja in London spielt. Kurz bevor wir uns trennen, klopft er mir auf die Schulter und sagt, das könne der Anfang von etwas Großem werden. Dann fährt er zum Flughafen, um weiter nach Frankreich zu fliegen, und überlässt mich meinen Träumen.

Die folgende Woche verbringe ich damit, mir weitere Figuren und neue Handlungsstränge für den Roman auszudenken. Dabei versuche ich, Andeanna aus meinen Gedanken zu verbannen, was mir aber schwerfällt. Auch wenn ich sie für kurze Zeit vergessen kann, verschwindet sie nie ganz aus meinen Gedanken. Es braucht nur einen ruhigen Moment oder einen zufälligen Blick auf eine attraktive Frau, und sofort ist sie wieder da. Ich sehe ihr Gesicht vor mir, die Formen ihres Körpers, das Funkeln in ihren Augen. Ich wünschte, ich wäre nicht so schwach, aber das ist ein alter Fehler von mir.

Joe meint, ich sollte sie doch anrufen. Ich habe ihm vor ein paar Tagen erzählt, was mit ihr los ist, ohne allerdings zu erwähnen, dass ihr Ehemann ein Gangster ist. Zuerst war er davon überzeugt, dass es richtig war, ihr den Laufpass zu geben, aber jetzt ist er sich nicht mehr so sicher. Er meint, ich würde viel zu sehr leiden wegen ihr.

Ich spiele mit dem Gedanken, sie anzurufen, aber ich weiß nicht, wie ich das Gespräch beginnen soll.

«Hi, Andeanna, wie geht es dem Türken?»

«Hi, Andeanna, oder bist du heute Deleena?»

«Hallo, Mrs. Menderes, hier ist der Mann, dem Sie das Herz gebrochen haben.»

Vergiss es!

Um mich abzulenken, konzentriere ich mich auf die Arbeit an *Feuergeist* (ich habe mich jetzt für diesen Titel entschieden) und mache mich daran, die Figuren des Romans ausführlich zu beschreiben. Außerdem erkunde ich intensiv die Stadtteile, in denen der Roman spielen soll. Mit dem Notizbuch in der Hand laufe ich durch London und suche nach unheimlichen Gassen und Gebäuden. Zuerst habe ich diese Touren tagsüber unternommen, aber inzwischen mache ich sie meistens nachts. Mein Gespenst ist eine Kreatur der Nacht, die sich erst nach Sonnenuntergang auf die Straße traut. Auf diese Weise bekommt das Buch mehr Atmosphäre.

Weil ich lange außer Haus bin und spät einschlafe, gehe ich am Mittwochmorgen nicht ans Telefon. Erst den dritten Anruf kurz nach Mittag nehme ich an.

«Wo zum Teufel steckst du?», fragt Nigel Jonathan.

«Ich habe geschlafen», gähne ich.

«Und ich habe den ganzen Vormittag versucht, dich anzurufen», übertreibt er.

«Tut mir leid. Ich habe so tief geschlafen, dass ich das Telefon nicht gehört habe.»

«So gut wie du möchte ich es mal haben», mault er, bevor er mit sehr viel freudigerer Stimme fortfährt: «Rate mal, was ich gerade verkauft habe?»

«Doch nicht etwa die Rechte an *Feuergeist*?», frage ich und bin sofort hellwach.

«Was denn sonst?», lacht er. «Ich mache zwar Urlaub in Südfrankreich, aber selbst im Liegestuhl handle ich noch Verträge für meine undankbaren Möchtegern-Bestsellerautoren aus.»

Eine Verlegerin, mit der wir uns in London getroffen haben, hat ihn gestern angerufen. Sie hat den Roman ihren Lektoren vorgestellt und Nigel Jonathan ein Angebot gemacht. Der hat daraufhin sofort den anderen Verleger angerufen und damit einen kurzen, aber heftigen Bieterkrieg entfesselt. Heute Morgen hat er schließlich einem der Verlage den Zuschlag erteilt. Es ist das erste Mal, dass eines meiner Bücher nur auf der Grundlage eines Exposés gekauft wurde. Der Vorschuss ist zwar relativ bescheiden, aber trotzdem höher als das, was ich für meine ersten drei Romane erhalten habe.

Ich sage Nigel Jonathan, dass er der beste Agent der Welt ist, und lade ihn für unser nächstes Treffen in ein Restaurant seiner Wahl ein. Sobald ich aufgelegt habe, fange ich vor lauter Freude an, mit einem blödsinnigen Grinsen im Gesicht in der Luft herumzuboxen. Dann rufe ich Joe an, um ihm die gute Nachricht mitzuteilen. Zu meiner Enttäuschung erreiche ich nur seinen Anrufbeantworter. Ich versuche, ihm eine Nachricht zu hinterlassen, aber ich finde nicht die richtigen Worte und rede nur wirres Zeug aufs Band.

Dann bleibe ich eine Weile mitten im Zimmer stehen, während sich in meinem Kopf die Gedanken überschlagen. Schließlich setze ich mich, atme tief durch und überlege mir, wen ich sonst noch anrufen könnte. Ich muss die gute Nachricht einfach mit jemandem teilen. Also vergesse ich all meine Wut und all mein Misstrauen und wähle die Nummer der einzigen Person, die sich – außer Joe – über meinen Erfolg freuen könnte. Ich lasse es eine Ewigkeit klingeln und will schon wieder auflegen, als endlich jemand abhebt. «Hallo?» Es ist *ihre* Stimme, zögerlich, vielleicht sogar ein wenig ängstlich, als fürchte sie, ich würde sie nur anrufen, um sie zu beschimpfen.

Mein Mund ist trocken. «Delee…, ich meine, Andeanna? Ich bin's. Ed.»

Langes Schweigen. Ich spüre, wie sich mein Herz zusammenzieht. Wenn sie jetzt einfach auflegt oder sich über mich lustig macht, wird etwas in mir für immer kaputtgehen.

«Ed», sagt sie schließlich leise, warm wie das Licht der Sonne. «Hi.»

«Hi», erwidere ich sanft.

Und dann beginnt alles von Neuem.

SIEBEN

Wir treffen uns in einem Biergarten, kaufen zwei Gläser bestes Ale und suchen uns einen Tisch. Andeanna trägt ein kurzes, grünes Kleid mit hohem Kragen und nippt an ihrem Glas. Als sie es wieder hinstellt, sind ihre Finger feucht. Sie fährt sich mit der Hand über den Nacken. «Heiß heute», sagt sie und lächelt.

«Ja.» Ich lächle schüchtern zurück und murmle: «Ich habe mein Buch verkauft.»

Sie runzelt die Stirn. «Welches Buch?»

«*Feuergeist.* Mein Agent ...»

«Ed!», schreit sie und beugt sich über den Tisch, um mich zu umarmen. «Das ist ja wunderbar! Welcher Verlag hat es gekauft? Wie viel hast du bekommen? Hast du denn schon angefangen zu schreiben? Wie können sie ein Buch kaufen, das noch gar nicht fertig ist? Was ist, wenn du keine Lust mehr hast oder nicht mehr weiterkommst?»

Ich beantworte ihre Fragen der Reihe nach und entspanne mich dabei immer mehr. Am Ende der Erklärungen sind wir fast wieder da, wo wir waren, bevor Andeanna die Bombe hat platzen lassen. Sie legt ihre Fingerspitzen auf meine Hände und streicht mir dabei langsam über die Knöchel. Eine Weile reden wir über die Arbeit, meine Fahrt nach Devon und darüber, wie es ihr in der Zwischenzeit ergangen ist. Ich würde am liebsten ewig so weitermachen, aber ich kann es nicht. Ich muss das ansprechen, was zwischen uns steht.

«Wir müssen über Mikis Menderes reden.»

Andeanna seufzt, senkt aber nicht den Blick. «Ich weiß.»

«Ich habe die ganze Zeit an ihn gedacht – seit wir unsere kleine Auseinandersetzung hatten.» Sie lächelt bei der Untertreibung. «Dabei war es nicht so sehr deine Lüge, die mich auf die Palme gebracht hat, sondern der Gedanke daran, was hätte passieren können, wenn er von uns erfahren hätte. Ich kenne Menderes nicht, aber …»

«Nenn ihn den Türken», unterbricht sie. «Das tun alle.»

«… aber ich kenne seinen Ruf. Wenn Bond Gardiner uns zusammen gesehen hätte, hätte er es nicht so einfach hingenommen, oder?»

«Nein», sagt sie. «Er hätte mir weh getan und gedroht, mich umzubringen, und dann hätte er sich um dich gekümmert.»

«Was hätte er mit mir gemacht?»

Sie zuckt mit den Achseln. «Dich verprügelt? Verstümmelt? Vielleicht noch Schlimmeres? Mikis ist ein gefährlicher Mann, wenn er außer Kontrolle gerät.»

«Genau das hat mich so wütend gemacht. Für mich hat es so ausgesehen, als würdest du nur mit mir spielen und mich dabei in Gefahr bringen, die …»

«Nein», fleht sie. «Denk das nicht. Bitte, Ed.»

«Nein, das tue ich auch nicht», erwidere ich und seufze.

Dann beuge ich mich zu ihr hinüber und sage leise: «Ich liebe dich, Andeanna.»

Sie reißt erschrocken die Augen auf. «Nein!», flüstert sie.

«Ich liebe dich», wiederhole ich, diesmal lauter. Ein Paar am Nebentisch sieht zu uns herüber und lächelt. Ich werde wieder leiser. «Ich liebe dich», sage ich, «und es ist mir egal, mit wem du verheiratet bist. Wenn du sagst, dass du mich auch liebst, gehe ich das Risiko mit dem Türken ein.»

«So einfach ist das nicht», sagt sie traurig. «Du bist ein Schriftsteller, und davor hast du Computer verkauft. Du kannst dich gegen Leute wie Mikis oder Bond nicht verteidigen.»

«Mit dem Türken werde ich schon fertig.»

«Und wie?», fragt sie skeptisch.

«Ich habe einen schwarzen Gürtel in Karate», witzle ich.

Sie hebt eine Augenbraue, aber ich verziehe keine Miene. Schließlich schneidet sie eine Grimasse. «Was bedeutet das für uns, Ed?»

«Das liegt an dir. Liebst du mich?»

Sie holt tief Luft «Ja», flüstert sie schließlich.

Ich nehme ihre Hände und drücke sie. «Erzähl mir von deiner Ehe.»

Im Lauf des Abends erfahre ich ihre ganze Geschichte. Andeanna springt ständig zwischen Gegenwart und Vergangenheit hin und her, sodass ich mich gewaltig konzentrieren muss, um ihr folgen zu können. Als sie Mikis Menderes geheiratet hat, war sie ein junges Mädchen. Die beiden mussten heiraten, weil sie mit ihrem Sohn Gregory schwanger war, der nun schon Mitte zwanzig ist, was sie einige Jahre älter macht, als ich geschätzt hatte. Die Ehe war nie glücklich, aber das wusste sie von vornherein. Mikis behandelte sie schlecht, auch als sie noch nicht verheiratet waren. Anfangs ließ sie sich seine Beleidigungen gefallen, weil er älter war als sie, und außerdem fand sie es irgendwie aufregend, dass er ein Gangster war. Als er schließlich von ihrer Schwangerschaft erfuhr, hatte sie keine andere Wahl – Mikis bestand darauf, dass sie das Baby behielt und ihn heiratete. Wenn sie Hilfe von ihren Eltern bekommen hätte, dann hätte sie sich ihm vielleicht widersetzt, aber die hatten sich von ihr abgewendet, seit sie mit Menderes zusammen war, und sie traute sich nicht mehr, mit ihnen in Kontakt zu treten.

«Obwohl ich im fünften Monat war, hätte ich so gerne in Weiß geheiratet», sagt sie und sieht mich an. Ihre Augen sind dunkel und voller Bitterkeit. «Aber das hat er mir verboten. Er sagte, Weiß sei die Farbe der Jungfrauen und nicht die der Huren. Er nannte mich eine Hure und heiratete mich trotzdem. Er kaufte mir ein rotes Kleid, das sehr schön war, aber …»

Mikis hat für Andeanna keinen Respekt, keine Liebe, kein Mitgefühl. Sie ist seine Frau und die Mutter seines einzigen Sohnes, und deshalb fehlt es ihr an nichts. Er kauft ihr alles, was sie will, die schönsten Kleider und teuren Schmuck, aber er hat nie ein freundliches Wort für sie oder eine liebevolle Geste, ganz zu schweigen von Zärtlichkeiten. Er ist stolz auf sie, er nimmt sie mit, wenn er mit ihr Eindruck machen will, und er gibt mit ihr an wie mit einem teuren Rassehund, aber er ist auch schrecklich eifersüchtig. Regelmäßig beschuldigt er sie, mit anderen Männern zu flirten, und schlägt sie deshalb. Aber nicht nur aus diesem Grund. Er schlägt sie, wenn sie ihm widerspricht, wenn sie sich nicht genügend um ihn kümmert, manchmal sogar, wenn sie ihn nur schief ansieht – aber meistens geht es darum, dass sie angeblich daran denkt, ihn zu betrügen.

«Von dieser Idee ist er regelrecht besessen», zischt sie. «Er nimmt mich mit auf Partys und zwingt mich, zu seinen Partnern oder Freunden zu gehen und ihnen zu erzählen, was er für ein toller Typ ist. Er will, dass sie nach der Party beeindruckt davon sind, was der alte Mikis für eine bezaubernde Frau hat. Hinterher geht er dann allerdings mich an, weil ich angeblich viel zu nett zu den Männern war. Er wirft mir vor, ich hätte sie angemacht.» Sie schnieft. «Ich habe gelernt, nicht mit ihm zu diskutieren. Ich lasse alles widerstandslos über mich ergehen. Es ist einfacher so. Nur einmal habe ich mich gewehrt, habe ihn angeschrien und ihm vorgelogen, ich hätte mit einem von den Männern geschlafen. Ich dachte, das würde ihn zum Schweigen bringen.

Danach war ich drei Wochen im Krankenhaus, bis ich einigermaßen wiederhergestellt war. Normalerweise passt er auf, dass er mich nur auf Schultern, Arme und Brust schlägt.» Sie hebt eine Hand an ihren hohen Kragen. «Ich laufe immer in so hochgeschlossenen Kleidern herum, um die blauen Flecken zu verbergen. Aber damals hat er die Kontrolle verloren und hätte mich fast umgebracht. Von da an habe ich klaglos alle Schläge eingesteckt, ohne mich zu wehren.»

Ich würde sie fragen, warum sie bei ihm bleibt, aber ich kenne die Antwort schon: Männern wie Mikis Menderes kann man nicht entkommen. Er würde sie verfolgen, finden und töten. Außerdem hatte sie seit ihrer Heirat kein anderes Leben als das mit ihm. Ich bin mir sicher, dass sie weder Freunde noch Verbündete hat. Sie kennt niemanden, den sie um Hilfe bitten kann.

«Knöpft er sich denn auch die Männer vor, mit denen du angeblich geflirtet hast?», frage ich.

«Nein», schnaubt sie. «Er weiß genau, dass ich ihn nie betrogen habe, er benimmt sich nur gern so, als hätte ich es getan. Er hingegen betrügt mich immer wieder und gibt sich nicht mal Mühe, es zu verbergen. Er hatte viele Affären mit vielen Frauen. Wenn ihm langweilig ist oder er mich ärgern will, ruft er sie in meiner Gegenwart sogar an, oder er hat überall Lippenstift, wenn er nach Hause kommt. Oft stöhnt er, wenn er mich fickt, ihre Namen und erzählt mir hinterher, wie viel besser sie sind als ich.»

«Warum lässt er sich dann nicht von dir scheiden und heiratet eine dieser anderen Frauen?», frage ich.

«Er hält nichts von Scheidung. Ich glaube nicht, dass er noch einmal heiraten würde, selbst wenn ich tot wäre. Er mag die Vorstellung, dass er eine Familie hat, aber wirklich wichtig ist sie ihm nicht.»

«Was hält dein Sohn von dem Ganzen? Sieht er tatenlos zu, wie sein Vater …»

«Greygo?», unterbricht sie mich lächelnd. «So nennen wir ihn. Mikis hat darauf bestanden, ihn Gregory zu nennen, aber er kann den Namen nicht einmal richtig aussprechen.» Sie schüttelt den Kopf. «Greygo hat keine Ahnung. Mikis schlägt mich nie, wenn er in der Nähe ist, und er droht mir fürchterliche Dinge an, falls ich es ihm jemals erzählen sollte. Er will nicht, dass sein Sohn schlecht über ihn denkt. Wenn ich Greygo sagen würde, wie grausam sein Vater ist, würde Mikis mich umbringen.»

Die Prügel seien nicht das Schlimmste, was der Türke ihr antue, sagt Andeanna. Viel schlimmer sei es für sie, wenn er mit ihr schläft. Menderes ist der Überzeugung, dass es die Pflicht einer Frau ist, jeden Wunsch ihres Mannes zu befriedigen. Auch wenn er seine Nächte meistens mit anderen Frauen verbringt – daher ihre nächtliche Freiheit –, schafft er es drei- bis viermal im Monat, sie zu «bespringen». «Im Bett ist er furchtbar, und mit den Jahren wird es immer schlimmer», sagt sie.

«Am Anfang war es für mich sogar ein Trost, wenn er mit

mir geschlafen hat. Damals war er manchmal sogar nett zu mir. Es gab Nächte, in denen er mich zärtlich und behutsam geliebt und danach ganz sanft mit mir gesprochen hat. Ich habe mir vorgemacht, dass sich doch noch alles zum Guten wenden wird, aber inzwischen hege ich diese falsche Hoffnung nicht mehr. Wenn er jetzt zu mir ins Bett kommt, dann …»

«Bitte», unterbreche ich sie. «Ich will das gar nicht wissen. Die Tatsache allein ist schon schrecklich genug. Wenn ich mir das in allen Einzelheiten anhören muss …»

«Natürlich.» Sie blickt zur Seite. «Es tut mir leid, ich wollte dich nicht mit meinen Problemen belästigen. Ich sollte nicht so viel reden.»

«So habe ich das doch nicht gemeint.» Ich fasse sie zart am Kinn und drehe ihr Gesicht wieder in meine Richtung. «Ich will, dass du mir alles erzählst. Aber eine so plastische Beschreibung ist zu viel für mich. Ich fürchte, ich kann mich dann nicht mehr beherrschen.»

Unwillkürlich schlägt sie einen spöttischen Ton an. «Was könntest *du* denn schon tun, Ed? Willst du zu Mikis gehen und ihm deinen Laptop über den Kopf hauen?»

«Zum Beispiel», sage ich mit ausdruckslosem Gesicht. «Oder ich werfe mit Büchern nach ihm, bis er um Gnade winselt.»

Wir lächeln uns an. «Das ist verrückt», bemerkt sie. «Mikis ist nicht lustig, und das, was er mir antut, auch nicht.»

«Ich weiß», sage ich, «aber ich muss bei der Vorstellung trotzdem lachen.»

«Ich auch. Lass uns noch ein Bier bestellen. Ich möchte mich betrinken.»

Ab da ist das Eis zwischen uns gebrochen, und obwohl Andeanna weiter über ihre Probleme redet, ist ihr Ton nicht mehr so scharf. Sie klingt so, als würde sie über jemand anderen sprechen und nicht über sich selbst. Sie erzählt, dass Mikis sie einmal sogar bezichtigt habe, sie hätte einen seiner Onkel angemacht, einen inkontinenten, an den Rollstuhl gefesselten alten Mann. Als sie den Führerschein machte, hegte er solches Misstrauen gegen den Fahrlehrer, dass ständig einer seiner Männer mit im Auto sitzen musste, sogar bei ihrer Fahrprüfung, und natürlich verdächtigte er sie hinterher, auch diesen Aufpasser verführt zu haben.

Ich glaube, wenn sie mir alles erzählen würde, was der Türke ihr angetan hat, säßen wir in einer Woche noch hier. Als der Biergarten um Mitternacht schließt, wollen wir noch woanders hingehen und weiterreden. Beim Aufstehen merken wir an unseren weichen Knien, dass wir beide zu viel getrunken haben.

«Einen Club schaffe ich nicht mehr», sagt Andeanna. Vom Alkohol ist sie ganz rot im Gesicht. Jetzt, wo ich die Wahrheit über sie weiß, finde ich sie schöner denn je. Nach allem, was sie ertragen musste, ist es ein Wunder, dass sie noch so gut aussieht und über einen ungebrochenen Geist verfügt. Die meisten Frauen an ihrer Stelle wären schon vor Jahren zerbrochen.

«Wir könnten ein Taxi nehmen und uns durch die Stadt fahren lassen», schlage ich vor.

«Würde es dir was ausmachen, wenn wir es für heute dabei belassen?», fragt sie. «Ich würde jetzt lieber nach Hause gehen und mich hinlegen. Es war ein langer Abend.»

«Kein Problem. Mir geht es genauso.»

Wir sehen uns an und hören auf zu lächeln.

«Und nun, Mr. Sieveking?», fragt Andeanna.

«Nun legen wir uns aufs Ohr.»

«Ich meine nicht heute. Ich meine morgen und übermorgen und überübermorgen …»

«Verstehe.» Ich beuge mich vor und küsse sie. «Ich lasse dich nicht im Stich», flüstere ich.

«Was ist mit Mikis?»

«Der ist mir egal. Wenn du ihn lieben würdest, wäre es etwas anderes. So aber werde ich es nicht zulassen, dass dieses Ungeheuer zwischen uns steht.»

«Wenn er von uns erfährt, dann …» Sie bringt den Satz nicht zu Ende.

«Hast du Angst, dass er dir etwas antun könnte?», frage ich, und sie nickt stumm. «Wird diese Angst uns auseinanderbringen?»

«Ich will es nicht, aber …»

Ich küsse sie noch mal. «Sag einfach Ja oder Nein. Willst du mich nicht mehr sehen?»

Nach einer langen Pause kommt ihre leise gehauchte Antwort. «Nein.»

«Dann machen wir weiter, egal, wie gefährlich es ist, und leben von einem Tag auf den anderen. Oder von einer Nacht auf die andere. Zum Teufel mit Mikis Menderes.»

«Bist du dir sicher?»

«Bin ich.»

«Dann bin ich es auch», sagt sie und gibt mir einen Kuss, der unser Schicksal besiegelt.

Jetzt, wo wir uns unsere Liebe eingestanden und uns auf eine ungewisse Zukunft eingelassen haben, erwarte ich, dass unsere Beziehung endlich leidenschaftlicher wird. Als eine Woche vergeht, ohne dass dergleichen geschieht, weiß ich nicht, wie ich darauf reagieren soll. Ich verstehe Andeannas anfängliches sexuelles Zögern, doch sollte jetzt eigentlich nichts mehr zwischen uns stehen. Ich weiß vom Türken. Wir haben uns aneinander gebunden. Was hält sie also zurück? Wir küssen uns zwar häufiger, und ihre Berührungen sind freier geworden, aber immer, wenn ich direkte Avancen mache, entzieht sie sich mir, ohne eine Erklärung dafür zu geben.

Wenn ich sie darauf anspreche, zuckt sie mit den Achseln und erklärt, dass sie die Sache langsam angehen möchte. «Das ist ein großer Schritt», murmelt sie und streichelt sanft meinen Nacken. «Bisher habe ich mich Mikis' sexuellen Forderungen immer unterwerfen müssen, aber ich möchte, dass es bei uns anders ist. Mit dir möchte ich freiwillig schlafen, nicht auf Befehl. Bei uns soll es etwas ganz Besonderes sein. Lässt du mir noch ein bisschen Zeit?»

«Natürlich», sage ich, trotzdem bin ich frustriert. Ich kann deutlich spüren, dass sie es auch will. Sie begehrt mich genauso sehr wie ich sie. Und so frage ich mich wieder einmal: Was hält sie zurück?

Ich gebe mir Mühe, mein Privatleben die recht zügig voranschreitende Arbeit an *Feuergeist* nicht beeinträchtigen zu lassen. Nach zeitaufwendigen Recherchen für den wissenschaftlichen Hintergrund kann ich nun die Horrorelemente hinzufügen, und bald werde ich mit dem eigentlichen Schreiben beginnen.

Nigel Jonathan hat mir mitgeteilt, dass er in ein paar Wochen den Vertrag unter Dach und Fach haben will. Er möchte den Verlag allerdings nicht unter Druck setzen, denn er hat vor, das Buch schon jetzt auch an einen amerikanischen Verlag zu verkaufen, und fragt mich, ob ich denn Zeit hätte, in die USA zu kommen und dort einen Vertrag zu unterschreiben. Ich sage, dass ich es mir überlegen werde, und bespreche die Sache mit Andeanna. Als ich ihr beiläufig vorschlage, mich zu begleiten, winkt sie sofort ab. Nie im Leben wird der Türke sie alleine nach Amerika lassen.

«Flieg rüber, wenn du musst», drängt sie mich. «Ich will dich nicht hier halten. Deine Arbeit geht vor.»

«Sag so was nicht», erwidere ich finster. «Du weißt genau, dass ich dich nicht im Stich lasse.»

«Ja, das weiß ich.» Sie lächelt. «Aber ich möchte nicht, dass du dich unfrei fühlst. Wenn du mich verlässt, bringt mich das nicht um. Ich bin ziemlich gut im Überleben.»

Im Gegensatz zu Andeanna, die eine Reise in die Vereinigten Staaten kategorisch ausschließt, würde Joe mich liebend gerne begleiten. Ich spreche darüber mit Nigel Jonathan, und obwohl ihm die Idee, dass ich dieses Buch mit einem Partner schreibe, nicht sonderlich gefällt, willigt er ein, für Joe einen Vertrag aufzusetzen. Ich habe Joe gesagt, er solle den Vertrag mit einem Anwalt prüfen und ihn nur dann unterschreiben, wenn er für ihn in Ordnung ist, aber ich glaube nicht, dass er mir überhaupt zugehört hat. Er ist so begeistert von dem Gedanken, überhaupt bei dem Buch mitmachen zu dürfen, dass er freiwillig auf alle Rechte verzichten würde.

Ich arbeite mich gerade durch ein monströs dickes Buch über ungewöhnliche Todesarten, als mein Telefon klingelt. Es ist Andeanna. «Rate mal, was passiert ist.»

«Überrasch mich.»

«Mikis muss für drei Tage geschäftlich verreisen. Ich habe das Haus für mich.»

Ich lege das Buch beiseite. «Und was ist mit deinen Aufpassern? Ich dachte, der Türke lässt dich nie allein zu Hause.»

«Das tut er auch nicht. Ein Typ namens Axel Nelke soll ein Auge auf mich haben, aber momentan hängt bei ihm der Haussegen schief, und er könnte dringend ein paar freie Tage mit seiner Frau gebrauchen. Ich habe ihm gesagt, er solle ruhig gehen, ich würde ihn nicht an Mikis verraten.» Sie zögert einen Augenblick und fragt dann mit einer rauchigen, tiefen Stimme, die wie die von Mae West klingt: «Warum kommst du nicht einfach vorbei und *besuchst* mich?»

«Das geht leider nicht», sage ich bedeutungsschwanger.

«Warum nicht?», fragt sie alarmiert.

«Weil ich deine Adresse nicht habe.»

«Witzbold», sagt sie und erklärt mir, wie ich von meinem Hotel aus am schnellsten zu ihr komme. Ich schreibe mit und verlasse sofort das Hotel, ohne mich extra umzuziehen.

Das Haus der Menderes befindet sich in einer ruhigen Seitenstraße im Norden Londons, versteckt hinter ein paar großen, alten Bäumen. Als ich auf das Tor zufahre, geht es automatisch auf und schließt sich wieder hinter mir. Bis zum Haus, wo Andeanna auf der Vordertreppe bereits auf mich wartet, ist es nur eine kurze Fahrt. Ich lasse das Fenster herunter und frage sie, wo ich parken soll.

«Bleib gleich hier stehen», sagt sie, also stelle ich den Motor ab und steige aus. Sie gleitet die Treppe hinab, schließt mich in ihre Arme und gibt mir einen langen, gierigen Kuss. Obwohl es ein Kuss ist, den man nicht so gerne unterbricht, löse ich mich von ihr, als ich bei einem flüchtigen Blick nach oben das Objektiv einer Videokamera entdecke.

«Habt ihr hier ein Überwachungssystem?», frage ich.

«Na klar», erwidert sie.

Ich starre die Kamera an und spüre, wie sich mein Magen verkrampft.

«Aber du brauchst dir deshalb keine Sorgen zu machen», grinst sie.

«Warum?»

«Weil ich es ausgeschaltet habe.»

«Wird das denn niemand bemerken?»

«Keine Angst.» Sie lächelt wieder. «Wenn du gegangen bist,

schalte ich es wieder ein. Das mache ich jedes Mal, wenn ich nachts alleine ausgehe. Es ist mir in Fleisch und Blut übergegangen.»

Ich stöhne beunruhigt. Ich glaube ihr, aber die Kamera macht mich trotzdem nervös, und ich fange an zu überlegen, was hier alles schiefgehen könnte. «Was ist mit dem Personal?», frage ich.

«Die sind alle weg», sagt sie, während sie mich die Treppe hoch ins Haus führt. «Mikis mag keine Dienstboten. Er beschäftigt nur ein ganz kleines Team. Die Putzfrau und der Gärtner kommen immer morgens und sind am frühen Nachmittag schon wieder weg.»

«Und wer kocht?», frage ich.

«Ich. Außer wenn wir Gäste haben. Dann engagiert Mikis einen Sternekoch, Kellner und sogar einen Empfangschef, aber solange es nur für uns ist, braucht er weder Koch noch Haushälterin. Das ist einer der Gründe, weshalb ich mich hier so einsam fühle. Oft sehe ich den ganzen Tag nur meinen Aufpasser, der kein Wort mit mir reden darf. Wenn ich mich nicht hin und wieder nachts fortgeschlichen und mit normalen Leuten getroffen hätte, wäre ich wohl schon längst eingegangen wie eine Primel.»

«Weiß der Türke von deinen nächtlichen Ausflügen?»

Sie schüttelt den Kopf. «Er kann sich nicht vorstellen, dass ich mich so etwas traue. Er ist fest davon überzeugt, dass ich die ganze Zeit hier eingesperrt bin.»

«Aber sagen ihm deine Aufpasser denn nicht die Wahrheit?»

«Wie sollten sie? Ich gehe früh zu Bett – so wie ich es seit vielen Jahren jeden Abend tue, dann schalte ich die Kamera ab und schleiche mich heimlich aus dem Haus. Bis jetzt hat noch niemand Verdacht geschöpft.»

«Pass auf, dass du nicht eines Tages erwischt wirst», bitte ich sie.

Sie lacht. «Nicht, solange die ihren blöden Sport im Fernsehen glotzen können.»

Sie nimmt mich bei der Hand und zieht mich ins Haus. Sie ist nervös, und deshalb bin ich es auch. Trotz ihrer Beteuerungen kriege ich den Gedanken nicht aus dem Kopf, dass ich mich hier in der Höhle des Löwen befinde. Ständig habe ich Angst, der Türke könnte plötzlich auftauchen.

Andeanna führt mich durch das Haus. Mir ist irgendwie unwohl, was aber mit meinem unerlaubten Besuch nichts zu tun hat. Es liegt eher an der seltsamen Kälte im Haus und daran, dass in den großen Zimmern das Geräusch unserer Schritte von den Wänden widerhallt. Außerdem herrscht hier eine … ich weiß nicht, wie ich es beschreiben soll … eine Feierlichkeit, die mir das Haus wie einen Ort der Trauer vorkommen lässt. Sogar meine Geister wirken hier merkwürdig bedrückt.

Die Zimmer sind nicht nur groß, sie sind auch protzig eingerichtet. Kristallene Kronleuchter hängen von den Decken, und an den Wänden entdecke ich Löwen- und Hirschköpfe. Die Treppengeländer sind mit Edelsteinen verziert, und überall hängen Gemälde von Künstlern, deren Namen sogar mir bekannt sind. Vor einem offenen Kamin liegt ein Leopardenfell, und die begehbaren Kleiderschränke sind voller Designerklamotten. Seit langem habe ich nicht mehr eine derartige Anhäufung von teuren Geschmacklosigkeiten gesehen.

«Dir gefällt das nicht», bemerkt Andeanna, während sie mich von einem opulent dekorierten Raum in den nächsten führt.

«Doch, es ist wunderschön, ich …»

«Lüg mich nicht an», lacht sie. «Ich hasse diesen Kasten

ebenso sehr wie du. Es ist Mikis' Traumhaus, nicht meins. Er hat es eigenhändig geplant, bis hin zu meinem Schlafzimmer, an dem ich nicht das Geringste verändern darf.»

«Dieses Zimmer würde ich gerne sehen», sage ich ungeniert.

Andeanna sieht mich an und steigt ohne ein weiteres Wort die Treppe hinauf. Ich folge ihr schweigend und bewundere ihre formvollendeten Waden. Im ersten Stock geht sie nach links und führt mich zu einem Raum am Ende des Flurs. Auch er ist riesengroß, hellblau tapeziert und mit den passenden Vorhängen ausgestattet sowie einer Frisierkommode, einem begehbaren Kleiderschrank und einem eigenen Badezimmer. Gut ein Viertel der Fläche wird von einem riesigen Himmelbett eingenommen, und an den Wänden erkenne ich einige gerahmte Fotos, die Andeanna und Mikis bei ihrer Hochzeit zeigen. Sie scheint seit damals kaum gealtert zu sein.

Andeanna lehnt am Türstock, während ich zu der Frisierkommode gehe und mir ihre persönlichen Dinge ansehe, die sie darauf liegen hat – Haarbürsten und -spangen, eine kleine Puderdose und ein Fotoalbum, das ich aufschlage und durchblättere. Es enthält Schnappschüsse von Andeanna und ihrem Sohn. Auf den meisten ist er ein kleines Kind, aber ziemlich am Ende finde ich ein neueres Bild von ihm. Er hat sich die Haare abrasiert, und sein kahler Schädel glänzt, als hätte er einen Heiligenschein.

«Ist das Gregory?», frage ich.

«Ja, Greygo.» Sie kommt zu mir und betrachtet den lächelnden jungen Mann.

«Er sieht gut aus», stelle ich fest.

«Das glaubt er auch», erwidert sie lachend. «Aber dieser kahlgeschorene Kopf ist doch fürchterlich! Greygo ist Schauspieler. Ein sehr begabter sogar, und das ist nicht nur die Meinung seiner Mutter, das haben auch schon mehrere Kritiker geschrieben.»

«Kann ich ihn schon einmal in einem Film gesehen haben? Oder im Fernsehen?»

«Eher nicht. Er spielt lieber Theater, wo es ihm besonders die kleinen, interessanten Charakterrollen angetan haben. Aus diesem Grund hat er sich auch den Kopf rasiert, damit er in den vielen Stücken, in denen er auftritt, unterschiedliche Perücken tragen kann.»

Ich blicke von dem Bild hinüber zu Andeanna. «Er sieht dir ziemlich ähnlich.»

«Ja», sagt sie stolz. «Er hat meine feinen Züge geerbt und so gut wie nichts von Mikis' grobem Äußeren. Mikis ärgert das sehr, er hasst es, dass sein Sohn mehr nach mir kommt als nach ihm, deshalb erzähle ich Mikis immer, Greygo hätte seine Augen und seinen Mund. Das ist natürlich gelogen, aber im Lauf der Jahre hat er angefangen, es zu glauben.»

Sie streicht mit den Fingern über das Gesicht ihres Sohnes, dann nimmt sie mir das Album ab und klappt es zu. «Mikis hat auf einen Vaterschaftstest bestanden. Weil Greygo ihm so gar nicht ähnlich sah, hat er uns zu einem Arzt geschleift. Hätte es auch nur den Schatten eines Zweifels gegeben, wären wir beide auf dem Grund der Themse gelandet. Mikis könnte nie den Sohn eines anderen Mannes großziehen oder ihn auch nur am Leben lassen.»

«Wo ist Greygo jetzt?», frage ich.

«Auf Tournee mit einem Repertoiretheater. Er macht das häufig. Wahrscheinlich fühlt er sich unterwegs wohler als zu Hause.»

«Warum das?»

Sie seufzt. «Greygo liebt seinen Vater, und sein Vater liebt ihn, aber er weiß, dass er für ihn eine Enttäuschung ist.

Mikis hätte es gern gesehen, dass sein Sohn in seine Fußstapfen tritt, aber Greygo wollte schon als Kind Schauspieler werden. Obwohl Mikis immer versucht hat, es ihm auszureden, hat Greygo sich durchgesetzt. Als sein Vater es ablehnte, ihn zu unterstützen, hat er sich ein Stipendium bei der Royal Academy of Dramatic Art besorgt. Andere Väter wären vor Stolz geplatzt – weißt du, wie schwer es ist, auf die Akademie zu kommen? –, aber Mikis hat getrauert, als ob jemand gestorben wäre. Er glaubt, dass die meisten Schauspieler homosexuell sind, und hat Angst, dass sein Sohn ebenfalls schwul wird. Für einen Mann wie Mikis gibt es nichts Schlimmeres.»

Das Thema macht sie nervös, und ich erinnere sie vorsichtig daran, warum wir eigentlich hier sind. «Dann sind wir also allein», sage ich.

Sie nickt angespannt. «Ja.» Dann gibt sie mir einen kurzen Kuss. Sie sieht beunruhigt aus. «Ich weiß, dass ich dich habe warten lassen, und ich weiß auch, wie hart das für dich war. Ich will dich nicht zappeln lassen, aber ich ...»

«Das ist schon in Ordnung», sage ich ihr.

«Es gibt Dinge, die ich dir nicht erzählt habe, Dinge, die ...»

Ich bringe sie mit einem Kuss zum Schweigen, aber sie ist entschlossen, es mir zu sagen. «Mikis lässt mich regelmäßig gynäkologisch untersuchen, und die Ärztin ist eine seiner ältesten Freundinnen. Sie erstattet ausschließlich ihm Bericht.» Ich starre sie an und verstehe auf einmal, warum sie mich immer auf Distanz gehalten hat. «Er schickt mich ohne Vorwarnung zu ihr. Manchmal vergehen zwischen den Untersuchungen Monate, manchmal muss ich in einer Woche dreimal hin.» Als Andeanna aufblickt, hat sie Tränen in den Augen. «Diese Ärztin ist eine gottverdammte Schlampe und gründlich wie der Teufel. Auch wenn wir noch so vorsichtig sind, kann ich nicht garantieren, dass sie nicht doch eine Spur von dir in mir findet. Deshalb …»

«Großer Gott», stöhne ich und umarme sie. «Das hättest du mir sagen sollen. Wenn ich das geahnt hätte … ich hätte dich niemals …»

«Ich würde so gerne mit dir schlafen», schluchzt sie. «Aber wenn sie es herausfindet und es Mikis sagt, dann …»

«Es ist in Ordnung», flüstere ich und küsse ihre Stirn. «Ich kann warten.»

Sie schnieft. «Es gibt kein Warten. Ich liebe dich, aber mein Leben kann ich nicht für dich riskieren. Wenn wir nur fliehen könnten – wenn ich nur glauben könnte, er würde uns nicht finden, dann würde ich auf der Stelle mit dir von hier verschwinden. Ich würde alles aufgeben, dieses Haus, diesen Luxus, alles. Sogar Greygo. So sehr liebe ich dich. Aber Mikis würde uns finden. Und er würde uns töten.»

«Nicht, wenn wir ihn zuerst töten», sage ich. Es ist kaum mehr als ein Flüstern.

Sie lacht leise. «Richtig. Mit deinem Laptop und deinen Büchern.»

«Ich meine es ernst. Mit einer Pistole oder einem Messer. Mikis Menderes ist schließlich auch nur ein Mensch, und einen Menschen kann man töten. Ich könnte …»

«Stopp», sagt sie lächelnd. «Es ist nett von dir – nein, nicht nett, der Plan, einen Menschen umzubringen, kann nicht *nett* sein –, aber wie willst du das anstellen? Du bist ein Schriftsteller, kein Verbrecher. Du könntest niemanden töten, und das erwarte ich auch nicht von dir, also hör auf, den Macho zu spielen. Das passt nicht zu dir.»

«Und wenn es kein Unfug wäre? Wenn ich ihn tatsächlich umbringen könnte?»

Sie zwickt mich scherzhaft in den Hüftspeck, den ich mir in den letzten Jahren angefressen habe. «Hör auf.»

«Okay.» Ich zwinge mich zu einem Lächeln. «Dann werde ich deinen Mann eben nicht umbringen.»

Sie lacht kurz auf, wird dann aber gleich wieder ernst. «Jetzt, wo du es weißt, wo du erfahren hast, wie unmöglich es ist, willst du dich immer noch auf mich einlassen?» Sie blickt zu Boden. «Ich könnte es verstehen, wenn du jetzt Nein sagst. Unsere einzige Hoffnung ist, dass Mikis mit einem Herzinfarkt tot umfällt oder einer seiner Gegner ihn beseitigt. Ich glaube aber nicht, dass das geschehen wird. Obwohl er älter ist als wir, ist er fit wie ein Turnschuh und hat bisher immer Glück gehabt. Er könnte gut und gerne hundert Jahre alt werden.»

«Andeanna.» Sie sieht mich mit einem Blick an, der hoffnungsvoll und angsterfüllt zugleich ist. «Ich liebe dich. Nichts kann daran etwas ändern. Wenn ich von dir nicht alles bekommen kann, bin ich mit dem zufrieden, was möglich ist.»

«Das macht dir nichts aus?» Sie klingt skeptisch.

«Natürlich macht es mir etwas aus! Dich zu sehen und dich nicht haben zu können, macht mich fertig. Aber es ist immer noch besser, als dich gar nicht mehr zu sehen, nicht mehr mit dir zu reden, dich nie wieder zu küssen …» Ich habe einen Kloß im Hals. Seit meiner Kindheit habe ich nicht mehr geweint (außer vor Selbstmitleid im Suff), und ich will mich nicht vor Andeanna blamieren, indem ich jetzt damit anfange.

«Oh, Ed», schluchzt sie und wirft sich an meine Brust. Ich lege einen Arm um sie und flüstere ihr ins Ohr, dass alles in Ordnung sei und Sex nicht alles auf der Welt, und dass es mir wirklich ausreichen würde, sie in meiner Nähe zu haben.

Schließlich löst sich Andeanna von mir, schnappt sich ein paar Kosmetiktücher von der Frisierkommode und trocknet damit ihre Tränen, bevor sie frisches Make-up auflegt. Ich sehe ihr amüsiert zu. Sie bemerkt mein Grinsen im Spiegel und senkt den Kopf. «Die Macht der Gewohnheit», murmelt sie, dann steht sie auf und räuspert sich. «Es gibt Dinge, die wir machen könnten, wenn wir vorsichtig sind.»

«Wie meinst du das?»

Andeanna errötet und flüstert etwas kaum Hörbares.

«Ich habe dich nicht verstanden», sage ich.

Sie schaut mich direkt an, trotzig diesmal und mit einem Augenzwinkern. «Ich könnte dir einen runterholen.»

Ihr völlig unerwartetes Angebot bringt mich zum Lachen.

«Was ist?», blafft Andeanna und spielt die Beleidigte. «Ich werde dir zeigen, dass ich sehr geschickte Hände habe.»

«Das bezweifle ich keinen Augenblick», grinse ich.

Sie bewegt spielerisch ihre Finger. «Ich kenne Männer, die ein Vermögen dafür zahlen würden, dass ich sie nur einmal anfasse.»

Ich bekomme erneut einen Lachanfall, was mir sonst sehr selten passiert «Hör auf!», keuche ich.

«Nun, es freut mich natürlich, wenn ich dich fröhlich mache, aber befriedigt wirst du nicht», sagt Andeanna etwas gekränkt und bewegt abermals ihre Finger. Als ich daraufhin wieder loslache, packt sie mich und drückt mich aufs Bett. Wir geraten in einen spielerischen Ringkampf. Sie fängt an, mich zu kitzeln, und ich küsse sie und versuche, meine Hand zwischen ihre Beine zu schieben, was sie mit einem erfreuten Stöhnen quittiert. Ich höre auf, bevor sie mich wegschiebt, denn ich will sie nicht dazu bringen, die ihr vom Türken auferlegten Grenzen zu überschreiten.

Nach einer Weile wird sie ruhig und legt ihren Kopf auf meine Schulter. «Es tut mir leid», flüstert sie. «Ich will dich mehr als irgendetwas auf der Welt. Ich will mit dir schlafen. Das nicht zu dürfen, ist …»

«Lass dich nicht unterkriegen», unterbreche ich sie und küsse ihren Kopf, streiche ihr über die Haare und genieße es, ihr so nahe kommen zu können, auch wenn ich weiß, dass ich nicht weiter gehen kann. «Unsere Zeit wird kommen. Es wird alles gut.»

«Glaubst du das wirklich?», fragt sie skeptisch.

«Klar», seufze ich. «In Märchen ist das ganz normal, und da du so wunderschön bist wie eine Prinzessin …»

«Ach, komm …!», sagt sie und kneift mich liebevoll. Dann halten wir uns eng umschlugen, lächeln und küssen uns und spüren, wie sich dabei unser warmer Atem vermischt. Ehrlicherweise müsste ich zugeben, dass ich nicht weiß, ob ich eine keusche Beziehung mit ihr auf lange Sicht hin durchhalten könnte, aber im Augenblick macht es mir nichts aus. Sie hat mich, und ich habe sie. Das reicht. Für jetzt.

ACHT

In den nächsten zwei Wochen entwickelt sich ein bestimmter Rhythmus. Die Tage, an denen ich mit Joe an meinem Buch arbeite, vergehen quälend langsam, während in den Nächten, die jetzt ganz Andeanna gehören, die Stunden zu Minuten werden.

Ich kann nicht mehr aufhören, an Andeanna zu denken, an den Türken und den Druck, den er auf sie ausübt, und daran, wie eingeschränkt unsere Beziehung ist. In meiner Phantasie male ich mir aus, wie ich den Schweinehund allein erwische und eiskalt umlege, aber Andeanna hat mir erzählt, dass er ständig von Leibwächtern umgeben ist. Nur in seinem Haus ist er allein, also könnte ich ihn nur dort erledigen, aber das geht nicht, weil dann Andeanna bei ihm ist. Wenn sie mitbekommt, wie ich ihn umbringe, fängt sie womöglich an, mich zu hassen, selbst wenn sie durch meine Tat ihre Freiheit erlangt. Das kann ich nicht riskieren.

Verzweifelt stürze ich mich in meine Arbeit. Joe und ich haben uns einen Namen für unsere Hauptfigur ausgedacht – Don Sanders. Als dieser in dem Buch nach seinem Tod wieder ins Leben zurückkehrt, versucht er herauszufinden, wie das geschehen konnte. Wenn man mehr über das Leben nach dem Tod erfahren will, fragt man am besten Leute, die Kontakt mit Toten aufnehmen. Also informieren Joe und ich uns über Wahrsager und Hellseher, aber obwohl ich bald mehrere Namen von seriösen Medien habe – einschließlich dem von Andeannas Freundin Etienne Anders –, suche ich keines von ihnen auf. Stattdessen überlegen wir uns, was ein Mann wie Don Sanders wohl an unserer Stelle getan hätte, und machen uns dann im Internet auf die Suche nach Medien, was uns von einem Betrüger zum nächsten führt.

Im Lauf meiner Recherchen entdecke ich auch, dass sich die spontane Selbstentzündung nicht allein auf Menschen beschränkt. Im Internet finde ich Berichte von Tieren, Möbeln, Büchern und allerlei andere Objekten, die plötzlich in Flammen aufgegangen sind. Weil ich noch nicht weiß, wie ich das in den Roman einbauen kann, lasse ich es erst einmal außen vor. Was man dem Leser nicht sagt, kann ihn auch nicht verwirren!

Andeanna willigt ein, einen Abend mit mir und Joe zu verbringen. Es ist nichts Besonderes – wir wollen uns in einem Pub treffen und dann miteinander essen gehen –, aber es ist gut, dass sich die beiden endlich einmal kennenlernen. Wir haben vereinbart, uns um Viertel vor acht zu treffen, aber Joe und ich sind schon ein paar Minuten früher in dem Pub, suchen einen Tisch, von dem aus man einen freien Blick zur Tür hat, und bestellen uns etwas zu trinken. Joe hat sich in Schale geworfen und sogar eine Krawatte umgebunden, obwohl ich ihm gesagt habe, dass eigentlich kein Grund zur Förmlichkeit besteht. Trotzdem hat er sich davon nicht abbringen lassen «Irgendwie fühle ich mich wie ein Vater, dem sein Sohn seine Verlobte vorstellt», sagt er.

Als es acht Uhr wird und Andeanna noch nicht aufgetaucht ist, mache ich mir noch keine Sorgen. Von einer Frau erwarte ich nicht, dass sie auf die Minute pünktlich ist. Als sie aber auch um neun noch nicht da ist, werde ich nervös. Es kann nicht sein, dass sie das Pub verwechselt hat, denn wir waren zusammen schon einmal hier, aber möglicherweise hat sie die Zeit vergessen. Also rufe ich sie auf ihrem Handy an, aber es ist ausgeschaltet.

Joe riecht den Braten früher als ich. Bisher hat er mir in einer Tour seine fürchterlichen Witze erzählt, aber jetzt schweigt er. Auch wenn er Andeanna gar nicht kennt, ahnt er, was los ist, bevor ich es tue: Sie wird heute Abend nicht mehr kommen. Er sagt zwar nichts, aber ich sehe ihm deutlich an, dass er verlegen ist. Als es schließlich zehn wird und ich Andeanna immer noch nicht auf ihrem Handy erreichen kann, gebe ich auf. «Sie hat uns versetzt.»

Joe seufzt erleichtert auf, weil ich die Wahrheit endlich ausgesprochen habe. «Bestimmt ist ihr etwas dazwischengekommen», sagt er diplomatisch. «Ein Stau. Eine Reifenpanne. Ein Unfall.»

«Nein. Sie hat uns sitzenlassen. Ich weiß nicht, weshalb, aber sie war von vorneherein nicht begeistert von diesem Treffen mit dir. Auch wenn sie mir versprochen hat, heute Abend zu kommen, hat sie es wohl nie ernsthaft vorgehabt.»

«Was könnte sie für einen Grund haben, mich zu meiden?», fragt Joe verwundert.

Ich runzle die Stirn und denke nach. «Vielleicht kennst du sie von früher. Sie hat mir gesagt, ihr Mädchenname sei

Moore gewesen, aber vielleicht stimmt das nicht. Verdammt, vielleicht heißt sie ja nicht einmal Andeanna. Es wäre nicht der erste falsche Name, den sie mir genannt hat.»

Joe zupft an seinem Bart. «Glaubst du wirklich, dass sie mich kennen könnte?»

Ich zucke mit den Achseln. «Wohl eher nicht. Vielleicht hast du recht, und ihr ist wirklich etwas dazwischengekommen.»

«Sag ich doch.» Joe strahlt mich aufmunternd an. «Bestimmt ruft sie gleich an und erklärt dir, was los ist. Du wirst sehen, es löst sich alles in Wohlgefallen auf.»

«Ja», sage ich, ohne auch nur eine Sekunde lang daran zu glauben.

Ich trinke mehr Rum, als mir guttut. Joe macht ein besorgtes Gesicht und meint, wir sollten bezahlen und nach Hause gehen, aber jetzt bricht meine unangenehme Seite durch, wie häufig, wenn ich zu viel getrunken habe. Ich quittiere seine Besorgnis mit einem höhnischen Grinsen und sage ihm, er solle doch nicht so steif sein, die blöde Krawatte ausziehen und sich sein enges Hemd aufknöpfen. Joe macht ein ärgerliches Gesicht – vielleicht denkt er, ich will mich über seine Narben lustig machen. Als ich mich zu ihm hinüberbeuge und nach seiner Krawatte greife, verliert er endgültig die Geduld mit mir und steht auf. Er gehe jetzt nach Hause, sagt er, und ich könne entweder mitkommen oder hier in meinem Suff versauern.

«Du kannst mich mal», knurre ich und nehme einen tiefen Schluck von meinem Rum. Kurze Zeit später habe ich Joe vergessen, denn Andeannas Verrat nimmt mein ganzes Denken in Beschlag. Ich überlege mir gerade, wie ich ihr weh tun könnte – vielleicht sollte ich ihren Mann anrufen und ein paar Andeutungen über die Fehltritte seiner Frau machen? –, als ich bemerke, dass eine junge Frau von einem anderen Tisch zu mir herübersieht. «Kann ich Ihnen helfen?», blaffe ich sie an.

Sie dreht sich um und sagt etwas zu ihren beiden Freundinnen. Alle drei werfen mir einen raschen Blick zu, bevor sie sich wieder kichernd ihren Getränken widmen. Ich lasse die Frau, die mich vorhin angesehen hat, nicht aus den Augen. Sie sieht nicht älter als achtzehn oder neunzehn aus, hat dunkelblondes Haar und trägt jede Menge Make-up. Obwohl sie außer ihrem Geschlecht so gut wie nichts mit Andeanna gemein hat, rede ich mir nach und nach ein, dass sie ihr genaues Ebenbild sei.

Ich warte, bis eine von dem Trio auf die Toilette muss, dann gehe ich hinüber zu ihrem Tisch und setze mich auf den frei gewordenen Platz. Als die Mädchen protestieren, hebe ich entschuldigend die Hände und zeige mich von meiner besten, wenn auch halb betrunkenen Seite. «Alles okay, Mädels. Ich bleibe nicht lang, ich wollte mich nur für meine Grobheit von vorhin entschuldigen.» Dabei lächle ich die hübsche, junge Blondine an, und sie lächelt zurück.

«Sind Sie Amerikaner?», fragt sie.

«Ja.»

«Aus New York?»

«Nein, aber ich kenne die Stadt ziemlich gut.»

«Ich habe einen Bruder in New York», erklärt sie. «Den werde ich in einem Monat besuchen.»

Ihre Freundin kommt zurück, und ich räume rasch ihren Stuhl. «Darf ich euch zu einem Drink einladen?», frage ich. Sie sagen mir, was sie haben wollen, und ich mache mich auf den Weg zum Tresen. Nachdem ich den Mädchen ihre Cocktails gebracht habe, sage ich in meiner erotischsten Stimme zu der Blonden: «Ich heiße Ed. Und wie heißen Sie?»

Nachdem ihre Freundinnen mit einem kurzen Nicken ihr

Okay gegeben haben, sagt sie, ihr Name sei Louise Maloret. Sie stamme aus Kent, lebe aber derzeit in Roehampton, wo sie Lehramt studiert. Der Ortsname sagt mir etwas, und ich erinnere mich, dass dort John Meyher wohnt. So ein Zufall, denke ich und erzähle ihr, dass ich erst kürzlich ganz in ihrer Nähe war. Als sie mich fragt, was ich denn in Roehampton gemacht hätte, antworte ich: «Ich habe recherchiert. Ich bin Schriftsteller. Ed Sieveking. Vielleicht haben Sie schon mal etwas von mir gelesen?» Dass sie verneint, kann mich nicht bremsen. «Drüben in den Staaten kennt mich praktisch ein jeder», sage ich. «Ihr Bruder hat bestimmt schon eines meiner Bücher gelesen.»

Rasch steht ein vierter Stuhl am Tisch – was tut man nicht alles für einen berühmten amerikanischen Autor? –, und es dauert nicht lange, bis ich den Mädchen Geschichten erzähle, die selbst Pinocchio die Schamröte ins Gesicht getrieben hätten. Stephen King? Gewiss kenne ich ihn. Habt ihr seinen letzten Roman gelesen? Habt ihr nicht? Das solltet ihr aber, denn schließlich werde ich darin erwähnt – eine seiner Figuren liest in dem Roman ein Buch von mir. Ich lächle bescheiden. «Ich schätze, ich muss mich bei dem guten Steve demnächst mal dafür revanchieren.»

Die Mädchen interessieren sich mehr für Kinostars als für Schriftsteller, weshalb ich ihnen erzähle, dass zwei meiner Bücher verfilmt worden seien. Selbstverständlich muss ich ihnen alle Schauspieler aufzählen, die in diesen Filmen angeblich mitgespielt haben.

Als das Pub schließt, zerren mich die Mädchen in einen Club, wo ich nach ein paar peinlichen Nummern auf der Tanzfläche zur Toilette eile und mich übergebe. Danach fühle ich mich etwas wohler, aber noch besser geht es mir, als mir eine Stimme aus der nächsten Kabine etwas «Charlie» zu einem vernünftigen Preis anbietet. Ich nehme normalerweise keine Drogen, aber in dieser Nacht ist das etwas anderes, und als ich wieder zu Louise komme, habe ich stark geweitete Pupillen und fange an, im Rhythmus der Musik krampfhaft zu zucken. Jetzt kann mich auf der Tanzfläche nichts mehr aufhalten, und wie ein ausgehungerter Partylöwe lasse ich Louise für den Rest der Nacht nicht mehr aus meinen Klauen.

Irgendwann finde ich mich in einer Nische neben der Toilette wieder, wo ich heftig mit Louise knutsche. Ich weiß nicht, wie wir hier gelandet sind, ich kann mich an die vergangenen Stunden nicht mehr erinnern. Zwischen unseren leidenschaftlichen Küssen schlage ich ihr vor, mit zu mir ins Royal Munster zu kommen. Nach einigem Zögern – sie möchte wohl nicht den Eindruck erwecken, sie wäre leicht rumzukriegen – stimmt sie zu, will sich aber erst noch von ihren Freundinnen verabschieden. Während ich auf sie warte, fange ich an, an Andeanna zu denken, und bekomme Schuldgefühle. Ein weiteres Glas Rum spült das schlechte Gewissen weg.

In meinem Zimmer werfe ich Louise aufs Bett und reiße ihr praktisch die Kleider vom Leib. Als ich ihr hechelnd wie ein geiler Hund das Höschen ausziehe, stoppt sie mich. «Moment», sagt sie, steht auf und kippt den Inhalt ihrer Handtasche aufs Bett. Sie findet ein Kondom, reißt die Packung auf und sagt mir, ich solle es mir überziehen.

«Wenn's dich glücklich macht», brumme ich und rolle mir das Gummi über meinen erigierten Schwanz. «So kann ich wenigstens keine verdammten Samenspuren hinterlassen.»

«Was redest du da?», lacht sie und schaltet das Licht aus.

Es ist schneller, gieriger Sex. Während ich sie mit geschlossenen Augen stoße, stöhne ich «Andeanna!». Louise überhört die Entgleisung und schreit laut meinen Namen. Ich presse mich an sie, atme heftig mit weit geöffnetem Mund und schwitze vor Geilheit, Alkohol und Koks wie ein Verrückter. Es dauert nicht lange, bis ich am ganzen Körper zitternd zum Höhepunkt komme. Louise quittiert ihn mit einem überlegten, künstlichen Stöhnen.

Danach zieht sie mir das Kondom von meinem Penis und wickelt es fein säuberlich in ein Kosmetiktuch. «Nimm das besser an dich», sagt sie. «So ist es sicherer.»

«Was meinst du damit?», keuche ich. Ich brauche ein Glas Wasser, aber ich traue mich nicht aufzustehen aus Angst, die Beine könnten einknicken.

«Du bist ein berühmter Schriftsteller», kichert sie. «Ich könnte mir heimlich ein paar von deinen Spermien einführen und gegen dich eine Vaterschaftsklage erheben.»

«Du meine Güte! Lernt ihr so was heutzutage an der Universität?»

«Nein, das hat mir meine Mum beigebracht.»

Wir schlafen lachend nebeneinander ein.

Als ich wache werde, ist Louise schon aufgestanden. Mein Kater ist nicht so schlimm, wie ich befürchtet habe. Sie läuft nackt vor meinem Bett herum und sieht sich in meinem Hotelzimmer um, während sie mir von ihrer Wohngemeinschaft erzählt. Die Küche ist ständig in einem schrecklichen Zustand, und ihr Vermieter ist ein Ekelpaket. Typische Studentenprobleme.

Nach einem Frühstück auf dem Zimmer duschen wir, ziehen uns an und küssen uns zum Abschied, nachdem wir rasch noch unsere Telefonnummern ausgetauscht haben. Louise sagt, ich müsse sie nicht anrufen, wenn ich das nicht will. Ich verspreche ihr, es zu tun, meine es aber nicht ernst. Sie lächelt erleichtert und weiß, dass das eine Lüge ist, weshalb ich mich nicht schuldig fühle.

Eigentlich sollte ich mich schuldig fühlen, schließlich habe ich die Frau, der ich mein Herz geschenkt habe, gerade betrogen, aber ich tue es nicht. Als Louise weg ist, denke ich darüber nach. Wir hatten letzte Nacht ganz normal Spaß miteinander, und zwar deshalb, weil mein Leben mit Andeanna so *ab*normal ist. Warum sollte ich mich schuldig fühlen, wenn ich eine verheiratete Frau betrüge, bei der nach ein paar Küssen Schluss ist?

Ich liebe Andeanna, und ich glaube, sie könnte mich auch lieben, wenn die Umstände anders wären. Jetzt aber tun wir uns gegenseitig nicht gut. Sie ist die Gefangene des Türken, und ich kann ihr nicht helfen, aus diesem Gefängnis auszubrechen. Einer von uns muss den Mut aufbringen, diese Affäre zu beenden, bevor wir uns gegenseitig zerstören.

Ich beschließe, zurück nach Montana zu gehen.

Joe ist wie vor den Kopf gestoßen, als ich ihm sage, dass ich London verlassen werde. «Und was ist mit dem Buch?», platzt er heraus.

Ich zucke mit den Achseln. «Ich werde zu Hause weiter daran arbeiten. Und wir bleiben in Kontakt. Jetzt, wo wir die Recherchen abgeschlossen haben, macht es keinen großen Unterschied, wo ich es schreibe. In Montana kann ich konzentrierter arbeiten. Da werde ich weniger abgelenkt.»

«Ist es wegen Andeanna?», fragt er ruhig. «Ist sie der Grund, weshalb du zurückgehst?»

«Ja.»

«Hast du es ihr schon erzählt?», fragt er.

Ich schüttle den Kopf.

«Sagst du es ihr überhaupt?»

«Ich weiß nicht», seufze ich. «Ich würde sie gerne ein letztes Mal sehen, aber ich habe sie bisher nicht erreicht. Mein Flug geht morgen früh, also ...»

«Morgen früh!», unterbricht er mich. «Warum denn so plötzlich? Mensch, Ed, ich weiß, dass du unglücklich bist, aber einfach so wegzulaufen ... Bist du sicher, dass das eine gute Idee ist?»

«Ich wäre schon heute geflogen, aber ich wollte mich noch von dir verabschieden. Ich habe mich gestern in dem Pub wie ein Idiot verhalten und ...»

«Vergiss es. Im Suff begeht jeder mal eine Dummheit.» Joe lehnt sich zurück und betrachtet die Koffer, die ich gepackt habe: einen für meine Kleider, zwei für Notizen, Karten und Recherchematerial. «Du gehst also wirklich», sagt er niedergeschlagen.

«Leider ja.»

Er seufzt. «Ich muss zugeben, dass es mich nicht allzu sehr überrascht. Ich habe von Anfang an gespürt, dass das mit dir und Andeanna nicht funktionieren kann.» Er runzelt die Stirn, denkt eine Minute nach und sagt dann: «Wenn du willst, gehe ich zu ihr und überbringe ihr eine Nachricht von dir. Vielleicht auch deine Adresse in den Staaten.»

«Wozu?», erwidere ich finster.

«Weil es nicht nett ist, sich ohne ein Wort davonzumachen. Und außerdem würde ich mir die Schönheit, von der du mir so vorgeschwärmt hast, gerne einmal ansehen.»

Ich werfe ihm einen argwöhnischen Blick zu. «Du hast doch nicht etwa vor, dich an sie ranzumachen, sobald ich weg bin, oder?»

«Natürlich nicht!», protestiert er. «Wie kannst du nur so was denken, Ed?»

«War ein Witz», lächle ich.

«Das ist nicht lustig», schnieft er.

«Doch, ist es», sage ich mit einem Lächeln, dann schüttele ich versöhnlich den Kopf. Mein Lächeln verschwindet. Ich werde Joe vermissen. Vielleicht genauso, wie ich Andeanna vermissen werde.

Fast hätte ich sie nicht mehr angerufen. Während der Tag zur Neige geht, überlege ich hin und her. Sie ist diejenige, die unsere Verabredung mit Joe hat platzen lassen. Wenn ihr etwas an mir gelegen wäre, hätte sie mich wenigstens angerufen. Aber was ist, wenn ich ihr Unrecht getan habe? Vielleicht ist ihr ja wirklich etwas zugestoßen. Ein Autounfall, ein Brand oder …

Als mir klarwird, dass ich keine Ruhe finden werde, wenn ich nicht wenigstens versucht habe, mit ihr in Kontakt zu treten, probiere ich es ein letztes Mal auf ihrem Handy. Diesmal klingelt es. Ich lege auf, bevor sie rangehen kann, und fange an zu zittern. Was soll ich ihr sagen? Soll ich grausam oder mitfühlend sein? Ich habe keine Erfahrung mit solchen Gesprächen. Schließlich drücke ich auf Wahlwiederholung und lasse die Sache ihren Lauf nehmen.

«Hallo?» Ihre Stimme klingt tief, gequält und zittrig.

«Ich bin's.»

Ein langes Schweigen. «Ich hätte nicht gedacht, dass du anrufen würdest.» Sie hört sich an, als hätte sie geweint.

«Fast hätte ich es auch nicht. Ich fliege morgen nach Hause, zurück nach Montana.»

«Oh», sagt sie emotionslos.

«Ist das alles, was du dazu zu sagen hast?», blaffe ich.

Sie seufzt. «Ich bin müde, Ed.»

«Was ist das für eine Antwort? Ich fliege heim! Wir werden uns nie wiedersehen! Und alles, was du dazu zu sagen hast, ist …»

Ich höre ein Klicken, und erst nachdem ich das Telefon eine Weile ungläubig angestarrt habe, begreife ich, dass sie aufgelegt hat. Mein erster Gedanke ist, das Handy in die Ecke zu schleudern und sie zum Teufel zu wünschen. Dann fällt mir ihr Ton wieder ein, das Zittern in ihrer Stimme. Da stimmt etwas nicht. Während ich sie wieder anrufe, trete ich ans Fenster und blicke auf die stille Straße. Die Ruhe dort unten geht auf mich über. «Entschuldige bitte», murmele ich, als sie sich meldet. «Ich wollte dich nicht verärgern. Ich bin verletzt und kann keinen klaren Gedanken fassen.»

«Das geht mir genauso», erwidert sie halb lachend, aber gleich darauf klingt sie so, als müsse sie ein Schluchzen unterdrücken. «Fliegst du wirklich nach Hause?»

«Wenn du mich nicht überzeugen kannst zu bleiben.»

«Ich will nicht, dass du gehst», sagt sie ausdruckslos. «Aber was das Überzeugen anbelangt ...» Ich kann regelrecht sehen, wie sie mit den Achseln zuckt. «Mir fällt nichts ein, was dich davon abhalten könnte.»

«Warum hast du mich versetzt?»

«Das ist eine lange Geschichte.»

«Hat es etwas mit Joe zu tun?»

«Mit welchem Joe?» Sie klingt verwirrt.

«Meinem Freund. Du meidest ihn. Jedes Mal, wenn ich ein Treffen mit uns und ihm verabrede, kneifst du ...»

Ein zynisches Lachen unterbricht mich. «Es hat nichts mit *Joe* zu tun», spottet sie. «An deinen Freund hätte ich zu allerletzt gedacht.»

«Und warum bist du dann nicht gekommen? Was war der Grund?»

Sie hält inne, dann flüstert sie: «Ich liebe dich.» Es folgt ein lautes Schluchzen. «Ich muss jetzt auflegen.»

«Andeanna! Nicht!»

«Auf Wiedersehen, Ed. Ich werde dein neues Buch lesen, wenn es herauskommt. Es wird sicher ganz großartig …»

«Ich komme zu dir.»

«Nein!», stöhnt sie. «Auf keinen Fall. Das ist zu gefährlich.»

«Ist mir egal. Ich komme.»

«Ich werde dich nicht reinlassen. Ich werde nicht mal das Tor öffnen. Ich werde Mikis zu Hilfe rufen.»

«Das ist mir egal. Ich gehe nicht fort von hier, bevor ich nicht weiß, was mit dir los ist. Und wenn ich den Türken ausschalten muss, um dich zu kriegen, dann werde ich es eben tun.»

Sie stöhnt und schnieft. «Du bist ein verdammter Idiot. Aber gut, dann komm. Aber warte, bis du siehst, dass sich das Tor öffnet und ein Auto wegfährt. Heute Abend hat wieder Axel Dienst. Ich glaube, ich kann ihn heimschicken wie beim letzten Mal. Aber falls kein Auto von dem Grundstück fährt, bedeutet das, dass er bei mir bleibt. In diesem Fall musst du mir schwören, dass du nicht reinkommst.»

«Das kann ich nicht. Ich muss dich sehen.»

«Wenn du es nicht schwörst, verschwinde ich, bevor du hier bist.»

Ich presse mir das Telefon gegen die Stirn, bevor ich es wieder ans Ohr halte und so beherrscht wie möglich zu ihr sage: «Okay. Ich schwöre es dir.»

«Wenn du dein Wort nicht hältst, ist es für immer aus zwischen uns.»

«Du weißt, dass ich mein Wort halte.»

«Ja. Das weiß ich. Dann bis gleich. Hoffentlich.»

Ich parke fünfzig Meter vor der Einfahrt zum Haus. Es ist eine klare Nacht, und auf diese Entfernung kann ich kein herausfahrendes Auto übersehen. Ich schalte die Scheinwerfer aus, ducke mich hinter das Lenkrad und beobachte das Tor.

Eine Stunde vergeht. Dann noch eine. Und eine dritte. Geduld ist immer eine meiner Stärken gewesen. Manchmal habe ich ganze Wochen damit verbracht, Leute zu beschatten und ruhig in Hotelzimmern oder Autos zu sitzen und zu beobachten. Damals war ich nie nervös, aber jetzt bin ich es. Meine Hände zittern.

Endlich, gegen ein Uhr morgens, geht schließlich das Tor auf, und ein Wagen verlässt das Grundstück. Bevor der Fahrer ganz auf die Straße abbiegt, rutsche ich tiefer in meinen Sitz. Ich höre, wie der Wagen an mir vorbeifährt und beschleunigt. Sein Motor dröhnt durch die stille Nacht. Ich warte noch eine halbe Minute, dann setze ich mich auf und nehme mein Handy.

«Ed?» Andeanna meldet sich nach dem ersten Klingelton. Sie ist außer Atem.

«Ein Wagen ist gerade vorbeigefahren. War das Axel?»

«Ja. Er dürfte wohl zwanzig, höchstens dreißig Minuten lang wegbleiben.»

«Hast du die Überwachungskameras ausgeschaltet?»

«Nein, dafür ist jetzt keine Zeit. Ich werde später die Aufnahme von der Einfahrt löschen.»

Ich mag das zwar nicht, muss ihr aber vertrauen.

«Soll ich mit dem Auto oder zu Fuß reinkommen?», frage ich.

«Fahr rein und parke hinter dem Haus.»

«Und wie komme ich wieder raus?»

«Ich habe die letzte Stunde im Musikraum verbracht und klassische Musik gehört. Wenn Axel zurückkommt, kannst du dich verstecken, und ich nehme ihn mit ins Musikzimmer. Wenn du dann fährst, wird er dich nicht hören.»

Das gefällt mir wieder nicht. Ich denke, es wäre weniger riskant, wenn ich das Auto da lassen würde, wo es jetzt ist, aber ich will nicht mit ihr diskutieren, sonst ändert sie vielleicht ihre Meinung und lässt mich nicht mehr rein. Also spiele ich mit und hoffe, dass sie weiß, was sie tut.

Das Tor öffnet sich, als ich mich ihm nähere. Ich fahre langsam auf das Grundstück, biege hinter dem Haus scharf nach rechts ab und parke den Wagen im dunklen Schatten unter einem Baum. Ich lasse den Schlüssel im Zündschloss stecken und halte Ausschau nach Andeanna. Sie ist nicht da, aber am Haus steht eine Tür offen.

Ich gehe auf sie zu. Sie führt in eine riesige, kühle Speisekammer. Eigentlich hatte ich erwartet, dass Andeanna mich empfängt, aber sie ist nirgends zu sehen. Ohne Licht zu machen, taste ich mich vorsichtig in die Küche. Kurz vor der Tür zu dem hell erleuchteten Flur bleibe ich stehen und sehe mich um.

Irgendetwas stimmt hier nicht. Warum ist Andeanna nicht gekommen, um mich zu begrüßen? Woher soll ich wissen, dass hinter dieser Tür nicht der Türke lauert und eine lang geplante Falle zuschnappen lässt? Mein nächster Schritt könnte mein letzter sein. Es ist noch nicht zu spät zum Umkehren, vorausgesetzt, mir hat niemand den Rückweg abgeschnitten. Ich könnte zurück zu meinem Wagen rennen, mit Vollgas das Tor durchbrechen und auf der Straße aus der Gefahrenzone rasen. Weiter in das Haus hineinzugehen, kommt mir auf einmal wie Selbstmord vor.

Meine Geister spüren meine Unsicherheit und fangen an, mich zu bedrängen. Sie tun so, als ob sie mich anspucken würden, öffnen die Münder zu stummen Schreien und versuchen, so gut sie können, mich zu nerven und zur Umkehr zu zwingen.

Der Gedanke an Andeanna und die Angst in ihrer Stimme lässt mich meine Geister ignorieren und auf den Rat der Vernunft pfeifen.

In der Diele ist die Luft rein. Kein Mikis Menderes. Kein Bond Gardiner. Keine bewaffneten Aufpasser. Nur Leere und Stille.

«Andeanna?» Ihr Name hallt von den Wänden wider. Ich gehe zum Fuß der Treppe und beschließe, nur dann weiterzugehen, wenn sie meinen Ruf erwidert. «Andeanna?» Als sie nicht antwortet, steige ich unter Missachtung meines eigenen Schwurs nach oben. Die Geister flitzen um mich herum, tun ihr Bestes, um mich zu erschrecken. So etwas mögen sie. Sie blühen auf und sind so quirlig wie schon lange nicht mehr.

Ich höre Schritte hinter mir. Ich drehe mich blitzschnell um, greife nach einer nicht vorhandenen Pistole und entspanne mich erst, als ich Andeanna sehe, die aus der Dunkelheit des Wohnzimmers auftaucht.

«Tut mir leid», sagt sie und bleibt im Türrahmen stehen, die Hände nervös vor ihrem Bauch gekreuzt. «Ich dachte, Axel wäre vielleicht zurückgekommen, weil er etwas vergessen hat.»

«Du hast mich erschreckt», sage ich und gehe lächelnd auf sie zu, mitten durch die geschlossene Front der mürrisch dreinblickenden Geister. «Ich dachte …» Ich bleibe vor ihr stehen. Andeanna ist nicht ins Licht getreten, aber jetzt, als ich sie mir aus der Nähe betrachte, sehe ich, dass ihr Gesicht ein einziges Schlachtfeld ist. Blutergüsse an Wangen und Stirn, aufgeplatzte Lippen, schwarz geschwollene Augenlider. «Großer Gott», flüstere ich.

«Hübsch, nicht wahr?» Eine Hand bewegt sich nach oben zu ihrer linken Wange und betastet einen großen Bluterguss. «Zum Glück ist nichts gebrochen. Und genäht werden musste auch nichts. In ein, zwei Wochen werde ich wieder ganz normal aussehen.» Ein schmales Lächeln. «Vielleicht auch in drei.»

«War das der Türke?», frage ich, und sie nickt. «Hat er das mit uns erfahren?»

«Nein. In diesem Fall wäre ich tot.»

«Warum hat er dich dann …?»

«Komm mit», sagt sie und geht zurück ins Wohnzimmer. Ich folge ihr widerstrebend. Als wir dort sind, lässt sie sich auf eine Couch sinken und klopft auf den Platz neben ihr. Als ich sitze, legt sie eine Hand auf mein Knie und beugt sich hinüber zu mir, um mich zu küssen, hält aber mit einem leisen Winseln inne. «Tut mir leid, aber das tut weh.»

Sie wird still, während ich sie erschüttert mustere. Ich bin froh, dass es relativ dunkel ist, so bleibt es mir erspart, ganz genau sehen zu müssen, wie der Türke sie zugerichtet hat.

«Ich wollte dich anrufen, aber ich konnte nicht. Gestern war ich noch nicht in der Lage zu sprechen – du solltest meine Rippen sehen –, und heute haben seine Wächter mich keine Sekunde aus den Augen gelassen. Ein Glück, dass du genau dann angerufen hast, als Axel gerade auf der Toilette war. Erstaunlich, dieses Timing. Vielleicht stehen wir in telepathischer Verbindung zueinander.»

«Warum hat er das getan?», frage ich.

«Wegen eines Gedichts.»

«Wie bitte?»

«Kurz vor meiner Verabredung mit Joe und dir hatte ich einen Termin bei Etienne», erklärt sie. «Bei Etienne Anders, der Mystikerin, von der ich dir erzählt habe. Erinnerst du dich?»

«Was hat sie mit dieser Sache zu tun?»

«Sie hat mir meine Zukunft vorhergesagt.» Als ich sehe, wie Andeanna mit ihren aufgeplatzten Lippen zu lächeln versucht, könnte ich auf der Stelle losheulen. «Sie hat von wunderbaren Zeiten voller Glück, Zweisamkeit und Liebe gesprochen.

Etienne weiß nicht, mit wem ich verheiratet bin, und trotzdem hat sie meine Traurigkeit gespürt. Es war das erste Mal, dass sie mir so positive Dinge vorhergesagt hat. Sie sagte, es gäbe einen neuen Mann in meinem Leben und dass er für mich sorgen würde, wenn ich es nur zuließe. Danach würde sich alles ganz von allein ergeben.»

«Eine weise Frau», bemerke ich und ringe mir ein dürftiges Lächeln ab.

«Als ich nach Hause kam, war ich bester Laune», fährt sie fort. «Ich war wie im siebten Himmel und habe mich für unsere Verabredung fertig gemacht. Ich wollte einen guten Eindruck auf Joe machen. Beim Beinerasieren ist mir ein kleines Gedicht eingefallen, also habe ich den Rasierapparat weggelegt und es aufgeschrieben.

Der Kuss des Geliebten ist wie ein schlanker Pfeil,
Der kraftvoll tief ins Herz mir dringt.
Er macht von innen alles heil
Weil meine Liebe ihn verschlingt.

Sie verzieht das Gesicht. «Ziemlich erbärmlich, oder?»

«Ich habe schon Schlimmeres gehört», erwidere ich lächelnd. «Aber nicht oft.»

Sie lächelt schwach. «Als ich gerade die zweite Strophe schreiben wollte, hat Mikis sich von hinten angeschlichen und mir das Blatt aus der Hand gerissen. Und dann ist er ausgerastet. Er hat mich angebrüllt und verlangt, dass ich ihm den Namen meines Liebhabers nenne. Ich habe gesagt, in dem Gedicht ginge es um ihn, ich hätte es in Erinnerung an frühere Zeiten geschrieben, aber er hat mir nicht einmal zugehört. Er ist völlig durchgedreht und …» Sie deutet vage auf ihr Gesicht.

«Ich bringe ihn um», knurre ich.

«Jetzt fang nicht wieder *damit* an.»

«Er hat dich so zugerichtet wegen eines läppischen Gedichts?»

«So ist Mikis nun mal. Wenn ich es fertiggeschrieben hätte, wäre es noch viel schlimmer geworden. In die dritte oder vierte Strophe wollte ich nämlich deinen Namen einflechten, weil ich es dir vielleicht einmal schenken wollte.»

«Dieses Monster.» Ich wünschte, er wäre hier, dann könnte ich ihn mir sofort vorknöpfen.

«Seltsam», seufzt sie. «Diesmal hatte sein Verdacht ja sogar Hand und Fuß. Das Gedicht war tatsächlich für meinen Liebhaber. Am Ende konnte ich ihn dann doch noch überzeugen, dass es nicht so war, wohl hauptsächlich deshalb, weil ich trotz der brutalen Schläge bei meiner Version geblieben bin. Fairerweise muss ich also sagen: Ich habe mir das selber eingebrockt.»

Darüber ließe sich streiten, aber ich tue es nicht. Stattdessen stehe ich entschlossen auf und sage mit fester Stimme: «Lass uns gehen.»

«Wohin?», fragt sie beunruhigt.

«Weg von hier. Ich nehme dich mit in die Staaten. Wenn du in meinem Flieger keinen Platz mehr bekommst, nehmen wir den nächsten. Pack ein, was du unbedingt mitnehmen willst, und vergiss deinen Pass nicht.»

Sie schüttelt den Kopf. «Setz dich wieder. Wir gehen nirgendwohin.»

«Doch», beharre ich. «Ich lasse dich nicht in den Händen dieses Hurensohns. Ich kann dich verstecken und falsche Pässe für uns organisieren. Wir ändern unsere Namen und gehen an einen Ort, an dem er uns nicht finden kann. Und wenn er es doch tut, dann wird er es bedauern. Du bist bei mir sicher, Andeanna. Das schwöre ich bei allem, was mir heilig ist. Ich werde dich beschützen.»

Sie starrt mich überrascht an. «Du meinst das tatsächlich ernst», flüstert sie.

«Darauf kannst du Gift nehmen.» Ich grinse und reiche ihr meine Hand. «Und jetzt lass uns gehen.»

Erst will sie meine Hand ergreifen, dann hält sie inne. «Nein», raunt sie. «Ich kann nicht.»

«Doch, du kannst!» Ich werde laut, und sie weicht zurück. Ich senke meine Stimme wieder und gehe vor ihr auf die Knie. «Hast du Angst? Geht es darum?»

«Zum Teil», antwortet sie und fängt an zu weinen. Die Geister schneiden Grimassen und wischen sich nicht vorhandene Krokodilstränen aus den Augen, doch ich lasse mich nicht von ihnen ablenken. «Aber selbst wenn ich mit dir fortgehen wollte, könnte ich es nicht. Schon die paar Schritte hier im Haus bereiten mir Schmerzen.»

«Wir werden es schaffen. Wir können uns einen Rollstuhl mieten. Verdammt, ich werde dich tragen, wenn es sein muss.»

Sie legt mir einen Finger auf die Lippen, um mich zum Schweigen zu bringen. «Du machst einen Denkfehler. Wie sollen wir denn unauffällig verschwinden, wenn ich in einem Rollstuhl sitze oder du mich durch den Flughafen trägst? Leute werden auf uns aufmerksam werden, und Mikis wird diese Leute finden und unsere Spur verfolgen. Eine Flucht ist unmöglich, zumindest heute Nacht.»

Ihre letzten Worte wecken Hoffnung in mir. «Aber später einmal wirst du mitkommen?», frage ich und nehme ihre Hände. «Sobald du dazu in der Lage bist?»

Sie nickt zögerlich. «Ich denke, ja. Mikis hat mich schon oft geschlagen, aber so brutal noch nie. Ich habe wirklich gedacht, dass er mich diesmal töten wird. Weißt du, was mir dabei durch den Kopf ging?» Ich schaue sie fragend an. «Ich dachte ständig: Ich wünschte, ich hätte Ed erlaubt, mich zu lieben.» Sie errötet hinter ihren dunkelvioletten Blutergüssen. «Sonst habe ich nichts bereut. Nur dass ich die Gelegenheit, mit dir zu schlafen, nicht genutzt habe. Erst da ist mir klargeworden, wie sehr ich dich liebe und dass ich ohne dich nicht mehr sein kann.»

«Andeanna», stöhne ich.

Sie streichelt mein Kinn und küsst mich. Diesmal winselt sie nicht vor Schmerz. «Lass uns einen Plan machen», sagt sie. «Wir haben Zeit. Mikis hasst mich jetzt ganz besonders, aber das kann uns nur recht sein. Ich glaube nicht, dass er mich in absehbarer Zeit besuchen wird. Die Wächter stellen zwar ein Problem dar, aber ich kann dich anrufen, wenn sie mal nicht da sind. Vielleicht besorgst du mir auch ein Schlafmittel, das ich ihnen unters Essen mischen kann. Ich koche sowieso die meiste Zeit für sie …»

«Greygo! Bist du das?»

Wir wirbeln beide herum und sehen draußen in der Diele einen Mann, der die Hände in die Hüften stemmt und die Treppe hinaufblickt. Mein erster Gedanke ist, dass der Türke überraschend zurückgekommen ist, was mir in dieser Situation nicht unwillkommen wäre, aber dann zischt Andeanna mir zu: «Axel!»

Entweder hat er uns gehört, oder er spürt irgendwie unsere Anwesenheit, jedenfalls dreht sich Andeannas Wächter um und bemerkt uns. Stirnrunzelnd geht er auf uns zu und späht in die Dunkelheit des Wohnzimmers. «Wer ist da?», fragt er.

Mir bleiben vier, maximal fünf Sekunden, bevor er bei uns ist. Ich reagiere so besonnen wie in dem Restaurant, als ich einen Angriff fürchtete. Ich sehe mich in dem dunklen Raum nach einer Waffe um, aber bis auf ein paar Vasen im Regal, die viel zu klein und daher nutzlos sind, entdecke ich nichts.

Andeanna ist wie erstarrt. «Wenn er uns sieht, ist alles vorbei. Er wird es Mikis sagen. Er wird …»

Der Wächter erreicht die Tür und bleibt stehen. «Wer ist da?», bellt er. «Greygo? Hast du eine Frau bei dir?»

Während ich mich noch immer nach einer Waffe umsehe, steht Andeanna auf und läuft dem Wächter entgegen. «Hallo, Axel. Greygo ist nicht hier. Kann ich etwas für dich tun?»

«Was ist denn hier los?», knurrt der Wächter und starrt Andeanna ungläubig an. Er macht einen Schritt zurück und stolpert dabei über ein Telefonkabel, das nicht an der Wand befestigt wurde. Da habe ich eine Waffe!

Ich springe auf und stürme mit gesenktem Kopf an Andeanna vorbei. Der Wächter dreht den Kopf hinüber zu mir, und obwohl er ahnen muss, dass ich die wahre Bedrohung für ihn bin, wendet er sich wieder Andeanna zu. Ich nutze seine Verwirrung, springe ihn an und stoße ihn zu Boden. Er greift nach seiner Pistole, aber ich bin schneller. Ich packe ihn am Handgelenk und ramme ihm den Ellbogen des anderen Arms mit voller Wucht zwischen die Augen.

Axels Kopf knickt nach hinten. Er sackt zusammen, und ich schleife ihn zur Tür, wo ich das Telefonkabel aus der Buchse reiße und es um seinen Hals schlinge. Dann packe ich das Kabel mit beiden Händen und ziehe es fest, wobei ich ihm mein rechtes Knie ins Kreuz stemme.

Die Augen des Wächters treten aus ihren Höhlen, während das Kabel sich immer tiefer in seinen Hals schneidet. Er schlägt nach meinen Händen und versucht mit verzweifelten Bewegungen, den Kopf aus der Schlinge zu ziehen. Ohne Erfolg. Das Kabel um seinen Hals zieht sich immer enger zu. Er ist mir völlig ausgeliefert. Und ich habe kein Mitleid.

Als der Wächter wie wild mit den Beinen zappelt, schreit Andeanna laut auf. Der Gestank von unfreiwillig ausgestoßenen Fäkalien verpestet die Luft. Axel greift mit seinen Fingern panisch nach meinen Händen und zerkratzt mir dabei die Unterarme. Seine Zunge hängt ihm geradezu obszön aus dem Mund. Er beißt sie blutig, bevor er den Mund noch einmal zu einem letzten, verzweifelten Atemzug öffnet und vergeblich Luft in seine Lungen zu saugen versucht.

Die Geister krümmen sich vor Vergnügen und klatschen grotesk übertrieben Beifall. Das ist es, was sie lieben, wenn ich meine anständige Maske fallen lasse und mich in Schwierigkeiten bringe, indem ich meinen niederen Instinkten nachgebe. Sie glauben, dass Gewalt meine Vernunft zerstört und mich ihnen gegenüber verwundbarer macht. Mag sein, dass sie damit recht haben, aber davon kann ich mich jetzt nicht aufhalten lassen.

Ich konzentriere mich auf das Kabel, achte darauf, dass es mir nicht aus den schwitzenden Händen rutscht, und drücke Axel mein Knie noch fester in den Rücken. Dabei vergesse ich nie, dass er eine Waffe hat und sich das Blatt bei der geringsten Unachtsamkeit meinerseits zu meinen Ungunsten wenden kann.

Axel stößt jetzt grausige Würgegeräusche aus. Seine Hände lassen meine Unterarme los und fallen schlapp zu Boden. Sein ganzer Körper erschlafft, weil er das Bewusstsein verliert. Wenn ich das Kabel jetzt lockere, könnten wir uns davonmachen, und er würde sich bis zum Morgen erholen. Er würde schlimme Blutergüsse haben und ein paar Tage lang kaum schlucken können, aber er würde überleben. Am liebsten würde ich jetzt loslassen. Ich töte nicht gerne. Aber er hat uns zusammen gesehen. Er wird es dem Türken erzählen. Entweder er oder wir.

Ich lasse das Kabel kurz los, wische mir die Handflächen an meiner Hose trocken und greife wieder zu. Eine endlose Minute lang schnüre ich das Kabel so fest zusammen, wie ich nur kann, dann stehe ich auf und entferne mich rückwärts von dem leblosen Körper.

Andeanna kommt langsam näher. Sie hat die Hände gefaltet wie zum Gebet und legt die Fingerspitzen an ihre Lippen, während sie auf den toten Axel starrt. «Du hast ihn umgebracht», flüstert sie entsetzt.

«Das musste ich.» Sie starrt meine Hände an, die nur ganz leicht zittern. Gerne würde ich ihr alles erklären, aber wir haben keine Zeit dafür. Schließlich hat der Wächter nicht nach ihr gerufen, er suchte offenbar ihren Sohn. «Wo ist Greygo?», frage ich.

Andeanna scheint mich nicht gehört zu haben. «Du hast Axel erdrosselt», sagt sie, während sie ungläubig auf die Leiche starrt.

«Er hat nach Greygo gerufen. Ist dein Sohn hier?»

«Du hast ihn getötet. Du hast zugezogen, bis er …»

Ich hebe die Hand, um sie mit einer Ohrfeige wieder zu Sinnen zu bringen, aber dann denke ich an die Blutergüsse und lasse die Hand sinken. Stattdessen packe ich Andeanna an den Schultern und schüttle sie sanft. «Andeanna!» Ihre Augen blicken jetzt in meine. «Ist Greygo hier?»

Sie denkt sorgfältig über die Frage nach, bevor sie antwortet. «Nein.»

«Warum hat Nelke dann nach ihm gerufen?»

Sie runzelt die Stirn. Ihr Blick will wieder zu dem Toten huschen, aber ich stelle mich dazwischen und verbaue ihr die Sicht. Sie schüttelt den Kopf. «Ich bin mir nicht sicher. Ich glaube nicht, dass er zu Hause war, aber ich war den ganzen Abend im Musikzimmer. Vielleicht …»

«Wir müssen das klären.» Ich drehe mich zu Axel und nehme die Pistole aus dem Lederholster an seinem Gürtel.

Als mich Andeanna mit der Waffe sieht, ringt sie nach Luft. «Nein!», ruft sie. «Ich werde nicht zulassen, dass du Greygo etwas antust. Er ist mein Sohn. Du wirst nicht …»

«Die Waffe ist nur zu unserem Schutz. Vielleicht muss ich ihm mit dem Griff auf den Kopf schlagen, wenn es gar nicht anders geht, aber erschießen werde ich ihn nicht.»

«Wenn du mein Kind umbringst …»

«Ich weiß. Aber wir müssen ihn jetzt finden.»

Ich helfe ihr die Treppe hoch. Ihre Beine sind schwach, und ich muss sie fast den ganzen Weg über stützen. Zuzusehen, wie ein Mensch stirbt, ist nie leicht, aber mit anzusehen, wie jemand umgebracht wird, ist noch viel schlimmer. Wenn ich könnte, würde ich sie sich ausruhen lassen, aber falls ihr Sohn wirklich oben ist, muss er neutralisiert werden. Wenn wir Glück haben, schläft er, und wir können ihn in seinem Zimmer einsperren, aber wenn dem nicht so ist, muss ich versuchen, ihn möglichst sanft k. o. zu schlagen. Ich will ihn nicht verletzen, denn ich weiß, dass Andeanna mir das nie verzeihen würde.

Als wir oben sind, bitte ich sie, ihn zu rufen. Ihr erster Versuch ist nur ein brüchiges Quäken. Sie schluckt und versucht es erneut. «Greygo.» Keine Antwort. «Greygo! Bist du da?» Es ist vollkommen still.

«Wo ist sein Zimmer?», flüstere ich. Sie geht mit steifen Beinen voraus und bleibt vor einer Tür stehen, macht aber keine Anstalten, sie zu öffnen. Ich schiebe sie beiseite, drehe den Türknauf und schleiche mich in den dunklen Raum. Die Vorhänge sind nicht zugezogen, und das Bett ist leer. Niemand ist da. «Wo könnte er noch sein?»

«Ich glaube nicht, dass er hier ist. Wenn er nach Hause gekommen wäre, hätte er nach mir geschaut.»

«Aber *wenn* er da wäre, wo könnte er sein?»

Sie zuckt mit den Achseln. «Im Billardzimmer vielleicht.»

Wir gehen vorsichtig weiter. Andeanna beobachtet mich schweigend. Ich weiß nicht, was sie denkt, aber ich bezweifle, dass es positive Gedanken sind. Die Geister springen immer noch wie verrückt umher, als tanzten sie auf heißen Kohlen. So viel Aufregung hatten sie schon seit Jahren nicht mehr. Sie verlangen nach einer Zugabe. Sogar das kleine Mädchen ist auf einmal blutrünstig und will, dass ich noch jemanden töte und damit noch mehr Schuld und Leid und Wahnsinn auf mich lade.

Im Billardraum brennt Licht, aber es ist niemand da. Ich schnuppere herum, ob ich Spuren von Aftershave oder Rauch entdecken kann. Nichts. Nur der Geruch nach Kreidestaub.

«Er ist nicht da», sagt Andeanna erleichtert.

«Gibt es noch irgendwelche andere Räume, in denen er sich aufhalten könnte?»

Sie schüttelt entschieden den Kopf. «Er ist nicht zu Hause.»

«Bist du sicher?»

Sie nickt. «Wir können nachsehen, ob sein Auto in der Garage steht, aber ich weiß, dass es nicht dort ist. Wenn er im Haus wäre, hätten wir ihn längst getroffen.»

Vermutlich hat sie recht, aber ich lasse mich von ihr dennoch zur Garage führen. Sie ist leer. Kein Greygo. Wir sind allein.

Als wir wieder im Wohnzimmer sind, betrachte ich den toten Wächter und frage mich, was ich als Nächstes tun soll. Er hat nicht geblutet, was gut ist, und er ist zwar groß, aber nicht allzu kräftig gebaut. Er sollte nicht schwer zu tragen sein. «Wir müssen ihn in irgendwas einwickeln», sage ich und durchsuche seine Taschen nach Schlüsseln und Brieftasche. «Hast du vielleicht eine Plastikplane im Haus?»

«Ich weiß nicht», erwidert Andeanna, während sie auf das Kabel um Axels Hals starrt, das eine hässliche rote Furche des Todes in sein Fleisch geschnitten hat.

«Wenn du keine hast, nehmen wir ein paar einfache Decken und wickeln Mülltüten darum.» Behutsam löse ich das Telefonkabel von Axels Hals und stecke es wieder in die Dose, bevor ich zum Telefon im Flur gehe und den Hörer abhebe. Als ich ein Freizeichen höre, weiß ich, dass ich das Kabel nur mit einem Tuch sorgfältig abwischen und es an seinen alten Platz zurücklegen muss.

«Wir müssen uns beeilen», sage ich zu Andeanna, als ich wieder zu ihr ins Wohnzimmer komme. «Sobald wir ihn eingewickelt haben, hole ich meinen Wagen, damit wir ihn in den Kofferraum legen können und ...» Ich halte mitten im Satz inne. «Wo ist eigentlich sein Auto? Warum haben wir es nicht gehört, als er zurückgekommen ist?» Andeanna sieht mich ausdruckslos an. «Er ist zwar mit dem Auto weggefahren, aber er muss zu Fuß zurückgekommen sein, sonst hätten wir ihn gehört. Aber wie konnte er dann so schnell hier sein?»

Sie schüttelt den Kopf. Ich greife mit den Händen nach ihren Schultern, aber sie schiebt sie weg. «Fass mich nicht an!», faucht sie.

«Okay.» Ich lasse die Hände sinken. «Du brauchst keine Angst vor mir zu haben», sage ich. «Ich werde dich nicht bedrängen. Aber bitte dreh jetzt nicht durch. Wir müssen diese Sache gemeinsam durchstehen.»

«Du hast ihn umgebracht.»

«Stimmt», seufze ich. «Aber darum geht es jetzt nicht. Wo, zum Teufel, steht sein Auto?» Ich sage es lauter, als ich beabsichtigt habe.

Andeanna blinzelt mich an. «Axel fährt einen alten Škoda, der nicht sehr zuverlässig ist. Vermutlich hat er draußen auf der Straße den Geist aufgegeben. Vielleicht hat er deshalb nach Greygo gerufen – er brauchte jemanden, der ihm hilft, sein Auto zurück aufs Grundstück zu schieben.»

«Wir müssen es finden, seine Leiche drinnen deponieren und es dann loswerden. Das ist sicherer, als mein Auto zu nehmen. Vielleicht können wir …»

«Du hast ihn umgebracht», unterbricht mich Andeanna.

«Fängst du schon wieder damit an?», stöhne ich. «Wir haben keine Zeit für …»

«Du hast ihn umgebracht, eiskalt und überlegt, so als ob es für dich keine große Sache wäre, als ob du es nicht das erste Mal getan hättest.» Ihre Stimme ist fest. Ich sehe sie schweigend an, während sie mich mit denselben Blicken mustert wie vorhin den Toten. Die Geister mustern mich ebenfalls und tanzen dabei höhnisch auf der Stelle. «Ich habe einmal gesehen, wie Mikis einen Mann getötet hat», flüstert sie. «Das war vor vierzehn Jahren, in Blackpool. Er ist mit einem Messer auf uns losgegangen, aber Mikis hat es ihm abgenommen und so lange auf ihn eingestochen, bis er tot war.»

«Andeanna. Wir haben dafür jetzt keine Zeit.»

Sie beachtet mich nicht. «Mikis wurde damals nicht panisch. Es war nicht das erste Mal, dass er getötet hat. Er wusste, was er zu tun hatte. Und trotzdem war er nicht so eiskalt wie du. Er hat gezittert. Er hat mich bei der Hand genommen, und wir sind weggelaufen. Irgendwann hat er angehalten und geflucht, weil er das Messer nicht mitgenommen hatte und zurückgehen musste, um es zu holen. Im Hotelzimmer musste er dann eine halbe Flasche Wodka in sich hineinschütten, bevor das Zittern aufhörte. Er hat fürchterlich ausgesehen.» Sie hört auf zu reden. Ich verschränke die Arme und warte resigniert auf die unvermeidliche Frage. «*Du* siehst überhaupt nicht fürchterlich aus, Ed. Du hast das alles locker weggesteckt. Du hast ihn fertiggemacht – *ausgeschaltet* –, als würdest du das Licht ausknipsen. Und jetzt stehst du kühl und gefasst vor mir und denkst eiskalt darüber nach, wie wir seine Leiche am besten verschwinden lassen.»

«Dass muss ich tun, wenn wir nicht …»

«Vorhin, als du mich überzeugen wolltest, mit dir zu gehen, da hast du gesagt, du könntest mich beschützen.»

Ich nicke erschöpft. «Ja.»

«Du hast keine Computer verkauft, bevor du mit dem Schreiben angefangen hast, nicht wahr?»

«Nein.»

Sie macht einen Schritt auf mich zu. «Was hast du wirklich getan, Ed?»

Ich überlege mir eine Menge unterschiedlicher Lügen, die ich aber alle sofort wieder verwerfe. Es ist Zeit, die Wahrheit zu sagen. «Ich habe Menschen getötet», sage ich ihr und füge, damit wir uns richtig verstehen, völlig emotionslos hinzu: «Ich war ein Auftragskiller.»

TEIL DREI

NEUN

Ich entdecke Axel Nelkes Škoda weniger als einen halben Kilometer vom Tor entfernt, wo er unter einem Baum abgestellt ist. Ich sehe mich auf beiden Seiten der Straße gründlich um, und erst als ich sicher bin, dass weit und breit niemand ist, schließe den Wagen mit Nelkes Schlüssel auf, setze mich hinters Steuer und starte den Motor.

Wider Erwarten springt er sofort an. Ich lasse ihn ein paar Sekunden laufen, dann wende ich und fahre zurück zum Haus, wo Andeanna an der Tür auf mich wartet. Neben ihr liegt der tote Nelke, fest eingeschnürt in dunkle Bettlaken und schwarze Mülltüten. Bevor wir ihn in die Laken gewickelt haben, habe ich ihm die Hose ausgezogen und ihn gesäubert. Falls ich in eine Polizeikontrolle gerate, möchte ich nicht, dass mich der Fäkaliengestank verrät.

Ich lasse den Motor laufen – ich will nicht das Risiko einzugehen, ihn nicht wieder starten zu können – und laufe ins Haus.

Andeanna ist blass. Wir haben nicht mehr viel gesprochen, seit ich ihr meine wahre Vergangenheit gestanden habe. Ich werde ihr alles erklären, aber erst, wenn unsere Arbeit getan ist. Es ist immer besser, sich voll und ganz auf das zu konzentrieren, was gerade zu tun ist. Dinge wie biographische Enthüllungen kann man sich für später aufheben.

«Wo willst du ihn hinbringen?», fragt Andeanna.

«Das weiß ich noch nicht. Hast du vielleicht einen Vorschlag?» Ich meine es nicht sarkastisch.

Sie schüttelt verzweifelt den Kopf. «Keine Ahnung.»

Ich lächle sie aufmunternd an und versuche, sie zu beruhigen. «Mach dir keine Sorgen. Ich kriege das schon hin.» Sie nickt mir zu, aber es ist weder Wärme noch Dankbarkeit in dieser Geste, lediglich die kühle Bestätigung, dass sie mir zutraut, solche Dinge zu erledigen. «Kannst du Auto fahren?», frage ich.

Sie runzelt die Stirn. «Natürlich. Glaubst du etwa, ich hätte keinen Führerschein?»

«Ich meine, ob du *jetzt* fahren kannst? Schaffst du das nervlich?»

«Ach so.» Sie blickt hinab auf die eingepackte Leiche und schluckt. «Warum fragst du?»

«Weil jemand meinen Wagen zum Hotel zurückfahren muss», erkläre ich geduldig. «Wenn du dazu nicht in der Lage bist, muss ich Joe anrufen.»

«Nein», sagt sie rasch. «Ich will nicht, dass noch jemand mit hineingezogen wird. Ich werde fahren. Es fällt mir nicht leicht, aber ich schaffe es.»

«Der Schlüssel steckt. Beim Hotel gibt es einen Parkplatz. Da stellst du den Wagen ab und lässt dich von einem Taxi hierher zurückfahren. Steig aber nicht direkt vor dem Haus aus, sondern ein paar Straßen weiter.»

«Wie bekommst du den Autoschlüssel zurück?»

«Leg ihn unter den Fahrersitz und schließ die Tür nicht ab.»

«Und wenn jemand dein Auto stiehlt?»

Wie kann sie sich in dieser Situation wegen so etwas Sorgen machen? «Egal», blaffe ich zurück. «Es ist ein Mietwagen.»

Sie blickt wieder auf den in Müllsäcke verpackten Leichnam. «Kommst du zurück, wenn du fertig bist?»

«Soll das ein Witz sein?» Mein scharfer Ton verblüfft sie. Ich seufze. «Wir werden uns eine ganze Weile nicht sehen können. Ich bezweifle zwar, dass der Türke das Verschwinden seines Wächters mit dir in Verbindung bringen wird, aber trotzdem dürfen wir kein Risiko eingehen. Am besten rufst du ihn an, wenn du wieder hier bist, und sagst ihm, dass Axel einen Anruf bekommen hat und dann einfach weggefahren ist. Tu so, als hättest du dich über ihn geärgert. Und dann soll sich der Türke selbst einen Reim auf die Sache machen.»

Ich hebe die Leiche an den Schultern hoch. Andeanna nimmt die Beine. Gemeinsam tragen wir sie nach draußen und hieven sie in den Kofferraum. Bevor ich ihn abschließe, nehme ich noch die Werkzeugtasche und den Ersatzreifen heraus und lege sie auf den Rücksitz. Bei einer Reifenpanne möchte ich nicht unter den Blicken neugieriger Passanten unter der Leiche in meinem Kofferraum herumwühlen müssen. Ich blicke noch einmal zurück zum Haus und überlege mir, ob ich auch wirklich an alles gedacht habe. Rasch lasse ich die Vorfälle im Wohnzimmer vor meinem geistigen Auge Revue passieren. Das Telefonkabel ist wieder ordentlich an seinem Platz, der Boden, auf dem der Kampf stattgefunden hat, ist sauber. Kleidungsstücke habe ich keine hinterlassen, die Fingerabdrücke habe ich beseitigt. Natürlich könnte ich noch einmal zurückgehen und mich persönlich um das

Löschen der Überwachungsvideos kümmern, aber ich möchte so schnell wie möglich von hier verschwinden. Ich werde das Andeanna überlassen und hoffe, dass sie alles richtig macht.

«Ich werde ein paar Tage untertauchen», sage ich. «Währenddessen solltest du dich nicht bei mir melden. Erst nach drei Tagen kannst du mich auf meinem Handy anrufen, aber nur, wenn du sicher bist, dass dir niemand zuhört. Hast du das verstanden?»

«Ja.»

Schwer zu sagen, ob ich mich wirklich auf sie verlassen kann. «Andeanna …» Sie sieht mich ein wenig desorientiert an. «Ich liebe dich.»

«Ja.»

«Wirst du mich anrufen, wenn ich zurück bin?»

«Sicher.»

«Ich musste ihn umbringen. Ich habe es für uns getan. Wenn er …»

«Geh nur, Ed. Tu, was auch immer du tun musst. Ich will jetzt nicht darüber reden. Ich werde dich anrufen. Vielleicht nicht in drei Tagen, vielleicht nicht mal in einer Woche, aber irgendwann, wenn ich begriffen habe, was heute Nacht geschehen ist.»

Ich würde ihr gerne einen Kuss geben, einen letzten Kuss, falls die Dinge den Bach runtergehen und ich sie nie wiedersehe, aber ich bin mir sicher, dass sie sich von mir abwenden würde.

Ich gehe also meine Checkliste weiter durch. Leiche eingepackt und im Kofferraum. Nelkes persönliche Sachen in einer kleinen Plastiktüte auf dem Beifahrersitz. Seine Pistole in meinem Hosenbund – im Wagen werde ich sie unter dem Sitz verstecken und später zusammen mit der Leiche entsorgen. Andeanna weiß, was sie zu tun hat. Ich bin mir nicht sicher, ob sie das durchsteht und nicht zusammenbricht, sobald ich weg bin. Jetzt wirkt sie gefasst, aber niemand kann sagen, wie sie reagieren wird, wenn sie Zeit hat, über die vergangenen Stunden nachzudenken. Ich muss ihr trotzdem vertrauen.

«Bis bald», murmle ich.

«Bis bald», wiederholt sie und geht zurück ins Haus.

Ich steige in den Wagen, schließe die Tür und suche mit der Sorgfalt eines Profis die Auffahrt vor mir nach ungewöhnlichen Dingen ab. Ich ignoriere die unhörbar kichernden Geister, die sich wie angetrunkene Nachtschwärmer auf dem Weg zur nächsten Party auf die Rückbank fläzen. Als ich mir sicher bin, dass die Luft rein ist, schalte ich die Klimaanlage ein und starte den Motor.

Auch wenn ich mit dem englischen Straßennetz nicht sonderlich vertraut bin, kenne ich mich in London inzwischen gut genug aus, um zu wissen, wie ich zur M25, dem Autobahnring um die Stadt, komme. Auf diesem fahre ich erst nach Westen, bevor ich in südlicher Richtung auf die Autobahn nach Southampton abbiege. Zu dieser späten Stunde ist hier nicht viel Verkehr, und wenn ich keine Angst hätte, angehalten zu werden, würde ich ordentlich aufs Gas treten, um möglichst rasch von London wegzukommen. So aber halte ich mich sklavisch an die Geschwindigkeitsbegrenzung, denn eine Auseinandersetzung mit der Polizei wäre das Letzte, was ich jetzt gebrauchen könnte.

Kurz vor Southampton fahre ich von der Autobahn ab und tanke. Eigentlich möchte ich den Motor nicht abstellen für den Fall, dass er nicht wieder anspringt, aber mir bleibt keine andere Wahl, denn der Tank ist fast leer. Ich weiß nicht so recht, was ich tun soll, wenn es mir nicht gelingt, den Motor wieder zu starten. Während des Tankens gehe ich die möglichen Alternativen durch. Soll ich den Wagen aus dem Weg schieben, einen anderen mieten oder stehlen und die Leiche von einem Kofferraum in den anderen tragen? Oder soll ich sie einfach in dem kaputten Wagen lassen und mich aus dem Staub machen in der Hoffnung, dass die Überwachungskamera der Tankstelle mein Gesicht nicht aufgenommen hat?

Gott sei Dank muss ich mich mit diesem Problem nicht auseinandersetzen, denn als ich den Zündschlüssel umdrehe, springt der Motor sofort wieder an. Die Götter scheinen es gut mit mir zu meinen. Ich setze meine Reise gen Westen fort. Diese Autobahn habe ich schon bei meinem Ausflug nach Devon genommen, warum sollte ich sie jetzt nicht wieder nehmen?

Nach einer weiteren Stunde Fahrt halte ich an einem Rasthaus. Ich stelle den Wagen mit der Leiche im Kofferraum ab, stecke mir ein paar Handschuhe ein und gehe hinein, um ein englisches Frühstück mit allen Schikanen zu verzehren. Ich suche mir einen Platz am Fenster, von dem aus ich das Auto im Auge behalten kann, und verzehre mürrisch und schweigsam mein Mahl.

Am Zeitschriftenstand neben dem Restaurant kaufe ich mir eine Karte und einen Reiseführer von der Umgebung. Im Wagen studiere ich sie ausgiebig auf der Suche nach einem stillen Ort an der Küste, den ich für das brauche, was ich vorhabe, und als ich einen gefunden habe, fahre ich wieder los, die Karte aufgefaltet auf dem Beifahrersitz. Nelke muss entweder ein Mann der alten Schule oder ein Geizkragen gewesen sein, der sich kein Navi leisten wollte. Angesichts des Baujahrs seines Fahrzeugs muss ich wohl dankbar sein, dass es wenigstens eine Klimaanlage hat.

Auf der Fahrt zu meinem Zielort lasse ich mir Zeit, denn

ich will nicht zu früh dort ankommen. Ich fahre langsam die Küstenstraße entlang, genieße die Landschaft, höre Radio und zwinge mich dazu, mich wie ein Tourist zu benehmen. So falle ich am wenigsten auf. Als ich schließlich kurz nach elf die kleine Stadt erreiche, bin ich ziemlich zufrieden mit meiner Wahl: ein verschlafener Ort, aber touristisch genug, um als Fremder dort nicht übermäßig aufzufallen. Das Städtchen ist voller Frühstückspensionen, aber ich steuere ein Hotel am Ortsrand an.

Das Mädchen an der Rezeption schenkt mir keine besondere Aufmerksamkeit, während ich den Meldezettel ausfülle, und wünscht mir mit mechanischem Lächeln einen angenehmen Aufenthalt. Ich lasse den Wagen auf dem Parkplatz des Hotels und gehe auf mein Zimmer, wo ich mich sofort hinlege. Ich schlafe gut und traumlos, bis um vier Uhr nachmittags mein Wecker losgeht.

Nachdenklich betrachte ich mich im Badezimmerspiegel. Auch wenn mir das, was ich da sehe, nicht sonderlich gefällt, bin ich gleichzeitig froh darüber. Ich habe gedacht, ich hätte das Töten für immer hinter mir gelassen, aber nun habe ich wieder Blut vergossen, und alles ist so, als hätte ich nie damit aufgehört. Ich kann schon wieder diesen eiskalten Blick an mir entdecken, den ich mir mit so viel Mühe abtrainiert habe. Es ist erschreckend, wie schnell einen die Vergangenheit einholen kann.

Den Geistern gefällt mein gelassener Gesichtsausdruck nicht. Sie dachten wohl, ich würde mehr Erschütterung zeigen. Sie starren mich missmutig an, während ihre Hoffnung, ich würde doch noch einen Nervenzusammenbruch erleiden, immer weiter schwindet. Ich weiß, dass sie das gern gehabt hätten, und früher bin ich auch öfter unter dem Druck und den Schuldgefühlen zusammengebrochen. Diesmal ist es anders, diesmal hält der Kampf um die Liebe einer guten Frau mich aufrecht.

Ich lasse mir das Abendessen aufs Zimmer bringen, und als ich damit fertig bin, mache ich noch einen Spaziergang. Ich besuche ein paar Pubs, wo ich mit einigen alten Einheimischen ins Gespräch komme. Ich heuchle Interesse für ihre stinklangweiligen Geschichten, und als sie fragen, was mich hierhertreibt, erzähle ich ihnen, dass ich einen stressigen Job in der Computerbranche hätte und mich ein paar Tage erholen möchte. Ich erkundige mich, ob man sich hier ein Boot mieten könne, um damit ein wenig auf dem Meer herumzuschippern. Ein knorriger Alter namens Jock fragt mich, ob ich denn ein Boot steuern könne. Ich bin früher häufig allein aufs Meer hinausgefahren, und solange ich nüchtern war, hatte ich dort keine Probleme, weshalb es nicht allzu lange dauert, bis ich Jock davon überzeugt habe, dass ich ein sicherer Skipper bin. Ich sage ihm, dass ich gerne ein einfach zu manövrierendes Boot hätte, so um die sechs bis acht Meter lang.

«Nun ja», erwidert er gedehnt, «ich kenne da einen Mann, der Ihnen möglicherweise sein Prunkstück von einem Boot für ein paar Tage überlassen würde. Vorausgesetzt, Sie zahlen einen anständigen Preis.»

Jock bietet mir sogar an, mich gleich zu diesem Freund namens Peter zu bringen. Zusammen mit ihm fahren wir noch hinaus in die abendliche Bucht, wo ich den beiden beweisen muss, dass ich mit dem von Wind und Wetter ziemlich mitgenommenen Boot sicher umgehen kann. Bei ein paar Drinks in einem weiteren Pub werden wir uns dann schnell einig. Ich kann mir am nächsten Morgen das Boot ausleihen, wenn ich dafür meine Autoschlüssel als Pfand hinterlege.

Nachdem ich nochmals sorgfältig die Karte und den

Reiseführer studiert habe, fahre ich zu einer eine halbe Autostunde entfernten Stadt, wo ich an einem Geldautomaten genügend Bargeld abhebe, um nicht auf meine Kreditkarte angewiesen zu sein, bei der jede Zahlung Spuren hinterlässt. Am nächsten Morgen kaufe ich mir auf dem Weg zum Hafen eine Rolle Tau, dann zahle ich Peter die Miete für sein Boot, lasse ihm die Autoschlüssel da und steche in See. Am liebsten hätte ich die Leiche gleich heute mitgenommen und versenkt, aber ich muss mir erst einen geeigneten Ort dafür aussuchen. Ich vergewissere mich, dass das Boot mit einem Fernglas ausgestattet ist, und tuckere die Küste entlang.

Dabei tue ich so, als würde ich mich für die Landschaft interessieren, aber in Wirklichkeit suche ich ein Stück Küste, an dem es keine Häuser oder Straßen gibt, von denen aus man mich und mein Boot beobachten könnte. Noch vor Mittag habe ich den idealen Ort gefunden – ein Stück steile Felsküste ohne Häuser, an dem die Küstenstraße durch einen dichten Wald vom Meer abgeschirmt wird.

Glücklich darüber, das Passende gefunden zu haben, fahre ich weiter und gebe mich den Rest des Tages über dem Nichtstun hin. Ich lasse mich von der Strömung treiben und beobachte Fische, die unter meinem Boot hindurchschwimmen. An einem lauschigen Plätzchen gehe ich für eine Weile vor Anker und schwimme splitternackt im Meer, bevor ich einen kleinen Hafen ansteuere und mir in einem Pub ein ausgiebiges Mittagessen gönne. Gegen sechs bin ich wieder zurück, lasse mir von Peter meine Autoschlüssel geben und frage ihn, ob ich das Boot morgen wieder mieten könne.

Im Hotel schlafe ich ein paar Stunden, dann stehe ich auf und frage den Portier, ob es in dem Ort denn so etwas wie ein Nachtleben gebe. Ich fahre zum Kai, stelle den Wagen ab und genehmige mir in einem Pub ein paar Pints. Dann gehe ich zurück zum Auto und bleibe dort in der Dunkelheit sitzen, bis ich mir sicher bin, dass niemand in der Nähe ist. Ich steige aus, hole die eingewickelte Leiche aus dem Kofferraum und trage sie zu Peters Boot, wo ich sie unter Jutesäcken und dem Tau, das ich am Morgen gekauft habe, in der Kabine verstecke. Die Vorstellung, dass der Tote die Nacht über auf dem Boot liegt, gefällt mir nicht. Immerhin wäre es möglich, dass Peter aus irgendeinem Grund nach dem Boot sieht, aber dieses Risiko ist bei weitem kleiner als das, gesehen zu werden, wenn ich die Leiche morgen am helllichten Tag aus dem Kofferraum hole.

Gegen zwei Uhr früh bin ich wieder im Hotel, und fünf Minuten später schlafe ich bereits tief und fest wie ein unschuldiges Kind.

Ich stehe früh auf und eile zum Boot. Weil Peter noch nicht da ist, gebe ich einem seiner Freunde die Bootsmiete und die Autoschlüssel und fahre dann auf demselben Kurs wie gestern die Küste ab. An einem Kiesstrand halte ich an und lade ein paar schwere Steine ins Boot, bevor ich weiter zu der Stelle fahre, an der ich die Leiche versenken will.

Sobald ich dort bin, wickle ich die Leiche aus und beschwere sie mit den Steinen, die ich mit dem Tau an ihr festzurre. Dann lasse ich das Boot mit der Strömung treiben und suche durch das Fernglas genauestens die Küste ab. Als ich mir sicher bin, dass mich von dort aus niemand beobachtet, schleppe ich die Leiche nach oben und lege sie auf die vom Land abgewandte Seite des Decks. Ein letzter prüfender Blick, dann bücke ich mich und schicke Axel Nelke hinab in sein kühles Grab, wobei ich ihm weder ein Gebet noch einen Fluch nachrufe. Mit ihm verschwinden seine persönlichen Sachen im Meer, abgesehen von seiner Pistole, die ich unter dem Autositz gelassen habe. Wer weiß, vielleicht kann ich die später noch einmal brauchen. Wieder suche ich sorgfältig die Küste ab, und als ich auch diesmal nichts entdecke, fahre ich weiter auf demselben Kurs wie gestern, wobei ich an verschiedenen Stellen die Mülltüten und Laken versenke, in die Axel Nelke eingewickelt war.

Gegen Abend bin ich zurück im Hafen, wo ich mich bei Peter vergewissere, dass er sein Geld erhalten hat und mich für das Verleihen seines Bootes bedanke. Er versucht mich zu überreden, noch einen Tag länger zu bleiben, aber ich erkläre ihm, dass ich wieder zurück nach London muss. Ich lade ihn noch auf ein paar Whiskys ein, dann gehe ich zurück zum Hotel, um mir das Salz aus den Haaren zu duschen.

Es drängt mich zurück nach London, aber es ist schon spät, und es ist besser, erst morgen zu fahren. In der Dunkelheit können zu viele Dinge geschehen.

Das Hotel hat zwar WLAN, aber das nützt mir nichts, weil ich meinen Laptop in London gelassen habe, und ein Smartphone besitze ich nicht. Allerdings gibt es unten neben der Rezeption ein Business-Zentrum mit einem Computer, über den man ins Internet gehen kann. Bevor ich meine Rechnung bezahle, google ich dort nach Orten im Großraum London, wo man für längere Zeit einen Wagen abstellen kann. Weil ich es so einfach wie möglich halten will, entscheide ich mich schließlich für ein Parkdeck am Flughafen Heathrow, wo man eine Pauschale für eine Parkzeit von fünfundzwanzig Tagen zahlt. Hier wird sich niemand wundern, wenn man einen Wagen einen Monat lang abstellt. Dann, so hoffe ich, werde ich England längst verlassen haben.

Außerdem suche ich nach Einkaufszentren, die auf meinem Rückweg liegen, und entscheide mich für das WestQuay in Southampton, wo ich am nächsten Vormittag nach einer ereignislosen Fahrt ankomme. Wieder einmal war der Škoda, der mir offenbar weniger Scherereien macht als dem armen Axel Nelke, ohne Probleme angesprungen. In dem Einkaufszentrum kaufe ich mir einen Koffer, einen breitkrempigen Hut und eine dunkle Sonnenbrille sowie eine Packung Reinigungstücher, neue Schuhe und eine Jacke. Auf dem Weg zum Auto reiße ich alle Einnäher aus der Jacke und werfe sie in einen Abfalleimer, bevor ich mir die Schuhe anziehe, den Koffer im Kofferraum verstaue und den Rest meiner neuen Sachen auf den Beifahrersitz lege. Nun bin ich startklar.

Am frühen Nachmittag erreiche ich Heathrow, hole mir an der Schranke zum Parkdeck einen Parkschein und suche mir einen abgelegenen Stellplatz. Dort wische ich mit den Reinigungstüchern sorgfältig das Lenkrad, die Griffe und alle anderen Stellen im Inneren des Autos ab, an denen ich Fingerabdrücke hinterlassen haben könnte. Obwohl ich fast immer Handschuhe getragen habe, möchte ich auf Nummer sicher gehen. Man kann schließlich nicht vorsichtig genug sein.

Als ich fertig bin, setze ich den Hut und die Sonnenbrille auf und ziehe die Jacke an. Ich steige aus und wische auch die äußeren Türgriffe ab, bevor ich den Koffer aus dem Kofferraum hole, über dessen Schloss ich ebenfalls noch einmal mit einem Reinigungstuch gehe.

Ich überlege kurz, ob ich die Autoschlüssel mitnehmen soll, aber weil ich nicht will, dass man sie bei mir findet, lasse ich die Fahrertür offen und verstecke sie hinter dem Armaturenbrett. Das ist vielleicht nicht die beste Art, ein Auto loszuwerden, aber daran kann ich jetzt auch nichts ändern. Falls es nötig ist, kann ich das verdammte Ding später immer noch wieder holen und irgendwo endgültig verschwinden lassen. Momentan aber habe ich dazu keine Zeit.

Auch die Pistole lasse ich unter dem Sitz. Eigentlich wollte ich sie unterwegs wegwerfen, aber dann dachte ich, es könnte vielleicht nützlich sein, eine Waffe zu haben, auf die man im Notfall zurückgreifen kann.

Als ich alles erledigt habe, ziehe ich die Handschuhe aus und schleppe den Koffer bis zur Bushaltestelle. Dabei tue ich so, als wäre er vollgepackt und schwer. Den Koffer habe ich nur für den Fall gekauft, dass mich jemand beobachtet und sich wundert, dass jemand sein Auto für eine lange Zeit abstellt und dann ohne Gepäck mit dem Bus zum Flughafen fährt. Da ist es schon besser, wie einer von den vielen anderen Touristen auszusehen, die für vier Wochen irgendwohin in die Sonne fliegen.

Ich muss nicht lange auf den Bus zum Terminal warten. Auf der Fahrt behalte ich Hut und Sonnenbrille auf, denn ich bin mir der britischen Vorliebe für Überwachungskameras an allen möglichen und unmöglichen Stellen vollauf bewusst. Nachdem ich mich eine Weile im Terminal herumgedrückt habe, nehme ich eine U-Bahn ins Stadtzentrum.

Eigentlich ist es verrückt, noch einmal zurückzukehren. Ich hätte besser jemanden bezahlen sollen, der mir meinen Pass aus dem Hotel holt, und hätte dann das nächste Flugzeug nach Hause nehmen sollen. Auf einem Flughafen findet man immer einen Rucksacktouristen, der gegen eine großzügige Summe Bargeld für einen so was erledigt, ohne unangenehme Fragen zu stellen. Aber ich kann nicht von hier verschwinden, solange noch Hoffnung besteht, dass Andeanna mich liebt.

Die ganze Fahrt über denke ich an sie, während ich auf meine Hände starre und mich frage, was die Zukunft für uns noch bereithält.

In Hammersmith muss ich umsteigen. Ich verlasse den

Zug und gehe auf die andere Seite des Bahnsteigs zur District Line. Als sich eine U-Bahn nähert, fällt mir ein Mann mit seinem Sohn auf. Der Junge, der nicht älter als vier oder fünf sein kann, ist blass und weint, als hätte er Angst vor dem einfahrenden Zug. Als sein Vater versucht, ihn zu beruhigen, muss der Kleine sich übergeben.

Aus Mitleid mit dem Jungen drehe ich den Kopf beiseite. Dabei bemerke ich, dass jemand von der anderen Seite mit raschen Schritten herbeirennt. Noch bevor ich reagieren kann, stürzt er sich wild gestikulierend auf mich. Dabei hat er die Augen weit aufgerissen, und sein Gesicht ist zu einer grotesken Grimasse verzerrt.

Instinktiv will ich mich mit einem Satz vor dem tollwütig aussehenden Angreifer in Sicherheit bringen, aber ich bleibe mitten im Sprung mit dem linken Fuß an irgendetwas hängen und drohe direkt vor den einfahrenden Zug zu fallen. Der Fahrer hat mich gesehen und bremst, aber er wird den Zug niemals rechtzeitig zum Stehen bringen. Wild mit den Armen rudernd, versuche ich, mein Gleichgewicht wiederzuerlangen, erkenne aber gleichzeitig, dass es mir nicht gelingen wird. Ich bin verloren.

Dann, während ich schon halb im Fallen bin, packt ein Mann von der U-Bahn-Wache entschlossen meinen Arm und reißt mich zurück auf den Bahnsteig. «Vorsicht an der Bahnsteigkante, Sir», sagt er und schmunzelt, als wäre es keine große Sache, dass er mir gerade das Leben gerettet hat. «Wir wollen doch dem Jungen da drüben nicht noch mehr Angst einjagen, oder?»

«Vielen Dank», keuche ich mit klopfendem Herzen und zittrigen Knien, während der Zug mit metallisch kreischenden Bremsen zum Stehen kommt. Ich will dem Mann die Hand geben, aber er hat keine Zeit für einen dummen Amerikaner, der nicht einmal die Grundlagen des U-Bahn-Fahrens kennt, und ist längst weitergegangen.

Ich drehe mich um zu dem Mann, der mich um ein Haar buchstäblich zu Tode erschreckt hätte. Er steht direkt vor mir und grinst wie ein Honigkuchenpferd. Und er hat allen Grund zur Freude.

Er ist Axel Nelkes Geist.

«Du hast es ja eilig, dich bemerkbar zu machen», knurre ich, während ich jetzt auch die anderen sechs Geister bemerke, die mich mit bitterbösen Blicken fixieren. Wie glücklich wären sie gewesen, wenn Axels hinterlistiger Trick funktioniert hätte! Allerdings hätte es unter ihnen auch Neidgefühle hervorgerufen, denn die sechs haben die letzten Jahre über immer wieder vergeblich versucht, mich so abzulenken und zu erschrecken, dass ich in einem kritischen Augenblick unaufmerksam werde und ums Leben komme. Wie schlecht hätten sie sich gefühlt, wenn Nelke mich bereits im ersten Anlauf erledigt hätte?

«Viel Glück beim nächsten Mal», sage ich mit einem höhnischen Grinsen, während ich in den Zug steige und zu meinem Hotel fahre.

In meinem Zimmer werfe ich Jacke, Schuhe, Hut und Brille in den Koffer, um alles zusammen später zu entsorgen. Dann gehe ich erst einmal ausgiebig unter die Dusche, und als ich mich nach zwanzig Minuten abgetrocknet habe, lege ich mich nackt aufs Bett und starre an die Decke.

Während ich mich nachdenklich am Ellbogen kratze, klingelt das Telefon. Nicht mein Handy, das ich während meiner Abwesenheit aus London kein einziges Mal eingeschaltet habe, sondern das Zimmertelefon. Ich starre es argwöhnisch an. Könnte das Andeanna sein? Eigentlich ist es für einen Anruf von ihr noch zu früh.

«Hallo?», frage ich vorsichtig, nachdem ich abgehoben habe.

«Ed?»

Ich atme erleichtert aus. «Hi, Joe. Was macht die Kunst?»

«Du gottverdammter Hurensohn!», brüllt er mich an und hört eine ganze Minute lang nicht auf, mich wüst zu beschimpfen. Ich halte den Hörer weg vom Ohr und warte, bis ihm die Luft ausgeht. «Bist du jetzt fertig?», frage ich dann.

«Fertig? Ich fange gerade erst an! Ich war ganz krank vor Sorge um dich. Ich glaubte schon, du hättest einen Unfall gehabt, und habe bei der Polizei und sämtlichen Krankenhäusern angerufen, weil ich …»

«Was hast du der Polizei erzählt?», unterbreche ich ihn.

«Nicht viel. Ich habe nur gefragt, ob du einen Unfall gehabt hast.»

«Hast du eine Vermisstenanzeige aufgegeben?»

«Um ein Haar hätte ich das getan.»

«Aber du hast es nicht, oder?» Ich entspanne mich.

«Nein», brummt er. «Ich dachte, es hätte vielleicht was mit Andeanna zu tun.»

Schlaues Kerlchen. «Hast du auch bei ihr angerufen?», frage ich und versuche dabei möglichst locker zu klingen.

«Wie denn? Ich habe ihre Nummer nicht, und im Telefonbuch konnte ich sie auch nicht finden, weil du mir den Nachnamen ihres Mannes nie gesagt hast.»

«Aus gutem Grund. Am Ende rufst du ihn noch an und fragst ihn, ob er weiß, wo der Liebhaber seiner Frau steckt.»

«Also bitte!», protestiert Joe. «Ein bisschen gesunden Menschenverstand könntest du mir schon zutrauen.»

«Ich traue dir noch viel mehr zu», entgegne ich und erzähle ihm, ich hätte einen fürchterlichen Streit mit Andeanna gehabt, nach dem ich Hals über Kopf aus London weggefahren bin. In meiner Wut und Enttäuschung hätte ich alles andere vergessen, ihn, das Buch und sogar meinen geplanten Heimflug. «Ich weiß, ich hätte dich anrufen sollen», gebe ich reumütig zu. «Es war nicht fair, dich hängen zu lassen. Aber ich war völlig durcheinander. Ich bin einfach herumgefahren, habe im Auto geschlafen und nur dann etwas gegessen, wenn ich vor Hunger fast ohnmächtig wurde.»

«Ist es wirklich aus zwischen euch?», fragt Joe.

«Ich weiß nicht. Ich warte darauf, dass sie mich anruft. Wenn sie es nicht tut, dann …»

Joe erzählt, wie er am Tag meines geplanten Heimflugs ins Hotel kam, um mich zum Flughafen zu begleiten. Er glaubte, er hätte mich verpasst, und eilte nach Heathrow, wo er mich nirgendwo finden konnte. Schließlich fand er heraus, dass ich überhaupt nicht eingecheckt hatte, und als das Flugzeug ohne mich abgehoben hatte und er mich auch im Hotel nicht erreichen konnte, fing er an, sich Sorgen zu machen.

«Wo warst du denn?», fragt er.

«Das weiß ich nicht mehr», lüge ich. «Ich bin einfach ziellos durch die Gegend gefahren. Irgendwann bin ich mal an einem Wegweiser nach Birmingham vorbeigekommen, also muss ich wohl im Norden gewesen sein.»

«Du hättest mich mitnehmen sollen», sagt Joe. «Dann hätte ich dich meiner Familie vorstellen können. Ein paar von ihnen glauben mir nämlich nicht, dass ich mit dir an dem Buch arbeite. Sie meinen, ich hätte mir das ausgedacht.»

Das bringt unser Gespräch auf *Feuergeist* und meine Zukunftspläne. Joe will wissen, ob ich noch immer zurück in die Vereinigten Staaten will. Ich antworte, dass ich mir nicht sicher bin.

«Und das Buch?», drängt er.

«Momentan kann ich mich nicht darauf konzentrieren. Ich

werde es wohl eine Weile liegenlassen. Später, wenn ich wieder klar denken kann, nehme ich die Arbeit daran wieder auf.»

«Okay», seufzt Joe. «Wie du willst.»

«Natürlich will ich das nicht, aber ich kann mich jetzt einfach nicht mit der Handlung eines Romans befassen. Wir kommen darauf zurück, das verspreche ich dir. Ich weiß nur nicht, wann.»

Joe fragt, ob er zu mir ins Hotel kommen soll, aber ich antworte, dass ich völlig durcheinander und erschöpft bin. In ein paar Tagen, erkläre ich, werden wir uns bei einer guten Flasche Wein zusammensetzen und alles in Ruhe besprechen, jetzt aber möchte ich lieber allein sein. Er wünscht mir alles Gute und nötigt mir das Versprechen ab, nicht noch einmal ohne Nachricht aus der Stadt zu verschwinden. Dann legt er auf, und ich bleibe ein paar Minuten nackt auf der Bettkante sitzen, bevor ich mein Handy anschalte und verdrießlich darauf warte, dass Andeanna mich anruft. Einerseits sehne ich mich danach, ihre Stimme zu hören, andererseits habe ich Angst vor dem, was sie mir zu sagen hat.

ZEHN

Bis zum Einschlafen höre ich nichts von Andeanna. Auch den gesamten nächsten Tag verbringe ich mit Warten, und abends setze ich mich nach einem frühen Abendessen mit meinem Handy ans Fenster und starre hinaus in die Dämmerung. Der Himmel wird dunkel, aber ich bewege mich nicht. Wenn ich den Blick nicht auf die Straße unter mir gesenkt hätte, könnte ich in der Fensterscheibe meine Gespenster sehen.

Ich bin mir sicher, dass Andeanna nicht anrufen wird, deshalb lasse ich das Handy, als es schließlich zu klingeln beginnt, vor Schreck erst einmal fallen. Fluchend hebe ich es auf und nehme den Anruf an. «Ja?»

«Ich bin's.»

Ich gehe zum Bett und entspanne mich. «Hi.»

«Bist du schon wieder in London?», fragt Andeanna.

«Ja.»

«Wie ist es gelaufen?» Sie versucht gleichgültig zu klingen.

«Alles in Ordnung. Und bei dir?»

«Mikis ist auf hundertachtzig. Er glaubt, dass Axel ihn verraten hat und geflohen ist. Angeblich soll Axel an Attentatsplänen gegen Mikis beteiligt sein, deshalb lässt er jetzt alle seine Leute nach ihm suchen. Sogar meine Wächter sind dabei.»

«Verdächtigt er dich auch?»

«Überhaupt nicht. Er hat mir meine Geschichte ohne Wenn und Aber abgekauft.»

Ich sehe unwillkürlich Axel Nelke vor mir, der jetzt ein paar Meter über dem Meeresboden schwebend von den Fischen gefressen wird. Vergeblich versuche ich das Bild aus meinem Kopf zu vertreiben.

«Wir müssen uns treffen», sagt Andeanna.

«Aber nicht bei dir», erwidere ich sofort.

Ein makabres Lachen. «Natürlich nicht. An einem neutralen Ort, wo wir ungestört reden können.»

«In einem Park vielleicht?»

Sie denkt darüber nach. «Ja. Im St. James' Park. Dort gibt es ein Restaurant, das Inn the Park heißt. Vor dem können wir uns treffen.»

«Das kenne ich. Morgen?»

«Nein. Heute Abend.»

«Heute Abend?» Ich blicke aus dem Fenster. Es wird gleich dunkel, und außerdem regnet es.

«Heute Abend oder nie», sagt sie und legt auf.

Eine Verabredung im Freien zu einer solchen Zeit bei diesem Wetter riecht verdächtig nach einer Falle. In einer Regennacht sind nicht viele Menschen draußen unterwegs, und der Türke und seine Männer hätten leichtes Spiel mit mir. Aber ich muss Andeanna vertrauen, denn wenn ich es nicht tue, habe ich nichts mehr, woran ich mich halten kann.

Weil die Straßen weitgehend menschenleer sind, kommt mein Taxi rasch voran. Als ich am Park aussteige, zähle ich auf der ganzen Straße gerade mal vier Passanten. Ich finde Andeanna an einem Teich vor dem Restaurant, wo sie unter einem kleinen Regenschirm allein auf einer Bank sitzt. Weit und breit kann ich keine Spur von den Männern des Türken entdecken, aber falls sie hier wären, wüssten sie, wer und was ich bin, und würden im Verborgenen bleiben, bis ihre Zeit gekommen ist. Falls Andeanna dem Türken von mir erzählt hat, hat er genügend Zeit gehabt, meine Vergangenheit zu recherchieren, und wird sich davor hüten, mich zu unterschätzen.

Während ich auf Andeanna zugehe, dreht sich mir fast der Magen um. Sie schaut auf, und einen kurzen Moment lang treffen sich unsere Blicke, bevor sie ihr Gesicht wieder abwendet. Ihre Verletzungen sind bis auf einen Bluterguss an der linken Wange alle geheilt. Ich wische das Wasser von der Bank und setze mich dreißig Zentimeter von Andeanna entfernt unter meinen Regenschirm. Es folgt ein langes, unangenehmes Schweigen. Schließlich fragt sie mich, ohne mich anzusehen, was ich mit Axel gemacht habe. Ich erzähle es ihr in groben Zügen, vermeide aber jede Ortsangabe.

«Gute Arbeit», bemerkt sie matt, als ich fertig bin.

Ich zucke mit den Achseln. «Eine Leiche loszuwerden ist nicht schwierig. Solange du nicht in Panik gerätst, sind die Chancen, dass dich jemand dabei erwischt, ziemlich gering. Versenk sie im Meer oder in einem Brunnen oder begrabe sie irgendwo draußen in der Natur. Probleme bekommt man nur, wenn man versucht, sie zu zerstückeln, in Säure aufzulösen oder sonst was. Dabei hinterlässt man zu viele Spuren.»

«Ich habe über das, was du mir erzählt hast, nachgedacht. Dass du ein Killer warst.» Jetzt endlich dreht sie den Kopf zu mir und sieht mich an. «Ist das die Wahrheit?»

«Ja.»

Sie zuckt zusammen. «Du hast wirklich Menschen für Geld umgebracht?»

«Das habe ich.»

«Wie viele?»

Ich drehe den Kopf ein kleines Stück und schaue zu den Geistern, die mir all die Jahre gefolgt sind und zu denen sich jetzt auch noch Axel Nelke gesellt hat. «Das sage ich dir lieber nicht.»

«Wie viele?», beharrt sie.

«Ein halbes Dutzend», erwidere ich steif. (In Wirklichkeit habe ich nur fünf für Geld getötet. Bei einem geschah es aus Rache. Aber jetzt ist keine Zeit, das näher auszuführen.)

«Waren es böse Menschen?» Ich antworte nicht. «Sag mir wenigstens, dass du weder Frauen noch Kinder umgebracht hast, Ed.»

Mein Blick fällt auf das schlanke junge Mädchen. Es war ein Unfall. Ich hatte nicht vor, ihr etwas anzutun. Aber das ist keine Entschuldigung. «Ich habe die Menschen ermordet, für deren Tod man mich bezahlt hat», murmle ich.

«Wie konntest du nur für Geld töten?», fragt sie empört.

«Weil es mein Job war. Wenn ich die Aufträge nicht angenommen hätte, hätte es ein anderer getan. Ich war nur ein Werkzeug in den Händen der wirklichen Mörder.»

«Unsinn», zischt sie. «*Du* hast getötet. Deine Auftraggeber dafür verantwortlich zu machen, ist …»

«… die Wahrheit», falle ich ihr ins Wort. «Meine Opfer waren zum Tod verurteilt. Ich hätte sie nicht retten können. Die Welt ist voller Dreckskerle, die jederzeit bereit sind, jemanden umzubringen, vorausgesetzt, man zahlt ihnen genug dafür.»

Sie verzieht das Gesicht. «Aber warum warst du einer von ihnen? Warum hast du dich für solche widerwärtigen Dinge hergegeben? Du bist ein intelligenter, begabter und wohlhabender Mann.»

«Was glaubst du denn, woher mein Geld kommt?», erwidere ich.

«Du hast mir gesagt, du hättest es geerbt.»

«Das war gelogen. Ich bin durchs Töten reich geworden. Ohne das hätte ich meine Bücher nie schreiben können, weil ich mich dann mit irgendwelchen lausigen Jobs über Wasser hätte halten müssen.»

Sie öffnet den Mund, um etwas zu sagen, aber sie schließt ihn wieder und schüttelt den Kopf. «Ich dachte, ich würde dich kennen, Ed.»

«Das tust du auch.»

«Nein. Der Mann, in den ich mich verliebt habe, war freundlich, sanft und liebevoll.»

«Das bin ich auch.»

«Nein, du bist ein Mörder!», schreit sie und blickt sich gleich darauf ängstlich um, ob sie vielleicht jemand gehört hat.

«Ich *war* ein Mörder», korrigiere ich sie. «Aber das ist Vergangenheit. Seit sechs Jahren bin ich ein anderer Mensch.»

«Der Axel getötet hat», schnaubt sie.

«Das habe ich für *dich* getan», erinnere ich sie.

«Ich weiß nicht, wie ich mit dir umgehen soll», seufzt Andeanna. «Die Art und Weise, wie du über deine Vergangenheit redest … Du scheinst keinerlei Gewissensbisse zu haben.»

Ich unterdrücke ein bitteres Lachen. «Du hast ja keine Ahnung», sage ich. «Es gab Nächte, in denen ich mir in der Dunkelheit eine Pistole an den Kopf gedrückt und versucht habe, den Mut zu finden, endlich Schluss zu machen. So sehr habe ich mich gehasst. Aber man kann nur ein bestimmtes Maß an Selbsthass ertragen, und wenn man es dann nicht schafft, den Abzug zu drücken, dann muss man die schrecklichen Dinge, die man getan hat, irgendwie akzeptieren und einen Weg finden, wie man mit ihnen weiterleben kann.»

Der Regen wird stärker, und Andeanna zieht ihre Beine unter ihren kleinen Regenschirm. Ich nehme ihn ihr aus der Hand und gebe ihr meinen dafür, der ein ganzes Stück größer ist. Als sich dabei unsere Finger berühren, zieht sie die Hand nicht zurück. «Erzähl mir, wie du dazu gekommen bist», flüstert sie.

«Das ist eine lange Geschichte», warne ich sie.

«Wir haben viel Zeit.»

«Na schön. Richtig angefangen hat es eigentlich erst, als ich Belinda Darnier traf – meine Frau –, aber trotzdem muss ich noch weiter zurückgehen. In die Zeit, als ich in der Army war …»

Ich war siebzehn und scharf darauf, die Welt kennenzulernen. Also beschloss ich, eine militärische Laufbahn einzuschlagen, und meldete mich am Tag nach meinem achtzehnten Geburtstag als Freiwilliger. Ich habe einen guten Soldaten abgegeben. Ich war gern Teil einer Organisation mit festen Regeln, in der jeder seinen Platz genau kannte und alle für ein großes Ganzes arbeiteten.

Zu jener Zeit war ich noch nicht so introvertiert und zurückhaltend wie heute. Ich war ein aufgeschlossener junger Mann, der sich leichttat, neue Freunde zu finden und mit jedem gut auskam. Schüchtern war ich nur Frauen gegenüber – ich war noch nie ein großer Charmeur –, aber mit Männern kam ich prima aus.

Meine engsten Freunde waren Bill Phelps, mit seinen dreiundzwanzig Jahren der Älteste unter uns Rekruten, und Abe Lambourne, eigentlich ein stiller, wissbegieriger Typ, der aber unter Einfluss von Alkohol ziemlich wild werden konnte. Mit zu unserem Kreis gehörte auch noch Lars Liljegren, ein geborener Spaßvogel, den wir nur Lily Lars nannten. Wir waren vielleicht nicht die drei Musketiere, aber wir waren enge Freunde.

Bills vierundzwanzigster Geburtstag fiel auf ein Wochenende, an dem wir alle Ausgang hatten. Am Freitag betranken wir uns bis zur Besinnungslosigkeit, verbrachten den ganzen Samstag damit, uns zu erholen, nur um am Abend wieder durch die Kneipen zu ziehen.

Es gab zwei Kadetten, die wir nicht ausstehen konnten. Sie hießen Simon Dale und Parson McNally und waren echte Arschkriecher, denen die Vorgesetzten wichtiger waren als ihre Kameraden. Für ein Lob von einem Sergeant hätten sie jeden von uns verpfiffen, ohne auch nur mit der Wimper zu zucken.

An diesem Samstagabend war Lily Lars übermütig. Dale und McNally saßen am Nebentisch und führten sich auf, als wären sie zwei Generäle. Das nervte Lars so gewaltig, dass er sie unbedingt zum Ausrasten bringen wollte. Schließlich heckte er zusammen mit Abe einen Plan aus, zu dem sie auch mich und Bill brauchten. Wäre einer von uns damals nüchtern gewesen, hätten wir sie wohl davon abgehalten, aber leider waren wir alle sternhagelvoll.

Lars hatte seine Pistole dabei, um damit vor den Frauen anzugeben, aber sie war nur mit Platzpatronen geladen. Lars und Abe taten nun so, als würden sie in Streit geraten und brüllten sich gewaltig an, bevor sie mit den Fäusten aufeinander losgingen. Während sie sich quer durch die Bar prügelten, taten Bill und ich so, als würden wir uns große Sorgen um sie machen und vergeblich versuchen, sie auseinanderzubringen.

Als die vermeintliche Schlägerei den Tisch von Dale und McNally erreichte, zog Lars seine Pistole. Die Leute in der Bar schrien und legten sich auf den Boden, nur die beiden arroganten Kadetten blieben sitzen. Sie warfen den Kämpfenden verächtliche Blicke zu und warteten gelassen darauf, dass die Aufregung sich wieder legte. Abe blieb vor Dale und McNally stehen und machte, während Lars auf ihn zielte, einen Schritt zur Seite, wodurch er Dale genau in die Schusslinie brachte. Gerade als es Dale schließlich doch mit der Angst zu tun bekam, drückte Lars zweimal ab. Dale stieß einen entsetzten Schrei aus und riss sich die Hände vors Gesicht, während McNally sich mit einem Hechtsprung zur Seite in Sicherheit bringen wollte. Lars' Plan war perfekt aufgegangen – die beiden hatten sich vor allen Leuten lächerlich gemacht.

Er und Abe hielten sich die Bäuche vor Lachen, ebenso wie Bill und ich. Als Dale dämmerte, dass man ihn zum Narren gehalten hatte, verfinsterte sich sein Gesicht. Er sprang auf, fuhr sich mit der Hand durch sein kurzgeschorenes Haar und warf dem johlenden Paar vor ihm wütende Blicke zu. Dann zog er ein Messer aus der Scheide an seinem linken Oberschenkel und machte einen Schritt nach vorn. Er packte Abe an der Nase, riss seinen Kopf nach oben und schnitt ihm mit einer raschen Handbewegung die Kehle durch.

Abe sackte, während eine riesige Blutfontäne aus seinem Hals spritzte, zusammen, die Augen vor Schreck weit aufgerissen. Dale ging jetzt mit seinem Messer auf Lars los, aber Bill riss ihn zu Boden und biss ihm in den Arm. Lars war zu erschrocken, um uns zu helfen. Er konnte nur völlig entgeistert auf den in seinem Todeskampf noch schwach zuckenden Abe starren.

Während Bill und ich Dale zu Boden drückten, warf sich auch noch McNally auf uns – ob er uns helfen oder seinen Freund befreien wollte, konnte später nicht mehr geklärt werden, denn im Sprung rammte er sich Dales Messer wenige Zentimeter neben dem Herzen in die Brust.

Der Anblick seines sterbenden Freundes brachte Dale schließlich zur Vernunft. Er hörte auf zu kämpfen und hielt sich mit beiden Händen die Augen zu. Lars, Bill und ich schauten nicht weg. Wir sahen, wie die beiden jungen Männer vor uns starben und erkannten, dass unser Leben innerhalb weniger Augenblicke eine unheilvolle Wendung genommen hatte.

Parson McNallys Tod wurde als Unfall deklariert, und Simon Dale wurde des Mordes angeklagt. Allerdings berücksichtigte der Richter die Tatsache, dass Lars ihn provoziert hatte, und schickte ihn nur für zwei Jahre ins Gefängnis, was mich heute noch genauso empört wie damals. Für das, was Dale getan hatte, hätte er mehr Leid verdient gehabt.

Wir anderen hatten die Ehre der Army besudelt und wussten deshalb genau, was wir zu tun hatten. Unser Abschied wurde angenommen, und binnen weniger Tage schieden wir alle aus dem Militärdienst aus. Aus Scham vor der unrühmlichen Rolle, die wir bei Abes Tod gespielt hatten, gingen wir getrennte Wege und haben uns nie wiedergesehen.

Ich halte in meiner Erzählung inne und sehe den Regentropfen zu, wie sie prasselnd auf der Oberfläche des Teichs aufschlagen. Andeanna starrt mich schweigend an. Ihre Hand liegt auf meinem Knie, sie muss sich, während ich geredet habe, unbemerkt dorthin bewegt haben. «Es war nicht deine Schuld», sagt sie. «Du wolltest nicht, dass jemand zu Schaden kommt.»

«Ich weiß», seufze ich. «Aber ich habe es geschehen lassen, also trage ich eine Mitschuld. Die kann mir niemand abnehmen.»

Andeanna drückt mitfühlend mein Knie, bevor sie ihre

Hand wegnimmt und fragt, was dann geschah. Ich erzähle ihr von den folgenden zwei Jahren, von meinem Rückzug in mein Inneres, von meinen Alkoholexzessen, meinen Wutanfällen und den kurzen Gefängnisaufenthalten, meistens wegen Erregung öffentlichen Ärgernisses und der Zerstörung öffentlichen Eigentums. Danach bin ich nach Mexiko gegangen, weil ich glaubte, meiner Schuld entfliehen zu können.

Dort lief mir in einer Bar einer meiner alten Ausbilder über den Weg, ein Mann namens Carter Phell. Zuerst dachte ich, es wäre ein Zufall, aber bald erfuhr ich, dass er mich absichtlich aufgespürt hatte. Er zwang mich dazu, mir mit gnadenloser Offenheit selbst ins Gesicht zu sehen und zu erkennen, was für eine jämmerliche Kreatur ich in meinem Selbstmitleid geworden war. Er schaffte es, dass ich mit dem Trinken aufhörte, und brachte mich auf die richtige Bahn. Als ich wieder ich selbst war, offenbarte mir Carter, warum er mich gerettet hatte. Er war dabei, eine Truppe professioneller Auftragskiller zusammenzustellen, und glaubte, ich würde dort hervorragend hineinpassen.

«Das war wohl ein blühendes Geschäft?», fragt Andeanna sarkastisch.

«In der Tat», erwidere ich. «Killer werden immer gebraucht, aber einen anzuheuern ist gefährlich und kompliziert. Ein gut vernetzter, vertrauenswürdiger Vermittler kann praktisch verlangen, was er will. Als Carter letztes Jahr starb, hinterließ er ein Vermögen von mehr als acht Millionen Dollar.»

«Wie viel davon hat ihm deine Arbeit eingebracht?», erkundigt sich Andeanna.

«Nicht allzu viel», antworte ich und kehre mit meiner Erzählung nach Mexiko zurück.

Ich habe Carter damals eine Abfuhr erteilt. Ich hatte kein Interesse daran, ein Killer zu werden. Er akzeptierte meine

Absage, und wir trennten uns einvernehmlich. Zum Abschied gab er mir eine Telefonnummer und sagte, er würde sein Angebot unbefristet aufrechterhalten. Ich warf den Zettel weg, aber nicht, ohne einen Blick auf die Nummer geworfen zu haben. Mein phänomenales Zahlengedächtnis hat sie den vielen anderen Telefonnummern hinzugefügt, die in der Datenbank meines Gehirns schlummern.

In den folgenden Jahren sah ich mehr von der Welt, als ich mir je erträumt hatte. Afrika, Asien, Südamerika, Europa. Ich ließ mich treiben, wohnte in Jugendherbergen oder schlief im Freien und fuhr per Anhalter oder schwarz mit öffentlichen Verkehrsmitteln. In diesen Jahren erwachte mein Interesse für das Schreiben. Zuerst führte ich ein Reisetagebuch, in dem ich meine Erlebnisse und Gedanken aufschrieb. Daraus entwickelten sich längere Beschreibungen der Orte, die ich besuchte, und der Menschen, die ich traf. Es wäre mir damals nie in den Sinn gekommen, dass ich mir als Schriftsteller meinen Lebensunterhalt verdienen könnte, aber es war eine interessante Art, mir die Zeit zu vertreiben.

Ich kehrte in die Staaten zurück, und als ich in Seattle Belinda Darnier kennenlernte, nahm mein Leben eine neue Wendung.

Belinda spielte in einer anderen Liga als ich. Sie war wunderschön und extravagant und verkehrte in Kreisen, zu denen ich normalerweise nie Zugang gehabt hätte. Kurz bevor ich sie traf, hatte ich allerdings viel Geld auf der Rennbahn gewonnen und lebte kurzzeitig auf großem Fuß.

«Hin und wieder setze ich gerne auf Pferde», erkläre ich Andeanna. «In Seattle war es ein krasser Außenseiter, der mir fast fünfzigtausend Dollar eingebracht hat. Das Geld war für mich die Eintrittskarte zu Belindas Welt. Wir trafen uns auf einer Vernissage. Es gefiel ihr, wie unbeholfen ich war. Ich hatte damals weder Erfahrungen mit Frauen noch mit Geld, und die meisten ihrer Bekannten begegneten mir mit Verachtung, was Belinda wiederum amüsierte. Sie ließ sich ein paar Wochen lang von mir in die besten Restaurants einladen und fand das irgendwie unterhaltsam. Ich war für sie ein nettes Maskottchen, wenn auch eines von der eher ungehobelten Sorte.»

«Sieht so aus, als hätte ich einiges mit ihr gemeinsam», sagt Andeanna, und in der Art, wie sie mich ansieht, entdecke ich einen Anflug von Eifersucht.

«Belinda war schön, aber nicht so schön wie du», flüstere ich.

«Lass die Komplimente und erzähl weiter», sagt Andeanna, kann aber ein zufriedenes Lächeln nicht ganz verbergen.

Es waren zwei unglaublich aufregende Wochen. Beste Hotels, erstklassige Restaurants und jeden Abend Champagner und außergewöhnlichen Sex. Von morgens bis spät in die Nacht gab es keine einzige langweilige Sekunde. Ich wusste die ganze Zeit über, dass das nicht lange andauern konnte – sobald mein Geld alle war, würde ihr Interesse an mir erlöschen –, aber das war in Ordnung. Ich war entschlossen, alles zu genießen und keine Träne zu vergießen, wenn es vorbei war. Selbst eine kurze Begegnung mit einer schönen Frau wie Belinda Darnier war mehr, als ich jemals zu hoffen gewagt hatte. Ich freute mich schon darauf, irgendwann einmal in den Erinnerungen an sie schwelgen zu können.

Belinda mochte Casinos. Sie war eine geborene Spielerin, obgleich sie dort immer nur das Geld von anderen Menschen setzte. Sie nahm mich mit, und mein Glück von der Rennbahn blieb mir treu. Ich gewann noch einmal zwanzigtausend Dollar beim Roulette und Black Jack und konnte damit Belinda eine weitere Woche lang bei Laune halten. Ich warf mit Geld um mich wie ein Verrückter, gab Taxifahrern fünfzig Dollar Trinkgeld, trank grundsätzlich nur den teuersten Wein, den es gab, und spendierte Belinda Klamotten und Armbanduhren. Ich verprasste mein Geld so verschwenderisch, wie ich nur konnte. Ein paarmal schmiss ich sogar wilde Koksgelage, was eigentlich überhaupt nicht meine Art war, aber Belinda sagte, ich solle kein Spielverderber sein.

Als ich eines Abends total high vom Kokain war, erzählte ich Belinda von meiner Vergangenheit, wie ich aus der Armee rausgeflogen bin, von meinem Hass auf Simon Dale und von Carter Phells unmoralischem Angebot. Das steigerte ihr Interesse an mir sprunghaft. Sie wollte wissen, wie Phell seine Männer ausbildete, mit was für Menschen ein Auftragskiller Umgang hatte, was es kostete, einen Menschen umbringen zu lassen. Fortan betrachtete sie mich mit einem neugewonnenen Respekt, als wäre ich so etwas wie eine Berühmtheit. Mein Ego schwebte im siebten Himmel, und ich konnte ihre Fragen gar nicht schnell genug beantworten.

Als ich nach drei Wochen mein gesamtes Geld verprasst hatte, rechnete ich fest damit, dass Belinda mich jetzt fallenlassen würde, aber zu meiner Verwunderung blieb sie bei mir. Zwar drohte sie mir immer noch damit, mich zu verlassen, aber sie tat es nicht. Ich war ebenso verblüfft wie verzückt, verwarf eine bereits geplante Australienreise und suchte mir einen Job und eine Wohnung. Ich hoffte, dass sie wenigstens ein paar Wochen bei mir bleiben würde.

Aus Wochen wurden Monate, und irgendwann schlug Belinda vor, ihre Wohnung aufzugeben und ganz zu mir zu ziehen. «Und wenn wir schon dabei sind», fügte sie mit einem frechen Lächeln hinzu, «könnten wir doch auch gleich heiraten. Wennschon, dennschon. Vorausgesetzt, du willst mich, natürlich.»

«Wie romantisch», sagt Andeanna und wirft mir einen ärgerlichen Blick zu. Ich muss mir das Lachen verkneifen.

Zu Belindas Heiratsantrag konnte ich nur benommen nicken, und als sie danach die Hochzeit vorbereitete, fragte ich mich des Öfteren, ob ich nicht träumte. Die Zeremonie war dann eine ziemlich prosaische Affäre mit ein paar Freunden von ihr auf dem Standesamt, aber ich fühlte mich trotzdem so, als hätte ich das große Los gezogen. Es war der glücklichste Tag meines Lebens, und er ist es auch heute noch, selbst angesichts dessen, was danach alles passiert ist.»

Noch lange glaubte ich, dass sie eines Morgens einfach nicht mehr da sein würde, aber je mehr Monate vergingen, desto überzeugter war ich, dass sie mich wirklich liebte. Ich konnte mir nicht vorstellen, womit ich so ein Glück verdient hatte, aber es war mir egal. Belinda hatte sich mir geschenkt. Das war alles, was zählte.

Irgendwann begann Belinda, sich über Kopfschmerzen zu beklagen, und war oft müde und reizbar. Ich sagte ihr, sie solle zu einem Arzt gehen, aber sie wollte nicht. Als sich ihr Zustand nicht besserte, holte sie sich dann doch medizinischen Rat.

An diesem Tag kam ich früher von der Arbeit nach Hause, aber Belinda war noch nicht da. Als ich bis zum Abend noch immer nichts von ihr gehört hatte, rief ich ihren Arzt an, aber dort war ständig besetzt. Ich war kurz davor zu verzweifeln, da ging plötzlich die Tür auf, und eine aschfahle Belinda kam herein. Sie taumelte an mir vorbei, als wäre ich gar nicht da, goss sich einen doppelten Wodka ein und trank ihn in einem Zug aus. Sie starrte mich mit vor Angst weit aufgerissenen Augen an und sagte: «Ich habe Krebs.»

Dann brach sie in Tränen aus.

«Oh, Ed», seufzt Andeanna. «Das tut mir leid. Du hättest es mir früher sagen sollen, dann hätte ich nie …»

«Spar dir die Tränen, bis du den Rest gehört hast», entgegne ich.

Es war tragisch und fürchterlich, als wäre das Ende der Welt gekommen. Nur mit Mühe gelang es mir, von Belinda Einzelheiten zu erfahren – jedes Mal, wenn sie zu einer Erklärung ansetzte, brach sie zusammen –, und erst als ich selbst mit ihrem Arzt sprechen konnte, erfuhr ich, wie ernst es wirklich um sie stand.

«Ihre Frau hat einen sehr seltenen Gehirntumor», erklärte er sachlich. «Eigentlich müsste sie längst tot sein, aber sie hat Glück: Der Tumor wächst bei ihr nur langsam. Trotzdem wird er sie bald umbringen, wenn er nicht umgehend behandelt wird.»

«Kann man ihn denn behandeln?», fragte ich, während Hoffnung in mir aufkeimte.

«Ja», antwortete er zögerlich. «Eine Operation kommt zwar nicht in Frage, aber es gibt da ein neues Verfahren in der Nuklearchirurgie. Es gibt keine Garantie, dass es Erfolg hat – schließlich steckt diese Therapie noch in den Kinderschuhen –, aber ich denke, Ihre Frau hätte damit ziemlich gute Heilungschancen.»

«Und wann fangen wir mit der Therapie an?», erkundigte ich mich.

«Das ist nicht so einfach. Wie gesagt, die Therapie ist noch im Experimentalstadium, was bedeutet, dass die Krankenkassen sie nicht bezahlen.»

«Dann zahle ich sie eben», versprach ich.

Er verzog das Gesicht. «Wir reden hier von sehr viel Geld. Allein um in das Programm aufgenommen zu werden, muss man dreihunderttausend Dollar hinlegen.» Ich starrte ihn ungläubig an. Dieser Betrag überstieg dann doch mein Vorstellungsvermögen. «Gegenüber den meisten Patienten würde ich diese Therapie nicht einmal erwähnen», fuhr der Arzt fort, «aber ich weiß, dass Belinda in den vergangenen Jahren einige wohlhabende Freunde hatte, deshalb nahm ich an, sie würde vielleicht über Schmuck und Bargeld verfügen. Wenn sie das Geld aufbringen kann und wir sie in den nächsten Wochen für das Programm anmelden können, hat sie eine Chance, die Krankheit zu überwinden. Wenn nicht ...»

Als ich Belinda erzählte, was der Arzt gesagt hatte, lachte sie nur gequält. «Ich war nicht so sparsam, wie er denkt», sagte sie. «Ich habe kein Geld auf die hohe Kante gelegt. Am besten sehen wir uns schon mal nach einem passenden Sarg um.»

Ich weigerte mich, die Hoffnung aufzugeben, und verlangte von ihr, alle ihre Wertgegenstände aufzulisten. Dann zählte ich das bisschen Geld dazu, das ich noch hatte, und rundete die Summe auf den nächsten Tausenderbetrag auf. Obwohl Belinda mehr besaß, als sie dachte, trennten uns immer noch zweihundertvierzigtausend Dollar von der Aufnahme in das Programm.

Die nächsten Tage verbrachte ich mit der verzweifelten Suche nach Geld. Ich pumpte alte Freunde an, was an sich schon kein Vergnügen war, bevor ich mich an die Kredithaie wandte. Da ich wusste, dass mir niemand so eine große Summe auf einmal leihen würde, hatte ich vor, mir von mehreren Gläubigern Teilbeträge zu beschaffen. Ein schlauer Plan, aber ich war nicht der Erste, dem so etwas einfiel. Die Haie ließen sich nicht austricksen. Die ersten zwei Kredite bekam ich noch ohne Probleme, aber der dritte Geldverleiher schlug Alarm, woraufhin die ersten beiden ihr Geld sofort wieder zurückhaben wollten. Um ein Haar wäre ich in ernste Schwierigkeiten geraten, aber als die Kredithaie erfuhren, weshalb ich sie hinters Licht hatte führen wollen, bekamen sie Mitleid mit mir und sahen von einer Bestrafung ab.

Am Ende der Woche war ich wieder genau da, wo ich an ihrem Anfang gestanden hatte. Konfrontiert mit der Aussicht auf Belindas langsamen, qualvollen Tod begann ich die verrücktesten Pläne zu spinnen. Ich spielte mit dem Gedanken, eine Bank auszurauben, Drogen zu schmuggeln, das Kind eines Millionärs zu entführen. Oder vielleicht sollte ich die Ärzte, die das neue Verfahren entwickelt hatten, mit vorgehaltener Waffe dazu zwingen, Belinda zu behandeln?

Belinda hörte sich meine wilden Phantasien mit einem traurigen Lächeln an, dann schüttelte sie den Kopf und meinte, ich sei wohl komplett verrückt geworden. Es dauerte nicht lange bis ich auf die Idee kam, Carter Phell anzurufen. Diesen Einfall lehnte Belinda nicht von vornherein ab, so wie sie es mit all den anderen getan hatte. Sie war zwar nicht Feuer und Flamme dafür, aber sie schürzte die Lippen und maß mich mit einem kühlen, nachdenklichen Blick. Ich fasste Hoffnung und spann die Idee weiter, wobei mir kaum bewusst war, was ich da sagte.

«Vielleicht kann ich ihn dazu bringen, uns das Geld für deine Behandlung vorzustrecken. Das Training dürfte nicht länger als ein paar Monate dauern, und mit den ersten paar Aufträgen könnte ich ihm den Kredit wieder zurückzahlen. Danach werde ich nur dann einen neuen Auftrag annehmen, wenn wieder Behandlungskosten bezahlt werden müssen.»

«Du bist kein Killer», flüsterte sie.

«Aber ich könnte einer werden. Für dich.»

«Das darf ich nicht von dir verlangen. Es muss einen anderen Weg geben.»

Es gab keinen, und im Lauf der nächsten zweiundsiebzig

Stunden gelang es mir, sie davon zu überzeugen, mich diesen Versuch unternehmen zu lassen.

Natürlich hatte ich große Skrupel – ich wäre ein Unmensch gewesen, wenn ich keine gehabt hätte –, aber irgendwann rief ich dann doch die Nummer an, die mir Carter gegeben hatte. Er war überrascht, von mir zu hören, erklärte sich jedoch damit einverstanden, für ein Gespräch zu mir zu fliegen. Ich erzählte ihm nichts von Belinda und sagte nur, dass ich dringend Geld bräuchte. Er gewährte mir einen Vorschuss, den ich Belinda gab, bevor mein Training begann.

«So einfach ist das?», fragt Andeanna skeptisch.

Ich nicke. «Ich hatte keine Zeit zu verlieren, und Carter war auch nicht gerade ein Zauderer. Allerdings konnte keiner von uns sagen, ob ich wirklich in der Lage war zu töten – das erfährt man erst, wenn es wirklich so weit ist. Carter hatte schon öfter die Erfahrung gemacht, dass jemand kurz vor seinem ersten Auftrag alles hinwarf, und versicherte mir, dass er mir nicht böse sein würde, wenn das bei mir der Fall wäre. Ich könnte ihm sogar seinen Vorschuss in kleinen Raten nach und nach abstottern.»

«Was für ein netter Kerl», spottet Andeanna.

«Carter war nicht nett», berichtige ich sie. «Er war ein Profi.»

Das anstrengende Training dauerte zwei Monate, ohne einen einzigen Tag Pause. Ich hatte keine Möglichkeit, Belinda zu sehen, telefonierte aber täglich mit ihr. Sie wurde in das Programm aufgenommen und fing sofort mit der Behandlung an. Die Ärzte meinten, sie würde gut darauf ansprechen.

Meine Ausbildung war nicht nur körperlich zermürbend, sondern auch psychisch enorm anstrengend. Eine Übung folgte auf die andere. Ich lernte, wie man so gut wie jedes bekannte Fabrikat einer Pistole auseinandernimmt und wieder zusammensetzt und wie man normale Alltagsgegenstände in Waffen verwandeln kann. Carter brachte mir bei, wie man Leute beschattet, wie man einen Anschlag plant, wie man in die unterschiedlichsten Länder unbemerkt ein- und wieder ausreist. Ich erlernte das alles so leicht, wie Carter es vorausgesagt hatte. Er hatte die in mir schlummernden Talente gut erkannt.

Dennoch wusste ich gegen Ende des Trainings noch immer nicht, ob ich in der Lage sein würde zu töten, denn hin und wieder plagten mich massive Zweifel. Ich besuchte Belinda im Krankenhaus. Sie wirkte erschöpft, aber gesund, und ihre Ärzte stellten hoffnungsvolle Prognosen. Allerdings würde es noch Monate dauern, bevor sie mit Sicherheit sagen konnten, ob sie den Krebs besiegt hatte.

Ich sprach mit Belinda über meine Bedenken. Ich wollte nicht töten und war mir nicht sicher, ob ich es überhaupt konnte. Sie nahm mich in die Arme und sagte, dass sie nichts von mir erwarte, und so etwas könne sie schon gar nicht von mir verlangen. Wenn ich die Entscheidung selbst träfe, würde sie mir zwar für immer dankbar sein, aber wenn ich dazu nicht in der Lage wäre, würde sie es mir nicht übelnehmen. So oder so würde sie mich lieben bis an ihr Lebensende, egal, ob es früher oder später käme.

Ihre ruhige Entschlossenheit war es schließlich, die ausschlaggebend für meine Entscheidung war. Belinda kämpfte mit Tapferkeit und Würde um ihr Leben. Wenn ich ihr dabei helfen konnte, würde ich es tun, egal, was es mich kostet. Noch an diesem Nachmittag rief ich Carter an und sagte, dass ich es tun würde. Ein paar Tage später bekam ich meinen ersten Auftrag. Ich sollte einen Geschäftsmann in Deutschland ausschalten. Ich flog also hin und beschattete ihn ein paar Tage lang, bevor ich mich in die Wohnung, in der er sich mit einer Geliebten traf, schlich. An diesem Abend war die Frau nicht da, und ich ertränkte ihn in der Badewanne, sodass es wie ein Unfall aussah. Am nächsten Morgen saß ich im Flugzeug nach Hause, und bereits am Abend war ich wieder bei Belinda.

«Wie hat es sich angefühlt, den Mann zu töten?», fragt Andeanna.

Ich denke kurz darüber nach. «Um ehrlich zu sein, es war hauptsächlich aufregend, wenn auch auf eine fürchterliche Art und Weise. Gleich nach der Tat war ich in einer Art Hochstimmung, aber später fühlte ich mich dann ganz elendig und ausgebrannt. Ich weinte nicht, aber die nächsten drei Wochen waren für mich wie ein einziger Albtraum. Ich dachte an nichts anderes als an den Mord, den ich einfach nicht verarbeiten konnte.»

Ich erzähle Andeanna nichts davon, dass ich zu dieser Zeit von meinem ersten Geist heimgesucht wurde. Er materialisierte sich, als ich in einer Bar saß und meine Schuldgefühle in Alkohol ertränken wollte. Er kam einfach aus der Wand und stürzte sich mit einem stummen Schrei auf mich. Ich war so erschrocken, dass ich laut aufschrie und von meinem Barhocker fiel, was die anderen Gäste in der Bar gar nicht lustig fanden. Ich rannte hinaus in die Nacht, dicht gefolgt von dem Geist, der von hinten seine Arme um meinen Hals schlang und sich an mir rächen wollte. Als ich nicht mehr rennen konnte, rollte ich mich in einer stillen Seitengasse auf dem Boden zusammen, schloss die Augen und schlief ein.

Am nächsten Morgen redete ich mir ein, es seien Wahnvorstellungen gewesen, die vom Alkohol kamen, aber als der Geist noch immer nicht verschwunden war, drehte ich komplett durch. Ich schlug nach ihm und tat alles, um ihn zu verscheuchen. Dabei wusste ich nie so richtig, ob ich langsam wahnsinnig wurde oder ob ich wirklich von einem Geist heimgesucht wurde. Ich konnte mich nicht entscheiden, was schlimmer war. Ich ließ mir Termine bei Ärzten und Geistlichen geben, zu denen ich dann nicht erschien. Ich konnte ja nicht gut von dem Geist erzählen, ohne den Auftragsmord zu erwähnen, deshalb musste ich mit diesem Dämon allein fertigwerden.

Ich überlebte nur, weil ich Belindas Bedürfnisse in den Vordergrund stellte. Sie erlitt einen Rückfall, und die Ärzte wollten die Behandlung intensivieren, was aber noch mehr Geld kostete. Ich musste also weitertöten, wenn ich Belinda nicht sterben lassen wollte.

Eigentlich dachte ich, der erste Auftrag wäre der schlimmste, und ich würde mich später irgendwie an das Töten gewöhnen.

Das war ein Irrtum.

Als Zweites verlangte Carter von mir, eine Frau zu töten, eine Reporterin, die einen erbitterten Kampf gegen Drogenkartelle führte. Ich bat ihn, den Auftrag einem anderen zu geben, aber er sagte, als Killer dürfe man nicht sensibel sein. Wenn ich diesen Mord abschlüge, würde er mir keinen weiteren anbieten.

Ich habe die Frau eine Woche lang beobachtet. Technisch gesehen war es eine faszinierende Operation. Die Polizei wusste, dass sie im Visier der Kartelle stand, und hatte Beamte zum Personenschutz abgestellt, die sie auf Schritt und Tritt begleiteten. Ich habe mir eingeredet, das Ganze sei eine Art Schachspiel, was mir half, bis kurz vor dem eigentlichen Akt der Tötung eine emotionale Distanz zu wahren. Als ich dann aber ihre Leibwächter ausgeschaltet hatte und der Augenblick kam, an dem ich tatsächlich den Abzug betätigen musste …

Die Erinnerung daran lässt mich noch heute erschaudern. Anstatt sie schnell zu töten, zögerte ich und ließ der Frau damit Zeit, in der sie um ihr Leben hätte betteln können. Wenn sie das nur getan hätte, ich wäre vielleicht schwach geworden und hätte sie verschont, aber sie versuchte, vor mir zu fliehen. Das war ein Fehler. Instinktiv drückte ich den Abzug und traf sie im unteren Teil ihres Rückens. Sie fiel zu Boden, war aber nicht sofort tot. Als sie wie ein verwundeter Krebs schwer atmend vor mir lag und schluchzend um Gnade flehte, musste ich ganz nah an sie herantreten und sie mit einem Schuss ins Gesicht endgültig töten.

«Bitte», unterbricht mich Andeanna und hebt eine zitternde Hand. «Erspare mir die Details, das ist ja fürchterlich. Ich will nicht wissen, wie du sie getötet hast.»

Andeanna steht auf, aber ich drücke sie sanft zurück auf die Bank. «Ich bin fast fertig», verspreche ich, «aber ich muss dir meine Geschichte zu Ende erzählen.»

«Ich will sie nicht hören.»

«Ich weiß. Aber du musst.»

Sie starrt mich an, und schließlich nickt sie. Ich erzähle weiter.

Nach dem Mord an der Journalistin verfiel ich in eine tiefe Depression. Ich hasste mich. Ich hasste Carter Phell. Ich hasste Belinda. Ich versuchte, sie zu verlassen, versuchte, mich zu Tode zu trinken. Auf diese Weise würden wir beide einen frühen und schrecklichen Tod sterben. Auf diese Weise wäre alles viel einfacher. Und menschlicher.

Ich bin gerade bis zum Flughafen gekommen, dann verweigerten meine Füße mir den Dienst. Sosehr ich mich auch sträubte, Belindas Anziehungskraft auf mich war einfach zu stark. Reumütig kroch ich zurück zu ihr und schämte mich dafür, dass ich sie fast hätte sterben lassen. Ich nahm einen weiteren Auftrag an, den ich emotionslos, mechanisch und professionell anging.

Mein dritter Auftragsmord bereitete keine Probleme. Das Opfer war ein Gangster, der den Tod verdient hatte. Nicht dass es einen großen Unterschied für mich gemacht hätte, ob er nun schuldig oder unschuldig war, was spielte das noch für eine Rolle? Ich hatte jedwede Moral hinter mir gelassen und war auf die dunkle Seite der Macht gewechselt. Zumindest dachte ich das.

Der vierte Mord hat mich dann aber völlig aus der Bahn geworfen. Ich sollte einen zweitrangigen russischen Politiker erledigen, der sich zu viele Feinde gemacht hatte. Die Einheimischen trauten sich nicht, ihn selbst zu beseitigen – er hatte mächtige Verbündete –, also heuerten sie einen auswärtigen Killer an. Wie bei meinem ersten Mord wollte ich es wie einen Unfall aussehen lassen, aber nachdem ich den Mann zehn Tage lang verfolgt hatte, musste ich feststellen, dass er sowohl zu Hause als auch bei der Arbeit lückenlos bewacht wurde. Es dauerte eine weitere Woche, bis ich doch noch einen Weg fand. Mein Opfer besaß eine Villa in den Bergen, in der er häufig seine Wochenenden verbrachte. Die Straße zu der Villa stieg steil an, und wenn man von ihr abkam, stürzte man in eine tiefe Schlucht.

Ich habe ihn nicht auf dem Weg nach oben erledigt, sondern mir eine Stelle gesucht, an der ich ihm auf der Rückfahrt am späten Sonntagabend auflauern konnte. Er war allein in seinem BMW, eskortiert von zwei Begleitfahrzeugen, oder zumindest dachte ich das. Ich nahm einen der Hinterreifen ins Visier, wartete auf den richtigen Augenblick und schoss. Der Reifen platzte, und der Wagen kam ins Schleudern und stürzte in die Schlucht. Zufrieden fuhr ich zurück in mein Hotel.

Als ich am nächsten Morgen auf mein Taxi zum Flughafen wartete, sah ich in einer Zeitung sein Foto neben dem eines jungen Mädchens. Ich bat den Mann am Empfang, mir die Bildunterschrift zu übersetzen: *Familiendrama! Vater und*

Tochter sterben bei tragischem Verkehrsunfall. Ich gab dem Mann Geld, damit er mir den ganzen Artikel übersetzte. Meine Zielperson war nicht allein im Wagen gewesen, seine neunjährige Tochter hatte schlafend auf dem Rücksitz gelegen und so das Schicksal ihres Vaters geteilt.

Das war das Ende. Egal, was mit Belinda geschah, ich konnte so etwas nicht noch einmal tun. Ich musste aussteigen. Ich sagte es Carter, und er akzeptierte meinen Entschluss. Er gab mir das Geld, das ich bis dahin verdient hatte, und nahm mir meine Entscheidung nicht übel.

Belinda hatte ebenfalls keine Einwände. Sie war wie ein Fels in der Brandung und sagte mir, ich könne mich bei ihr ausweinen, aber ich fand keine Tränen. Ich spürte nichts als Selbstverachtung. Am Tag schaute ich benommen in die Gesichter meiner fünf Geister, insbesondere das des jungen Mädchens, das ich aus Versehen getötet hatte. Die Geister rasten in einem hasserfüllten Wirbelwind um mich herum und versuchten, mich innerlich zu zerbrechen und so in den Selbstmord oder einen tödlichen Unfall zu treiben.

Ich war dabei, mich völlig aus der Welt zurückzuziehen, und wartete nur darauf, dass die Geister vollständig Besitz von mir ergriffen. In dieser dunkelsten Zeit meines Lebens bekam ich überraschend Besuch aus der Vergangenheit, der mir auf eine schonungslose, niederschmetternde Weise vor Augen führte, wie tief ich wirklich gefallen war.

Belinda war für eine weitere Behandlung im Krankenhaus, und ich war allein zu Hause. Ich schlief und hatte Albträume von den Menschen, die ich umgebracht hatte und die mich nun Tag und Nacht verfolgten. Ein leises Klicken schreckte mich aus dem Schlaf. Ich riss die Augen auf und sah, dass die Mündung einer Pistole auf mich gerichtet war. Ein Mann sagte: «Mach mir die Freude und bring mich dazu, abzudrücken.»

Ich habe die Stimme nicht erkannt. Erst als er die Nachttischlampe anknipste, wusste ich, wer es war.

«Simon Dale?», keuchte ich.

«Moment mal», unterbricht mich Andeanna. «Das war doch der Kerl bei der Army, der deinen Freund umgebracht hat?»

«Ja.»

«Was zum Teufel wollte denn der von dir?»

«Das wirst du gleich erfahren.»

Ich dachte, ich würde immer noch träumen, aber dann schoss Dale in das Kissen direkt neben meinem Kopf. Während die Federn wie Schneeflocken auf mich herabschwebten, wusste ich, dass ich wach war.

«Diese Kugel hätte genauso gut dich treffen können», sagte Dale und grinste boshaft.

«Ist das eine persönliche oder eine geschäftliche Angelegenheit?», fragte ich. Ich hatte keine Angst zu sterben. Es hätte mir nichts ausgemacht. In vielerlei Hinsicht wäre der Tod für mich eine Erlösung gewesen. Die Gespenster drängten sich erwartungsvoll um den Schützen, ihre Gesichter strahlten vor Vorfreude auf meine Hinrichtung.

«Eigentlich geht es um beides», erwiderte Dale.

«Hat Carter dich geschickt?»

Dale schüttelte den Kopf. «Er weiß nichts davon.» Er zog sich einen Stuhl heran und machte es sich bequem. «Hast du eigentlich mal versucht herauszufinden, was ich nach meiner Entlassung aus der Haft gemacht habe?»

«Nein. Das ist mir scheißegal. Du interessierst mich nicht.»

«Das ist mir klar», lachte er und fügte nach einer kurzen Pause hinzu: «Carter hat mich angeheuert.»

«Dann hast du also mit dem Morden weitergemacht», bemerkte ich bitter.

Dales Lächeln verschwand, aber seine Waffe nicht. «Du bist ein schlaues Kerlchen», knurrte er.

«Und du langweilst mich», sagte ich. «Wenn du mich umbringen willst, dann tu es.»

«Aber ich werde dich nicht umbringen», sagte Dale sanft. «Man hat mich zwar dafür bezahlt, aber diesmal werde ich mich ausnahmsweise auf einen Deal einlassen. So macht es mehr Spaß.»

Meine Augen verengten sich. «Wovon, zum Teufel, redest du?»

«Eine Frau kam zu mir», sagte er und ließ die Pistole ein Stück sinken, aber ich machte keinerlei Anstalten, ihn anzugreifen. «Sie wusste, dass du und ich uns nicht grün sind, und hat mich gefragt, ob ich bereit wäre, dich für weniger Geld als sonst zu beseitigen – schließlich müsste es für mich ja ein Vergnügen sein. Ich bin mir nicht sicher, wie sie mich gefunden hat, wahrscheinlich über Carter. Irgendwie habe ich das Gefühl, dass sie ihn verführt hat. Wahrscheinlich hat sie ihm die Seele aus dem Leib gevögelt und ihn so zum Reden gebracht. Du weißt ja, wie wir Männer sind – gib uns im Bett, was wir wollen, dann erzählen wir sogar, wie oft wir uns nach einem Schiss den Arsch abwischen.»

«Wer war die Frau?», fragte ich, obwohl ich es eigentlich schon wusste. Irgendwie hatte ich trotzdem die Hoffnung, er würde meine Vermutung Lügen strafen.

«Zuerst hielt ich das Ganze für eine Falle», sagte er mit einem blöden Grinsen. «Aber dann habe ich mich ein bisschen über sie erkundigt und herausgefunden, dass sie eine professionelle Betrügerin ist, die gerne hohe Risiken eingeht. Ihr letzter Coup war ein wahres Meisterstück: Sie hatte irgendeinen armen Idioten davon überzeugt, dass sie an einem gefährlichen Tumor litt. Sie hatte sogar einen falschen Arzt angeheuert, um ihr leichtgläubiges Opfer dazu zu bringen, ein Auftragskiller zu werden und alles Geld, das er mit dem Töten verdiente, in ihre angebliche Behandlung zu stecken. In Wirklichkeit hat sie es selbst eingesteckt, und als der Typ schließlich mit dem Morden aufhörte, weil er es nervlich nicht mehr packte, kam sie zu mir.»

«Nein», stöhnte ich kraftlos.

«Erst wollte ich den Auftrag nicht annehmen», fuhr Dale fort. «Normalerweise trenne ich Geschäftliches strikt vom Vergnügen, aber dann kam mir eine Idee.» Er stand auf und ging zur Tür. Dort drehte er sich wieder um zu mir. «Was wäre, dachte ich mir, wenn ich den Auftrag annähme, dich aber nicht töten, sondern dir alles erzählen würde? Schließlich hast du mir mit deinen Arschlochfreunden mein Leben versaut, Severs …»

«Das ist mein wirklicher Name», erkläre ich Andeanna. «Brad Severs.»

«Sehr amerikanisch», antwortet Andeanna amüsiert.

«… und jetzt ist die Zeit gekommen, dir das heimzuzahlen», fahre ich mit Dales Stimme fort. «Dich umzubringen wäre zu einfach. Das hier ist viel besser. Sag deiner Süßen einen schönen Gruß von mir.» Mit einem höhnischen Augenzwinkern verschwand er und ließ mich mit der erstickenden grässlichen Wahrheit zurück.

Lange Zeit sagt keiner von uns ein Wort. Ich denke zurück an jene Nacht, und Andeanna muss das Gehörte wohl erst verarbeiten. «Diese Belinda hat dich ganz schön reingelegt», sagt sie schließlich.

«Und wie sie das hat!», flüstere ich, während ich durch

meine nebelhaften Geister auf die Oberfläche des Teichs starre. «Sie hatte alles genau geplant, nachdem ich ihr von dem Vorfall in der Army und Carter Phelps' Angebot erzählt hatte. Mit ihrer vorgetäuschten Krebserkrankung hat sie sich nicht nur ein Vermögen von mir ergaunert, sie hat mich auch zum bezahlten Killer werden lassen. Und als ich für sie nicht mehr von Nutzen war, hat sie Dale engagiert, um mich zu beseitigen.»

«Hätte sie denn nicht auf eine weniger komplizierte Weise an Geld kommen können?», wendet Andeanna ein.

«Klar. Aber es ging ihr wohl erst in zweiter Linie um das Geld. Den wahren Kick gab ihr das gefährliche Spiel. Das Risiko. Der Nervenkitzel. Dafür hat sie gelebt.»

Andeanna schluckt. «Hast du sie getötet?»

Ich schließe die Augen. Ich habe Kopfschmerzen und sehne mich nach etwas zu trinken.

«Am nächsten Tag habe ich sie aufgespürt. Sie wohnte mit dem falschen Arzt in einer Wohnung. Als ich dort ankam, waren sie im Wohnzimmer beim Vögeln. Ich trat die Tür ein, jagte ihrem Lover eine Kugel durch den Kopf» – ich öffne die Augen und werfe dem empörten Geist ganz rechts einen bösen Blick zu –, «und dann richtete ich die Waffe auf Belinda.»

Sie hat nicht um Gnade gefleht. Sie saß auf der Couch, das Blut ihres Liebhabers auf der nackten Haut, und starrte mich mit Augen an, die so hart und kalt wie Diamanten waren. Es gab so viele Vorwürfe, die ich ihr hätte entgegenschleudern wollen, aber ich brachte lange Zeit kein einziges Wort heraus. Schließlich befahl ich ihr, sich zu waschen, anzuziehen und mich zu meinem Geld zu bringen. «Nicht nötig», erwiderte sie ohne zu zögern. «Es ist hier.»

Das Geld lag in einem Safe, es waren achthundertzwanzigtausend Dollar in bar und damit mehr als das, was ich als

Killer verdient hatte. Den Rest hatte sie wohl irgendwelchen anderen Trotteln abgenommen. Für mich war es der Preis für meine Seele plus Zinsen. Ich stopfte alles in eine große Plastiktüte, und dann habe ich versucht, Belinda zu töten.

Ich konnte es nicht. Obwohl sie mir schreckliche Dinge angetan hatte, war ein Teil von mir noch immer in sie verliebt, und ich brachte es einfach nicht übers Herz, sie umzubringen. Andererseits konnte ich sie nicht einfach ungestraft davonkommen lassen. Sie musste bestraft werden. Also habe ich sie gefesselt, ein Messer aus der Küche geholt und damit ihr Gesicht bearbeitet.

«Ed!», keucht Andeanna und hält sich vor Entsetzen den Mund zu.

«Sie musste bezahlen!», stoße ich hervor. «Ich habe ihr Gesicht so lange zerschnitten, bis ich mir sicher war, dass niemand es wieder zusammenflicken konnte. Es war grausam, aber ich musste dafür sorgen, dass sie nie wieder irgendjemanden so betrügen würde, wie sie mich betrogen hatte.»

Andeanna starrt mich schweigend an. Um die Leere zu füllen, erzähle ich das Ende meiner Geschichte.

Ich ließ die wimmernde, zerstörte Belinda einfach liegen und ging mit dem Geld in eine andere Stadt. Über ein Jahr war ich wie benommen und spielte, gequält von meinen Geistern und der Erinnerung an meine Vergangenheit, ständig mit Selbstmordgedanken. Aber ich hatte nicht die Kraft, mich umzubringen, und allmählich kehrte mein Lebenswille zurück. Die anfängliche Furcht vor meinen Geistern verwandelte sich in Interesse für sie, und ich beschloss herauszufinden, wie es möglich war, dass ich von ihnen heimgesucht wurde. Ich spielte die verrücktesten Theorien durch, bis ich irgendwann einmal anfing, Kurzgeschichten zu schreiben. Ich dachte, ich könnte durch Fiktion zur Wahrheit finden. Aus diesen Versuchen entstand dann mein erster Roman, *Nächte der Angst*.

«Den Rest der Geschichte kennst du ja», ende ich etwas unvermittelt.

«Und Belinda?», fragt Andeanna. «Was ist aus ihr geworden?»

Ich lächle niedergeschlagen. «Sie hat einen anderen Namen angenommen und arbeitet jetzt für Simon Dale.»

Andeanna kann es nicht glauben. «Wie bitte?»

Ich zucke mit den Achseln. «Intrigen und Mord sind nun einmal das, worauf sie sich am besten versteht. Sobald sie genesen war, hat sie Dale kontaktiert. Sie hat ihm vorgeschlagen, bei Carter auszusteigen und zusammen mit ihr ein eigenes Business aufzuziehen. Sie würde sich hinter den Kulissen um die Organisation seiner Aufträge kümmern, und ihm würde sehr viel mehr Geld bleiben als bisher. Ich bin mir sicher, dass Dale zunächst ziemlich skeptisch war, aber er hat ihr eine Chance gegeben, und sie hat das Beste daraus gemacht. Nach allem, was man hört, arbeiten die beiden immer noch zusammen und sind ziemlich dick im Geschäft.»

«Das ist ja echt eine krasse Geschichte», lacht Andeanna. «Du meine Güte!»

Obwohl es aufgehört hat zu regnen, hat Andeanna meinen Regenschirm noch nicht zugemacht. Sie hält ihn schräg, damit ich ihr Gesicht nicht sehen kann, und denkt nach. Ich möchte wissen, was in ihr vorgeht und ob wir jetzt, wo sie die Wahrheit über mich weiß, noch eine gemeinsame Zukunft haben, aber ich halte mich zurück und warte.

«Hättest du mir das alles erzählt, wenn Axel uns nicht überrascht hätte?», fragt sie mich schließlich. «Wenn wir miteinander in ein anderes Land gegangen wären, hättest du mir dann die Wahrheit gesagt?»

«Ich weiß es nicht.»

«Das ist mir nicht genug», erwidert sie.

«Aber es ist die Wahrheit. Ich hatte mit meiner Vergangenheit abgeschlossen und wollte dieses Kapitel meines Lebens nie wieder aufschlagen. Doch ich hätte auch nie gedacht, dass ich mich noch einmal verlieben würde. Wahrscheinlich hätte ich dir eine Weile etwas vorgemacht, aber ob ich das durchgehalten hätte? Ich kann es dir beim besten Willen nicht sagen.»

Wieder folgt ein längeres Schweigen. Dann sagt Andeanna: «Ich glaube nicht, dass ich dich lieben kann. Du hast Menschen umgebracht. Ich verstehe zwar deine Motive und kann sie irgendwie auch nachvollziehen, aber du hast gemordet. Für Geld. Ich glaube nicht, dass ich das jemals vergessen könnte.»

«Dann geh zurück zu deinem Mann», erwidere ich barsch.

Ihr starrer Blick senkt sich. «Ich weiß nicht, ob ich das kann. Du bist jetzt ein Teil meines Lebens geworden. Du hast für *mich* getötet. Ich kann dich nicht einfach vergessen und so tun, als hätte es dich nie gegeben.»

«Was willst du?», fauche ich gereizt. «Sag's mir einfach. Wenn du möchtest, dass ich bleibe, werde ich bleiben. Wenn du möchtest, dass ich gehe, werde ich gehen. Es ist deine Entscheidung.»

«Ed», sagt sie und schüttelt dabei ihren Kopf. Tränen laufen ihr über die Wangen, und ich warte darauf, dass sie weiterredet, aber das tut sie nicht.

«Ist das alles? Dieses ‹Ed›?»

«Ja», schluchzt sie, während sie aufsteht. «Ich muss darüber nachdenken. Ich brauche jetzt Zeit für mich. Ich muss herausfinden, was ich will.»

«Und wenn ich dann weg bin? Ich werde nicht bis in alle

Ewigkeit hier herumhängen und darauf warten, dass du dich endlich entscheidest. Entweder du willst mit mir zusammen sein, oder du willst es nicht. So einfach ist das.»

«Nein, so einfach ist das nicht», widerspricht sie. «Ich will dich, aber vielleicht *kann* ich dich nicht haben.» Sie steht auf und will gehen.

«Andeanna», rufe ich. Sie bleibt stehen und wartet, dreht sich aber nicht um. «Jetzt, wo du alles über mich weißt, weißt du auch, wozu ich in der Lage bin. Ich kann den Türken beseitigen. Wenn er das einzige Hindernis zwischen uns ist, kann ich ihn aus dem Weg räumen.»

Sie will sich zu mir drehen, aber dann schüttelt sie den Kopf und verschwindet in der Dunkelheit, während ich allein auf der Bank zurückbleibe.

ELF

Während der nächsten Tage und Nächte sind meine Geister meine einzigen Begleiter. Sie halten die gleiche stumme Wache wie während der vergangenen sechs Jahre. Ich weiß nicht, warum sie keine Geräusche machen können. Wenn sie von meiner Phantasie geschaffene Wesen sind, gäbe es keinen vernünftigen Grund dafür, dass ich ihnen zwar Gestalt, aber keine Stimme verleihe. Aber auch wenn sie reale Geister sind, ist ihr Schweigen seltsam: Bei meinen intensiven Recherchen habe ich von vielen Geistern gelesen, die ohne Probleme jede Menge Krawall machen.

Axel Nelke hat sich schnell bei ihnen eingelebt. Er geht mit den anderen Geistern um, als wäre er schon seit Jahren einer von ihnen, und abgesehen von seinem ersten, hinterlistigen Angriff auf dem U-Bahnhof hat er mir keine Probleme mehr bereitet. Ich nehme an, dass die Geister (falls es sie wirklich gibt) nach ihrer Rückkehr aus dem Totenreich entweder auf irgendeine Weise miteinander kommunizieren oder einfach nur ihrem Instinkt folgen.

Ich hatte wirklich geglaubt, dass ich das Töten für immer hinter mir gelassen hätte und dass es nichts gäbe, was mich nochmals dazu bringen könnte, zu morden. Ich hatte gehofft, dass ich meine Verbrechen irgendwie wiedergutmachen könnte und dass die Geister mir angesichts meiner offensichtlichen Reue vergeben und mich in Ruhe lassen würden. Und für den Fall, dass sie doch nur Projektionen meiner Selbstvorwürfe wären, würde ich mir vielleicht selbst verzeihen und sie damit vertreiben. Aber ich habe mir etwas vorgemacht. Der Killer in mir lebt immer noch und hat wieder Blut geleckt. Ein Teil von mir war glücklich, als ich Axel Nelke tötete, und hat wohl nur darauf gewartet, wieder zuschlagen zu können. Und dieser dunkle, schreckliche, sehnsuchtsvolle Teil von mir will es wieder tun.

Als mitten in der Nacht mein Handy klingelt, wache ich sofort auf und gehe ran: «Andeanna.»

Eine verwunderte Pause. «Woher wusstest du, dass ich es bin?»

«Wer sollte mich sonst um …», ich schaue auf meine Armbanduhr, «… um vier Uhr morgens anrufen?»

«Vielleicht eine deiner anderen Mätressen», erwidert sie scherzhaft.

«Die warten, bis ich ausgeschlafen habe», witzle ich und setze mich in der Dunkelheit auf. Ich bin froh, dass sie anruft, andererseits habe ich auch Angst. Was ist, wenn sie mir jetzt sagt, dass sie mich nie wiedersehen will?

«Ich habe dich vermisst», seufzt sie.

«Bedeutet das, dass …», frage ich hoffnungsvoll.

«… dass ich mit dir zusammen sein möchte? Ja.»

Mir wird ganz warm ums Herz. «Ich liebe dich», krächze ich.

«Ich liebe dich auch», antwortet sie wundervoll schlicht.

«Und was machen wir nun?», frage ich.

Sie antwortet nicht sofort. Vielleicht hat sie keine Antwort, vielleicht mag sie sie nur nicht aussprechen. Dann sagt sie in einem seltsam mürrischen Ton, der unter anderen Umständen lustig geklungen hätte: «Wir werden Mikis töten müssen, oder?»

«Wenn wir zusammen sein wollen, ja.»

«Wir könnten nicht einfach abhauen?»

«Dann müssten wir ständig Angst haben, dass er uns entdeckt. Das würde uns auf lange Sicht fertigmachen.»

«Er ist Greygos Vater», sagt sie.

«Er ist ein wertloser Bastard», kontere ich. «Dein Sohn ist der Einzige, der ihn vermissen wird. Und vielleicht noch ein paar seiner Lieblingshuren.»

Sie seufzt. «Wir werden nicht damit durchkommen. Seine Männer stehen hinter ihm, insbesondere Bond. Sie würden uns aufspüren und ihn rächen.»

«Nicht, wenn wir es richtig machen.»

Es folgt ein langes, ein sehr langes Schweigen. Dann: «Sag mir, wie.»

Und damit ist unser unheilvoller Pakt besiegelt.

Mikis Menderes zu töten ist relativ einfach. Viel schwieriger ist es, dafür zu sorgen, dass der Mord nicht mit Andeanna in Verbindung gebracht wird. Die Männer des Türken werden alles daransetzen, den Mörder und seinen Auftraggeber aufzustöbern, und Andeanna und ihren Sohn werden sie als Erstes verdächtigen. Schließlich sind es die beiden, die am meisten von seinem Tod profitieren.

«Ich profitiere überhaupt nicht davon», korrigiert mich Andeanna. «Greygo ist der Alleinerbe. Ich gehe leer aus.»

«Na toll», murmle ich. «Aber das genügt nicht. Wir müssen sie täuschen. Entweder lassen wir seinen Tod wie einen Unfall aussehen, oder wir liefern ihnen einen Sündenbock.»

«Und wie soll das gehen?»

«Das weiß ich noch nicht. Ich muss drüber nachdenken.»

Nachdem sie aufgelegt hat, dusche ich, weil ich unter fließendem Wasser am besten denken kann. Ziemlich rasch nehmen die Grundzüge eines Plans Gestalt an. Als Erstes muss ich mir eine Waffe besorgen. Das wäre eigentlich ein Problem gewesen, aber am Flughafen Heathrow wartet Axel Nelkes Pistole auf mich. Ein Glück, dass ich meinem Instinkt gehorcht und sie nicht weggeworfen habe, denke ich sarkastisch. Ein Teil von mir muss schon im Voraus geahnt haben, wie die Dinge sich entwickeln würden.

Ich trete aus der Dusche und trockne mich ab. Nachdem ich mich angezogen habe, stecke ich ein paar dünne Handschuhe in die Jackentasche und nehme die U-Bahn nach Heathrow, wobei ich diesmal respektvollen Abstand zur Bahnsteigkante halte.

In einem Laden am Flughafen kaufe ich mir einen Hut und eine Sonnenbrille, die ich in der Toilette anziehe, bevor ich den Bus zum Parkplatz nehme. Dort angekommen, streife ich die Handschuhe über und sehe mich erst einmal eine Weile um, für den Fall, dass die Leute des Türken den Wagen aufgespürt haben und beobachten. Als ich keine verdächtige Person entdecken kann, gehe ich zu dem Škoda und öffne die nicht verschlossene Fahrertür, nicht ohne vor dem Einsteigen so zu tun, als würde ich den Autoschlüssel aus der Hosentasche holen.

Die Luft im Wagen ist abgestanden, und der Sitz ist kalt.

Ich lege die Hände aufs Lenkrad und starre durch die Windschutzscheibe nach vorn, als würde ich vor dem Wegfahren über etwas nachdenken. Nach einer Weile wandert meine linke Hand langsam an der Seite des Sitzes nach unten, bis meine Finger auf kaltes Metall stoßen. Ich ziehe die Waffe nach vorn, hake einen Finger in den Abzugsbügel und angle sie hoch. Nachdem ich mich mit einem verstohlenen Blick davon überzeugt habe, dass sie gesichert ist, stecke ich sie in die Jackentasche.

Hätte ich auf dem Parkplatz jemanden entdeckt, dann hätte ich den Wagen mehrmals hintereinander gestartet und gleich wieder abgewürgt, und dann wäre ich ausgestiegen und laut fluchend weggegangen, als müsse ich mir jetzt erst einmal einen Mechaniker suchen. Da ich aber allein bin, steige ich einfach aus und nehme den Bus zum Terminal. Von dort aus fahre ich mit der U-Bahn zurück zum Royal Munster, wo ich die Pistole in den Safe auf meinem Zimmer schließe.

Nachdem ich mir die Waffe beschafft habe, setze ich mich mit Stift und Papier an den Schreibtisch und fange an, einen Plan auszuarbeiten. Dazu schreibe ich mehrere Namen auf das Blatt – Andeanna, Axel Nelke, den Türken, Bond Gardiner – und verbinde sie mit Linien. Ich will versuchen, Nelke die Schuld an dem Mord in die Schuhe zu schieben. Den Türken mit Nelkes Pistole zu erschießen ist schon mal ein guter Anfang, aber ich muss dafür sorgen, dass sie Bond Gardiner in die Hände fällt und er sie bis zu dem vermissten Wächter zurückverfolgt. Allerdings kann ich sie ihm nicht einfach schicken oder am Tatort zurücklassen, denn wenn ich zu ungeschickt vorgehe, wird er den Köder nicht schlucken. Irgendwie muss ich Nelke als Täter ins Spiel bringen …

Als mir wenig später die Lösung einfällt, muss ich lachen. In Großbuchstaben schreibe ich ein weiteres Wort auf mein

Blatt: *KILLER*. Als ich noch in diesem Geschäft war, habe ich völlig anonym operiert, aber andere waren weniger bescheiden und signierten ihre Arbeit wie ein Maler sein Bild. Wenn ich einen von ihnen in die Intrige hineinziehen könnte, wäre es mir vielleicht möglich, Belastungsmaterial zu platzieren, das Gardiner erst zu dem Killer und dann über die Pistole bis zu Nelke führen würde.

Unter normalen Umständen würde ich es nie wagen, ein doppeltes Spiel mit einem Auftragskiller zu treiben – das wäre mir viel zu gefährlich –, aber ich habe einen Mann im Kopf, der haargenau in meinen Plan passt. Er signiert nicht nur seine Morde, er hat auch noch ein Hühnchen mit dem Türken zu rupfen. Darüber hinaus ist er jemand, den ich gerne in Schwierigkeiten bringen würde. Es ist zwar noch vieles zu klären, aber ich spüre, wie mein Plan Form annimmt. Es ist nur noch eine Frage der Zeit, bis die Falle zuschnappt.

Am Nachmittag denke ich an Joe. Mein Plan ist alles andere als wasserdicht, deshalb muss ich verhindern, dass Joe mit in die Sache hineingezogen wird, wenn etwas schiefgeht. Ich muss die Verbindung zwischen uns kappen. Es wird nicht angenehm sein, aber es ist in seinem eigenen Interesse.

Als ich ihn anrufe, freut er sich. «Hi, Ed. Was gibt's?»

«Joe», erwidere ich tonlos, «wir haben ein Problem.»

«Was für ein Problem denn?»

«Mein Agent hat der Verlegerin von unserer Partnerschaft erzählt, und sie hat ein Riesentheater veranstaltet. Der Verlag will nicht in einen langwierigen Rechtsstreit verwickelt werden, falls wir beide uns nicht mehr verstehen.»

«Das ist ja albern», sagt Joe.

«Ich weiß. Aber ich bin leider nur der Autor. Meine Meinung zählt nicht.»

Joe lacht. «Sag ihnen, sie sollen mir einfach einen Vertrag schicken. Ich werde alles unterschreiben, was sie wollen.»

«Das hat Jonathan auch schon vorgeschlagen, aber die Verlegerin ist nicht darauf eingegangen. Sie sagt, es muss ein reines Ed-Sieveking-Buch werden, sonst löst sie den Vertrag.»

Joes Seufzen tut mir richtig weh, aber es wird noch schlimmer werden. Dagegen muss ich mich wappnen.

«Ich schätze, dann habe ich wohl keine Chance», murmelt er und versucht, nicht allzu bitter zu klingen. «Aber ich habe dir ja ganz am Anfang schon gesagt, dass ich auch mit einer Erwähnung in der Danksagung zufrieden wäre, deshalb darf ich jetzt nicht enttäuscht sein.»

«Das geht leider auch nicht.»

«Wieso nicht?», fragt er verblüfft.

«Jonathan will dich ganz raus haben. Er will, dass ich erkläre, ich hätte das Buch ganz allein recherchiert und konzipiert. Er meint, wenn ich dich in der Danksagung oder in Interviews erwähne, könntest du das ausnützen und Tantiemen fordern. Zuerst wäre ich ihm am liebsten an die Kehle gesprungen, aber nach längerem Nachdenken muss ich ihm recht geben.» Diese letzte Aussage ruft bestürztes Schweigen hervor. «Joe? Bist du noch dran?»

«Ja, ich bin noch dran», erwidert er leise.

«Schließlich hast du zu den wesentlichen Ideen ja wirklich nichts beigetragen», fahre ich rasch fort. «Klar hast du mir geholfen, und es ist eine Schande, dass wir das nicht honorieren können, aber dein kreativer Input war nun mal nicht allzu groß, oder?»

«Wenn du meinst», antwortet er mit zittriger Stimme.

«Ich möchte keinen Prozess mit dir führen, und du doch sicher auch keinen mit mir, oder?»

«Eher nicht», sagt er.

«Kannst du mir dann bestätigen, dass du wegen des Buchs keinerlei Forderungen an mich stellen wirst?»

«Wieso soll ich denn Forderungen an dich stellen? Ich habe doch immer gesagt, dass ich …»

«Wir schicken dir eine Verzichtserklärung», falle ich ihm ins Wort. «Sobald du die unterschrieben hast, gehen wir einen trinken und vergessen die ganze Angelegenheit.»

«Willst du damit sagen …» Er räuspert sich. «Willst du damit sagen, dass du mich nicht mehr sehen willst, bis ich das Formular unterschrieben habe?»

«Es geht nicht darum, dass ich dich nicht sehen will. Ich kann es nicht. Es wäre wohl für uns beide besser, wenn wir uns aus dem Weg gehen würden, bis das Buch erschienen ist.»

«Und wenn wir nicht über das Buch reden?»

«Tut mir leid, Joe, auch dann nicht. Anweisung des Anwalts. Ich habe lange für meinen Erfolg gearbeitet, und den willst du mir doch nicht vermasseln, oder?»

«Natürlich nicht.»

«Großartig!», rufe ich. «Gut, dass wir das aus dem Weg geräumt haben. Es ist schlimm, aber das ist wohl der Preis des Erfolgs.»

«Ja, das ist er wohl», sagt Joe matt.

«Wahrscheinlich wird sich nach all dem Hin und Her das Buch sowieso schlecht verkaufen», sage ich und lache.

«Nein», widerspricht Joe. «Es wird ein großartiges Buch werden. Ich wette, es wird ein Erfolg.»

Ich zucke zusammen. Es wäre viel einfacher, wenn er in die Luft gehen und mich verfluchen würde. «Ich lass dich jetzt in Ruhe», sage ich jovial. «Ich schicke dir ein Vorabexemplar des Buchs, sobald ich eine habe, ganz gleich, was die Mistkerle sagen.»

«Das wäre nett.»

«Bis bald?»

«Klar doch, Ed.»

Das ist das Ende meiner Freundschaft mit Joe.

Als Andeanna anruft, sage ich ihr, dass wir uns treffen müssen. Sie schlägt den Trafalgar Square vor, der einer unserer Lieblingsorte war, als wir noch harmlos miteinander flirteten. An diesem warmen Abend wimmelt der Platz sogar so spät noch von Touristen. Wahrscheinlich wollen sie einen der letzten schönen Sommerabende genießen.

Andeanna sitzt an einem Brunnen und küsst mich auf die Wange, als ich mich neben sie setze. Sie wirkt gefasster als das letzte Mal. Ihr Gesicht ist vollständig geheilt.

«Du siehst gut aus», sage ich.

«Ich weiß», lacht sie. «Es ist verrückt. Seit wir uns im Park getroffen haben, war ich völlig durch den Wind, aber als ich heute Morgen aufwachte, habe ich mich so leicht und frei gefühlt, dass mir fast ein bisschen schwindlig wurde. Verrückt.»

«Das kommt daher, weil du dich entschieden hast, ihn umzubringen. Dir ist klar, dass du in dieser Sache mit drinsteckst bis zu ihrem bitteren Ende. Aber du hast die Entscheidung jetzt getroffen, und deshalb fühlst du dich erleichtert.»

«Ich bin beeindruckt, Dr. Freud», lächelt sie. «Wo hast du denn diese Weisheiten her?»

«Ich kenne solche Reaktionen von früher.»

«Dann bin ich nur eine von vielen?», ruft sie mit gespielter Empörung.

«Ja», erwidere ich schmunzelnd. «Erst schwört man sich: ‹Den bring ich um, ganz bestimmt›, dann setzen rasch die Zweifel ein: ‹Aber ich kann ihn nicht töten, er ist schließlich mein Mann! Ich muss, aber ich kann nicht!›»

«Hör auf», kichert sie.

«Und schließlich akzeptiert man es. ‹Ich werde ihn töten. Das ist keine große Sache. Du meine Güte, sieh dir nur meine Nägel an. Ich muss dringend zur Maniküre.›»

Andeanna wirft einen Blick auf ihre Hände und wird rot. «Du wirst es nicht glauben, ich habe morgen tatsächlich einen Termin.»

«Vielleicht sollte ich ein neues Buch schreiben», sage ich trocken. «Einen Ratgeber mit dem Titel *Wie bringt man einen geliebten Menschen um.*»

«Sollte es nicht eher heißen: *Wie bringt man einen nicht so geliebten Menschen um*?»

«Stimmt.»

Es fühlt sich wundervoll an, mit ihr hier zu sein, ihr in die Augen zu schauen und in ihnen keine Spur von Angst, Zweifel oder Hass zu entdecken. Sie liebt mich und akzeptiert mich, und ich weiß, dass sie mich nie wieder nach meiner Vergangenheit fragen wird oder danach, wie ich nur so schreckliche Dinge tun konnte. Wir haben jetzt eine stillschweigende Übereinkunft.

«Ich hasse den Gedanken, dass wir Mikis töten müssen», sagt sie. Jetzt lächelt sie nicht mehr. «Bei all seinen Fehlern hat er stets für mich gesorgt, und außerdem ist er der Vater von Greygo.»

«Ich weiß.»

«Aber man kann nun mal nicht alles haben», seufzt sie. «Wir können nicht so weitermachen wie bisher, denn irgendwann wird er es herausfinden und uns töten. Ich kann keine Scheidung einreichen, und wenn ich weglaufe, wird er mich finden. Wir können auch nicht warten, bis er eines natürlichen Todes stirbt – schließlich kann er noch Jahrzehnte leben. Es geht also um alles oder nichts.»

«Und nichts ist mir zu wenig.»

«Mir auch», stimmt sie zu und nimmt meine Hand. «Aber es muss schnell geschehen und so schmerzlos wie möglich. Ich will nicht, dass du ihn erdrosselst wie den armen Axel Nelke.»

«Es wird sauber sein. Eine Kugel direkt in den Kopf.»

Sie nickt entschlossen. «Kannst du eine Waffe besorgen?»

«Ich habe schon eine – die von Nelke.»

Ihre Augen verengen sich. «Kann man die denn nicht zu ihm zurückverfolgen? Über die Pulverspuren oder die Kugel oder so was?»

«Genau darum geht es ja. Ich möchte, dass es so aussieht, als hätte Nelke dem Türken eine Falle gestellt.»

«Axel? Warum sollte er das tun?»

«Ein Motiv kann ich dir nicht nennen, aber ich glaube nicht, dass wir eines brauchen. Mikis hat Axel in Verdacht, ihn zu hintergehen, richtig?»

«Ja, aber Mikis vermutet bei allen Leuten immer nur das Schlimmste.»

«Dann hat er dieses Mal eben recht damit», entgegne ich. «Das ist die perfekte Falle. Mikis hat Axel Nelke bereits die Rolle eines Verräters gegeben, und Bond und die anderen brauchen jemanden, den sie schlachten können. Den Köder Nelke werden sie dankbar schlucken, solange wir es nicht allzu sehr wie ein Komplott aussehen lassen.»

«Dann willst du Mikis mit Axels Pistole erschießen und sie dann bei der Leiche zurücklassen?»

«So einfach ist das leider nicht. Wenn Axel schlau genug ist, sich unbemerkt zurück nach London zu schleichen und seinen Boss zu ermorden, dann ist er auch so schlau, keine offensichtlichen Spuren zu hinterlassen. Als wir noch seine Leiche hatten, hätte es vielleicht funktioniert, dann hätten wir einen Autounfall vorgetäuscht und die Waffe im Wagen gelassen. Bond hätte dann nur zwei und zwei zusammenzählen müssen, aber jetzt ist es zu spät dafür, also müssen wir ihnen einen anderen Mörder präsentieren.»

Ein japanische Touristenpaar setzt sich neben uns. Ich bleibe ein Weile sitzen, sodass es nicht aussieht, als würden wir vor ihnen fliehen, dann stehe ich auf und mache mit Andeanna einen Spaziergang über den Platz. «Stell dir vor, dass Nelke noch am Leben ist und den Türken umbringen will», sage ich leise zu ihr. «Er selbst kann das nicht machen, weil die Männer des Türken ganz London nach ihm absuchen. Wie würde er es anstellen?»

«Er sucht sich jemand anderen, der es für ihn tut», antwortet Andeanna sofort.

«Richtig. Aber dazu kann er nicht irgendeinen kleinen Ganoven anheuern, der die Sache möglicherweise verbockt. Er braucht einen Profi. Aber weil man Mikis kennt und weiß, dass sein Tod einen Riesenaufruhr verursachen wird, muss es jemand sein, der vor einem Auftrag dieser Dimension nicht zurückschreckt. Ein normaler Durchschnittskiller – falls es so was überhaupt gibt – wird sich nur dann an einen Mann vom Kaliber eines Mikis Menderes herantrauen, wenn sein Auftraggeber noch mächtiger ist als er. Wenn wir den Mord einem Rivalen des Türken in die Schuhe schieben könnten, wären wir aus dem Schneider, aber leider haben wir nur Nelke. Wir müssen es also hinkriegen, dass es so aussieht, als sei er derjenige, der den Killer anheuert.»

«Könnte Axel sich denn einen Killer leisten?», fragt Andeanna.

«Wenn er den Türken um viel Geld beschissen hätte, dann schon», sage ich mit einem freudlosen Lachen. «Und du kannst darauf wetten, dass Gardiner genau das vermuten wird, auch ohne eindeutige Beweise. Aber wenn wir einen Killer finden wollen, der den Türken für uns tötet, dann werden wir es mit einem finanziellen Anreiz allein nicht schaffen. Was wir brauchen, ist ein Auftragsmörder, der diesen Job aus einem anderen Grund erledigt.»

«Ich verstehe nicht, worauf du hinauswillst.»

«Kein Profikiller würde im Auftrag eines unbedeutenden Menschen wie Axel Nelke jemanden mit so guten Verbindungen wie denen des Türken beseitigen. Das tut er nur, wenn er persönlich etwas gegen den Türken hat.» Wir bleiben bei einem der Löwen am Fuß des Nelson-Denkmals stehen. «Sagt dir der Name Sebastian Dash etwas?», flüstere ich Andeanna ins Ohr.

«Nein.»

«Er ist ein Auftragskiller, der in der Vergangenheit ein paarmal für den Türken gearbeitet hat. Beim letzten Mal ist etwas schiefgelaufen, und der Türke wollte nicht zahlen. Die beiden sind im Streit auseinandergegangen.»

«Dann bezahlen wir Dash, damit er Mikis tötet, und sorgen dafür, dass Bond denkt, der Auftrag wäre von Axel gekommen.»

«Nein. Dash würde diesen Auftrag nicht annehmen, auch wenn er den Türken nicht mag. So dumm ist er nicht.»

«Was wollen wir dann von ihm?»

«Wir brauchen Dash gar nicht persönlich in die Sache mit hineinziehen. Es genügt, wenn der Türke tot aufgefunden wird und der Mord Dashs Signatur trägt. Dann werden Bond Gardiner und die anderen ihre eigenen Schlüsse ziehen.»

Andeanna runzelt die Stirn. «Was für eine Signatur?»

«Wenn Dash jemanden tötet, dann bindet er dem Opfer den linken Schnürsenkel auf. Wir müssen ihn also irgendwie nach London locken, damit er von Leuten gesehen wird, die ihn kennen. Dann brauchen wir ihn nur noch irgendwie mit der Pistole von Nelke in Verbindung bringen, und unser Plan geht auf. Den Türken werde ich selber töten und Dashs Signatur nachahmen.»

Andeanna ist nicht überzeugt. «Was ist, wenn Bond Dash findet und von ihm erfährt, dass er es nicht getan hat?»

«Wie soll er das herauskriegen? Indem er ihn höflich fragt?»

«Bond könnte ihn foltern.»

Ich schüttele den Kopf. «Bei Männern wie Sebastian Dash riskiert man so was nicht. Falls Gardiner Dash wirklich aufspüren sollte, knallt er ihn aus sicherer Entfernung ab und versucht erst gar nicht, ihn lebend zu fangen. Aber ich bin mir ziemlich sicher, dass es nicht dazu kommen wird. Wenn Dash erfährt, dass er reingelegt wurde, wird er sofort abtauchen.»

«Du meinst nicht, dass er herausfinden will, wer ihm die Falle gestellt hat?»

«Selbst wenn er das tut, wie soll er uns auf die Schliche kommen? Alle Spuren werden zu Axel Nelke führen, und den findet niemand mehr.»

«Aber wie können wir Dash Axels Pistole unterschieben?»

«Ein Ballistiker kann anhand der Kugel die Tatwaffe hundertprozentig identifizieren. Nach dem Mord werde ich nach Heathrow fahren, wo ich das Auto von Nelke geparkt habe, und die Pistole unter den Fahrersitz legen. Wenn die Polizei es schafft, die Herkunft der Kugel auch ohne die Tatwaffe zu klären, fahre ich wieder zum Flughafen und lasse sie für immer verschwinden. Wenn nicht, breche ich ein paar Wochen nach dem Mord Nelkes Wagen auf. Ich nehme ein Brecheisen mit, schlage das Seitenfenster ein und …»

«Wie glaubwürdig ist das?», unterbricht mich Andeanna. «Bond merkt doch sofort, dass etwas nicht stimmt, wenn jemand *zufällig* den Wagen mit der Pistole aufbricht.»

«Ich war ja noch nicht fertig. Nelke war offenbar ein Musikliebhaber, denn in seinem Wagen habe ich einen CD-Player der Spitzenklasse gesehen. Den klaue ich und breche außerdem noch ein paar andere Autos auf dem Parkplatz auf. Das Gelände wird von Videokameras überwacht, deshalb muss ich die Sache ziemlich schnell durchziehen. Ich denke nicht, dass die Polizei die Pistole unter dem Autositz findet, weil sie schließlich nicht danach sucht. Aber sie wird den Besitzer des Wagens verständigen wollen, und das wird irgendwann einmal Bond Gardiner zu Ohren kommen. Gardiner wird sich danach den Wagen vorknöpfen, die Pistole finden und die richtigen Schlüsse ziehen.»

Andeanna denkt über den Plan nach. «Und warum liegt die Pistole in Axels Wagen?», fragt sie. «Wenn Dash sie als Mordwaffe verwendet hat, warum lässt er sie danach nicht verschwinden?»

«Weil es durchaus üblich ist, dass einem ein Auftraggeber eine Waffe für eine Mord gibt und sie hinterher selbst entsorgt. Natürlich ist die Tatsache, dass jemand ausgerechnet Nelkes Wagen aufbricht, ein wenig unwahrscheinlich, aber es wäre nicht das erste Mal, dass ein Amateur unabsichtlich die Pläne von Profis durchkreuzt. Ich denke, Gardiner wird das schlucken.»

«Und wenn er es nicht tut?», fragt sie.

Ich zucke mit den Achseln. «Ich kann für nichts garantieren. Natürlich könnte ich den Türken einfach umbringen und verschwinden, aber solange sein Mörder nicht gefunden wird, stehst du automatisch unter Verdacht. Und wenn wir dann nach sechs Monaten oder einem Jahr zusammenziehen, werden sich gewisse Leute fragen, seit wann wir uns kennen und wo ich eigentlich in der Nacht war, in der der Türke ermordet wurde. Wird das Verbrechen allerdings als geklärt angesehen, sind wir entlastet. Wenn du eine bessere Idee hast, als die Sache Nelke anzuhängen, dann heraus damit. Ich bin ganz Ohr.»

«Du weißt genau, dass ich keine habe.» Sie macht einen Schmollmund und fragt: «Wie können wir Dash die Falle stellen?»

Ich lächle und freue mich, dass sie mitdenkt. «Das weiß ich noch nicht. Wir müssen uns irgendwas ausdenken. Normalerweise würde ich Dash eine gefälschte Botschaft von Nelke zukommen lassen und ihn auf ein vermeintliches Ziel ansetzen, aber das wird in diesem Fall nicht funktionieren.»

«Warum nicht?»

«Weil Dash keinem Auftrag zustimmen wird, ohne seine Hausaufgaben zu erledigen. Er wird wissen wollen, wer Nelke ist, ob er zuverlässig ist, ob er bezahlen kann.»

«Wie können wir ihn dann ködern?»

«Keine Ahnung», stöhne ich. «Vielleicht, indem wir einen anderen Auftraggeber vortäuschen. Ich kenne einige Leute in England, die Dash in der Vergangenheit engagiert haben. Vielleicht kann ich ein Muster von deren Handschrift kriegen, damit ich den Auftrag fälschen kann. Dash besteht nämlich darauf, dass sämtliche Korrespondenz mit ihm handgeschrieben ist. Falls ich ihn nach England locken kann, werde ich ihn in einer sicheren Wohnung einquartieren und dort eine Nachricht für ihn hinterlegen. In der teilen wir ihm mit, dass er demnächst eine Waffe erhalten wird, mit der er seinen Auftrag ausführen soll.»

Andeanna wendet sich von mir ab und setzt sich wieder in Bewegung. Ich gehe ihr hinterher und warte geduldig, bis sie das, was sie beschäftigt, in ihrem Kopf durchgearbeitet hat. Schließlich bleibt sie stehen, dreht sich wieder zu mir um und fragt: «Wenn Mikis Dash einen Auftrag geben würde, würde er ihn annehmen?»

«Der Türke würde Sebastian Dash nicht anheuern. Ich habe dir doch erzählt, dass sie im Streit auseinandergegangen sind.»

«Aber es wäre doch denkbar, dass Mikis die Sache wieder ins Reine bringen will?»

Ich denke darüber nach. «Möglicherweise. Geschäft ist Geschäft, und Dash ist einer der Besten.»

«Wenn Mikis ihm also einen Job anbieten würde», fährt sie fort, «würde sich Dash dann nicht verpflichtet fühlen, ihn anzunehmen?»

«Kann gut sein. Schließlich würde der Türke es als einen Affront ansehen, wenn er Dash die Hand zur Versöhnung reichen und dieser sie ausschlagen würde.»

Andeanna hält an. Sie zittert, aber nicht vor Furcht, sondern vor Aufregung. «Ich kann Mikis' Handschrift perfekt fälschen. Das habe ich mir schon vor Jahren beigebracht. Ich könnte also Dash schreiben und so tun, als sei ich Mikis.»

Ich starre sie an, verblüfft von der Schlichtheit ihres Plans.

«Wird das funktionieren?», fragt sie.

«Es ... Andeanna ... Ich ...»

Unfähig, die richtigen Worte zu finden, umarme ich sie und küsse sie leidenschaftlich. Ein Kuss aus purer Lust. Ein Kuss als Todesversprechen.

Wir suchen uns ein ruhiges Café, setzen uns an einen Tisch im hinteren Bereich und beginnen flüsternd ein Gespräch. Nach einer Weile hole ich Notizblock und Stift heraus, und wir überlegen uns, was wir in die Mitteilung an Dash schreiben.

«Wir können den Mord nicht direkt erwähnen», sage ich, während ich schreibe. «Dash verlangt handgeschriebene Briefe von seinen Kunden aus einem einfachen Grund: Er will etwas gegen sie in der Hand haben, falls sie ihm später Schwierigkeiten machen. Allerdings müssen sie so verfasst sein, dass niemand aus ihnen Schlüsse ziehen kann, falls sie einmal in der Post verlorengehen sollten.»

Ich beende meinen ersten Entwurf und gebe ihn Andeanna. *Meine Ehefrau hat mich betrogen. Ich bin nicht glücklich. Ich muss mit Ihnen darüber reden. Eine Unterkunft steht für Sie bereit. Wenn Sie einverstanden sind, ziehen Sie dort ein, und warten Sie. Ich werde mich bei Ihnen melden. Mikis Menderes*

«Dann schreiben wir noch eure Adresse und die des Unterschlupfes drunter», sage ich.

«Mikis' zweiter Vorname ist Theopolous», sagt Andeanna. «Er benützt ihn immer, wenn er mit seinem Namen unterschreibt.»

«Okay. Das ist eine einfache Korrektur. Was ist mit dem Rest?»

Sie liest das Schreiben ein zweites Mal. «Mikis würde nie ‹Ehefrau› schreiben», sagt sie. «Er bezeichnet mich immer nur als seine Frau. Und ich glaube auch nicht, dass er sagen würde, ich hätte ihn betrogen. Er würde eher schreiben, ich wäre mit einem anderen Mann gesehen worden. Und dann ...»

Wir gehen den Text noch ein paarmal durch, bis Andeanna zufrieden ist. Als sie ihn leise vorliest ahmt sie dabei den Akzent ihres Mannes nach:

«Man hat meine Frau in den Armen eines anderen Mannes gesehen. Das macht mich nicht glücklich. Ich muss mit Ihnen darüber reden. Eine Unterkunft steht für Sie bereit. Wenn Sie einverstanden sind, ziehen Sie dort ein, und warten Sie. Ich werde mich bei Ihnen melden.»

«Bist du sicher, dass er so kurz angebunden ist?», frage ich.

«Dieser Brief ist für Mikis' Verhältnisse schon ein halber Roman.»

Lächelnd drehe ich das Blatt Papier um und schreibe etwas auf der Rückseite.

«Was machst du jetzt?», fragt Andeanna.

«Ich schreibe dir den Namen von Dashs Kontaktperson auf, einer Frau in der Schweiz. An sie musst du den Brief schicken.»

«Ich?» Andeanna wirkt alarmiert. «Ich dachte, du würdest das machen.»

Ich schüttle den Kopf. «Der Brief muss auf dem Briefpapier des Türken geschrieben und bei euch in der Nähe zur Post gebracht werden. Es ist also besser, wenn du das tust.»

Andeanna wirkt unsicher, aber sie nickt und nimmt den Zettel. Sie faltet ihn zweimal und steckt ihn in ihre Geldbörse. «Was ist mit Fingerabdrücken?»

«Du musst bei der ganzen Prozedur immer Handschuhe tragen. Wenn du das Blatt Papier nimmst, wenn du den Stift berührst. Und sieh zu, dass du einen selbstklebenden Umschlag verwendest, den du zum Zumachen nicht ablecken musst.»

«Wann soll ich ihn abschicken?»

«Sobald wir ein sicheres Haus gefunden haben, wo wir Dash unterbringen können.»

«Wie lange wird er brauchen, bis er antwortet?»

«Es hängt davon ab, wo er sich gerade befindet und wie voll sein Terminkalender ist. Wir haben keinen Termin gesetzt, sodass er annehmen wird, wir hätten keine Eile. Aber er wird den Türken nicht allzu lange warten lassen. Ich rechne mit ein paar Wochen. Wenn es länger dauert, werde ich nach Heathrow fahren und den Wagen umparken, damit er keinen Verdacht erregt.»

«Und wenn Dash sich nicht darauf einlässt? Wie schaffen wir es dann, dass …» Sie hält inne und reißt erschrocken die Augen auf. «Was ist, wenn er Mikis anruft?»

«Das wird er nicht. In seinen Anweisungen steht, dass er in der Wohnung warten soll, und nichts von einer direkten Kontaktaufnahme. Dash ist ein Profi, der sich genau an das hält, was man von ihm will.»

Sie scheint nicht sonderlich überzeugt zu sein. «Und wie kommst du an das Haus?»

«Ich werde morgen zu mehreren Immobilienmaklern gehen, mich als Axel Nelke vorstellen und sagen, dass ich für die nächsten Monate ein abgelegenes Anwesen brauche, am liebsten einen freistehenden Bungalow.»

«Aber so ein Makler will doch sicher deinen Ausweis sehen. Und für so etwas braucht man doch auch einen Verdienstnachweis und eine Bankauskunft.»

«Ich werde die Miete im Voraus bar bezahlen. Mit Bargeld kann man sich Diskretion kaufen. Nicht überall, aber es gibt immer wieder Leute, die die Regeln außer Acht lassen, wenn der Preis stimmt. Ich werde bei unabhängigen, kleinen Maklern anfragen und ihnen erzählen, dass ich mitten in einem Unterhaltsstreit mit meiner Exfrau stecke und keine Daten über meine finanzielle Situation preisgeben will. Solange ich bezahle, sollte das kein Problem sein.»

«Hast du denn genügend Geld für so was?», fragt Andeanna.

«Natürlich. Schließlich bin ich mit einer steinreichen zukünftigen Witwe liiert. Wusstest du das nicht?»

Andeanna droht mir mit dem Zeigefinger. «Das ist nicht lustig. Außerdem habe ich dir schon gesagt, dass Greygo der Alleinerbe ist.»

«Na und?», sage ich grinsend. «Dann müssen wir Greygo eben auch umbringen.» Ihr Gesicht erstarrt. «War nur ein Witz», beruhige ich sie. «Du weißt, dass ich mir nichts aus Geld mache. Wir werden schon über die Runden kommen.»

Sie nimmt meine Hand und drückt sie fest. «Ich habe Angst, Ed.»

«Das solltest du auch, denn das ist ein gefährliches Spiel, aber am Ende wird alles klappen.» Ich beuge mich zu ihr, um sie zu küssen, und flüstere: «Vertrau mir.»

ZWÖLF

Die nächsten Tage vergehen wie im Flug. Bevor ich die Makler aufsuche, verändere ich meine Aussehen. Ich mache mir eine andere Frisur, male mir Sommersprossen auf den Nasenrücken und trage eine billige Brille und einen gebraucht gekauften Anzug, dessen Ärmel und Hosenbeine zu kurz sind. Ich drucke mir Visitenkarten mit Nelkes Namen, einer falschen Anschrift und der Nummer eines neu gekauften Prepaid-Handys. Dann bin ich bereit loszulegen.

Die Sache ist jedoch schwieriger, als ich gedacht habe. Die Makler hier scheinen nicht so bestechlich zu sein wie ihre Kollegen in Amerika. Sie glauben mir meine Scheidungsgeschichte nicht und denken, dass ich ihnen eine Falle stellen will. Schließlich treibe ich aber doch noch einen adretten, kleinen Mann auf, der sich als James Biesty vorstellt und Mitleid mit meiner misslichen Lage hat. Er sagt, er hätte ein kleines Haus, für das er seit Monaten keinen Mieter findet.

Der Besitzer lebt im Ausland und hat noch eine ganze Reihe anderer Immobilien, mit denen er viel Geld verdient, sodass er nicht unbedingt etwas von unserer «kleinen Vereinbarung» erfahren muss.

«Was gut für die Gans ist, ist auch gut für den Gänserich», kichert Mr. Biesty, und ich lächle, als hätte ich seine Anspielung verstanden.

Dann fährt er mit mir zu dem Haus. Es ist ein bisschen heruntergekommen und liegt in der Nähe einer vielbefahrenen Bahnlinie, aber das stört mich nicht. Obwohl ich begeistert bin, handle ich den Makler noch ein wenig herunter, weil ich glaube, dass das selbst bei einem so dubiosen Geschäft wie diesem erwartet wird. Als alles geregelt ist, fahren wir zurück in Mr. Biestys Büro, wo ich die Miete für drei Monate in bar bezahle und ihm das Versprechen abnehme, mir etwas von der Summe zurückzuerstatten, falls ich das Haus doch nicht so lange benötige. Da er mir das nicht schriftlich gibt, habe ich allerdings nur sein Wort dafür. Vermutlich wird er es sogar halten, aber eigentlich ist es mir egal. Wenn alles glatt geht, sei Mr. Biesty sein Profit von Herzen gegönnt.

Sobald ich im Besitz der Schlüssel bin, sage ich Andeanna, dass sie den Brief abschicken soll. Dann fängt das Warten an.

Ein paar Tage lang bin ich damit beschäftigt, das Haus zu säubern und gut durchzulüften. Ich lasse den Öltank füllen und ersetze durchgebrannte Glühlampen. Einen Telefonanschluss bestelle ich nicht, stattdessen kaufe ich ein weiteres Handy, das ich voll aufgeladen und mit genügend Gesprächsguthaben auf den Küchentisch lege. Außerdem kaufe ich ein Bett, ein paar Stühle und andere Möbel, die ich in bar bezahle und zu dem Haus liefern lasse.

Als alles zu meiner Zufriedenheit eingerichtet ist, erkunde ich die Umgebung und schreibe eine Liste mit Läden und

Supermärkten, die ich Dash zusammen mit etwas Geld und einem Stadtplan neben das Handy auf den Küchentisch lege. Danach verlasse ich das Haus und rufe zweimal täglich das Handy an in der Hoffnung, dass Dash rangeht.

Ich versuche, mich wieder meinem Roman zu widmen, aber die realen Intrigen, in die ich verstrickt bin, nehmen mich zu sehr in Anspruch, als dass ich mich auf *Feuergeist* konzentrieren könnte. Anstatt zu arbeiten, unternehme ich lange Spaziergänge, besuche Museen und Kunstgalerien und verschlinge ein Buch nach dem anderen, hauptsächlich alte Thriller.

Ich wünschte, ich könnte Joe anrufen und auf meine Spaziergänge mitnehmen. Mit seinen Geschichten und dummen Witzen würde er mir die Wartezeit verkürzen, aber in diese Sache darf ich ihn nicht mit hineinziehen.

Zwei Wochen vergehen quälend langsam. Ich fahre nach Heathrow und stelle das Auto für ein paar Nächte auf einen anderen Parkplatz, auf dem es weder Parkwächter noch Überwachungskameras gibt, bevor ich es wieder zurück auf das Parkdeck am Flughafen fahre.

Eine weitere Woche warte ich vergebens. Der Herbst fegt über die Stadt. Das Laub der Bäume wird orange und braun, und der Himmel ist voller dunkler Wolken, aus denen es aber nur selten regnet. Die Nächte werden länger. Die Temperaturen sinken. Ich kaufe mir ein paar Pullover und schalte in dem gemieteten Haus die Heizung ein. Während ich dort bin, lade ich auch das Handy wieder auf.

Fast einen Monat nachdem wir den Brief abgeschickt haben, geht bei einem meiner routinemäßigen Anrufe jemand ran. «Hallo?», sagt eine Männerstimme

«Guten Morgen. Ist Antonia da?»

«Ich fürchte, Sie haben sich verwählt.»

«Tut mir leid, dass ich Sie gestört habe.»

«Sie haben mich nicht gestört.»

Das Spiel beginnt.

Es ist wichtig, dass Dash hier in London gesehen wird – wenn wir ihn vor den Leuten, die ihn später identifizieren sollen, verstecken, hätten wir ihn erst gar nicht herlocken müssen. Andererseits müssen wir natürlich verhindern, dass er aus Zufall dem Türken oder einem seiner Leute über den Weg läuft und der Schwindel vorzeitig aufliegt. Andeanna empfiehlt mir ein kleines Pub namens Purple Platypus. Es liegt zwar im Revier des Türken (hier nennen sie so etwas «Hoheitsgebiet», was ich mir merke, falls ich jemals wieder dazu kommen sollte, an meinem Roman weiterzuschreiben), aber der Türke hatte mit dem Wirt vor ein paar Jahren Zoff, weshalb er und seine Leute das Lokal nicht mehr betreten.

Also schreiben wir dem Killer einen zweiten Brief. *Schön, dass Sie es geschafft haben. Wir müssen uns treffen, um die Bedingungen zu besprechen. Es ist eine diskrete Angelegenheit, von der nur Sie und ich etwas wissen. Kommen Sie an jedem Abend dieser Woche zwischen sieben und neun ins Purple Platypus, damit ich Sie dort kontaktieren kann.*

Ich bin mir sicher, dass Dash in dem Pub jemandem auffällt, und ich bin mir ebenso sicher, dass er sich nicht von einem Einheimischen anquatschen lässt. Bei der Arbeit verhält er sich so unauffällig wie möglich. Bis Freitag wird sich herumgesprochen haben, dass er in der Stadt ist, und wenn dann am Samstagmorgen der Türke erschossen aufgefunden wird und man herausfindet, dass sein linker Schnürsenkel nicht zugebunden ist, wird die Gerüchteküche in null Komma nichts Dash für den Mord verantwortlich machen.

Es muss am Freitag passieren, denn da hat der Türke einige

seiner eher seriösen Freunde – Banker, Börsenmakler und so weiter – zu einer seiner Dinnerpartys eingeladen, die er drei- bis viermal im Jahr veranstaltet. Bei diesen Anlässen reduziert er seine Bodyguards drastisch, weil er diejenigen unter seinen Gästen, die noch nicht wissen, was für dunkle Geschäfte er normalerweise macht, nicht verschrecken will. Dass sich diese günstige Gelegenheit kurz nach Dashs Ankunft ergibt, hat uns unsere Pläne kurzfristig ändern lassen.

Bis Freitag mache ich mir alle möglichen Gedanken über den geplanten Mord. Vielleicht bleibt der Türke nach dem Essen nicht zu Hause, vielleicht lädt er ein paar seiner Gäste ein, bei ihm zu übernachten, vielleicht …

Um mich abzulenken, beobachte ich am Donnerstag unauffällig den Purple Platypus und sehe, wie Sebastian Dash das Pub betritt und wieder verlässt. Seit wir uns das letzte Mal über den Weg gelaufen sind, ist er ein wenig gealtert und hat graue Schläfen bekommen, aber er wirkt körperlich immer noch topfit. Sein Anblick lässt schmerzhafte Erinnerungen in mir hochsteigen, und die leichte Reue, die ich wegen unseres Doppelspiels ihm gegenüber habe, verschwimmt in einem Nebel melancholischer Erinnerungen.

Endlich ist es Freitag. Ich verbringe den Morgen damit, alles noch einmal durchzugehen und jede mögliche Fehlerquelle zu erkennen und im Vorfeld zu eliminieren. Ich zerlege die Pistole, putze sie und baue sie wieder zusammen, so wie ich es schon mehrmals gemacht habe, seit ich sie aus Nelkes Wagen geholt habe. Außerdem stecke ich mir ein Jagdmesser ein für den Fall, dass die Waffe versagt.

Seit Mittwoch habe ich nichts mehr von Andeanna gehört – offenbar waren der Türke oder einer seiner Männer bei ihr. Am liebsten würde ich sie anrufen, um sicherzugehen, dass alles wie geplant läuft, aber das wäre töricht. Ich muss darauf vertrauen, dass nach dem Abendessen außer dem Türken niemand mehr im Haus ist. Ausgenommen natürlich Andeanna.

Eigentlich wäre es mir lieber, wenn sie nicht da wäre, und das habe ich ihr auch gesagt. Sie hätte natürlich den Abend mit einer ihrer Freundinnen verbringen oder Greygo besuchen können, der gerade irgendwo in Mittelengland auf Tournee ist. Aber der Türke besteht darauf, dass seine Frau bei seinen geschäftlichen Einladungen anwesend ist. Hätte sie sich diesmal abgesetzt, hätte ihr Mann möglicherweise Verdacht geschöpft. Andeanna hat deshalb vorgeschlagen, so zu tun, als hätte sie den Killer überrascht und wäre von ihm bewusstlos geschlagen worden. Das Problem ist nur, dass ein Killer jemanden, der sich ihm in den Weg stellt, kaltblütig tötet, damit es keine Zeugen gibt.

Wir haben uns schließlich auf Alkohol geeinigt. Hin und wieder trinkt Andeanna so viel, dass sie einen Blackout hat. Die Leute des Türken wissen das und werden ihr das abnehmen, ohne sie mit dem Mord an ihrem Chef in Verbindung zu bringen. Hoffentlich.

Es wird sechs Uhr, dann sieben und schließlich acht. Dash müsste jetzt im Purple Platypus sitzen und geduldig auf seinen Auftraggeber warten. Vermutlich ist das seine letzte Nacht, die er in Freiheit verbringt, vielleicht auch die letzte seines Lebens. Es wird neun, dann zehn.

Es kann losgehen.

Ich fahre nach Norden und stelle den Wagen in der Nähe des Tors zum Haus des Türken ab. Lichter aus und ducken. Jetzt nur nicht nervös werden und sich voll auf den Job konzentrieren. Eine Tötungsmaschine werden, die weder Zweifel noch Ängste kennt.

Kurz nach elf verlassen die ersten Gäste das Anwesen.

Offenbar müssen sie morgen früh zur Arbeit. Danach folgt eine Weile niemand, bis sich kurz nach halb eins das Gros der Eingeladenen auf den Heimweg macht.

Nachdem der letzte Wagen weggefahren ist, warte ich noch eine Stunde, um absolut sicherzugehen, dass es keine Nachzügler mehr gibt. Außerdem hat mir Andeanna erzählt, dass der Türke die Caterer kurz nach Beginn des Abendessens fortschickt, um ungestört zu sein, in seltenen Fällen aber bleiben sie, um danach noch sauber zu machen. Auch diese Möglichkeit möchte ich ausschließen, um ihnen nicht in die Arme zu laufen.

Als es zwei Uhr wird und sich noch immer nichts gerührt hat, steige ich aus dem Wagen, überquere die Straße und klettere über die Mauer. Auf der anderen Seite schleiche ich mich durch den Park zum Haus. Die Auffahrt umgehe ich weiträumig, und ich bin jederzeit bereit, mich sofort flach auf den Boden zu werfen, sobald sich auch nur irgendetwas rührt.

Ich drehe eine Runde um das Haus und kann dabei weder Autos noch Lieferwagen entdecken, die nicht dort hätten sein dürfen. Beim Anblick der Überwachungskameras werde ich nervös. Andeanna sollte das ganze System abschalten, während die Caterer das Essen servieren. So würden Bond Gardiner und seine Leute hinterher vermuten, dass jemand aus dem Team mit dem Killer im Bund war oder den Türken gleich selbst getötet hat. Wenn Andeanna das aber vergessen oder einen Fehler gemacht hat, bin ich geliefert.

Ich schleiche zur hinteren Tür und trete sie ein. Andeanna hat vorgeschlagen, sie offen zu lassen, aber ich fand, es sähe besser aus, wenn sie aufgebrochen würde. Nach einer Party, auf der er etwas getrunken hat, kümmert sich der Türke normalerweise nicht mehr darum, die Alarmanlage wieder einzuschalten, doch falls er diese Nachlässigkeit abgelegt haben sollte, hat unser Plan keine Chance mehr.

Keine Sirene. Der Plan scheint zu funktionieren.

Ich schleiche durch das dunkle Haus bis in die große Halle, wo ich leise die Treppe hinaufsteige. Auf dem Treppenabsatz halte ich inne und überprüfe noch einmal die Pistole. Sie ist feuerbereit. Alles, was ich jetzt noch brauche, ist ein Ziel.

Eine Tür öffnet sich. Ich gehe in die Knie, wirble herum und reiße automatisch die Waffe hoch. Beinahe hätte ich geschossen, halte mich aber gerade noch zurück. Zum Glück, denn es ist Andeanna. Sie hat eine Flasche Wodka in der Hand und sieht erbärmlich aus.

«Wir dürfen es nicht tun», stöhnt sie, während sie auf mich zutorkelt. Ich packe sie, bevor sie die Treppe hinunterfällt. «Er ist mein … sie werden alles herausfinden … wir können nicht …»

Ich bringe sie mit einem Kuss zum Schweigen und schmecke den Wodka auf ihren Lippen. Als wir uns voneinander lösen, fängt sie an zu schluchzen, wiederholt aber ihr Gnadengesuch für ihren Mann nicht noch einmal.

«Du solltest dich doch bewusstlos saufen», rüge ich sie.

«Das schaffe ich noch», schnieft sie und schüttelt die Flasche. «Ich habe beim Essen so viel getrunken, dass Mikis mich vor allen Leuten zur Schnecke gemacht und auf mein Zimmer geschickt hat. Morgen macht er mir bestimmt die Hölle heiß. Er wird …» Sie hält erschrocken inne. «Oh. Das hätte ich fast vergessen. Es wird ja kein Morgen für Mikis mehr geben.»

«Aber für uns.» Ich lächle und küsse sie noch mal. «Hast du daran gedacht, die Kameras auszuschalten?»

«Natürlich.»

Ich küsse sie ein drittes und letztes Mal. «Dann haben wir

gewonnen. Geh wieder in dein Zimmer, trink die Flasche aus und schlaf.»

«Vielleicht sollte ich mitkommen …» Noch bevor ich den Kopf schütteln kann, verstummt sie.

«Halten wir uns an unseren Plan. Je weniger du mitbekommst, desto besser.»

«Kann ich dich morgen anrufen?»

«Nein!» Jetzt bin ich sauer. «Kein Kontakt. Du musst die Rolle der trauernden Witwe spielen, und ich rate dir, sie gut zu spielen. Ich werde am Dienstag mit dem Eurostar nach Paris fahren. Du bleibst hier, begräbst Mikis, kümmerst dich um die Formalitäten und kommst in ein paar Monaten nach. Wir werden uns begegnen, uns ineinander verlieben, und alle werden sagen, wie romantisch das doch ist. Keiner wird jemals einen Verdacht gegen uns hegen.»

Sie zwingt sich zu lächeln. «Tut mir leid, das habe ich vergessen. Das liegt wohl am Wodka. Schnaps habe ich noch nie vertragen, davon werde ich immer rührselig.»

«Ist schon in Ordnung. Und jetzt ab ins Bett.»

Sie nickt und küsst mich sanft auf die Wange. Es ist nicht mehr als eine flüchtige Berührung ihrer Lippen. Dann geht sie zurück in ihr Zimmer und schließt leise die Tür. Ich schalte nun zurück in den Killermodus, verbanne jeden Gedanken an Andeanna und Paris aus meinem Kopf und konzentriere mich auf die Gegenwart, auf den Türken und die Pistole.

Ich gehe weiter.

Ich weiß, wo sich Mikis' Zimmer befindet – Andeanna hat es mir neulich bei unserer Tour durch das Haus gezeigt. Vor der Tür bleibe ich stehen, presse mein Ohr an das Türblatt und lausche. Als ich ein leises Schnarchen höre, drehe ich den Knauf und trete ein.

Das Schlafzimmer ist ein Tempel der Männlichkeit. An

den Wänden hängen Fotos von wunderschönen Frauen, ein jedes die Trophäe einer Eroberung. Den Raum zwischen ihnen füllen Aufnahmen von Mikis selbst, die ihn fast alle als jungen Mann zeigen – im Trikot eines türkischen Fußballvereins, mit Poloschläger auf einem Pferd, beim Klettern in einer Felswand und mit nacktem Oberkörper in einem Fitnessstudio, wo er gerade Gewichte stemmt.

Und vor mir, auf dem Bett, liegt er selbst, der Frauenheld und Frauenverprügler, die lebende Legende Mikis Menderes, besser bekannt als der Türke.

Eigentlich sollte ich ihn im Schlaf erschießen, aber das kann ich nicht. Wenn es ein professioneller Auftrag wäre, kein Problem. Aber das hier ist persönlich, und deshalb würde es sich nicht richtig anfühlen.

Ich trete ans Fußende des Bettes, packe durch die Bettdecke hindurch den Türken am Fuß und ziehe ruckartig daran. Der Mann im Bett wacht mit einem erstaunten Grunzen auf. Als er mich sieht, wirkt er zuerst verwirrt, dann ärgerlich, aber er gerät nicht in Panik. Er funkelt mich wütend an, und ich erkenne sofort: Er weiß, dass seine letzte Stunde geschlagen hat.

«Wer bist du, verdammt noch mal?», fragt er.

«Nenn mich Ed.»

«Wer schickt dich?»

Ich antworte nicht.

«Wirst du mich töten?»

Ich antworte nicht.

«Bist du stumm oder was? Kann ich wenigstens noch eine Zigarette rauchen?»

«Nein.»

«Jetzt hör mal zu, du kannst doch nicht einem Todgeweihten seine letzte Zigarette …»

«Ich tue das für Andeanna.»

Sein Unterkiefer klappt herunter, und mir wird klar, dass ich genau das gewollt habe. Deshalb habe ich ihn geweckt. Ich muss die Schuld im Gesicht dieses Bastards sehen. Er soll wissen, dass er jetzt für das bezahlen muss, was er seiner Frau angetan hat.

«Andeanna?», krächzt er. «Was zum Teufel hat sie denn damit zu tun …»

Ich drücke den Abzug. Die Pistole feuert einmal, zweimal, ein drittes Mal. Mikis Menderes' Gesicht löst sich auf, und an der Wand hinter dem Bett hängen die blutigen Überreste dessen, was bis vor einer Sekunde noch seine Gedanken, Erinnerungen und Persönlichkeit ausgemacht hat. Sein Körper windet sich noch einmal in grotesken Zuckungen, bevor er für immer bewegungslos wird.

Ich lasse die Waffe sinken und betrachte das Chaos, das ich verursacht habe. Obwohl kein Zweifel daran besteht, dass Mikis tot ist, mache ich instinktiv einen Schritt auf ihn zu, um ihm den Puls zu fühlen, aber dann denke ich an das Blut auf dem Teppich und eile aus dem Zimmer.

Erst auf der Treppe erinnere ich mich an die Schnürsenkel.

Ich verziehe das Gesicht und mache mich auf die Suche nach Schuhen. Nachdem ich in einem Schrank ein Paar Halbschuhe gefunden habe, binde ich die Schnürsenkel des rechten Schuhs zu einer Schleife und lasse die des linken offen. Dann stelle ich die Schuhe neben das Bett. Die Polizei wird denken, dass der Türke sie getragen hat, und wird sie zusammen mit den anderen Sachen im Zimmer lassen. Die Schnürsenkel wird sie kaum bemerken, wohl aber die Handlanger des Türken.

Nachdem ich Dashs Signatur erfolgreich nachgeahmt habe, verlasse ich das Haus. Unser Plan ist noch lange nicht aufgegangen. Noch immer könnte alles mit einem Paukenschlag zunichtegemacht werden, aber ich glaube jetzt nicht mehr, dass das passieren wird. Der Mord ist perfekt gelaufen, und ich bin mir sicher, dass das Glück auf unserer Seite ist. Am liebsten würde ich leise vor mich hin pfeifen, während ich die Treppe hinunter und durch die Küche nach draußen gehe, wo ich quer durch den Park zur Mauer laufe, über sie drüberklettere und wieder ins Auto steige. Aber ich pfeife nicht. Das wäre nicht professionell.

DREIZEHN

An Schlaf ist nicht zu denken, deshalb lege ich mich nicht einmal ins Bett. Anstatt in meinem Hotelzimmer zu grübeln, fahre ich ziellos durch die Stadt und höre Radio, wobei ich wahllos zwischen den Sendern hin und her schalte. Mal summe ich bei kitschigen Liedern mit, mal höre ich interessiert Anrufern bei Beratungssendungen zu, die übers Telefon ihre Probleme, ihren Liebeskummer und ihre Lebensgeschichten loswerden wollen.

In den frühen Morgenstunden suche ich mir einen Bagel-Shop in der Brick Lane, wo ich gierig einen Bagel mit Lachs und Frischkäse verschlinge. Danach bestelle ich mir noch einen, den ich etwas langsamer esse. Ich spüle die letzten Krümel mit einem Schluck Kaffee hinunter und gehe auf die Toilette. Im Spiegel kontrolliere ich mein Aussehen. Ich bin zwar ein wenig blass um die Nase, aber das ist der einzige Hinweis darauf, dass mit mir etwas nicht in Ordnung ist.

Ich fahre zum Hotel, dusche mich, stopfe die Kleider, die ich angehabt habe, in eine Plastiktüte, die später in die Müllverbrennung wandern wird, und ziehe mir frische Jeans, Hemd und Pulli an. Es ist noch zu früh, um nach Heathrow zu fahren, also setze ich mich auf die Bettkante und blättere in einer Illustrierten, aber ich kann mich nicht auf das Geschriebene konzentrieren. Meine Gedanken kehren immer wieder ins Schlafzimmer des Türken zurück, wie ihm vor meinen Augen die Kinnlade herunterklappte und mit was für einem entsetzten Blick er mich musterte, kurz bevor ich in meinem Handgelenk den Rückschlag der Pistole spürte.

Im morgendlichen Berufsverkehr nehme ich die U-Bahn zum Flughafen. Der Zug ist voller mürrischer Pendler, und als in Acton Town eine schwangere Frau einsteigt, bietet ihr niemand seinen Sitzplatz an. Ich würde ihr den meinen schon überlassen, aber ich will nichts tun, was die Aufmerksamkeit anderer Reisender auf mich ziehen könnte.

Axel Nelkes Wagen ist stärker ausgekühlt als das letzte Mal. Nachdem ich die Pistole wieder unter dem Fahrersitz versteckt habe, steige ich aus und schließe den Wagen ab – wenn ich in ein paar Wochen die Scheibe einschlage, möchte ich das nicht bei einem unverschlossenen Fahrzeug tun.

Dann fahre ich zurück in die Stadt und mache einen Spaziergang die Themse entlang. Auf einer Brücke lasse ich in einem unbeobachteten Augenblick Nelkes Autoschlüssel und meine Handschuhe in den Fluss fallen und denke dabei, dass dies das unwiderrufliche Ende des unglücklichen Axel Nelke ist. Danach gehe ich zurück zum Royal Munster und lege mich schlafen.

Der Mord an Mikis Menderes gehört zu den Topmeldungen des nächsten Tages. Der zwielichtige Gangster war schon öfter in den Schlagzeilen, und jetzt stürzen sich alle Medien mit vorhersehbarem Eifer auf die Nachricht von seinem Tod. Ich ignoriere den Rummel, kaufe mir keine Zeitungen und informiere mich hauptsächlich über das Fernsehen. Die Polizei hat noch keinen Verdächtigen, «verfolgt aber mehrere Spuren», was nur bedeutet, dass sie nicht weiß, wer ihn umgebracht hat. Andeanna wird nicht gezeigt, was gut ist, und nur in einem kurzen Beitrag sehe ich einen blassen Greygo, wie er sich durch einen Pulk von Reportern einen Weg zum Haus der Familie bahnt.

Gerne hätte ich Andeanna angerufen und gefragt, ob bei ihr alles in Ordnung ist, aber man soll keine schlafenden Hunde wecken, und es ist besser, wenn ich nach Paris fahre, ohne sie noch einmal gesprochen zu haben. Es wird Monate dauern, bevor sie sich von London loseisen und zu mir kommen kann, also ist es besser, ich gewöhne mich schon mal an die Einsamkeit.

Ich habe alles für meine Abreise am Dienstag vorbereitet. In Paris möchte ich weiter an *Feuergeist* arbeiten. Ich rufe Jonathan an, um ihn über den Wechsel meines Aufenthaltsortes zu informieren. Er ist etwas nervös, weil ich mit dem Schreiben noch nicht angefangen habe, aber als ich ihm hoch und heilig verspreche, das Buch innerhalb der nächsten paar Monate fertigzukriegen, beruhigt er sich wieder.

Der Montag vergeht erstaunlich schnell. Ich bin so beschäftigt damit, meine Sachen zu packen, meine Papiere zu ordnen und meine Reiseunterlagen noch einmal durchzugehen, dass es, ehe ich michs versehe, schon wieder Nacht ist und ich ins Bett gehe, um von Paris, Andeanna und unserem neuen Leben dort zu träumen.

Die Hotelrechnung ist bezahlt, die Koffer stehen gepackt auf dem Flur, und ein letzter Blick in mein Zimmer sagt mir, dass ich nichts vergessen habe. Meine Zugfahrkarte steckt zusammen mit Pass und Kreditkarten im Geldgürtel, und in meinem Handgepäck habe ich ein Paar Socken zum Wechseln und eine Zahnbürste, falls meine Koffer nicht rechtzeitig in Paris ankommen. Dazu ein Buch, einen Stadtplan von Paris sowie die Adresse meines neuen Hotels.

Adieu!

Am Bahnhof St. Pancras steige ich in den Eurostar. Zwei meiner Koffer, die mit Papieren und Büchern gefüllt sind, gebe ich als Reisegepäck auf. Sie werden erst einen Tag nach mir in Paris eintreffen, was bedeutet, dass ich sie dort vom Bahnhof abholen muss, aber schließlich habe ich ja genügend Zeit für so etwas.

Bis zur Abfahrt des Zugs ist noch eine Stunde Zeit – weil ich noch nie mit dem Eurostar gefahren bin, wollte ich rechtzeitig da sein. Bevor ich einchecke und durch die Sicherheitskontrolle gehe, schlendere ich ein wenig durch die Bahnhofsläden und kaufe mir eine Zeitung, die ich bei einer Tasse Kaffee in einem Schnellimbiss gelangweilt durchblättere. Die Titelseite verspricht einen Exklusivbericht über einen Skandal im Königshaus, der dann über ganze sechs Seiten ausgewalzt wird. Rasch blättere ich weiter, bis ich auf einen Artikel über den Mord an Mikis Menderes stoße.

Es ist eine reißerisch aufgemachte Geschichte, aber genau so etwas brauche ich jetzt, um mir die Zeit bis zur Abfahrt des Zugs zu vertreiben. Nachdem ich die ersten beiden Absätze quergelesen habe, lehne ich mich zurück und will mich schmunzelnd dem Rest des Artikels widmen, als mich plötzlich etwas in dem Artikel zutiefst beunruhigt. Es ist ein Bild, ein Schwarzweißfoto, das den Türken und Andeanna zeigt. Die beiden sitzen an einem breiten Tisch und lächeln in die Kamera. Der Türke raucht eine dicke Zigarre, und Andeanna hat ein protziges Diadem im Haar, das ein wenig verrutscht ist.

Aber was stört mich eigentlich an diesem Bild? Schließlich ist es alles andere als ungewöhnlich. Der Türke sieht genauso arrogant aus wie auf den meisten Bildern, die ich von ihm gesehen habe, und Andeannas trauriges Lächeln habe ich selbst schon ein paarmal an ihr gesehen. Erst als ich die Bildunterschrift lese, erkenne ich, was mich vorhin unbewusst beunruhigt hat. Sie lautet: *Mikis Menderes und seine verstorbene Frau.*

Ich schließe kurz die Augen und lese die Bildunterschrift dann noch einmal. Und dann ein drittes Mal.

Verstorbene Frau?

Meine Hände beginnen zu zittern, während ich rasch den Rest des Artikels überfliege. Acht Absätze weiter unten werde ich fündig.

Auch wenn Mikis Menderes nie öffentlich Gefühle gezeigt hat, schien er dennoch sehr gelitten zu haben, als seine schöne, junge Frau bei einem tragischen Autounfall verbrannte. Er schwor, nie wieder zu heiraten, und dieses Versprechen hat er gehalten, auch wenn er im Lauf der Jahre mit vielen Frauen liiert war.

Ob ich will oder nicht, ich muss diesen schrecklichen Absatz wieder und wieder lesen. Mein Zug wird aufgerufen, aber ich reagiere nicht. Ich bleibe wie angewurzelt auf dem Stuhl sitzen, die Zeitung immer noch in den Händen, und starre abwechselnd auf den Absatz und das Bild.

Es folgen weitere Aufrufe für meinen Zug, denen ich ebenfalls keine Beachtung schenke. Ich bin auf einer Reise in meine ganz eigene Welt. Eine Welt der Liebe und der Verheißungen, eine Welt, in der es Andeanna und den Türken ebenso gibt wie sich widersprechende Wahrheiten und drohenden Wahnsinn. Eine Welt voller Schatten.

TEIL VIER

VIERZEHN

Nach einer Weile löst sich die Starre in meinen Gliedern. Mit der Zeitung in der schweißnassen Hand taumele ich durch den Bahnhof zum Taxistand und lasse mich zurück zum Royal Munster fahren. Die Frau an der Rezeption ist erstaunt, mich schon wieder zu sehen, aber noch viel erstaunter bin ich selbst. Ich fasle etwas von einem Freund, der schwer erkrankt ist, und die Frau wirkt echt betroffen. Als sie sieht, dass ich kein Gepäck dabeihabe, bietet sie an, es für mich abholen zu lassen. Ich murmle ein mattes Dankeschön und gehe auf mein neues Zimmer.

Ich lasse mich aufs Bett fallen und starre wieder das Foto in der Zeitung an. *Bei einem tragischen Autounfall verbrannt.* Die ganze Nacht über lasse ich die Zeitung nicht los, auch dann nicht, als ich in diesen langen, dunklen, wahnsinnigen Stunden für ein paar Minuten in unruhigen Schlaf falle. Die Geister weiden sich an meiner unerträglichen Verwirrung. Sie drängen sich ganz dicht an mich, und sobald ich auch nur kurz die Augen öffne, winden sie sich um mich wie Schlangen.

Am Morgen lasse ich mir das Frühstück aufs Zimmer bringen. Ich esse mechanisch und muss mich dazu zwingen, überhaupt etwas hinunterzuwürgen. Als ich mit dem Essen fertig bin, rufe ich Andeanna auf ihrem Handy an. Das ist zwar gefährlich, aber es ist meine einzige Hoffnung, die bohrenden Fragen beantwortet zu bekommen. Der Anschluss existiert nicht mehr. Am liebsten würde ich in der Villa anrufen, doch falls die Zeitung sich geirrt hat (und sie muss sich geirrt haben) und Andeanna am Leben und wohlauf ist (wie könnte es anders sein?), wäre dieser Anruf wohl der größte Fehler meines Lebens.

Um meinen Kopf wieder in Gang zu bringen, gehe ich im Zimmer auf und ab. Es muss eine logische Erklärung für diesen Artikel geben. Entweder der Journalist hatte falsche Informationen, oder der ganze Artikel ist eine gigantische Fälschung. Ich muss das anhand anderer Quellen nachprüfen.

Vielleicht ist die Meldung eine Verschleierungstaktik. Möglicherweise hat Andeanna das Gerücht, sie sei schon vor Jahren gestorben, absichtlich lanciert, damit die Presse sie in Ruhe lässt.

Stopp. Auch wenn ich hysterisch bin, sehe ich klar und deutlich, dass ich nach Strohhalmen greife, wenn ich mir so etwas einrede. Niemand kann sich einfach für tot erklären und dann auch noch erwarten, dass die Presse ihm das abnimmt.

Und wenn der Türke vor Andeanna eine andere Frau hatte, die bei dem Autounfall ums Leben kam, und die Zeitung die Bilder verwechselt hat? Oder vielleicht war Andeanna überhaupt nicht mit ihm verheiratet?

Abrupt halte ich in meinem ruhelosen Umherlaufen inne.

Vielleicht war Andeanna nur eine Mätresse. Ich schaue mir die Frau auf dem Bild noch einmal genau an. Sie sieht aus wie die Andeanna, die ich kenne, aber vielleicht war es ja genau diese Ähnlichkeit, die Menderes so an ihr fasziniert hat.

Ich nehme meinen Notizblock und schreibe die Worte *Deleena Emerson* auf. Vielleicht hat sie mir, als sie sich in mich verliebt hat, ihren richtigen Namen genannt und sich erst später als Andeanna Menderes ausgegeben.

Ich verspüre eine enorme Erleichterung. In meiner Verwirrung habe ich doch tatsächlich eine Zeitlang geglaubt, ich hätte mich in einen Geist verliebt. Natürlich ist das Irrsinn, aber ich fand einfach keine andere Erklärung dafür. Jetzt weiß ich es besser. Andeanna/Deleena ist ein ganz normaler Mensch aus Fleisch und Blut, der aber einen eigenen, geheimen Plan hat. Ich kann nur hoffen, dass sie mich wirklich liebt und mich nicht lediglich dazu benutzt hat, ihr den Türken vom Hals zu schaffen. Wenn sie mich liebt, könnte ich ihr selbst das verzeihen. Aber was auch immer ihre Beweggründe sein mögen, sie ist echt, sie existiert, sie lebt.

Und ich werde sie finden.

Am Wochenende weiß ich nicht mehr, was ich glauben soll. War Andeanna ein Mensch, war sie ein Geist, war sie eine Schwindlerin oder eine Erfindung meiner Phantasie? Ich wage es nicht einmal zu raten.

In den vergangenen drei Tagen habe ich in einer Bibliothek recherchiert. Es war nicht einfach, weil die Geister mit allen Mitteln versucht haben, mich von meinen Nachforschungen abzulenken, aber ich habe mich gezwungen, mich zu konzentrieren. Zuerst habe ich mich durch die Zeitungen und Magazine dieser Woche gearbeitet und jeden veröffentlichten Artikel über Mikis Menderes gelesen. Dabei habe ich mehr über den Mann erfahren, als mir lieb war, aber auch eine Menge über Andeanna. Sie stammt aus einer gutbürgerlichen Familie – ihr Vater war ein erfolgreicher Steuerberater, und ihre Mutter – *Deleena Moore, geborene Emerson* – war Hausfrau und Laienschauspielerin. Andeanna war eine hochintelligente Schülerin, in die ihre Eltern große Hoffnungen setzten, aber dann verliebte sie sich in Menderes, den sie kurz nach ihrem achtzehnten Geburtstag gegen den Willen ihrer Eltern heiratete. Sie war ihm eine pflichtbewusste Ehefrau, die seinen Sohn großzog und nie etwas mit seinen dunklen Geschäften zu tun hatte. Einen Monat nach ihrem siebenundzwanzigsten Geburtstag kam sie ums Leben.

Siebenundzwanzig. Ich erinnere mich daran, dass ich sie bei unserer ersten Begegnung für Mitte zwanzig gehalten habe und mich erst später von ihr überzeugen ließ, dass sie Anfang vierzig war – was ihr wahres Alter wäre. Wenn sie noch leben würde.

In den Zeitungen fand ich auch Fotos, die den Türken mit einigen seiner verflossenen und aktuellen Geliebten zeigten. Keine von ihnen hatte Ähnlichkeit mit Andeanna.

Ich überlege mir, ob nicht vielleicht ein Feind des Türken sich eine Doppelgängerin gesucht, sie über die Vergangenheit von Andeanna instruiert und mir eine Falle gestellt hat. Aber warum sollte jemand solche verrückten Umwege gehen? Es gibt doch wahrlich einfachere Methoden, einen Mann zu töten. Das alles macht keinen Sinn. Außer …

Außer dass jemand mit mir dasselbe Spiel spielt wie ich mit Sebastian Dash. Vielleicht kommt dieser Feind aus dem inneren Kreis des Türken und braucht einen Sündenbock. Das würde erklären, wie es Andeanna gelang, unbehelligt die Villa zu verlassen. Vielleicht arbeitet sie für Bond Gardiner oder einen anderen Vertrauten des Türken, der seine Verantwortung für den Mord an seinem Boss durch ein kompliziertes Netz aus Lügen verschleiern will.

Ich spiele unzählige Theorien durch, eine verrückter als die andere. Mit einem Seufzer lege ich Fotos und Zeitungen beiseite, logge mich aus dem Computer aus und verlasse die Bibliothek. Auf dem Rückweg zum Hotel ertappe ich mich dabei, dass ich mein Handy aus der Tasche nehme und Joes Nummer wähle. Ich lande auf seiner Mailbox, und obwohl ich normalerweise keine Nachrichten hinterlasse, spreche ich ihm drauf: «Ich bin's, Ed. Ich muss mit dir reden. Bitte ruf mich an oder komm in mein Hotel. Es ist wichtig.»

Joe in die Sache hineinzuziehen ist natürlich ein Fehler. Egal, wie gefährlich die Lage vorher war, jetzt ist es zehnmal wahrscheinlicher, dass sie in einer Katastrophe enden wird. Aber ich brauche jemanden, mit dem ich meine Ideen besprechen kann, einen Freund, der meinen Kurs korrigieren kann. Allein werde ich wahnsinnig. Im wahrsten Sinne des Wortes.

Auf meinem Zimmer ignoriere ich die Notizen und Fotokopien, mit denen ich mich in den vergangenen Tagen und Nächten beschäftigt habe, setze mich ans Fenster und schaue hinauf in den Himmel. Ausnahmsweise lassen mich meine Geister in Ruhe. Allerdings bezweifle ich, dass sie es aus Mitleid mit mir tun. Vermutlich überlassen sie mich meinen selbstzerfleischenden Gedanken, um bald eine neue Offensive starten zu können.

Ein paar Stunden lang bewege ich mich nicht vom Fenster weg und kaue nervös an den Fingernägeln, dann klopft es an der Tür. Vorsichtig durchquere ich den Raum und öffne sie. Mein erster Gedanke ist, dass es vielleicht Andeanna sein könnte, und ich spüre Hoffnung in mir aufkeimen. Aber dann sehe ich, dass es nur Joe ist, der mich ironisch anlächelt. «Eure Lordschaft haben gerufen?»

«Danke, dass du gekommen bist.» Ich lasse ihn herein.

Joe mustert das Chaos in meinem Zimmer. «Geht es dir gut?», fragt er besorgt.

«Nein», erwidere ich. «Es geht mir beschissen.»

Es ist der reine Wahnsinn, aber ich erzähle ihm trotzdem die ganze Geschichte, über meine Vergangenheit, über Andeanna, den Türken, Axel Nelke und den Killer Sebastian Dash. Ich erzähle ihm Dinge, die ich nicht einmal der falschen Andeanna erzählt habe, und zum allerersten Mal rede ich mit jemandem über meine Geister. Joe hört mir schweigend zu und stellt keine Fragen. Nur als ich ihm von meinen stets anwesenden Schatten erzähle, fangen seine Augen an, nervös zu zucken. Am Ende verstumme ich erschöpft und warte auf seine Reaktion.

Ohne ein Wort zu sagen, geht er ins Bad und bleibt zehn Minuten dort. Als er zurückkommt, hat er ein nasses Gesicht, und Tränen glitzern auf seinem Bart. Er schüttelt den Kopf und fragt: «Ist das wirklich alles wahr, Ed?»

«Glaubst du etwa, ich hätte mir so eine verrückte Geschichte ausgedacht?»

«Du bist Schriftsteller. Dir verrückte Geschichten auszudenken ist dein Beruf. Vielleicht ist es ja eine neue Idee für ein Buch, die du erst einmal an mir ausprobieren willst, weil du …»

«Es ist wahr», unterbreche ich ihn. «Jedes Wort. Ehrlich.»

Er lässt sich in einen Sessel fallen. «Du hast Menschen umgebracht.»

«Ja.»

«Der Scheiß, den du mir neulich erzählt hast, dass mein Name nicht in dem Buch erscheinen darf – war das, um mich aus der Sache herauszuhalten und nicht in Gefahr zu bringen?»

«Ja.»

«Danke», sagt er trocken.

«Ich konnte dich nicht mit hineinziehen. Wenn etwas schiefgegangen wäre, hättest du große Probleme bekommen.»

«Und warum willst du mich dann jetzt mit hineinziehen?»

«Weil ich niemanden anderen habe, dem ich mich anvertrauen kann», antworte ich ehrlich.

«Sieh mal an!», grinst Joe.

«Du musst nicht bleiben, wenn du nicht willst. Du kannst sofort gehen.»

«Ich soll gehen, nachdem du mir so eine Geschichte erzählt hast? So einem Geheimnis muss ich doch auf den Grund gehen, das weißt du genau, du manipulativer Schweinehund.»

«Hasst du mich?»

«Ja.» Er springt auf. «Aber das werden wir ein anderes Mal klären. Zuerst müssen wir herausfinden, was los ist. Zeig mir deine Notizen. Vielleicht finde ich darin ja etwas, was du übersehen hast. Deshalb hast du mich doch hergeholt, oder?»

«Ja», antworte ich beschämt.

«Dann mal ran an den Speck, sagte die Schauspielerin zum Bischof.» Er geht hinüber zu den Papierstapeln und blickt zurück zu mir. «Vielleicht beruhigt es dich ja: Ich an deiner Stelle hätte mir auch Hilfe geholt.»

«Danke.» Ich lächle.

«Aber das heißt noch lange nicht, dass es auch richtig ist», knurrt er. «Es bedeutet lediglich, dass ich genauso dumm und selbstsüchtig bin wie du.»

Kurz vor Mitternacht gehen wir einen Kaffee trinken. Joe ist jetzt genauso verwirrt wie ich. Auch er tendiert zu der Theorie, dass Andeanna mich hereingelegt hat, allerdings aus einem anderen Grund. «Ich glaube, dass das eine persönliche Angelegenheit zwischen Menderes und ihr war. Vielleicht war sie seine Mätresse, und er hat sie abserviert. Sie findet heraus, wer du wirklich bist, und dann …»

«Wie soll sie das denn herausfinden?», unterbreche ich ihn. «Auf meiner Website steht es jedenfalls nicht.»

«Wenn man intensiv genug nach Antworten sucht, bekommt man sie auch», erwidert Joe. «Sie erfährt also die Wahrheit über dich und schafft es mit irgendwelchen Tricks, dass du dich in sie verliebst und Menderes für sie tötest. Dabei hat sie sich als seine verstorbene Ehefrau ausgegeben, damit du nicht herausfindest, wer sie wirklich ist.»

«Aber sie sieht der Frau auf den Bildern verdammt ähnlich», murmle ich.

«Vielleicht waren sie verwandt», sagt Joe, und auf seinem Gesicht macht sich plötzlich eine Erkenntnis breit. «Das ist es! Sie ist ihre jüngere Schwester oder ihre Tochter und wollte Menderes töten, weil der seine Frau so schlecht behandelt hat, als sie noch am Leben war.»

«Die Zeitungen schreiben, sie sei ein Einzelkind gewesen, und außer Gregory wurde nie ein anderes Kind erwähnt.»

«Jede Familie hat ihre Geheimnisse, Ed. Vielleicht hat sie ja als ganz junge Frau, bevor sie Menderes geheiratet hat, ein Kind bekommen, von dem sie niemandem etwas erzählt hat. Die Tochter wird erwachsen, findet heraus, wie Menderes ihre Mutter behandelt hat, und schwört, sie zu rächen.»

«Das ist aber ziemlich weit hergeholt, Joe.»

«Manchmal liegt die Wahrheit eben so fern, dass man sie von weit herholen muss.»

«Das hast du schön gesagt.»

«Aber du glaubst es nicht?»

Ich seufze. «Es ist mir zu unwahrscheinlich.»

Joe denkt erneut nach. «Es gibt natürlich noch eine andere

Erklärung», sagt er leise. «Sie könnte …» Er verzieht das Gesicht.

«… ein Geist gewesen sein?», beende ich den Satz für ihn. Joe nickt bedrückt und schaut weg. «Nein», flüstere ich. «Geister gibt es nicht.»

Joe sieht mich verständnislos an. «Wie kannst du das sagen, wo du mir gerade eben lang und breit von deinen Privatgeistern erzählt hast?»

Ich lache freudlos. «Nur weil ich sie sehe, heißt das noch lange nicht, dass sie real sind.»

«Du meinst, du bist verrückt?», fragt Joe.

«Hoffentlich nicht», murmle ich. «Deshalb habe ich so viel über Geister recherchiert, weil ich beweisen will, dass Geister echt sind, weil es ein Leben nach dem Tod gibt, aus dem die Schatten der Toten zurückkehren können. Das schien mir leichter zu akzeptieren als die Tatsache, dass ich den Verstand verloren habe.»

«Und jetzt wärst du lieber verrückt?», schnaubt Joe.

Ich zucke mit den Achseln. «Nein. Aber weil ich so lange vergeblich nach einem Beweis für die Existenz von Geistern gesucht habe, kann ich es irgendwie nicht glauben, dass er mir auf so eine spektakuläre Weise in den Schoß fallen sollte. Außerdem war Andeanna ganz anders als meine Geister. Sie war keine Erscheinung, sondern aus Fleisch und Blut. Andere Leute haben sie auch gesehen.»

«*Ich* habe sie nie gesehen.»

«Aber Kellner haben sie gesehen, Taxifahrer und Axel Nelke.»

Joe blinzelt. «Vielleicht hat sie einen Weg gefunden, von den Toten zurückzukommen und eine physische Gestalt anzunehmen, so wie der Typ in *Feuergeist.*»

Ich lache barsch. «Sei nicht albern.»

«Hey, das ist deine Theorie», erwidert er. «Wir wissen, dass Andeanna Menderes verbrannt ist. Was ist, wenn sie einer spontanen menschlichen Selbstverbrennung zum Opfer gefallen ist? Weil sie auf eine so traumatische Weise ums Leben kam, kommt ihr Geist nicht zur Ruhe. Also kehrt sie in einem neuen Körper zurück und will sich an ihrem verhassten Gatten rächen ...»

«Aber das habe ich mir für den Roman *ausgedacht*», sage ich. «Ich habe die Theorie nur deshalb ernst genommen, weil ich sie sonst nicht aufschreiben kann. Wenn du den Unterschied zwischen Fiktion und Wirklichkeit nicht begreifst, dann solltest du vielleicht ...»

«Warte mal», unterbricht mich Joe aufgeregt. «Ich habe deine sagenhafte Geliebte nie gesehen, also könnte es nach meinem Wissensstand durchaus sein, dass du nicht ganz richtig im Kopf bist und sie dir nur eingebildet hast. Du behauptest zwar, dass Kellner und Taxifahrer sie gesehen hätten, aber vielleicht stimmt das gar nicht. Verdammt, vielleicht gibt es ja nicht einmal mich. Vielleicht sitzt du da, redest mit dir selbst und ...» Er hört auf zu sprechen und kratzt sich am Ohr. «Das klingt jetzt nicht sehr überzeugend, oder?»

«Es klang nicht schlecht, bis du versuchst hast, dich selber wegzuschreiben.» Ich lächle ihn an.

«Aber du hast verstanden, worum es mir geht. Eigentlich dürfte ich dir nichts von dem, was du sagst, abnehmen. Eigentlich müsste ich sofort die Männer in Weiß rufen. Aber weil du mein Freund bist, glaube ich lieber an Geister, als dich als Geisteskranken zu brandmarken.»

«Du hast recht», seufze ich. «Entschuldigung, dass ich vorhin so barsch zu dir war. In Wahrheit bin ich mir gar nicht mehr so sicher, ob ich wirklich noch bei Verstand bin. Deshalb möchte ich mich lieber an einfachen Erklärungen festhalten, denn ich weiß nicht, was passiert, wenn ich wirklich glauben würde, wahnsinnig zu sein.»

«Okay», sagt Joe. «Dann lassen wir die Möglichkeit, dass sie ein Geist ist, erst mal außer Acht. Aber darf ich dir vorher noch eine Frage stellen?»

«Welche?»

«Hast du …» Er wird rot. «Hast du Sex mit ihr gehabt?»

Ich zähle langsam bis zehn, bevor ich ihm antworte. «Warum willst du das wissen?»

«Deine Geister sind stumme, substanzlose Wesen, aber das muss noch lange nicht heißen, dass jeder andere Geist so ist. Vielleicht gibt es ja höherentwickelte Geister, die in vielerlei Weise als Menschen durchgehen könnten, weil sie so aussehen, so riechen und sich sogar so anfühlen wie ein echter Mensch. Aber beim intimsten Verkehr, wenn es nur noch euch beide gibt, kannst auch die letzten körperlichen Geheimnisse deiner Geliebten entdecken. Ich kann mir nicht vorstellen, dass ein Gespenst hier überzeugend wirken kann.»

Ich denke an meine asexuelle Beziehung zu Andeanna und an das, was sie mir über den Türken und ihre Frauenärztin erzählt hat. Und ich denke daran, dass ich sie niemals nackt gesehen habe.

Ich sage Joe, dass ich jetzt schlafen muss.

FÜNFZEHN

Ich bitte Joe, für mich so viel wie möglich über Andeanna Menderes herauszufinden. Ich will alles über ihre Vergangenheit, ihre Familie und ihre Arbeitskollegen wissen. Joe soll alle Menschen befragen, die ihr nah waren – entfernte Verwandte und alte Freunde –, und auch Leute aufstöbern, die die neue Ausgabe von ihr kennen.

«Am besten fängst du bei dieser Kosmetikerin an, bei Shar, auf deren Geburtstagsfest wir uns kennengelernt haben», schlage ich ihm vor. «Rede mit deinen Freunden, die auf der Party waren. Zeig ihnen ein Bild von Andeanna und frag sie, ob sich jemand an sie erinnert.»

Während Joe seine Erkundigungen über Andeanna einzieht, fahre ich zu Dashs Unterschlupf. Es sieht verlassen aus. In der Auffahrt steht kein Auto, und die Vorhänge sind nicht zugezogen. Um wirklich sicherzugehen, müsste ich das Haus ein, zwei Tage lang beobachten, aber weil ich keine Zeit verlieren will, gehe ich zur Hintertür und schließe sie mit meinem Zweitschlüssel auf.

Vorsichtig bewege ich mich durch die Räume und finde zunächst keine direkten Anzeichen dafür, dass Dash hier gewesen ist – das Bett ist abgezogen, die Stühle stehen in Reih und Glied an der Wand, die Heizung ist aus. Dann aber entdecke ich ein Stück Käse neben dem Brotkasten und eine Dose Bohnen im Schrank unter der Spüle, die vorher noch nicht da gewesen war. Seltsam, dass Dash diese Dinge nicht beseitigt hat, bevor er gegangen ist, aber vielleicht hatte er es ja eilig gehabt.

Von dort fahre ich in den Norden der Stadt, wo ich die folgenden drei Tage von einer schäbigen Kneipe in die nächste gehe und Kontakt mit kleinen Gangstern aufnehme. Ich gebe mich als einen Journalisten namens Edgar Sanders aus, der gerade an einem Artikel über Mikis Menderes arbeitet. Ich spendiere jedem, der bereit ist, mit mir zu reden, ein paar Drinks. Viele sind ganz heiß darauf, etwas zur Menderes-Legende beizutragen und sich auf diese Weise mit dem großen Boss in Verbindung zu bringen. Einige von ihnen sind sogar richtig gesprächig und tischen mir die haarsträubendsten Geschichten auf. So soll Mikis zum Beispiel hin und wieder aufs Land gefahren sein, um Schafen den Kopf abzuschlagen, und einmal hat er angeblich den Hund eines säumigen Schuldners gegessen, einen mit vielen Preisen ausgezeichneten Königspudel. Auch von Mikis' extrem ausgeprägtem Sexualtrieb wissen meine Gesprächspartner zu berichten. («Einmal hat er es mit zwölf Frauen gleichzeitig getrieben», erzählt mir ein Taschendieb namens Ernie. «*Das* nenne ich ein dreckiges Dutzend!») Es sind unterhaltsame Schnurren, aber keine enthält einen Hinweis darauf, weshalb Menderes sterben musste.

Schließlich treffe ich in einem trostlosen, heruntergekommenen Pub namens Star and Anchor auf einen von Bond Gardiners Männern. Es ist ein grauhaariger, aber jugendlich wirkender Mann namens John Horan, der ein ziemlich guter Pool-Spieler ist. Ich lasse ihn ein paar Partien gewinnen, bevor ich ihn frage, ob er auch so seltsame Geschichten über den Tod des Türken gehört habe.

«Was für Geschichten?», erwidert John misstrauisch.

«Jemand hat mir erzählt, er hätte Selbstmord begangen, aber seine Leute hätten es wie einen Mord aussehen lassen, damit der Mythos des harten Gangsters nicht beschädigt wird.»

«Unsinn.»

«Das habe ich mir schon fast gedacht», seufze ich. «Es wäre ja auch zu albern, wegen eines einzigen Schuhs gleich so eine Verschwörungstheorie in die Welt zu setzen. Ich hätte wissen müssen, dass der Typ ein Spinner ist.»

«Was war denn mit dem Schuh?», unterbricht mich John.

«Es ging irgendwie um die Schnürsenkel. Ziemlich krauses Zeug. Ich hätte es nicht erwähnen sollen.»

«Erzähl weiter», verlangt John.

«Na ja, dieser Typ will von einem *Times*-Reporter erfahren haben, dass auf den Tatortfotos angeblich bei einem von Menderes' Schuhen die Schnürsenkel offen waren.»

«Na und?», schnaubt John und mustert mich eindringlich.

«Angeblich soll das ein geheimes Zeichen von Selbstmördern sein, die keinen Abschiedsbrief schreiben wollen. Damit wollen sie den Leuten zeigen, dass ihr Tod kein Unfall war.»

John entspannt sich wieder. «Das ist ja wohl die dümmste Geschichte, die ich in dieser Woche gehört habe», lacht er.

«Stimmt», lache ich reumütig. «Aber ich dachte mir: Fragen kostet nichts.»

«Passen Sie lieber auf, was Sie sagen», warnt John. «Dumm

daherzureden hat schon manchen den Kopf gekostet. An Ihrer Stelle würde ich diese Geschichte mit den Schnürsenkeln schleunigst vergessen.»

Genau das tue ich auch, denn jetzt weiß ich, dass sie auf die Schnürsenkel aufmerksam geworden sind. Zwar ist mir nicht bekannt, ob Dash abgereist ist oder ausgeschaltet wurde, aber das ist nicht so wichtig. Mich interessiert nur, dass Bond und seine Leute den Köder geschluckt haben. Jetzt kann ich Dash vergessen und mich ganz auf die Suche nach der geisterhaften Andeanna konzentrieren.

Joe hat bemerkenswert gute Arbeit geleistet. Er hat zwar weder eine heimliche Schwester noch eine Tochter von Andeanna aufgespürt, aber er hat ihren kompletten Stammbaum zusammengetragen und mir eine dicke Akte mit Namen, Lebensdaten, Fotos und anderen Informationen zusammengestellt. Die Fotos nehme ich mir besonders gründlich vor, aber obwohl ich jedes einzelne mit einer Lupe studiere, kommt keine von Andeannas Verwandten, was Alter oder Aussehen betrifft, auch nur annähernd an die Frau heran, die ich gekannt und geliebt habe.

«Ich habe viele von ihren Verwandten angerufen und so getan, als wäre ich ein Reporter, der über Andeannas Vergangenheit und ihr Leben mit dem Türken recherchiert», erzählt Joe. «Die meisten haben mir bereitwillig Auskunft erteilt, aber keiner von ihnen hatte nach ihrer Hochzeit mit Menderes noch engeren Kontakt mit ihr.»

«Konntest du Freunde von ihr auftreiben?»

«Ein paar aus ihrer Vergangenheit, aber keinen einzigen aus ihrer Londoner Zeit. Sieht so aus, als hätte der Türke sie ziemlich erfolgreich isoliert.»

Nachdem ich die Akte bis zum Ende durchgesehen und

dabei mehrmals Joes Talent als Rechercheur gelobt habe, schlage ich wieder die erste Seite auf, wo Joe die Daten von Andeannas Eltern aufgeschrieben hat. Ihre Mutter starb vor neun Jahren, aber ihr Vater ist am Leben. «Hast du nachgeprüft, ob Deleena Emerson noch andere Kinder hatte?»

«In den Melderegistern habe ich keine gefunden», antwortet Joe.

«Und was sagen die Leute, mit denen du gesprochen hast?»

Er schüttelt den Kopf. «Die haben meine Frage, ob Andeanna Geschwister hatte, allesamt verneint.»

«Ihr Vater auch?»

«Der wollte nicht mit mir reden. Er spricht grundsätzlich nicht über seine Tochter.»

«Wenn jemand es weiß, dann er.»

«Richtig. Aber da er nicht darüber reden möchte …»

«Er wird reden.»

Joe sieht mich fragend an. «Ed, du wirst ihn doch nicht … ich meine, du wirst doch nichts Ungesetzliches tun, oder? In so eine Sache will ich nicht …»

«Keine Sorge», unterbreche ich ihn. «Ich verabscheue Gewalt.»

Joe lacht höhnisch auf. «Das sagt ein Killer?»

«Ein ehemaliger Killer.» Ich lächle finster. «Aber selbst als ich einer war, habe ich getötet und nicht gefoltert.»

«Ist das nicht Haarspalterei?», grummelt Joe und wechselt das Thema. «Da ist noch etwas anderes.»

«Was?»

«Andeannas Tod. Du weißt doch, was im Polizeibericht steht? Dass sie von der Straße abkam und sich nicht aus ihrem brennenden Auto befreien konnte?»

«Was ist damit?»

«Es gab keine Augenzeugen, lediglich ein paar andere

Autofahrer haben aus einiger Entfernung beobachtet, wie das Auto die Böschung hinunterraste. Eine Fahrerin namens Marian Fitzgerald hat damals ausgesagt, dass sie Flammen im Inneren des Wagens sah, bevor er in die Bäume krachte und explodierte.»

«Und weiter?»

«Die Beamten, die den Unfall untersucht haben, konnten sich nicht erklären, weshalb der Wagen von der Straße abgekommen ist. Angesichts des Hinweises von Marian Fitzgerald dachte ich, dass es vielleicht …» Er zögert.

«Erzähl weiter», sage ich ruhig.

«Könnte es sich nicht doch um eine spontane menschliche Selbstentzündung gehandelt haben?»

«Ich dachte, diese Theorie hätten wir verworfen», blaffe ich zurück.

Er zuckt mit den Achseln. «Ich weiß ja, dass vermutlich nichts dran ist, und bisher war es auch nur ein Gedankenspiel. Aber als ich die Aussage der Frau in dem Polizeibericht las, bin ich wieder ins Grübeln gekommen. Da ist nämlich noch etwas. Du hast gesagt, Andeanna hätte gewusst, dass du ein Killer bist.»

«Es gibt Leute, die das wissen», erkläre ich. «Nicht viele, aber einer von ihnen muss es Andeanna erzählt haben. Oder demjenigen, der sie angeheuert hat, um mir eine Falle zu stellen.»

«Klingt plausibel», sagt Joe. «Aber falls sie wirklich ein Geist ist – bitte werde jetzt nicht böse, ich sage nur *falls* …»

«Weiter», seufze ich matt.

«Wenn sie Opfer einer spontanen Selbstentzündung wurde und als Geist zurückgekommen ist, dann haben deine Recherchen zu dem Thema sie vielleicht angezogen», fährt Joe fort. «Vielleicht hat sie irgendwie gespürt, wie sehr du dich auf dieses Thema konzentriert hast. Vielleicht ... verdammt, Ed, ich weiß, dass das ziemlich absurd klingt, aber vielleicht hast *du* sie ja zurück ins Leben geholt.»

«Was redest du da?», frage ich und starre ihn ungläubig an.

«Wenn Pierre Vallance die Fähigkeit hat, Hirnwellen aufzufangen und in Stimmen zu verwandeln, warum solltest du nicht eine ähnliche Begabung haben? Vielleicht hast du Andeanna eine Gestalt verliehen. Sie starb auf schreckliche Art und Weise, und vielleicht ist etwas von ihr seither wie ein Nebel durch London gegeistert. Dann kommst du hierher, und ihr Geist wird so stark von dir angezogen, dass er wieder Gestalt annimmt. Damit hättest du ihr praktisch ihren Körper zurückgegeben, und sie packt die Gelegenheit beim Schopf. Sie benutzt dich, um sich an ihrem verhassten Mann zu rächen.»

Ich denke über Joes verrückte Theorie nach. Weil er mein Freund ist und es gut mit mir meint, tue ich so, als würde ich sie ernst nehmen. «In welchem Zustand war ihre Leiche nach dem Unfall?»

Joe blättert in seinen Notizen. «Verbrannt bis zur Unkenntlichkeit.»

«Aber nicht völlig eingeäschert?»

«Nein.»

Ich lächle gequält. «Da hast du es.»

«Nicht alle Opfer spontaner menschlicher Selbstentzündung verbrennen vollständig!», protestiert Joe. «Und selbst wenn sie in dem Feuer nach dem Aufprall verbrannt ist, kann es trotzdem sein, dass du ihrem Geist eine Gestalt verliehen hast. Das sollten wir im Auge behalten, denn wenn wir keine andere überzeugende Erklärung – wie zum Beispiel eine Doppelgängerin – finden, müssen wir auch solche Theorien in Erwägung ziehen, oder?»

«Stimmt», murmle ich. Ich bin zu müde, um mich mit ihm zu streiten.

«Ich bin nicht auf den Kopf gefallen und kann sehr wohl zwischen der Welt unseres Romans und der Realität unterscheiden», sagt Joe. «Aber wenn wir alle anderen Möglichkeiten ausgeschlossen haben und nur diese eine übrigbleibt, dann …»

«Dann werde ich mich damit beschäftigen. Aber so weit wird es nicht kommen, denn Andeanna ist kein Geist.»

Ich sage das mit fester Stimme, weil ich es selber glauben will, aber hundertprozentig sicher bin ich mir nicht. Mein Blick wandert hinüber zu den sieben Schattenwesen, die sich mit uns in diesem Hotelzimmer befinden, und ich frage mich, ob Joe nicht doch über die Lösung des Rätsels gestolpert ist, nach der ich all die Jahre gesucht habe. Wenn ich nicht verrückt bin … wenn meine Geister mehr als das Produkt eines verwirrten Gehirns sein sollten … dann habe ich vielleicht wirklich die Fähigkeit, herumirrenden Geistern zu einer Gestalt zu verhelfen. Vielleicht habe ich den Spuk, unter dem ich leide, ohne es zu wollen selbst herbeigeführt. Falls das so ist und meine sieben Geister ihre Kraft aus mir schöpfen, warum sollte ich dann im nächsten Schritt nicht in der Lage sein, einem weiteren Geist eine physische Existenz zu verleihen?

Andrew Moore lebt in Birmingham. Er ist ein Einzelgänger, der nur selten Besucher empfängt. Ich fahre die weite Strecke am Freitagmorgen, suche Moores Haus und rufe ihn von meinem Auto aus an. Weil Joe das bereits getan hat, verzichte ich darauf, mich als Journalist auszugeben.

«Andrew Moore», meldet sich eine Stimme am Telefon. «Was kann ich für Sie tun?»

«Guten Tag, Mr. Moore. Mein Name ist Edward Sieveking. Ich bin Schriftsteller und recherchiere gerade für meinen neuen Roman. Wenn es möglich wäre, würde ich mich gerne mit Ihnen treffen und …»

«Worum geht es?», blafft er mich an. «Sind Sie ein Reporter?»

«Nein, Mr. Moore, ich bin Autor. Ich schreibe Bücher.»

«Was für Bücher?»

«Belletristik. Hauptsächlich Horrorromane.»

Er macht eine kurze Pause. «Warum interessieren Sie sich für mich, Mr. Sieveking?», fragt er dann.

«Weil Sie mir etwas für das neue Buch erzählen könnten, an dem ich gerade schreibe.»

«Handelt es von Mikis Menderes?»

«Nicht direkt.»

«Aber er ist der Grund, weshalb Sie mit mir reden möchten?»

«Auch», gebe ich zu. «Aber vor allem möchte ich Sie etwas über Ihre Tochter fragen.»

«Es tut mir leid, Mr. Sieveking, aber über diese beiden Menschen rede ich nicht.»

«Aber …»

«Auf Wiederhören, Mr. Sieveking. Und viel Erfolg mit Ihrem Buch.» Er legt auf. Ich warte zehn Minuten, bevor ich erneut anrufe. Trotz der Verzögerung scheint er auf meinen Anruf gewartet zu haben, denn als er nach dem zweiten Klingelton abhebt, meldet er sich mit einem brüsken «Mr. Sieveking?».

«Bitte geben Sie mir doch die Chance, Ihnen zu erklären …»

«Wenn ich Nein sage, bedeutet das auch Nein.»

Ende des Gesprächs. Als ich ein drittes Mal anrufe, geht

er nicht ran. Ich warte eine halbe Stunde, bevor ich es wieder versuche – keine Chance. Ich steige aus, gehe zum Haus und klingle Sturm. Es dauert eine Weile, bis der Vorhang des Seitenfensters beiseite geschoben wird und ich in zwei erzürnte Augen blicke. «Sieveking?», bellt er.

«Ich möchte nur ganz kurz mit Ihnen reden, Mr. Moore.»

«Verschwinden Sie, oder ich rufe die Polizei.»

«Das würde ich Ihnen nicht raten», warne ich ihn. «Wenn die Polizei mich befragt, muss ich ihr sagen, weshalb ich hier bin, und sollte etwas von dem, was ich herausgefunden habe, an die Öffentlichkeit gelangen, dann können Sie sich vor Reportern bald nicht mehr retten.»

«Wovon reden Sie überhaupt?», knurrt er.

«Von Ihrer Tochter und der Rolle, die sie möglicherweise beim Tod von Mikis Menderes gespielt hat.»

Der Vorhang gleitet an seinen Platz zurück, und die Tür wird aufgerissen. Andrew Moore ist ein großer, breitschultriger Mann, der trotz seines Alters noch kerzengerade dasteht. Sein Gesicht verströmt Autorität.

«Meine Tochter lebt seit fast zwanzig Jahren nicht mehr, also kann sie mit dem Tod dieses Bastards nichts zu tun haben. Und jetzt lassen Sie mich in Frieden, sonst …»

«Ich will Sie auch nicht lange stören», unterbreche ich ihn, «aber ich bin extra aus London hergefahren, um mit Ihnen zu reden. Geben Sie mir fünf Minuten. Wenn ich dann nicht Ihr Interesse geweckt habe, gehe ich und behellige Sie nie wieder.»

Moore wirft mir einen wütenden Blick zu, tritt dann aber zur Seite und winkt mich ins Haus. Er führt mich in ein sauber aufgeräumtes Wohnzimmer. Es ist das Zimmer eines alten Mannes voller Fotos und Erinnerungsstücke eines langen Lebens. Eigentlich habe ich nicht erwartet, in seinem Haus etwas von seiner verstoßenen Tochter vorzufinden, weshalb es mich sehr überrascht, dass direkt neben Fotos seiner Frau sogar mehrere Bilder stehen, die die junge Andeanna zeigen.

Wir nehmen Platz, und er fragt mich, ob ich irgendetwas zu trinken möchte. «Nein danke», sage ich. «Ich würde lieber gleich zur Sache kommen.»

Er nickt. Es gefällt ihm offenbar, dass ich so direkt bin.

Ich zeige ihm ein unscharfes Archivfoto von Andeanna, auf dem ich die Gesichter der anderen Personen geschwärzt habe. «Ist das Ihre Tochter?», frage ich.

Er setzt eine Brille auf und betrachtet das Foto. «Es ist zwar ein schlechtes Bild, aber ja, das ist Andeanna.»

«Dieses Foto wurde ein paar Monate vor Menderes' Tod aufgenommen», lüge ich.

Er zuckt mit den Achseln. «Dann muss es doch jemand anders sein.»

«Aber sie sieht ihr sehr ähnlich, oder?», dränge ich.

«Na und?», fragt er.

«Diese Frau wurde in den Wochen vor seinem Tod zusammen mit Menderes gesehen. Vielleicht hat sie auch mit ihm zusammengelebt.»

Andrew beginnt sich zu interessieren. «Glaubt die Polizei denn, dass diese Frau ihn umgebracht hat?»

«Nicht direkt. Die Frau ist verschwunden und konnte bisher nicht ausfindig gemacht werden.»

Er denkt über das Gehörte nach und sagt: «Und warum kommen Sie zu mir? Weil diese Frau meiner verstorbenen Tochter ähnlich sieht?»

«Und weil sie sich Deleena Emerson genannt hat.»

Er zuckt. «Das war der Name meiner Frau.» Er mustert noch einmal das Foto, und seine faltigen Hände beginnen leicht zu zittern. «In der Zeitung stand nichts von dieser Geschichte.»

«Mein Schwager arbeitet bei Scotland Yard», lüge ich. «Er hat mir davon erzählt, weil er weiß, dass ich mich für Geistergeschichten interessiere.»

«Geistergeschichten?», wiederholt Moore.

«Eine Frau, die wie Ihre Tochter aussieht und den Namen Ihrer verstorbenen Frau benutzt, tritt in Mikis Menderes' Leben, und ein paar Monate später wird er umgebracht. Das klingt doch wie ein Horrorroman. Mein Schwager meinte, diese Geschichte könnte mir gefallen.»

Das Gesicht des alten Mannes verfinstert sich plötzlich. «An Mikis Menderes gab es nichts, was einem hätte gefallen können.»

«Sie mochten ihn wohl nicht besonders?», frage ich vorschnell.

«Wofür hätte ich ihn mögen sollen?», erwidert Moore. «Er war ein Zuhälter, ein Dieb, ein Schläger und ein Pädophiler.» Er beugt sich vor, das Gesicht voller Hass. «Wissen Sie, wie alt Andeanna war, als er sie zum ersten Mal mit seinen Drecksfingern angefasst hat? Siebzehn! Ein Mädchen, das nichts anderes im Kopf hätte haben dürfen als seine Hausaufgaben und Jungs in seinem Alter. Aber so war Mikis Menderes – aus einer Siebzehnjährigen hat er ein Flittchen gemacht.»

«Haben Sie denn nicht versucht, sie von ihm fernzuhalten?»

«Dazu war es zu spät!», braust er auf. «Wir haben erst davon erfahren, als sie schluchzend erklärte, dass sie schwanger war. Wir haben ihr angeboten, das Baby hier großzuziehen, wo wir es liebhaben und versorgen konnten, aber sie bestand darauf, zurück nach London zu gehen. Sie hat gesagt, dass ein Kind seinen Vater braucht, und geschworen, dass Menderes sie wirklich liebt.»

Tränen der Reue und des Bedauerns laufen Moore über die Wangen. Ich würde am liebsten gehen und die Vergangenheit ruhen lassen, aber das kann ich nicht. Ich muss die Wahrheit über Andeanna erfahren. «Das Kind», frage ich leise, «war das Gregory?» Er nickt. «Hatte sie noch andere Kinder?»

«Nein.»

«Und Sie und Ihre Frau? Hatten Sie außer Andeanna andere Kinder?»

«Andeanna war ein Einzelkind.» Moore wischt sich die Tränen von den Wangen und verzieht das Gesicht. «Normalerweise bin ich nicht so empfindlich», erklärt er. «Aber Menderes' Tod hat die Vergangenheit wieder aufgewühlt.»

«Wenn Ihr Angebot immer noch gilt, würde ich jetzt doch gerne etwas trinken», murmle ich. «Eine Tasse Tee wäre prima.»

«Natürlich.» Er fragt mich, ob ich Milch und Zucker will, und flüchtet sich dankbar in die Küche. Während er mit Kanne und Wasserkessel hantiert, sehe ich mir die Bilder von Andeanna genauer an. Schon als Teenager war sie wunderschön. Ich kann gut verstehen, dass sich der Türke in sie verliebt hat, aber vollkommen schleierhaft ist mir, was ihr an diesem Scheusal gefallen hat.

Als Moore mit einer dampfenden Tasse Tee zurückkommt, wirkt er deutlich gefasster. «Würden Sie mir erklären, warum Sie sich für das alles interessieren, Mr. Sieveking?», fragt er.

«Als mein Schwager halb im Scherz meinte, es habe möglicherweise einen Geist im Leben des Türken gegeben, hat mich das neugierig gemacht. Vielleicht könnte ich aus dieser Idee einen Roman über einen Gangster schreiben, dessen tote Frau aus dem Jenseits zurückkehrt. Aber dann habe ich erfahren, dass die Polizei glaubt, die Frau, die bei dem Türken war, habe sich als Ihre Tochter verkleidet, um ihn in eine Falle zu locken und töten zu lassen.»

Moore ächzt leise. «Wenn das stimmt, dann wäre das ja

eine Art ausgleichende Gerechtigkeit.» Er blickt mich neugierig an. «Dennoch muss ich Sie noch einmal fragen, weshalb Sie zu mir gekommen sind. Glauben Sie etwa, *ich* hätte eine Frau angeheuert, die wie Andeanna aussieht?»

«Natürlich nicht», sage ich lächelnd. «Ich will nur verstehen, wie Ihre Tochter war und was sie für eine Ehe geführt hat. Wenn eine andere Person so getan hat, als wäre sie Andeanna, muss sie intensiv recherchiert haben. Ich versuche, mich in diese Frau hineinzuversetzen und herauszufinden, wie sie es gemacht hat. Und wenn es sie wirklich gibt, möchte ich sie finden.»

«Das verstehe ich nicht.»

«Wenn jemand eine Doppelgängerin Ihrer Tochter benutzt hat, um an den Türken ranzukommen, und wenn ich die beiden aufspüren kann, dann schreibe ich einen Sensationsartikel für die Zeitungen und vergesse meine Horrorgeschichte.»

«Verstehe.» Sein Lächeln erstarrt. «Dann wollen Sie also aus meiner toten Tochter Kapital schlagen.»

Ich verziehe das Gesicht. «Wenn Andeanna wirklich dazu benutzt wurde, um den Mann zu töten, der ihr ihre Jugend gestohlen hat, dann möchten Sie das doch sicher auch wissen, oder?»

Er kratzt sich am Ohr. «Ich schätze schon. Aber würde mir das nicht die Polizei mitteilen?»

«Sie verfolgt diese Spur nicht aktiv. Ehrlich gesagt, ist sie froh, dass Menderes tot ist, und nicht sonderlich darauf erpicht, seinen Mörder dingfest zu machen.»

Moore betrachtet mich schweigend, dann lacht er trocken. «Ich weiß nicht, warum, aber irgendwie mag ich Sie, Mr. Sieveking. Fahren Sie fort. Sagen Sie mir, was Sie wissen wollen.»

Ich stelle ihm ein paar Fragen über Andeannas familiären Hintergrund. Seine Antworten bestätigen größtenteils das, was Joe bereits herausgefunden hat. Dann frage ich Andrew, ob sich in den letzten paar Jahren schon mal jemand an ihn gewandt hat und Informationen über seine Tochter haben wollte.

«Nein», sagt er. «Ich rede nie über Andeanna, außer mit Gregory.»

«Meinen Sie Greygo?», frage ich.

Der alte Mann lächelt. «Das war typisch Menderes. Der Idiot hat seinem Sohn einen Namen gegeben, den er nicht mal aussprechen konnte, und dann alle gezwungen, seine verballhornte Version zu benutzen. Aber ich mache da nicht mit. Für mich wird er immer Gregory bleiben.»

«Besucht er Sie?»

«Ja. Als er jünger war, kam er sehr oft zu uns, weil er über seine tote Mutter reden wollte. Deleena hat sich auf Anhieb gut mit ihm verstanden, schließlich war sie ja auch eine Art Schauspielerin, aber ich brauchte einige Zeit, um mit ihm warm zu werden. Im Lauf der Jahre ist er mir dann doch ans Herz gewachsen und hat mir über die schwere Zeit nach Deleenas Tod hinweggeholfen. Jetzt schaut er nur noch gelegentlich vorbei, ruft aber häufig an. Er ist ein guter Junge.»

«Reden Sie mit ihm über Andeanna?»

Andrew nickt. «Er war zehn, als seine Mutter starb, deshalb hat er sie nie richtig kennengelernt. Er kam zu Deleena und mir, weil er wissen wollte, was sie für ein Mensch war.»

Ich denke nach. Könnte Gregory Menderes den Plan zur Ermordung seines Vaters geschmiedet haben? Die falsche Andeanna hat mir erzählt, dass Greygo seinen Vater geliebt hat, aber wenn sie für Menderes junior gearbeitet hat, musste sie das ja sagen. Vielleicht haben wir hier den Fall eines vernachlässigten Sohns, der aus Geldgier seinen grausamen, reichen Vater beseitigen lässt.

«Mochte Gregory den Türken?», frage ich.

Andrew verzieht das Gesicht. «Er hat ihn geradezu vergöttert. Menderes hat Andeanna oft geschlagen, aber seinem Sohn hat er nie ein Haar gekrümmt. Selbst jetzt, wo er tot ist, kann ich nicht viel Gutes über diesen Mann sagen, aber ein schlechter Vater war er nicht. Gregory liebte ihn ohne Vorbehalte.»

«Was ist mit dem Familienunternehmen? Steigt Gregory nach dem Tod seines Vaters jetzt dort ein?»

«Bestimmt nicht», erwidert Andrew. «Er wollte nie etwas damit zu tun haben. Sobald er erwachsen war, wollte er kein Geld mehr von Menderes haben. Er war entschlossen, seinen eigenen Weg zu gehen.» Der alte Mann atmet vor Stolz tief ein. «Wussten Sie, dass er ein Stipendium bei der Royal Academy of Dramatic Art bekommen hat?»

«Ja.» Ich erinnere mich, dass Andeanna – oder wer auch immer sie war – es mir erzählt hat. «Das ist hier in England die angesehenste Schauspielschule, nicht wahr?»

«Für einen Schauspieler ist die Royal Academy die erste Adresse», strahlt Andrew. «Deleena war überglücklich, als sie erfuhr, dass er dort angenommen wurde. Das waren wir alle. Bis auf Menderes.»

«Hat er Ärger gemacht?», frage ich. «Hat er damit gedroht, Greygo zu enterben oder ihm die Unterstützung zu streichen?»

«Nein.» Andrew lächelt widerwillig. «Wie gesagt, er war kein schlechter Vater. Er war zwar über Gregorys Berufswahl alles andere als glücklich, aber das hat sein Verhältnis zu seinem Sohn nicht zerstört. Er hat sich sogar ein paarmal überwunden und sich ein Stück angeschaut, in dem Gregory mitspielte. Der Junge ist der geborene Schauspieler, und das sage ich nicht nur, weil er mein Enkel ist. Er ist unglaublich vielseitig und kann auf der Bühne so gut wie jede Person verkörpern. Er könnte ein großer Star werden, wenn er nicht aus Prinzip jedes Angebot für eine Rolle bei Film und Fernsehen ablehnen würde. Menderes hat es nie verstanden, dass Gregory Ruhm und Geld egal sind. Den Jungen interessieren ausschließlich Rollen, die ihn als Schauspieler weiterbringen.»

So viel zu meiner Theorie vom Sohn, der sich gegen seinen Vater verschworen hat. Ich hätte wissen müssen, dass es bei einem derart komplexen Rätsel keine so einfache Lösung geben kann.

«Wer könnte sonst noch vom Tod des Türken profitieren?», frage ich.

Andrew schnaubt. «Das weiß ich nicht, und es interessiert mich auch nicht im Geringsten.»

«Hatten Sie nach Andeannas Hochzeit Kontakt mit ihr? Ich weiß, dass Sie und Ihre Frau nichts mehr mit ihr zu tun haben wollten, aber haben Sie sie vielleicht irgendwie im Auge behalten? Wissen Sie zum Beispiel, ob sie in London enge Freunde hatte?»

Er macht eine lange Pause, bevor er seufzend fortfährt. «Deleena hatte noch Kontakt mit ihr. Nicht sofort – wir haben sie beide für das, was sie getan hat, verachtet und alle ihre Versuche, mit uns zu sprechen, zurückgewiesen –, aber im Lauf der Jahre verrauchte Deleenas Zorn, und die beiden fingen an, wieder miteinander zu reden. Bis zu Gregorys achtem Geburtstag habe ich nichts von diesen Gesprächen erfahren, aber eines Tages fand ich Deleena schluchzend in der Küche. Sie hatte das Foto eines Jungen auf einer Geburtstagsparty in der Hand. Als ich sie fragte, warum sie weinte, ist sie mit der Wahrheit herausgerückt.

Ich war stinksauer und habe von ihr verlangt, dass sie sofort

Andeanna anruft und mich mit ihr sprechen lässt. Ich wollte ihr sagen, dass sie ihre Mutter ein für alle Mal in Ruhe lassen soll, aber dann …» Er lächelt traurig. «Als ich ihre Stimme hörte, brach ich in Tränen aus und redete fast eine Stunde lang mit ihr. Ich wollte alles nachholen, was ich in den vergangenen Jahren verpasst hatte.»

Andrew verstummt und denkt wohl an seine Tochter und die schmerzvolle Vergangenheit. Ich gönne ihm ein paar Minuten Besinnung, dann stupse ich ihn ganz sanft am linken Knie. «Haben Sie nach diesem Gespräch noch öfter mit ihr geredet?»

«Nicht so oft, wie ich mir das gewünscht hätte», seufzt er. «Es war schwierig. Andeanna hatte sich verändert. Als sie von uns wegging, war sie ein quicklebendiges Mädchen, das sich vor nichts und niemandem fürchtete, als sie zurückkam, war sie eingeschüchtert und einsam und hatte große Angst vor Menderes und seinen Launen.»

«Warum hat sie ihn dann nicht verlassen?», frage ich aufgebracht, obwohl ich die Antwort längst weiß: Sie hatte Angst davor, dass der Türke sie findet und umbringen würde.

«Wir haben sie angefleht, es zu tun», versichert mir Andrew. «Ich sagte ihr, dass sie bei uns immer willkommen sei, und dass ich sie vor dem Monster beschützen würde, aber er hatte ihren Willen gebrochen. Außerdem musste sie auf Gregory Rücksicht nehmen. Der Junge betete Menderes an, und sie hatte Angst, ihn zu verlieren, wenn sie sich von seinem Vater trennte.

Vor ihrem Tod haben wir sie noch ein paarmal gesehen», sagt Andrew ruhig. «Dreimal, genauer gesagt. Zweimal blieb sie über Nacht und einmal sogar ein ganzes Wochenende.»

«Das muss schön gewesen sein», bemerke ich.

Andrew nickt, aber er sieht mitgenommen aus. «Sie ist

nicht nur gekommen, um uns zu sehen.» Er hält inne und blickt sich nervös um. «Was ich Ihnen jetzt erzähle, dürfen Sie niemandem weitersagen», krächzt er. «Das müssen Sie mir schwören.»

Ich beuge mich vor, die Finger vor Erwartung fest zusammengepresst. «Okay.»

«Schwören Sie es!», zischt er.

Ich blicke ihn feierlich an. «Ich schwöre.»

Es gibt zwar kein Grund, weshalb er mir vertrauen sollte, aber er tut es vermutlich deshalb, weil er diese Sache schon eine Ewigkeit lang jemandem erzählen wollte.

«Sie hat sich mit jemandem getroffen», sagt er in einem kaum hörbaren Flüsterton.

Mein Herz schlägt schneller. «Mit wem?»

Andrew schüttelt den Kopf. «Das hat sie mir nicht gesagt. Es war ein Geheimnis. Vielleicht hat sie es Deleena verraten, aber ich glaube es nicht.»

«Hat sie ihren Mann betrogen?»

«Das weiß ich nicht. Sie hat nicht viel erzählt. Ich weiß nur, dass sie dreimal hierherkam, um sich mit jemandem zu treffen. Als sie dachte, dass wir eingeschlafen wären, schlich sie sich aus dem Haus und kam erst im Morgengrauen zurück. Wir haben ihr keine Fragen gestellt und gehofft, dass sie den Mut findet, Menderes zu verlassen. Aber dazu hatte sie keine Gelegenheit mehr, denn ein paar Wochen später ...»

Er verstummt, weil ihm die Tränen kommen. Er hat mir alles gesagt, was er konnte, ihn jetzt weiter zu bedrängen wäre herzlos. Und sinnlos dazu, denn jetzt hatte ich die Wahrheit entdeckt, von der ich gewusst habe, dass es sie irgendwo geben muss.

Sie hatte einen Liebhaber. Und vielleicht hatte dieser Liebhaber all die Jahre auf seine Chance gewartet hat, sie zu rächen. Ich benutze das Wort «rächen», weil jetzt etwas, was mir Joe erzählt hat, plötzlich einen Sinn ergibt. Es geht um diese Zeugin des Unfalls, die das Auto, noch bevor es an den Baum prallte, in Flammen aufgehen sah.

Während Andrew leise vor sich hin weint, füge ich die Puzzlestücke zusammen. Andeanna Menderes hatte einen Liebhaber, und ein paar Wochen nach ihrer letzten romantischen Verabredung hatte sie einen tragischen Autounfall. Obwohl nichts an dem Wagen defekt war, obwohl weder Eis noch Öl auf der Straße war, obwohl sie niemandem ausweichen musste, ist ihr Wagen von der Straße abgekommen und einen Abhang hinabgestürzt. Wenn man noch die Beobachtung hinzuaddiert, dass schon vor dem Aufprall im Inneren des Wagens Feuer ausbrach, rundet sich das Ganze zu einem stimmigen Bild.

Mikis Menderes hat seine Frau ermordet.

Der Türke fand heraus, dass sie ihn betrog, und hat sie in seiner Eifersucht umgebracht und es wie einen Unfall aussehen lassen. Viele Jahre später macht sich der Liebhaber daran, ihren Tod zu rächen. Er heuert eine Doppelgängerin an, die mich in dieses Komplott hineinzieht und damit gleichzeitig verhindert, dass man ihn mit dem Mord in Verbindung bringt.

Jetzt, wo ich das Motiv habe, muss ich nur noch den rachsüchtigen Liebhaber und die Frau finden, mit deren Hilfe er mich zu seinem Werkzeug gemacht hat. Dann werde ich den beiden zeigen, wie ich mit Leuten umgehe, die glauben, meinen Kopf und mein Herz manipulieren und mich in eine Falle locken zu können. Schließlich schleppe ich ständig sieben Geister mit mir herum, die Schatten der Menschen, die ich ermordet habe.

Unter ihnen ist noch Platz für weitere zwei.

SECHZEHN

Als ich wieder in London bin, erzähle ich Joe von meinem Treffen mit Andrew Moore und meiner neuen Theorie. Sie scheint ihn nicht sonderlich zu überzeugen. Angenommen, Andeanna wäre tatsächlich umgebracht worden, woher soll ihr Liebhaber das gewusst haben? Und weshalb hat er so lange mit seiner Vergeltung gewartet? Wieso hat er Menderes nicht einfach selbst erschossen? Diese Fragen sind berechtigt, aber ich halte mich nicht mit ihnen auf. Ich werde die Antworten noch früh genug von den beiden Schuldigen erfahren, bevor ich sie umbringe.

Ich bitte Joe, seine Nachforschungen auf die Monate vor dem Tod der echten Andeanna zu konzentrieren. Er soll die Zeitungen nach Fotos von ihr und dem Türken durchforsten und feststellen, mit wem sie sich getroffen haben. Angesichts der kurzen Leine, an der Menderes seine Frau gehalten hat, glaube ich, dass ihr Liebhaber aus dem engsten Bekanntenkreis stammte. Weil der mysteriöse Geliebte mit ziemlicher Sicherheit unter den Männern des Türken und seinen Geschäftspartnern zu finden war, brauche ich eine möglichst vollständige Liste seiner Kontakte in den Monaten vor Andeannas Tod. Joe bezweifelt, dass er viel herausfinden wird, aber er verspricht, sein Bestes zu tun.

Am nächsten Morgen begebe ich mich wieder in Menderes' Revier im Norden Londons und setze meine Recherchen als Edgar Sanders fort. Bond Gardiner hat sogar noch vor dessen Beerdigung die Leitung seiner Geschäfte übernommen. Niemand macht ihm seine Position streitig, denn alle scheinen mit seiner ruhigen, effektiven Art zufrieden zu sein. Alles läuft wie gehabt, und in diesen Kreisen weiß man Kontinuität zu schätzen.

Viele, die ich kontaktiere, haben schon von dem Schriftsteller aus den Vereinigten Staaten gehört und sind ganz scharf darauf, in seinem Buch erwähnt zu werden. Sie reden ungeniert über den Türken, denn jetzt, wo er tot ist, können sie auch weniger schmeichelhafte Dinge über ihn erzählen. Sie sind zwar alle darauf bedacht, nichts über Gardiner und seine Männer zu verraten, aber Mikis Menderes ist offenbar zum Abschuss freigegeben.

So erzählen mir viele meiner Gesprächspartner wilde Geschichten über das Liebesleben des Türken, aber keiner von ihnen macht auch nur eine Andeutung darüber, dass seine Frau ihm untreu gewesen sei. Obwohl keiner von ihnen sie persönlich kannte, stimmen alle darin überein, was für eine bezaubernde Frau und perfekte Mutter sie doch gewesen sei. Ich frage, ob sie Freunde hatte, die mir mehr über sie erzählen könnten, aber sie war wohl nicht besonders kontaktfreudig und hat nicht viel von sich preisgegeben. Ihre Freunde waren offenbar auch Menderes' Freunde.

Wild entschlossen, immer tiefer in ihre traurige, einsame Welt einzutauchen, stelle ich weiter Fragen zu Andeanna, bis mir an einem dunklen, verregneten Mittwochabend in einem Pub namens King's Battalion ein Mann die Hand auf die Schulter legt und mich fragt, ob er und seine Freunde mich auf einen Drink einladen dürften. Ich sehe mich um und entdecke im hinteren Teil des Pubs einen Tisch mit gutgekleideten Männern mittleren Alters, unter denen sich auch Bond Gardiner befindet. Mit einem flauen Gefühl in der Magengegend gehe ich hinüber und setze mich auf den Stuhl, den mir Gardiner mit einem Kopfnicken zuweist.

Ich mustere die Männer an dem Tisch. Es sind harte Typen mit kalten Augen, aber Gardiner scheint ein anderes Kaliber zu sein, auch wenn er genauso angezogen ist und auf den ersten Blick nicht härter wirkt als sie. Er ist anders, weil die anderen respektvoll Abstand zu ihm halten, als wäre die Luft um ihn mit einer ganz besonderen Energie geladen. «Wissen Sie, wer ich bin?», raunzt er mich an.

«Ja.»

Er lächelt dünn. «Man hat mir gesagt, dass Sie Schriftsteller sind.»

«Ich bemühe mich, einer zu sein.»

«Sie schreiben ein Buch.»

«Ich versuche es. Es ist mein erstes. Mal sehen, ob ich es schaffe.»

«Amerikaner?», fragt er.

«Ja. Montana. Das ist in der Nähe von Kanada.»

Gardiner hat ein Streichholzbriefchen in der Hand, und während er spricht, spielt er damit herum. Er schnippt die Klappe auf und streicht mit dem Daumen über die Zündköpfe. «Erklären Sie mir doch bitte, Mr. Sanders, weshalb ein Amerikaner nach London kommt und sich für Mikis Menderes interessiert? Haben Sie denn keine Gangster bei sich zu Hause?»

«Ein paar schon», erwidere ich. «Aber ich war als freier Journalist hier in der Stadt, als ich hörte, dass der Türke …»

«Mr. Menderes», berichtigt mich Gardiner.

«… dass Mr. Menderes getötet wurde. Erst wollte ich nur einen Artikel über ihn schreiben, aber je mehr ich recherchierte, desto mehr hat mich die Geschichte in ihren Bann geschlagen.»

Gardiner spielt weiter mit dem Streichholzbriefchen. «Wird Ihr Buch Mr. Menderes Gerechtigkeit widerfahren lassen?», fragt er leise. «Oder wollen Sie sein Andenken in den Schmutz ziehen?»

Ich zucke mit den Achseln. «Ich habe nicht vor, ihn zu einem modernen Robin Hood zu machen, aber ich werde ihn auch nicht dämonisieren. Ich möchte gerne hinter die Fassade blicken, die Anfänge seiner Karriere schildern und ergründen, weshalb er sich entschieden hat, Verbrecher zu werden. Außerdem interessiert es mich, ob diese Tätigkeit mit seinem Familienleben vereinbar war. Ich möchte in meinem Buch darstellen, wie ein moderner Gangster lebt, wie es denen geht, die für ihn arbeiten, und ob er sich mit denselben Herausforderungen und Problemen herumschlagen muss wie Otto Normalverbraucher.»

«Jetzt hör mir mal gut zu», braust einer der Männer auf. «Otto Normalverbraucher kriegt normalerweise nicht von irgendeinem Killerschwein im eigenen Bett eine Kugel durch den Schädel gepustet!»

Die anderen signalisieren bedrohlich murmelnd ihre Zustimmung.

«Sie haben bei Ihren Recherchen nicht zufällig herausgefunden, wer ihn umgebracht hat, oder?», fragt Gardiner.

«Nein.»

«Würden Sie es uns wissen lassen, wenn das so wäre?»

«Natürlich. Ich werde Ihnen ein Vorabexemplar meines Buches zukommen lassen. Wenn Sie wollen, können Sie es für mich Korrektur lesen.»

Gardiner lacht, und die Stimmung am Tisch hellt sich auf. «Erzählen Sie mir, was Sie herausgefunden haben.»

«Alles?»

«Nur das Interessante.»

Ich schildere ihm die haarsträubendsten Geschichten, die mir während meiner Recherchen untergekommen sind. Gardiner und seine Männer hören mir erst aufmerksam zu, dann fangen sie an, ihre eigenen Geschichten beizusteuern. Sie reden über Coups, die der Türke durchgezogen hat, prahlen mit ihren Erfolgen und lachen über ihre Misserfolge, als wäre das alles nur ein Spiel ohne ernste Folgen.

Ich stelle die Fragen, von denen ich glaube, dass ein Journalist sie stellen würde, ich lasse mir Namen und Daten nennen. Ich mache mir Notizen, damit es so aussieht, als wollte ich sie später benutzen. Nach einer Weile lenke ich das Gespräch auf Andeanna. «Wie war seine Frau denn so?», frage ich.

«Ein heißer Feger», sagt Harold, ein Mann mit einer Knollennase.

«Eine Dame», berichtigt ihn Gardiner.

«Ein heißer Feger von einer Dame», witzelt ein Kerl namens Larry.

«Sie war noch sehr jung, als die beiden geheiratet haben, oder?»

Gardiner klopft warnend auf den Tisch. «Wenn Sie jetzt mit dem dummen Gerede von der jungen Braut und dem alten Lustmolch anfangen, können Sie sich gleich verpissen und …»

«Aber das will ich doch gar nicht», unterbreche ich ihn. «Ich sage nur, dass sie zwar jung starb, aber dafür auch sehr jung geheiratet hat, sodass sie noch ziemlich viel Zeit mit ihrem Mann verbringen konnte. Ich möchte klarstellen, wie viel Wert Mr. Menderes auf seine Familie und seine Ehe legte. Natürlich weiß ich, dass er andere Frauen hatte, aber auf seine Art war er ihr treu. Andeanna war das Zentrum seines Universums, das er sorgfältig von den dunklen Seiten seiner Arbeit abgeschirmt hat. Ich will zeigen, dass er auch eine mitfühlende Seite hatte.»

«Mikis und mitfühlend?», lacht Larry. «Das einzige Mitgefühl, das er jemals hatte, war …»

Ein strafender Blick seines Bosses bringt ihn zum Schweigen. «Sie liegen genau richtig, Sanders», sagt Gardiner. «Mikis war ein fürsorglicher Familienvater. Er hat Andeanna und Greygo vergöttert und war immer für sie da.»

«Das stimmt», sagt Larry kleinlaut. «Er hat sie geliebt.»

Auch der Rest der Gang signalisiert seine Zustimmung.

«Wissen Sie, wie sich die beiden kennengelernt haben?», frage ich.

«Das war vielleicht eine Geschichte!», erwidert Gardiner und erzählt mir amüsiert, wie Andeanna bei einer Kinopremiere hinter dem Türken saß und ständig redete, bis er sich umdrehte und ihr sagte, sie solle gefälligst den Mund halten. Als Antwort schüttete sie ihm ihre Tüte Popcorn über den Kopf. Obwohl ich die Geschichte schon mehrere Male gehört habe, tue ich so, als sei sie mir völlig neu, und lache genau an den richtigen Stellen.

Als Gardiner fertig ist, runzle ich die Stirn und räuspere mich. «Ich habe da ein paar Gerüchte gehört», beginne ich. «Ich will Sie nicht wütend machen, aber ein paar Leute haben mir erzählt, dass Menderes seine Frau geschlagen haben soll.»

Gardiners Lächeln verschwindet. «Wer hat Ihnen das erzählt?»

«Verschiedene Leute.»

«*Wer?*» Er beugt sich bedrohlich über den Tisch.

Ich schüttle den Kopf. «Ich darf meine Quellen nicht verraten.»

«Ich werde die Arschlöcher in Stücke reißen, die solche Lügen verbreiten», droht er.

«Dann stimmt es also nicht?»

«Natürlich nicht! Und sollten Sie das in Ihrem Buch erwähnen, reiße ich Ihnen eigenhändig die Eier ab.» Die unverhohlene Bösartigkeit dieser Drohung lässt mich zusammenzucken. «Mikis war zwar alles andere als perfekt, aber seine Frau hat er nicht verprügelt. Fragen Sie alle, die ihn kannten, Sie werden Ihnen dasselbe sagen.»

«In Ordnung», murmle ich. «Ich habe es nur erwähnt, weil ich …»

«Schluss jetzt!», knurrt Gardiner.

«In Ordnung, meinetwegen.» Ich senke den Blick und winde mich ein wenig, so als ob ich noch etwas sagen wollte, es mich aber nun nicht mehr traue.

«Was ist denn?», bellt Gardiner.

«Nichts. Ich habe nur gehört, dass … Nein. Vergessen Sie's.»

«Heraus damit!»

«Es war einfach nur Tratsch. Keine Sorge, ich werde ihn nicht weitererzählen …»

«Spucken Sie's aus, oder ich …» Er steht langsam auf.

«Wenn Sie mir was antun, rufe ich um Hilfe!», japse ich und drehe mich zur Seite, als würde mich allein der Gedanke, er könne mich schlagen, in Angst und Schrecken versetzen.

Gardiner flucht laut, dann setzt er sich wieder und gibt mir ein Zeichen, dass ich mich ebenfalls wieder richtig hinsetzen soll. Nach ein paar sorgfältig kalkulierten Sekunden sehe ich ihn an, als wolle ich sprechen. «Sagen Sie mir, was Sie gehört haben», verlangt Gardiner mit Nachdruck.

«Ich habe es bisher noch niemandem erzählt und werde es auch in Zukunft nicht tun», erwidere ich. «Nicht einmal Ihnen würde ich das erzählen, wenn ich nicht genau wüsste, wie eng Sie und Mr. Menderes befreundet waren.» Ich lasse ein paar Sekunden verstreichen, dann rücke ich mit der Information heraus, der ich fast die ganze Woche hinterhergelaufen bin. «Ich habe gehört, dass Andeanna Menderes eine Affäre hatte.»

Eine Ader pulsiert auf Gardiners Stirn, aber er sagt nichts. Die anderen Männer am Tisch blicken ungläubig drein.

«Das ist Bockmist», sagt Larry.

«Was haben Sie sonst noch gehört?», fragt Gardiner wütend.

«Nichts», antworte ich.

«Was!»

Ich lasse den Blick über Gardiners Männer schweifen, bevor ich ihn fragend ansehe. Mit einer kurzen Handbewegung schickt er sie fort. Sobald sie außer Hörweite sind, setze ich mich auf den Stuhl neben Gardiner und flüstere: «»Ich glaube, dass sie einen Liebhaber hatte und Menderes das herausgefunden hat. Er hat sie umgebracht und das Ganze wie einen Autounfall aussehen lassen.»

Gardiner beißt die Zähne zusammen. «Wer hat Ihnen das erzählt?»

«Niemand. Nicht direkt jedenfalls. Ich habe mir die Theorie aus verschiedenen Erzählungen zusammengebastelt.»

«Das ist eine Theorie, die Sie so schnell wie möglich vergessen sollten», knurrt er.

«Das kann ich nicht.»

Er starrt mich an mit ausdruckslosen Augen an. «Sie haben

keine Ahnung, was ich Ihnen antun kann, wenn Sie es sich mit mir verderben.»

«Das ist mir schon klar», entgegne ich, ohne den Blick zu senken. «Aber ich muss herausfinden, ob an dieser Theorie etwas dran ist oder nicht. Und solange ich das nicht weiß, werde ich weitersuchen.»

«Sie haben schätzungsweise noch eine Minute zu leben», sagt er. «Haben Sie einen letzten Wunsch?»

«Sagen Sie mir einfach die Wahrheit», bitte ich ihn. «Wenn ich falschliege, sehen Sie mir in die Augen, und sagen Sie es. Ich werde es Ihnen aufs Wort glauben. Wenn ich richtigliege, bestätigen Sie es. Für mich ist die Geschichte so oder so erledigt, deshalb können Sie mir genauso gut die Wahrheit sagen. Ich werde sie für mich behalten.»

«Sie erwarten doch nicht etwa, dass ich Ihnen das glaube?», fragt er spöttisch.

«Das können Sie aber. Wem sollte ich es schon sagen? Es gibt keinen Hinweis darauf, dass Menderes mit dem Tod seiner Frau etwas zu tun hat. Es gab nicht mal Gerüchte, dass er sie umgebracht hat. Wenn ich dumm genug wäre, diese Theorie in mein Buch aufzunehmen, würden Ihre Anwälte Kleinholz aus mir machen. Man kann nicht einfach öffentlich behaupten, ein Mann habe seine Frau umgebracht, wenn man nicht einmal das Fitzelchen von einem Beweis dafür hat. Wenn ich die Theorie belegen könnte, wäre das etwas anderes, dann wäre sie eine tolle Werbung für das Buch, aber so lässt jeder Verleger die Finger davon.»

«Und Sie wollen jetzt, dass *ich* Ihnen Ihren Beweis liefere?», schnaubt Gardiner.

«Es muss ja kein offizieller Beweis sein», sage ich leise. «Nicht für das Buch, nur für mich. Ich weiß, es klingt verrückt, und ich erwarte nicht, dass Sie es verstehen, aber diese

Sache hat mein Leben verändert. Am Anfang war es nur eine Geschichte. Jetzt ist es mehr. Ich kann nichts von dem, was Sie mir erzählen, benutzen – wir haben keine Zeugen, Sie könnten vor Gericht also jederzeit behaupten, Sie hätten mir überhaupt nichts gesagt –, aber ich muss es wissen. Um meiner selbst willen.»

Gardiner wirft mir einen schiefen Blick zu. Ich bin nicht das, womit er gerechnet hat. Er gibt ein knurrendes Geräusch von sich und sagt, ich soll aufstehen. Er tastet mich ab, sucht nach einem versteckten Aufnahmegerät. Als er sicher ist, dass ich sauber bin, setzen wir uns wieder, und er beugt sich zu mir. «Sie haben recht.»

Ich zucke unwillkürlich zusammen. «Andeanna hatte einen Liebhaber?»

«Ja.»

«Und Menderes wusste es?»

«Er hat die beiden miteinander erwischt», sagte Gardiner. «Er war auf Geschäftsreise, kam aber früher zurück und hat sie beim Vögeln überrascht. Da hat er die Beherrschung verloren und beide umgebracht. Ich habe ihm geholfen, Andeannas angeblichen Unfall zu inszenieren, und die andere Leiche für ihn entsorgt.»

Das war nicht das, was ich hören wollte – ein toter Liebhaber kann keine Rache üben –, aber es ist viel mehr, als ich zu erfahren hoffte. Unfassbar, dass Gardiner mir das alles erzählt. Mir schwirrt der Kopf, weil mir plötzlich so viele Informationen auf einmal in den Schoß fallen …

«Wer war dieser Liebhaber?», frage ich.

«Das geht Sie nichts an.»

«Doch, ich muss es wissen.»

Gardiner legt eine Hand auf meinen Arm und drückt ihn fest. «Nein, das müssen Sie nicht.»

«Okay», murmele ich. Er drückt noch fester, bis ich es noch einmal mit lauter Stimme wiederhole: *«Okay!»*

Gardiner lässt meinen Arm los und spielt wieder mit dem Streichholzbriefchen. «Mikis hatte ein aufbrausendes Temperament, und Andeanna musste das oft ausbaden. Er liebte sie, aber er hatte sich nicht im Griff. Mikis war krankhaft eifersüchtig, auch wenn Andeanna ihm keinen Grund dazu gab. Und als er sie dann im Bett fand mit diesem ...» Er atmet scharf durch die Nasenlöcher aus wie ein fauchender Drache. «Er hatte nicht vor, sie umzubringen, aber da ging ihm der Gaul durch. Wir haben es gut vertuscht, und niemand hat je in Zweifel gezogen, dass es ein Unfall war. Ich habe schon vor Jahren aufgehört, mir deswegen Sorgen zu machen. Was wieder mal beweist, dass man immer vorsichtig sein muss.»

«Darf ich Sie etwas anderes fragen?»

Er nickt argwöhnisch.

«Warum erzählen Sie mir das?»

Gardiner grinst teuflisch. «Weil Sie mich danach gefragt haben.»

«Nein, im Ernst. Es wäre doch viel einfacher gewesen, mich einzuschüchtern und zum Schweigen zu bringen. Sie hätten einfach nur den Mund halten müssen. Warum packen Sie ohne Not nach all den Jahren aus?»

Gardiner denkt eine Weile nach und seufzt. «Ich habe in meinem Leben schon eine Menge Mist gebaut, aber diese Sache hat mich oft nachts nicht schlafen lassen, und dann habe ich mir gewünscht, ich könnte sie irgendwie ungeschehen machen. Ich schätze, dass ich das schon lange mal jemandem beichten wollte, und Sie sind ein ebenso guter Beichtvater wie jeder andere auch.»

«Weil Sie darauf vertrauen, dass ich es für mich behalten werde?»

Er grinst düster. «Weil ich Sie jederzeit kriegen kann, wenn ich will. Sie brauchen nur daran zu denken, irgendetwas auszuplaudern, und Sie werden es bitter bereuen. Jemand wie Sie ist schnell umgebracht.»

Da irrt er sich, aber ich berichtige ihn nicht. Stattdessen denke ich über das nach, was er mir erzählt hat. Es ist verwirrend. Ich hatte zwar recht damit, dass Andeanna ermordet wurde, aber ihr Liebhaber musste mit ihr sterben. Bedeutet das, dass ihr Tod nicht der Grund dafür war, dass der Türke sterben musste, und dass ich ein Rätsel gelöst habe, das nichts mit mir zu tun hat?

«Sind Sie jetzt zufrieden?», fragt Gardiner.

«Ich wäre noch zufriedener, wenn Sie mir sagen würden, wer ihr Liebhaber war.»

«Wir alle wollen Dinge, die uns nicht zustehen.» Er legt das Streichholzbriefchen weg. «Ich kann Ihnen nur so viel sagen: Es war jemand, den wir eigentlich nicht hätten töten dürfen. Wäre die Wahrheit durchgesickert, wäre das eine Katastrophe gewesen. Denken Sie jetzt, was Sie wollen, aber behalten Sie Ihre Theorien für sich. Und eines muss Ihnen klar sein: Ihre Recherchen enden hier und jetzt. Wenn Sie genügend Material gesammelt haben, um ein Buch zu schreiben, dann tun Sie es. Wenn nicht, haben Sie Pech gehabt. Und verschwinden Sie aus meiner Stadt. Sie haben hier kein Aufenthaltsrecht mehr.»

«Okay. Ich habe bekommen, wonach ich gesucht habe.»

Das stimmt auch fast, aber ich brauche noch den Namen ihres Liebhabers, und sei es nur, um nachprüfen zu können, dass er wirklich tot ist. Vielleicht hat er ja einen Sohn hinterlassen, der sich an Menderes rächen wollte. Aber das werde ich auf diesem Weg nicht herausfinden können. Mit Gardiner bin ich am Ende meiner Fragenkette angekommen. Nach ihm kann mir niemand mehr etwas sagen. Mit einer Ausnahme.

«Es gibt noch eine Person, die ich gerne befragen würde, bevor ich verschwinde: Gregory.»

«Wieso wollen Sie mit ihm reden?», fragt Gardiner.

«Aus rein menschlichem Interesse. Die Leser wollen wissen, wie ihn der Tod seines Vaters getroffen hat, was er für eine Beziehung zu ihm hatte, ob er etwas von Menderes' Geschäften gewusst und ihn trotzdem geliebt hat.»

In Wahrheit will ich natürlich wissen, ob er sich an einen Freund seiner toten Mutter erinnern kann, der sie besucht hat, wenn sein Vater auf Geschäftsreise war.

«Greygo hat die Presse immer gemieden», sagt Gardiner. «Ich bezweifle stark, dass er sich mit Ihnen treffen wird.»

«Aber wenn er doch einwilligen sollte, lassen Sie mich dann mit ihm reden?»

Gardiner überlegt, dann zuckt er mit den Achseln. «Sicher. Aber dieses Gespräch ist dann Ihr letztes hier. Und wenn Sie ihm gegenüber irgendetwas von dem erwähnen, was ich Ihnen erzählt habe, dann …»

«Das werde ich nicht.»

Gardiner räuspert sich. «In diesem Fall hätte ich nur noch ein Anliegen.»

«Welches?»

Er packt mein rechtes Bein oberhalb des Knies und blickt mir direkt in die Augen. Sein Gesichtsausdruck ist finster. Ich frage mich, ob ich die Lage verkannt habe und er mich jetzt nach draußen bringt, um mich mit einer Kugel in den Kopf zum Schweigen zu bringen, aber dann grinst er und sagt: «Wenn Ihr Buch erscheint, möchte ich ein Exemplar haben. Mit Widmung.»

SIEBZEHN

Als ich wieder im Hotel bin, erzähle ich Joe von meinem außergewöhnlichen Treffen. Er kann es kaum fassen, dass Gardiner so gesprächig war. «Wie kommt's, dass er dir das gesagt hat? Immerhin hält er dich für einen Journalisten. Ich hätte nie gedacht, dass jemand wie er einem Presseheini vertrauen und die Beteiligung an einem Mord zugeben würde.»

«Es war irgendwie … seltsam», gestehe ich. «Er hat gesagt, dass er die Sache schon lange jemandem beichten wollte. Kann sein, dass das teilweise sogar gestimmt hat, aber ich glaube, er wollte damit bloß verhindern, dass ich bei seinen Geschäftsfreunden schlafende Hunde wecke, indem ich ihnen Fragen stelle und der Sache weiter nachgehe. Er musste also reinen Tisch machen oder mich umbringen. Ich schätze, es war einfacher für ihn, mir die Wahrheit zu sagen.»

«Vielleicht weiß er etwas über die falsche Andeanna», gibt Joe zu bedenken. «Schließlich ist er derjenige, der am meisten von Menderes' Tod profitiert. Vielleicht hat *er* ihm die Falle gestellt.»

«Darüber habe ich auch schon nachgedacht. Aber der Türke hatte sowieso vor, Gardiner das Geschäft zu übergeben, wenn er sich eines Tages zur Ruhe setzt. Alle sagen, die beiden wären wie Brüder gewesen. Deshalb glaube ich nicht, dass er etwas mit dem Mordkomplott zu tun hat.»

Joe zuckt mit den Achseln. «Was machen wir jetzt?»

«Es ist an der Zeit, dass wir Greygo einen Besuch abstatten. Vielleicht kann er uns den Namen von Andeannas Liebhaber nennen.»

«Von Andeannas *totem* Liebhaber», ergänzt Joe.

«Tot oder lebendig», ich verziehe das Gesicht. «Sieht nicht so aus, als ob das einen großen Unterschied machen würde.»

Gregory Menderes will nicht mit mir reden. Ich rufe ihn unter seiner Telefonnummer an, die mir im Zuge meiner Recherchen in die Hände gefallen ist, aber er hat wohl von mir und dem Buch, das ich schreiben möchte, gehört, denn als ich ihm meinen Namen sage, legt er auf, und bei meinen weiteren Versuchen geht nur noch der Anrufbeantworter ran.

Joe schlägt vor, ihn vor dem Anwesen abzupassen, aber das lehne ich ab, denn ich will ihm nicht wie ein aufdringlicher Paparazzo auf die Pelle rücken. Stattdessen lasse ich ihn eine Weile in Ruhe, denke auf langen Spaziergängen über meine neuen Erkenntnisse nach und versuche, die verschiedenen Puzzleteile zusammenzufügen.

Am Mittwoch rufe ich Greygo noch mal an, und er legt wieder auf. Als beim zweiten Versuch der Anrufbeantworter anspringt, hinterlasse ich eine Nachricht. «Ich habe einige beunruhigende Fakten über Ihre Mutter herausgefunden. Wenn Sie nicht mit mir darüber reden wollen, werde ich sie ohne Ihr Einverständnis und unkommentiert veröffentlichen. Normalerweise widerstrebt mir diese Art von Revolverjournalismus, aber wenn Sie nicht mit mir zusammenarbeiten, bleibt mir keine andere Wahl.»

Ein paar Minuten später klingelt das Telefon. «Wenn Sie mich verarschen, wird Ihnen das leidtun.» Greygo hat einen starken Cockney-Akzent und klingt überhaupt nicht wie sein Vater oder seine Mutter. Zumindest nicht so wie die Mutter, die ich kannte.

«Ich verarsche Sie nicht», versichere ich ihm. «Ich würde Sie nicht behelligen, wenn es nicht wichtig wäre. Ich habe mit Ihrem Großvater gesprochen, deshalb weiß ich, wie sehr …»

«Mit Andrew?», unterbricht er mich überrascht.

«Ich habe ihn in Birmingham besucht. Er hat mir erzählt, dass Sie …»

«Andrew hat Sie reingelassen?», unterbricht mich Greygo erneut. «Er hat Ihre Fragen beantwortet?»

«Ja. Ebenso wie Bond Gardiner und viele andere, die Ihre Eltern kannten. Ich möchte in meinem Buch ein möglichst vollständiges Bild vom Leben Ihres Vaters zeichnen.»

«Haben Sie mich deshalb angerufen? Weil Sie wissen wollten, was ich von meinem Vater denke?»

«Zuerst schon. Aber gestern habe ich etwas erfahren, was alles verändert. Es ist eine persönliche Angelegenheit, die möglicherweise gar nichts mehr mit meinem Buch zu tun hat. Es geht um Ihre Mutter.»

Greygo schweigt, und als ich schon denke, er wird wieder auflegen, blafft er ins Telefon: «Wissen Sie, wo ich wohne?»

Und ob ich das weiß, denke ich.

«Ja.»

«Können Sie heute Nachmittag um zwei zu mir kommen?»

«Kann ich.»

«Ich habe Leute, die mich beschützen. Kommen Sie alleine. Sie haben genau zwei Minuten, um mich zu beeindrucken, also fangen Sie am besten gleich mit Ihrer großen Enthüllung an.»

«Vielen …» Er legt auf. «… Dank», beende ich meinen Satz trotzdem und grinse siegesgewiss.

Ich rufe Joe an, um ihn über die neueste Entwicklung zu informieren. Er klingt beunruhigt, spricht von der Höhle des Löwen und fragt, ob er die Polizei rufen soll, wenn ich mich bis zum Abend nicht gemeldet habe. Ich entgegne, dass ein guter Bestattungsunternehmer dann wahrscheinlich sinnvoller wäre. Joe findet das nicht lustig. Das sollte er auch nicht, denn ich habe es ernst gemeint.

Es ist ein merkwürdiges Gefühl, zum Anwesen der Menderes zurückzukehren und so zu tun, als ob ich noch nie dort gewesen wäre. Am Tor erwartet mich ein bewaffneter Leibwächter, der mich mein Auto draußen abstellen und vor ihm die Einfahrt hinaufgehen lässt. An der Haupttreppe muss ich mich einer Leibesvisitation unterziehen, die von zwei seiner Kollegen durchgeführt wird. Wahrscheinlich hat Bond Gardiner ihnen eingeschärft, bei mir besonders gründlich zu sein. Viel hätte nicht gefehlt, und sie hätten auch noch meinen Enddarm inspiziert.

Gregory Menderes empfängt mich in einem der kleineren Räume des Hauses, einem mit Ledermöbeln ausgestatteten Arbeitszimmer. Er sitzt in einem weißen Anzug hinter dem Schreibtisch und sieht mich an, ohne mir eine Hand hinzustrecken. Sein Gesicht ist tief gebräunt, und auf seinem kahlgeschorenen Kopf sprießen Härchen so kurz wie Bartstoppeln.

«Setzen Sie sich», sagt er.

Selbst bei dem schwachen Licht erkenne ich, wie ähnlich er seiner Mutter sieht. Er hat die gleiche Nase, den gleichen Mund und die gleichen Augen, auch wenn seine tiefblau sind und nicht leuchtend grün wie ihre. Die Erinnerung an Andeanna – *meine* Andeanna – schnürt mir fast die Kehle zu.

«Schießen Sie los!», befiehlt er energisch.

Ich muss mich räuspern: «Ihre Mutter wurde ermordet.»

Greygo mustert mich kühl. «Ist das alles?», fragt er. Ich habe keine Antwort darauf und kann vor lauter Erstaunen über seine gelassene Reaktion nur nicken.

«Ich weiß nicht, wer Ihnen diesen Unsinn eingeredet hat, aber er irrt sich. Wenn Sie mir sonst nichts zu sagen haben, ist dieses Treffen hiermit beendet.» Ich starre ihn wortlos an. «Das ist das Stichwort für Sie zu gehen, Mr. Sanders.»

Endlich finde ich meine Sprache wieder. «Nein! Sie verstehen nicht, was ich meine. Es war Ihr Vater. Er hat sie umgebracht.»

«Lächerlich», schnaubt Greygo. «Mein Vater hat meine Mutter geliebt.»

«Und wie!», lache ich höhnisch. «So sehr, dass er sie grün und blau geschlagen hat, wenn sie einen anderen Mann auch nur ansah.»

Greygos Augen verengen sich zu schmalen Schlitzen. «Hat Ihnen mein Großvater das erzählt?»

«Ja. Aber er war nicht der Einzige.»

Der Menderes-Erbe nickt langsam. «Meine Eltern haben versucht, es vor mir zu verbergen. Sie dachten, ich würde es nicht mitkriegen, aber Kinder kriegen alles mit …» Er reißt sich zusammen. «Aber das ist ohne Belang. Mein Vater hat meine Mutter nicht umgebracht, egal, wie oft er sie geschlagen hat. Wenn das alles war, was Sie mir sagen wollten … Ich habe zu tun.»

«Sie hatte einen Liebhaber», spucke ich aus in der Hoffnung, eine Wirkung zu erzielen. Er antwortet nicht, aber das nervöse Zucken seiner Finger zeigt mir, dass ich einen Treffer gelandet habe. «Ihr Vater hat die beiden erschossen und danach den Autounfall Ihrer Mutter inszeniert. Die Leiche des Liebhabers hat Bond Gardiner beseitigt.»

Greygo hebt eine Hand und kaut an seinen Fingernägeln. «Dann schätze ich, dass Bond Ihnen diese Geschichte erzählt hat. Schließlich ist er der Einzige, der dabei war.»

«Ich darf meine Quellen nicht nennen», erwidere ich schwach.

Greygo lächelt matt. «Er *muss* es gewesen sein. Ich bin schockiert, dass er Ihnen so etwas anvertraut, während er es mir die ganze Zeit verheimlicht hat. Von mir aus soll er auch weiterhin glauben, ich wüsste von nichts.»

«Wollen Sie damit sagen, dass Sie über die Morde Bescheid wissen?»

«Ich weiß von *einem* Mord», berichtigt er mich. «Vom Mord an Axel Nelke.»

Mein Gesicht wird kreidebleich.

«Das war der Name ihres Liebhabers», fährt Greygo fort. «Er war der Mann, den mein Vater getötet hat, als er ihn mit meiner Mutter im Bett erwischt hat.»

Ich bin froh, dass ich sitze, denn auf einen Schlag verlässt mich all meine Kraft, und ich fühle mich schwer wie ein Sack voller Mondgestein.

«Ist alles in Ordnung mit Ihnen?», fragt Greygo, in dessen Stimme fast so etwas wie Mitgefühl schwingt.

«Nelke», stoße ich hervor.

«Möchten Sie vielleicht ein Glas Wasser? Oder brauchen Sie frische Luft?»

Ich winke ab. «Wissen Sie … ob kurz vor dem Tod Ihres

Vaters … einer seiner Leibwächter verschwunden ist?», frage ich, während ich nach Luft ringe.

«Wie bitte?»

«Ich habe gehört, einer der Männer Ihres Vaters sei verschwunden. Möglicherweise hat dieser Mann ihn umgebracht.»

Greygo runzelt die Stirn. «Davon weiß ich nichts. Ich bekomme zwar nicht alles mit, was hier geschieht, aber über wichtige Sachen informiert man mich normalerweise schon.»

«Dann wird also kein Leibwächter vermisst?»

«Nein.»

Ich denke angestrengt darüber nach, was das bedeuten könnte, aber mein Kopf ist leer.

«Dieser Axel Nelke, den Ihr Vater umgebracht hat», krächze ich, während ich den grinsenden Geist anstarre, der mir unter diesem Namen bekannt ist und den ich nicht allzu weit von hier mit einem Telefonkabel erdrosselt habe. «Können Sie ihn mir beschreiben?»

Greygo lacht. «Ich war damals zehn Jahre alt. Alle Erwachsenen sahen für mich irgendwie gleich aus.»

Axel Nelkes Geist wiehert lautlos und zeigt mir den Stinkefinger.

«Hatte er Kinder?», frage ich.

«Ich glaube nicht. Er war Single, als er mit meiner Mutter …» Er verzieht das Gesicht.

«Ich verstehe das nicht», stöhne ich, während Nelkes Geist sich mir mit geschürzten Lippen nähert, als wolle er mir einen Kuss geben. Dann aber schnappt er doch nur mit seinen nebelartigen Fangzähnen nach mir. «Es ist wie ein Albtraum, in den man immer weiter hineinrutscht, wenn man versucht, aufzuwachen.»

Greygo starrt mich eine Weile verständnislos an, dann steht er auf und geht zur Tür. Weil ich befürchte, dass er die Männer ruft, erhebe ich mich mühsam und stelle mich ihm in den Weg. Als er daraufhin einen raschen Schritt zurück macht, hebe ich die Hände, um ihm zu zeigen, dass ich nicht vorhabe, ihm weh zu tun. «Ich weiß, dass ich mich ziemlich seltsam benehme», sage ich. «Es tut mir leid. Das ist das erste Buch, das ich schreibe. Es stresst mich mehr, als Sie es sich vorstellen können.»

«Dann lassen Sie es doch bleiben», sagt Greygo trocken.

«Vielleicht tue ich das», seufze ich, als ob das eine Alternative wäre. «Je mehr ich mich mit dieser Sache beschäftige, desto verrückter wird sie.»

Greygo sieht mich besorgt an, während er sich wieder setzt und auf meinen Stuhl deutet. Sobald auch ich mich wieder gesetzt habe, will er wissen, weshalb ich auf den Namen Axel Nelke so heftig reagiert habe. Ich überlege rasch, ignoriere die Ablenkungsmanöver des betroffenen Geistes und fange an zu reden.

«Ich habe dieses Buch kurz nach dem Tod Ihres Vaters angefangen. Zuerst hatte ich vor, seine Geschichte ganz klassisch zu erzählen, aber dann sagte mir ein Mann, der sich Axel Nelke nannte, dass Mikis Menderes in den Wochen vor seinem Tod mit einer Frau gesehen worden sei, die genauso ausgesehen habe wie Ihre Mutter, und dass diese Frau seit dem Tod Ihres Vaters verschwunden ist. Diese Geschichte hat mich so fasziniert, dass ich eine gänzlich andere Richtung eingeschlagen habe und …»

Ich höre auf zu sprechen, denn Greygo sieht plötzlich abwesend aus, und er lächelt wohlwollend vor sich hin, während er aufsteht und mir bedeutet, ihm zu folgen. Draußen vor der Tür schickt er die Leibwächter fort, dann führt er mich durch das Haus. Dabei gibt er keine Erklärungen ab, aber in jedem Raum, durch den wir gehen, berührt er im Vorbeigehen schweigend Wände und Möbel.

«Bond Gardiner hat Sie angelogen, was meine Mutter betrifft», sagt er, als wir die Treppe hinaufgehen. «Er wollte Sie in die Irre führen. Was wirklich geschah, ist Folgendes: Meine Mutter hatte gegen Ende ihres Lebens eine kurze Affäre mit Axel Nelke, einem ihrer Leibwächter. Mein Vater hat das von Anfang an vermutet. Die beiden gerieten in ein paar brenzlige Situationen, die ihnen eine Warnung hätten sein müssen, aber sie machten unbeirrt weiter, bis die Sache zu einem tragischen, aber vorhersehbaren Ende kam. Mein Vater tötete Nelke. Ich bin mir nicht sicher, wie, aber ich denke, dass er ihn erdrosselt hat.»

Ich weiche einen Schritt zurück. Nelkes Geist hebt das Kinn und deutet selbstgefällig auf die Wunde um seinen Hals. «Und was hat er mit Ihrer Mutter gemacht?», keuche ich.

«Er hat sie windelweich geprügelt, davon bin ich überzeugt, aber er liebte sie und hätte sie nie getötet – er hätte sie nie töten *können*.»

«Aber Gardiner hat gesagt …»

«Mr. Sanders, glauben Sie im Ernst, ich hätte all die Jahre dieses Haus mit meinem Vater geteilt, wenn er meine Mutter umgebracht hätte?»

«Aber wenn Sie nichts wussten …», murmle ich.

«Aber ich habe es gewusst. Ich weiß es seit über fünf Jahren. Niemand hat meine Mutter ermordet.» Er bleibt vor einem der Gästezimmer stehen und senkt, obwohl der lange Flur völlig leer ist, die Stimme. «Sie hat sich selbst umgebracht.»

Er setzt sich wieder in Bewegung. Nach einer kurzen, grauenvollen Pause eile ich ihm hinterher, packe ihn am Arm und drehe ihn um, damit ich ihm ins Gesicht sehen kann. Es überrascht mich nicht, dass er Tränen in den Augen hat. «Es war Selbstmord?», flüstere ich.

«Ja. Mein Vater hat Axel Nelke getötet, Bond hat die Leiche

verschwinden lassen, und meine Mutter hat ihren Lebenswillen verloren. Ein paar Wochen später ist sie in einer scharfen Kurve absichtlich an einen Baum gefahren. Natürlich hat mich das jedes Mal, wenn ich daran denke, krank gemacht, und natürlich habe ich meinem Vater auch eine gewisse Schuld an ihrem Tod gegeben. Ich hätte mir gewünscht, dass er liebevoller und verständnisvoller mit ihr umgegangen wäre, aber es war *ihre* Entscheidung, ihr Leben zu beenden. Mein Vater litt darunter mehr, als er je zugeben konnte. Was hätte es mir gebracht, ihn zu hassen?»

Mir schwirrt der Kopf von dieser neuerlichen Wendung der Geschichte. «Eine Zeugin hat gesagt, dass sie schon vor dem Aufprall Flammen in dem Wagen gesehen hat.»

«Das kann nicht sein. Es war Selbstmord.»

«Das können Sie nicht mit Sicherheit sagen», widerspreche ich ihm. «Schließlich war sie allein in dem Wagen. Sie hätten es gerne, dass es Selbstmord war, damit Ihren Vater keine Schuld trifft.»

«Es ist keine Theorie», antwortet er leise. «Es ist die Wahrheit.»

«Woher wollen Sie das wissen?», rufe ich empört. «Nur eine Person weiß das wirklich, und die ist …»

«… tot», beendet er ruhig meinen Satz. «Aber die Toten können sprechen, das weiß ich aus erster Hand.»

«Wovon reden Sie überhaupt?», flüstere ich.

Greygo blickt mir ruhig in die Augen. «Glauben Sie an Gespenster, Mr. Sanders?»

Ich trete einen Schritt zurück und blicke auf die sieben Schatten, die sich um mich drängen. Eigentlich hätte ich erwartet, dass sie sich über mich lustig machen wie Nelkes Geist vorhin, aber sie starren mich nur ernst und anklagend an. Aus Angst vor dem, was Gregory Menderes mir zu sagen hat, wäre ich am liebsten weggerannt, aber ich muss es mir anhören. Ich muss die Wahrheit erfahren, oder zumindest *seine* Version davon.

«In diesem Haus hat es gespukt», erzählt Greygo. «Die Leute haben mich oft gefragt, wie das denn ist, wenn man seine Mutter so früh verliert. Ich war nie in der Lage, es ihnen zu sagen, weil ich sie – bis vor kurzem – nicht richtig verloren hatte.»

Er geht wieder los. Ich folge ihm mechanisch. Auch die Geister setzen sich in Bewegung wie ein Trauerzug bei einer Beerdigung. Das kleine Mädchen macht den Anfang, und die anderen folgen ihr. Auch Nelke reiht sich in die Prozession ein.

«In der Nacht ihres Todes kam ihr Geist zu mir», erklärt Greygo. «Ich bin mitten in der Nacht total verängstigt aufgewacht und wusste, dass sie tot war, aber auf einmal stand sie neben meinem Bett. Sie sprach nicht, aber in meinem Kopf hörte ich sie sagen, dass alles gut sei, dass ich mich vor nichts fürchten müsse und dass sie mich nicht verlassen würde. Ich bin dann wieder eingeschlafen, und als mich mein Vater am Morgen weckte und mir schonend beibringen wollte, dass Mutter tot war, nahm ich die Nachricht ziemlich gelassen auf. Ich wusste ja, dass sie nicht wirklich fort war.

Seitdem ist sie nachts durch dieses Haus gegeistert. Es ist schwierig, sie zu beschreiben, denn sie sieht so aus wie damals, als sie noch am Leben war, aber gleichzeitig hat sie auch etwas Unwirkliches.»

«Das ist ja Wahnsinn», sage ich heiser.

Greygo zuckt mit den Achseln. Wir haben Andeannas Schlafzimmer erreicht. Er öffnet die Tür und blickt hinein. «Mein Vater hat diesen Raum so gelassen, wie er zu ihren Lebzeiten war. Meine Mutter hat viel Zeit hier verbracht, sie saß in ihrem Lieblingssessel oder lag auf dem Bett.» Er macht die Tür behutsam wieder zu. «Ich weiß nicht, ob jemand anders sie auch gesehen hat. Unsere Bediensteten haben wohl etwas gespürt, denn es gab viele, die hier nachts nicht arbeiten wollten, aber gesagt haben sie nie etwas. Ich denke, mein Vater wusste es. Vermutlich war das der Grund, weshalb er nie wieder geheiratet hat.»

«Und Axel Nelke?», frage ich skeptisch. «Geistert der auch durch dieses Haus?»

«Nein.» Greygo runzelt die Stirn. «Es war immer nur meine Mutter. Ich weiß nicht, wer die Person ist, mit der Sie geredet haben, und weshalb sie Ihnen von meiner Mutter erzählt hat. Wo haben Sie diesen Axel Nelke denn getroffen?»

Ich öffne den Mund, um zu antworten, schließe ihn aber sofort wieder. Was soll ich denn sagen? Dass ich Nelke *hier* getroffen habe? Dass ich auch seine tote Mutter getroffen habe? Ach, und übrigens bin ich der Kerl, der Ihren Vater getötet hat, aber das geht schon in Ordnung, weil ich es auf Anweisung von Andeanna tat.

«Zeigen Sie mir Ihre Mutter», sage ich stattdessen und fordere ihn auf, seine verrückte Geschichte mit Beweisen zu untermauern.

Greygos Gesicht wird sanfter. «Seit dem Tod meines Vaters kommt sie nicht mehr. Vielleicht hat sie auf ihn gewartet und ist jetzt an einem besseren Ort mit ihm vereint.»

«Wie romantisch», sage ich sarkastisch. «Vielleicht wollte sie auch nur sehen, wie er stirbt, weil sie sich an ihm rächen wollte. Vielleicht hat *sie* ja den Mord an ihm organisiert.» Greygo starrt mich an, als ob ich verrückt wäre. Vielleicht bin ich das. Gerade jetzt weiß ich nicht, wo diese Welt aufhört und all die anderen Welten anfangen. Ich habe Joe oft für seine weit hergeholten Theorien kritisiert, aber jetzt hole ich meine eigenen Theorien von noch viel weiter her. «Auge um Auge, Zahn um Zahn, Leben um Leben. Vielleicht hat sie eine Möglichkeit gefunden, sich außerhalb des Hauses zu materialisieren, und den Mörder angeheuert, der dann …»

Gregory Menderes bricht in Gelächter aus. «Das ist verrückt.»

«Sie sind doch derjenige, der behauptet, dass er mit einem Geist zusammengelebt hat», erinnere ich ihn.

«Ein Geist, ja, der Schatten einer Frau, die sich vor lauter Unglück das Leben nahm, aber doch kein Zombie, der Morde organisiert. Außerdem habe ich Ihnen doch gesagt, dass mein Vater sie nicht getötet hat, also musste sie sich auch nicht an ihm rächen.»

«Da haben wir es schon wieder. Woher *wissen* Sie das? Wie können Sie sich hier hinstellen und behaupten, dass …»

«Sagt Ihnen der Name Etienne Anders etwas?», unterbricht er mich.

Fast hätte ich verneint, als mir das Medium einfällt, zu dem mich die falsche Andeanna während meiner Recherchen für *Feuergeist* schicken wollte. «Ja», sage ich vorsichtig.

«Wissen Sie, wie Sie sie erreichen können?»

«Ich habe ihre Nummer.»

«Dann machen Sie einen Termin mit ihr. Sagen Sie, ich hätte Sie geschickt, und bitten Sie sie, dass sie Ihnen einen Kontakt herstellt.»

«Was für einen *Kontakt*? Nun starre ich ihn an, als ob er verrückt wäre. «Einen Kontakt mit wem?»

Er lächelt dünn. «Wenn Sie es sich nicht vorstellen können, dann sind Sie nicht einmal halb so investigativ, wie Sie glauben zu sein.» Er streckt mir seine Hand hin, die ich wie benommen ergreife. «Einen schönen Tag noch, Mr. Sanders. Normalerweise würde ich Sie hinausbegleiten, aber ich möchte jetzt lieber eine Weile allein sein. Das verstehen Sie doch sicher.»

«Aber der Geist … Ihre Mutter … die Wahrheit …»

«Etienne kann das besser erklären als ich», verspricht er. «Wenn ich es Ihnen sagen würde, würden Sie es mir nicht glauben. Besuchen Sie sie. Danach können Sie mich gerne anrufen, wenn Ihnen danach ist, aber ich glaube nicht, dass das nötig sein wird.» Er nickt kurz, dreht sich um und geht zurück in sein Arbeitszimmer.

Ich bleibe auf dem Treppenabsatz stehen und zermartere mir den Kopf. Dann steige ich hinter der finsteren Prozession meiner Geister zitternd die Treppe hinab und verlasse taumelnd dieses Haus voller Wahn und Tod. Ich mache mich auf den Weg zu den düsteren Geheimnissen, die anderswo auf mich warten.

ACHTZEHN

Im Auto wähle ich Etienne Anders' Nummer. Dabei zittern meine Hände so sehr, dass ich mehrere Versuche brauche, um die richtigen Tasten zu drücken. Als ich es schließlich geschafft habe, klingelt es sechsmal, bevor sich ein Anrufbeantworter einschaltet. Ich hinterlasse meinen Namen und meine Handynummer und bitte um Rückruf.

Mein Herz schlägt wie wild, und meine Gedanken drehen sich so schnell im Kreis wie ein Goldfisch auf Speed. Wenn die Mystikerin mir bestätigt, dass Gregory Menderes die Wahrheit gesagt hat, dann habe ich mich in einen Geist verliebt. Einen Geist, der es geschafft hat, sich als lebender Mensch auszugeben. Wenn das der Fall ist, gibt es das Leben, wie ich es bisher gekannt habe, nicht mehr. Worauf soll man noch vertrauen in einer Welt, in der Geister mitten unter uns herumlaufen, ohne dass man sie als solche erkennen kann?

Ich habe nie wirklich geglaubt, dass es Geister gibt. Meine

Recherchen über all die Jahre hatten hauptsächlich den Zweck, mir den Wahnsinn vom Hals zu halten. Die Suche nach Beweisen für das Übernatürliche war für mich eine Flucht vor einer Erkenntnis, die ich im Grunde meines Herzens für unumstößlich gehalten habe: dass meine Geister nur ein Beweis für mein zerrüttetes Nervenkostüm sind, denn ich habe nie an die Existenz Gottes oder ein Leben nach dem Tod geglaubt. Falls ich mich geirrt habe … falls Andeanna der Beweis war, nach dem ich voller Skepsis gesucht habe … dann hat sich alles grundlegend geändert. Einerseits finde ich das sehr spannend, andererseits macht es mir Angst, weil ich dann jeden Beweis, den ich glaubte, erbracht zu haben, neu bewerten muss. Ich muss versuchen, in allem einen neuen Sinn zu finden.

Ich muss wieder an die Handlung von *Feuergeist* denken. In letzter Zeit habe ich mich gedanklich von dem Roman entfernt und ihn eher als ein Überbleibsel aus einem früheren Leben angesehen, aber nun bin ich wieder mittendrin in der Geschichte. War ich mit meinen Einfällen näher an der Wahrheit, als ich dachte? Ist es möglich, dass meine stümperhaften Anstrengungen, mir eine vernünftige Geistergeschichte auszudenken, mich über eine unsichtbare Grenze in eine sehr reale und doch übernatürliche Welt getrieben haben? Habe ich damit unbeabsichtigt den Geist von Andeanna Menderes in mein Leben geholt? Habe ich ihm einen Weg eröffnet, auf dem er sich körperlich materialisieren konnte?

Während ich über das Unmögliche nachdenke, ruft Joe an und will wissen, wie mein Treffen mit Greygo war. Ich lüge ihn an, sage, dass ich nichts Neues erfahren hätte und jetzt eine bestimmte Spur verfolgen müsse und mich nächste Woche wieder bei ihm melden würde. Ich will Joe nicht den Schrecken dieser verrückten, neuen Welt aussetzen. Ich will ihn nicht mit in die Dunkelheit ziehen, in der die Toten einen packen und mit einem machen können, was sie wollen.

Stunden verstreichen. Ich versuche, nicht an Andeanna und Axel Nelke zu denken, aber es gelingt mir nicht.

Schließlich klingelt mein Handy. «Hallo?», melde ich mich mit heiserer Stimme.

«Edgar Sanders?», fragt eine Frau.

«Ja.»

«Ich bin Etienne Anders. Es tut mir leid, dass es so lange gedauert hat, bis ich mich bei Ihnen melden konnte, aber ich hatte einen hektischen Tag.»

«Kein Problem. Danke, dass Sie mich zurückrufen.»

Es folgt eine peinliche Stille. Sie erwartet von mir, dass ich etwas sage, aber ich weiß nicht, wie ich anfangen soll. Als sie merkt, dass ich hänge, kommt sie mir zu Hilfe. «Wollen Sie etwas über Ihr Schicksal erfahren?»

«Nein, ich …» Was soll ich ihr sagen? Will ich, dass sie für mich den Geist einer toten Frau ruft, in die ich mich verliebt habe? Dass sie mir das Schloss zu einem Rätsel öffnet, das ich ihr nicht beschreiben kann? «Gregory Menderes hat mir gesagt, ich soll Sie anrufen.»

«Greygo?» Ich spüre, dass sie lächelt. «Der Gute ist einer meiner Lieblingskunden, auch wenn ich ihn in letzter Zeit nur selten gesehen habe. Wie geht es ihm? Ich habe ihm eine Beileidskarte zum Tod seines Vaters geschickt.»

«Gregory geht es gut. Ich …» Jetzt ist es so weit. «Ich rufe wegen seiner Mutter an, wegen Andeanna.»

«Tatsächlich?» Nun klingt ihre Stimme vorsichtig.

«Ich schreibe an einem Buch über Mikis Menderes, und es gibt Dinge, die ich über sie erfahren möchte. Greygo hat mir gesagt, dass ich mich mit Ihnen in Verbindung setzen soll. Er meint, Sie wüssten mehr über sie als er.»

«Das glaube ich nicht, mein Bester», erwidert sie. «Ich habe lediglich für Greygo ein paarmal gechannelt, aber … Sie wissen, was Channelling ist?»

«Ein Medium wird zum Sprachrohr für einen Toten.»

«Ja. Ich lasse die Toten durch mich sprechen. Ich habe für Greygo gechannelt, aber ich bekam nicht mit, was dabei gesprochen wurde. Manchmal übernimmt eine Seele die Kontrolle über mich und schaltet mich völlig aus, damit sie mit einem geliebten Menschen unbeobachtet reden kann.»

«Aber er hat gesagt, dass ich Sie anrufen soll», protestiere ich.

Sie macht ein Geräusch, als würde sie die Luft zwischen Zähnen und Lippen einsaugen. «Macht es Ihnen etwas aus, wenn ich Sie zurückrufe, mein Bester? Ich würde gern erst noch mal mit Greygo sprechen. Nicht dass ich Ihnen nicht glaube, aber man kann nie vorsichtig genug sein, oder?»

«Natürlich. Aber geben Sie mir bitte Bescheid, wenn Sie ihn nicht erreichen. Ich will nicht die ganze Nacht dumm rumsitzen und warten.»

«Mach ich, mein Bester. Keine Sorge, es wird nicht lange dauern.»

Während ich warte, rekapituliere ich unser kurzes Gespräch. Eine Channellerin! Will Greygo auf diese Weise die Wahrheit über den Tod seiner Mutter erfahren haben? Im Lauf der Jahre habe ich viele Medien besucht. Die meisten von ihnen waren unverfrorene Scharlatane, bei ein paar habe ich mich gefragt, ob an ihnen nicht doch was dran, aber nicht mal die besten konnten mir einen Beweis dafür liefern, dass sie tatsächlich in Kontakt mit den Toten treten konnten. Keines von ihnen war in der Lage, mir auf konkrete Fragen befriedigende Antworten zu geben, die zweifelsfrei belegt hätten, dass sie mit Geistern kommunizieren konnten.

Zehn Minuten später ruft Etienne zurück. «Tut mir leid, dass es so lange gedauert hat, mein Bester, aber ich musste mit Greygo über seinen Vater reden. Sein Tod geht ihm schrecklich nahe. Man weiß noch immer nicht, wer es getan hat. Ich habe ihm angeboten, dass er zu mir kommen und mit ihm in Kontakt treten kann. Vielleicht sagt sein Vater ihm ja, wer ihm das angetan hat.»

Mit dieser Wendung habe ich nicht gerechnet, dass Mikis Menderes als Geist zurückkehren und mit dem Finger auf mich zeigen könnte. Mitten in all dem Wahnsinn regt sich mein Selbsterhaltungstrieb und lässt mich fragen, wie Greygo auf ihren Vorschlag reagiert hat.

«Er fand ihn nicht so gut. Er möchte lieber warten, bis er über den Tod seines Vaters hinweggekommen ist, sonst ist es zu schmerzhaft für ihn. Ich kann das verstehen. Es ist besser, solche Dinge nicht zu überstürzen. Die Toten können warten, so viel steht fest.»

«Und was ist mit mir? Hat er Ihnen erlaubt, mich zu empfangen?»

«Er ist hin- und hergerissen. Einerseits bedauert er es, dass er Ihnen seine Geheimnisse preisgegeben hat, aber da es nun einmal geschehen ist und Sie so viel über die Sache wissen, findet er, dass Sie auch den Rest erfahren können.»

«Wann kann ich zu Ihnen kommen?»

«Warum nicht gleich? Haben Sie etwas zu schreiben? Ich erkläre Ihnen, wie Sie zu mir kommen.»

Etienne Anders betreibt ihr Geschäft in einem Apartment, das sie in einem Wohnblock im East End gemietet hat. Ihre Privatwohnung liegt woanders, erklärt sie, während ich es mir in dem kleinen Raum bequem mache, aber die Adresse verrate sie nicht einmal ihren ältesten Kunden. «Das ist eine meiner kleinen Marotten. Von denen habe ich eine ganze Menge, mein Bester.»

Sie ist eine Frau mittleren Alters mit ungepflegt wirkendem, grau-braunem Haar. Ihre faltige Haut ist sonnengebräunt und voller Altersflecken, aber ihr Gesicht mit den prägnant hervorstehenden Wangenknochen lässt erahnen, dass sie früher einmal ziemlich gut ausgesehen haben muss. Sie hat einen gebückten Gang und schiefe Schultern, und obwohl sie blütenweiße Handschuhe trägt, ist sie mit ihren schlabberigen Jeans und ihrem verwaschenen Sweatshirt, auf dessen Vorderseite ein Bild von Bob Marley prangt, eher nachlässig gekleidet.

«Ich sehe schrecklich aus, nicht wahr?», lacht sie, während sie sich in einen tiefen, weichen Sessel fallen lässt. «Normalerweise ist das anders, aber heute habe ich einen langen Tag hinter mir. In der Regel bin ich um diese Uhrzeit längst fertig. Ich bin keine Nachteule, mein Bester. Meistens liege ich um zehn längst im Bett.» Sie blickt auf eine Digitaluhr, die hinter mir an der Wand hängt, und seufzt. «Aber nicht heute Abend. Heute tun wir noch was.» Sie nimmt mich an den Händen und schaut mir in die Augen. «Wenn Sie einverstanden sind, werde ich Ihnen das übliche Brimborium ersparen. Wenn Kunden so etwas wollen, dann kriegen sie es auch, aber ich kann auch gleich zur Sache kommen, wenn das gewünscht wird.»

«Können Sie wirklich mit den Toten Kontakt aufnehmen?», frage ich skeptisch.

«Nicht nur das, mein Bester. Ich kann auch mit ihnen sprechen. Aber ich kann nur Kontakt mit jemandem aufnehmen, der das auch will. Ich öffne meine Seele und lade die Toten ein. Wenn sie wollen, kommen sie. Wenn nicht, dann nicht. Wenn Andeanna mit Ihnen reden möchte, wird sie es tun. Wenn nicht …» Etienne zuckt mit den Achseln.

«Ich verstehe.»

«Gut.» Sie lehnt sich zurück, ohne meine Hände loszulassen, und schließt die Augen. «Waren Sie schon einmal bei so einer Sitzung?»

«Bei ziemlich vielen sogar.»

«Dann wissen Sie ja, wie das läuft. Bleiben Sie still, sagen Sie nichts, und stören Sie mich nicht. Gut möglich, dass es eine Zeitlang dauert, bis ich eine Verbindung bekomme. Wir können nichts tun, um die Dinge zu beschleunigen.»

Sie atmet einige Male tief durch und entspannt sich. Nach einer Weile beginnt ihr Kopf von links nach rechts zu schwanken, und aus ihrem Mund kommen unverständliche Worte. Einmal schreit sie auf wie ein kleiner Junge, und ich fürchte schon, dass ich mich mit dem Geist eines weinenden Kindes abgeben muss, aber dann verstummt die Stimme wieder, und Etienne setzt ihre Suche fort.

Während sie ihren Kopf immer heftiger bewegt, schweben meine Geister um sie herum und zeigen mir mit derben Gesten, was sie von dieser Aktion halten. Das haben sie bisher bei solchen Sitzungen oft getan haben, und wenn Etienne wirklich übersinnliche Fähigkeiten hat, wird sie die sieben bösartigen Seelen hier im Raum bestimmt wahrnehmen. Dass sie es nicht tut, macht mich skeptisch, und ich frage mich, ob auch sie nur den gleichen Hokuspokus abzieht wie so viele andere ihrer Zunft.

Fünf oder sechs Minuten später hört Etienne Anders auf, sich in ihrem Sessel hin und her zu wiegen und setzt sich aufrecht hin. Die Augen hat sie immer noch geschlossen, aber ihre Lippen umspielt ein angemessen geisterhaftes Lächeln. «Hallo, Ed», sagt sie, nur dass es nicht ihre Stimme ist, sondern die von Andeanna.

Ich erstarre. Das hatte ich nicht erwartet. Darauf, dass

Etiennes Stimme eine gewisse klangliche Ähnlichkeit mit der von Andeanna annehmen würde, habe ich mich eingestellt, aber was ich jetzt höre, ist die authentische Stimme der Frau, die ich auf dem Themseschiff kennengelernt habe, die mich verführt und dann dazu gebracht hat, den Türken zu töten. Es ist die Stimme ihres Geistes.

«Wer bist du?», krächze ich. «Kommt das vom Tonband?»

«Mach dich nicht lächerlich, Ed.» Jetzt sehe ich, dass auch Etiennes Lächeln das von Andeanna ist. Ein warmes, aber besorgtes Lächeln, wie das kurz vor unserem ersten Kuss. «Du weißt doch genau, dass ich es bin.»

Ich beuge mich nach vorne und ergreife die Hand des Mediums. «Ich will, dass du es mir sagst.»

«Ich bin Andeanna Menderes», seufzt sie, «auch wenn ich mich auf Shars Party Deleena Emerson genannt habe.»

«Du bist gestorben», flüstere ich. «Schon vor Jahren. Du bist tot.»

«Ja, Ed. Ich weiß.»

«Aber du warst ganz real!», rufe ich. «Ich habe dich berührt. Ich habe dich geküsst. Ich habe mit dir geschlafen.»

«Nein», berichtigt sie mich. «Das konnten wir nicht. Ich hätte es gerne getan, wenn ich dazu in der Lage gewesen wäre, aber leider gibt es für mich Grenzen.»

«Wer hat sie dir gesetzt?», ächze ich, aber sie schüttelt lächelnd den Kopf.

«Wie geht es dir?», fragt sie, als ob wir uns erst gestern getrennt hätten.

«Was glaubst du denn, verdammt noch mal?», fahre ich sie an. Ich sehe jetzt nicht mehr Etienne Anders vor mir, ich zweifle nicht mehr daran, dass sie Andeanna ist, und rede mit ihr so, als wäre sie noch am Leben. Als ich *dachte*, sie wäre am Leben. All meine Zweifel sind wie weggeblasen. Erstaunlich problemlos passe ich mich diesem neuen Blick auf die Realität an.

«Ich habe alles getan, um mit dir in Kontakt zu treten», sagt Andeanna, während meine Geister sich mit mürrischen, enttäuschten und verwirrten Gesichtern in den Hintergrund verziehen. «Ich war fast ständig in deiner Nähe und habe versucht, mich bei dir bemerkbar zu machen, aber ich konnte es nicht mehr. Wenn du nicht hierhergekommen wärst, hätten wir nie wieder miteinander sprechen können. Aus diesem Grund habe ich dir vorsorglich von Etienne erzählt. Ich wusste nicht, was geschehen würde, wenn Mikis tot ist, aber ich habe irgendwie geahnt, dass es so sein könnte. Ich wollte nicht gehen, ohne es dir zu erklären.»

Ich spüre, wie mir die Tränen kommen, aber ich halte sie zurück. «Was wolltest du mir erklären? Wie du mich verarscht hast? Wie du mich erst benutzt und dann fallengelassen hast? Wie du mich dazu gebracht hast, deinen Exehemann umzubringen? Du hast mir weisgemacht, das würde uns zusammenbringen, obwohl du genau gewusst hast, dass es uns nur auseinanderbringen würde.»

«Es tut mir leid», sagt sie kleinlaut und senkt beschämt den Kopf. «Es gab keinen anderen Weg. Ich musste ihn umbringen lassen. Genauso, wie er mich umgebracht hat.»

Ich schlucke meinen Ärger hinunter und konzentriere mich auf dieses eine Teil meines Puzzles. «Der Türke hat dich umgebracht?», frage ich, und sie nickt. «Aber Greygo hat gesagt, dass das nicht …»

«Greygo kam zum ersten Mal zu Etienne, als er neunzehn war», unterbricht sie mich. «Seit meinem Tod war ich ständig um ihn, genauso wie deine Geister immer um dich sind, aber das hat nicht ausgereicht. Er hat mich eben nur so gekannt, wie ein kleines Kind seine Mutter kennt, und sehnte sich danach, mehr über mich zu erfahren. Er hat eine Menge Medien und Wahrsager abgeklappert, weil er mit mir in Verbindung treten und hören wollte, dass ich ihn liebe. Etienne war die Einzige, durch die ich reden konnte. Sie ist etwas Besonderes, so wie du auch. Ihr beide habt eine Verbindung zu den Toten, die den meisten Lebenden fehlt.

Greygo hegte schon lange einen Verdacht. Mikis hat sich zwar bemüht, sein Geheimnis nicht zu verraten, aber im Suff hat er manchmal meinen Namen gestöhnt und mich um Vergebung gebeten. Greygo hat sich natürlich gefragt, weshalb sein Vater sich so schuldig fühlte.

Er hat lange gebraucht, bis er sich traute, mir die Frage zu stellen.» Das Gesicht des Mediums strahlt vor Andeannas Stolz. «*Hat mein Vater dich umgebracht?* Fast wäre er an dieser Frage zerbrochen. Am liebsten hätte ich ihm die Wahrheit gesagt und erzählt, dass sein Vater ein Monster ist, das mir mein Leben genommen hat. Aber dann sah ich in seinen Augen die Angst davor, dass ich Ja sagen könnte ...» Ihre Miene verfinstert sich. «Sosehr ich Mikis hasste, so sehr liebte ich Greygo, deshalb brachte ich es nicht übers Herz, ihn zu zerstören. Ich habe eine Selbstmordgeschichte erfunden, in die ich so viel Wahres mischte, dass sie Mikis' Schuldgefühle erklären konnte. Auch sie tat Greygo weh, aber nicht so sehr, wie die Wahrheit es getan hätte.»

«Glaubst du nicht, dass es ihm weh tut, wenn sein Vater ermordet wird?»

«Natürlich», seufzt sie, «aber ich hatte keine andere Wahl. Ich musste Mikis töten, sonst hätte ich nie meinen Frieden gefunden.»

«Sag mir, wie du es getan hast», flüstere ich. «Wie du eine menschliche Gestalt angenommen und mich gefunden hast.»

Etienne zuckt mit den Achseln, genau wie Andeanna es tat,

wenn sie eine meiner Fragen nicht beantworten konnte. «Ich weiß es nicht.»

«Unsinn», fauche ich.

«Kein Unsinn, sondern die Wahrheit», sagt sie sanft. «Das hier ist die Realität, Ed, nicht eines deiner Bücher. Hier gibt es nicht auf jede Frage eine Antwort. Jahrelang war ich ein körperloses Wesen, das in unserem Haus herumspukte. Ab und zu habe ich ganz kurz andere Geister gesehen, aber ich habe nie eine Möglichkeit gefunden, mit ihnen zu kommunizieren. Ich war ganz allein und einsam. Das Einzige, was ich hatte, war Greygo. Ich sah ihm zu, wie er erwachsen wurde. Ich war da, als er seine erste Freundin mit nach Hause brachte, und habe die ganzen Jahre über auf ihn aufgepasst und mit ihm gesprochen, auch wenn er mich nicht hören konnte.

Eines Nachts spürte ich, dass ich anfing, mich zu verändern, mich zu verfestigen. Das war zuerst ein entsetzliches Gefühl, denn ich wusste nicht, was mit mir geschah. Aber nach dem ersten Schock war es wunderbar. Auf einmal konnte ich wieder etwas spüren. Aber weil ich wieder einen Körper hatte und damit sichtbar war, musste ich verschwinden, bevor mich jemand sah. Also schnappte ich mir ein paar Kleidungsstücke von Greygo und floh.

Ich lief die ganze Nacht durch die Stadt, während sich mein Fleisch und meine Knochen immer weiter verfestigten. Wenn du glaubst, dass so etwas ohne Schmerzen geschieht, dann irrst du dich gewaltig. Außerdem war mir furchtbar kalt, und ich hatte schreckliche Angst. Als dann die Sonne aufging, löste ich mich in nichts auf, wie ein Vampir. Und das blieb dann auch so: Immer, wenn der Tag anbrach, habe ich mich aufgelöst. Deshalb konnte ich dich auch erst abends treffen.

Am Abend des ersten Tages habe ich erneut menschliche Gestalt angenommen, und zwar an dem Ort, wo ich mich aufgelöst hatte. Ich war nackt und schutzlos und versteckte mich so lange, bis die Stadt schlief. Dann schlich ich mich zurück in die Villa und holte mir ein paar Sachen aus meinem alten Zimmer. Meinen Schmuck verkaufte ich – Mikis hatte ihn mir geschenkt, weshalb ich keine Skrupel hatte, ihn mir zu nehmen. Er war so wertvoll, dass ich mir von dem Geld eine kleine Wohnung kaufen konnte. In diese kehrte ich dann jede Nacht bei Anbruch der Dämmerung zurück, damit ich mich am nächsten Abend an einem vertrauten Ort wieder materialisieren konnte.

Nach einiger Zeit begannen meine Gedanken um das Thema Rache zu kreisen.» Etiennes Gesichtsausdruck wird härter, und ich stelle mit Erstaunen fest, wie ähnlich sie dabei Andeanna sieht. So, als ob Andeannas Geist innerlich von ihr Besitz ergriffen und die Gesichtszüge des Mediums in die ihren verwandelt hätte. «Es war nicht Hass, der mich antrieb, aber ich musste Mikis trotzdem töten. Ich wusste zwar nicht, *wie* ich wieder Gestalt angenommen hatte, aber instinktiv war mir klar, *weshalb* das geschehen war: um Mikis für sein Verbrechen büßen zu lassen.»

«Wieso war dir das klar?», frage ich.

«Ich wusste es einfach. Es ist ...» Sie grinst schwach. «Es hat etwas damit zu tun, dass ich tot war. Man muss so sterben wie ich und wieder zurückkommen, um das zu verstehen.»

«*So* sehr interessiert es mich dann auch wieder nicht», entgegne ich trocken, und ein paar Sekunden lang lächeln wir uns so an wie früher und tun so, als hätte ich soeben einen großartigen Scherz gemacht.

«Wie dem auch sei», sagt sie, «ich wusste genau, dass ich Mikis nicht selber töten konnte. Ich musste deshalb jemanden anderen finden.»

«Und so kam ich ins Spiel», sage ich verdrießlich, und sie nickt. «Warum gerade ich?»

«Du hast einfach Pech gehabt», seufzt sie.

«Lüg mich nicht an. Du hast mich ganz gezielt ausgesucht und in eine Falle gelockt. Du hast mich zu deiner Marionette gemacht.»

«Nein!» Sie schüttelt heftig den Kopf. «So war das nicht. Es sieht zwar so aus, aber ich schwöre auf alles, was mir heilig ist – auf Greygo –, dass ich dir nicht absichtlich eine Falle gestellt habe.»

«Das glaube ich dir nicht», erwidere ich.

Sie verzieht gequält das Gesicht. «Ich war zufällig auf Shars Geburtstagsparty», erklärt sie. «Schon zuvor habe ich mich öfter mal bei irgendwelchen fremden Feiern eingeschlichen, denn ich konnte mich ja nicht gut bei Menschen sehen lassen, die mich noch als Lebendige gekannt haben. Manchmal habe ich mich Gruppen angeschlossen, die auf dem Weg zu irgendeiner Party waren, und ein paar Stunden lang so getan, als wäre ich lebendig, nur um mich wie Aschenputtel vor Tagesanbruch davonzuschleichen.

An jenem Abend wollte ich mich einfach amüsieren, sonst nichts, aber wie bei vielen anderen von diesen Partys gelang es mir nicht, und deshalb bin ich schließlich oben auf dem Deck gelandet und habe über mein grausames Schicksal nachgedacht, aber dann warst auf einmal du da.» Obwohl die Lider des Mediums immer noch geschlossen sind, fixiert es mich, als könne der Geist von Andeanna durch die dünne Haut sehen. «Mir war auf Anhieb klar, dass du ein gewalttätiger Mensch bist, denn ich sah deine Geister und spürte ihren Hass auf dich. Ich habe das Glas absichtlich von der Reling geschubst, um mit dir ins Gespräch zu kommen. Und den Rest kennst du ja.»

«Das dachte ich auch. Aber jetzt möchte ich, dass du mir erzählst, wie es wirklich war. Es ging dir nie um Liebe, oder?

Du hast mich von Anfang an nur als ein Werkzeug gesehen, das du benutzen konntest, um Mikis zu töten.»

Sie seufzt. «An diesem ersten Abend war mein Interesse an dir tatsächlich eigennützig. Aber das hat sich geändert, als wir uns öfter trafen. Ich habe mich in dich verliebt und vergaß dabei völlig, wer ich war. Es war verrückt und hat alles auf den Kopf gestellt, aber ich konnte einfach nicht anders. Wenn ich mit dir zusammen war, war ich *wirklich* lebendig und sehnte mich nach Liebe. Das war nicht gespielt, Ed. Diese Gefühle hätte ich nicht vortäuschen können.»

«Du lügst.»

«Das tue ich nicht!», schreit sie. «Hör mir zu. *Bitte.* Ich weiß, du hasst mich und du hast auch allen Grund dazu, aber verschließ dich nicht vor der Wahrheit. Ich liebe dich, Ed, und wenn du mich jemals geliebt hättest, so, wie du es immer gesagt hast, dann würdest du jetzt ganz tief drinnen in deinem Herzen wissen, dass ich nicht lüge.»

Es ist zwar schrecklich, aber sie hat recht. Ich weiß es wirklich.

«Was ist mit Axel Nelke?», frage ich, um nicht mehr über das Thema Liebe sprechen zu müssen.

Sie starrt mich durch Etiennes geschlossene Augenlider an und scheint von meiner Reaktion enttäuscht zu sein. Dann aber zuckt sie mit den Achseln. «Axel war mein Liebhaber. Mikis hat ihn umgebracht. Was möchtest du noch wissen?»

«Aber warum hast du dann behauptet, der Bodyguard, den ich getötet habe, wäre Axel Nelke gewesen?»

«Ich habe gelogen. Als du meine erste Tarnung – Deleena Emerson – durchschaut hast, wusste ich, dass ich die nächste so echt wie möglich erscheinen lassen musste. Ich musste dir so viel von der Wahrheit erzählen, wie ich nur wagen konnte.

Hätte ich einen Namen für meinen angeblichen Leibwächter erfunden, dann hättest du vielleicht gespürt, dass ich lüge. Indem ich Axels Namen verwendete, fühlte ich mich sicher. Ich wusste, dass ich dann nicht aus Versehen einen falschen Namen sagen oder dir einmal erzählen würde, er hätte rote Haare und ein andermal, dass er blond sei.»

«Aber der Mann, den ich getötet habe …»

«War einer von Mikis' Leibwächtern. Ich weiß nicht, wie er hieß. Jeden Abend hatte einer von ihnen Dienst, aber wenn Mikis und Greygo nicht im Haus waren, gingen sie normalerweise gegen zehn oder elf.»

«Du hast mich also nicht extra kommen lassen, damit ich ihn umbringe?»

«Natürlich nicht. Ich wollte Mikis töten, sonst niemanden. Keine Ahnung, weshalb der Mann noch einmal zurückkam.»

Sagt sie die Wahrheit? Ich weiß es nicht. Wenn Etienne die Augen offen hätte, könnte ich es vielleicht besser einschätzen. «Greygo wusste nichts von einem verschwundenen Leibwächter», sage ich.

Sie lächelt bitter. «Greygo wollte nichts mit den Geschäften seines Vaters zu tun haben, also hat man ihm, soweit es ging, aus allem rausgehalten. Hätte er bemerkt, dass ein Leibwächter spurlos verschwunden war, hätte Mikis vermutlich irgendeine Erklärung erfunden, aber so sah er keinen Grund, ihn mit dieser Information zu beunruhigen.»

«Warum hast du mich in euer Haus eingeladen?», frage ich, obwohl ich dieses Thema gerne weiter vertieft hätte. «Was war mit den Verletzungen in deinem Gesicht?»

«Die habe ich mir selber zugefügt», murmelt sie. «Ich hatte mich nämlich in dich verliebt. Auf dem Boot dachte ich noch, ich könnte dich einfach anheuern, um Mikis zu töten, aber inzwischen war mir klar, dass du trotz deiner Vergangenheit kein Auftragskiller mehr warst. Dennoch warst du meine einzige Hoffnung. Vielleicht, so dachte ich, könnte ich dich irgendwie dazu bringen, Mikis trotzdem für mich zu töten. Und so habe ich deine Liebe zu mir dafür benutzt, dich gegen Mikis aufzubringen.»

«Dann hast du mich also doch manipuliert!», schreie ich sie an.

«Ja und nein», erwidert sie mit einem leisen Schluchzen.

«Was denn nun, Andeanna? Beides geht nicht.»

«Aber es stimmt», protestiert sie. «Ich habe dich geliebt, Ed – und zwar ganz real. Trotzdem musste ich Mikis töten. Das war der eigentliche Grund, weshalb ich wieder Gestalt angenommen habe. Okay, ich habe dich benutzt. Aber die Liebe, mit der ich dich für mich gewonnen habe, war nicht vorgetäuscht.

Mein Plan war es, dir zu zeigen, wie sehr Mikis mich verletzt hat, damit du den Kopf verlierst und ihn im Affekt tötest. Nach seinem Tod, der mich von meinem Dasein als Geist erlösen würde, wollte ich dir die Wahrheit sagen. Allerdings geht das nur auf dem Umweg über Etienne, was ja auch geklappt hat, wie du siehst. Als dann aber plötzlich dieser Leibwächter aufgekreuzt ist und du ihn für mich umgebracht hast, entstand ein neuer Plan. Du hast mir deine Vergangenheit offenbart und den Mord an Mikis vorbereitet. Das hatte ich nie vorgehabt – es war zu kompliziert und hätte dich viel zu sehr involviert, aber ich konnte dich von deinem Weg nicht mehr abbringen.»

«Du hättest mir die Wahrheit sagen können», widerspreche ich.

Ein mattes Lächeln umspielt Etiennes Lippen. «Was hätte ich dir sagen sollen? Dass ich ein Geist war? Ein Schatten der Nacht? Hättest du mir das geglaubt?»

«Vermutlich nicht», murmle ich. «Aber wenn du mich eines Abends dabei hättest zusehen lassen, wie du dich materialisierst …»

«Daran habe ich auch gedacht», sagt sie. «Aber ich hatte Angst, dich zu verschrecken. Wenn du mitbekommen hättest, was ich wirklich war, hättest du mich wahrscheinlich nicht mehr geliebt.»

«Um mich zu verschrecken, braucht es etwas mehr», ächze ich.

«Wem sagst du das?» Sie grinst und streicht mit einem Finger über mein linkes Handgelenk. «Vielleicht ist es dir ein Trost, dass ich zwar gelogen habe, um meine Interessen zu erreichen, ja, aber ich wollte dich nie in Gefahr bringen. Ich hätte Bond Beweise zuspielen können, die dich für ihn zur Zielscheibe gemacht hätten. Aber ich wollte, dass du fliehen kannst.»

«Wie nett von dir», erwidere ich sarkastisch.

Wir versinken in Schweigen, und ich denke über das Gehörte nach. Eigentlich ist es viel zu verrückt, um wahr zu sein, und ich würde es gerne in Bausch und Bogen verwerfen. Aber was wäre die Alternative? Andeanna Menderes wurde vor zwanzig Jahren ermordet, das ist eine Tatsache. Ich habe mich in eine Frau verliebt, die genauso aussieht wie sie – ebenfalls eine Tatsache. Ich weiß von einer glaubwürdigen Quelle, dass nach ihrem Tod der Geist einer Frau in ihrem Haus gesehen wurde – die nächste Tatsache. Und dass diese Frau jetzt durch ein Medium mit mir spricht, ist wohl auch eine Tatsache.

Zu viele Tatsachen, um sie einfach zu ignorieren. Wenn es keine vernünftige Antwort gibt, muss man das Verrückte akzeptieren. Die Wahrheit kann man nicht bestreiten, auch wenn sie noch so verrückt und aberwitzig klingt. «Dann habe ich mich wohl in einen Geist verliebt», seufze ich.

«Ja.» Andeanna lächelt traurig. «Und ein Geist hat sich in dich verliebt.»

Seltsamerweise hellt sich meine Stimmung bei dieser Erkenntnis auf. Die Wahrheit wurde offenbart, und auch wenn sie eine schreckliche und verdrehte Wahrheit ist, kann ich jetzt versuchen, mit ihr umzugehen. Bestimmt wird das nicht einfach, aber wenigstens muss ich nicht mehr irgendwelchen falschen Spuren hinterherjagen und mich bei der Suche nach Antworten fast um den Verstand bringen.

«Ist es zu viel verlangt», raunt Andeanna, «wenn ich dich bitte, mir zu verzeihen?»

«Ich weiß nicht», gestehe ich. «Du hast meine ganze Welt aus dem Gleichgewicht gebracht. Ich weiß nicht, was ich für dich fühle oder was ich in einer Woche, einem Monat, einem Jahr für dich fühlen werde. Wenn ich dir sagte, ich könnte dir verzeihen, würde ich lügen.»

«Das ist wenigstens ehrlich.»

«Ich war immer ehrlich zu dir», betone ich.

«Aber ich nicht zu dir», bemerkt sie.

«Nun denn.» Ich lehne mich zurück, und blicke dem Medium ins Gesicht. «Was wird jetzt aus uns?»

«Jetzt gehen wir getrennte Wege», antwortet sie sofort.

Ich verspüre einen seltsamen Anflug von Bedauern. Selbst nach allem, was ich wegen ihr durchgemacht habe, liebe ich sie noch so sehr, dass der Gedanke, sie für immer zu verlieren, grauenhaft ist. «Könnten wir nicht … gibt es denn keine Möglichkeit, dass wir …?»

«Nein», sagt sie sanft. «Ich muss weiterziehen. Mikis' Tod hat mich befreit. Es gibt eine andere Welt oder Dimension, in der ich sein sollte. Man hat mich gerufen, und ich muss gehen. Ich *will* gehen. Ich denke, es wird mir dort gefallen.»

Ich spüre, dass mir etwas die Wangen hinunterläuft. Es ist ein Gefühl, als wären Spinnen von der Decke gefallen und würden mir übers Gesicht krabbeln, aber als ich blinzle, stelle ich fest, dass es Tränen sind.

«Kannst du niemals zurückkommen?», schluchze ich und signalisiere ihr gleichzeitig mit einem schiefen Lächeln, dass mir bewusst ist, wie dumm meine Frage ist. «Vielleicht mit einem Wochenendvisum?»

«Ich glaube nicht, dass es da, wo ich hingehe, so etwas gibt», kichert Andeanna. «Aber sollte es so sein, dann werde ich sofort eines beantragen.»

Ich wische mir mit dem rechten Ärmel übers Gesicht und hoffe, dass das nicht Andeannas Kontakt mit dem Medium unterbricht. Ich wünschte, ich hätte die Tränen länger zurückhalten können, denn sie verschleiern mir den Blick auf Andeannas Gesicht, dessen Züge jetzt noch viel klarer als zuvor durch die von Etienne hindurchschmern.

Andeanna nähert ihre Lippen meiner Wange und küsst eine Träne weg. Ich stöhne, und sie zieht sich zurück. Ihr Lächeln verschwindet. «Ich muss jetzt gehen. Etienne kann diese Verbindung nicht unbegrenzt aufrechterhalten.»

«Nur noch ein bisschen …», stammle ich, aber sie schüttelt langsam den Kopf.

«Darf ich dich um einen letzten Gefallen bitten», fragt sie, «bevor ich für immer gehe?»

«Natürlich.» Wieder kommen mir die Tränen.

«Gibst du mir einen letzten Kuss, Ed?»

«Ich konnte einer schönen Frau noch nie einen Gefallen abschlagen», sage ich mit einem erstickten Lachen.

«Aber schwöre mir, dass du es Etienne nicht erzählen wirst.» Sie schmunzelt. «Ich möchte nicht, dass sie denkt, wir hätten ihren Körper missbraucht.»

«Ich werde keinem Menschen von diesem Abend erzählen», schwöre ich.

«Nicht einmal Joe?»

«Dem werde ich die wichtigsten Tatsachen mitteilen, aber nicht mehr. Er hat es verdient, die Wahrheit zu erfahren, schließlich hat er sie schon lange vor mir geahnt, aber ich werde sie ihm nicht in allen Einzelheiten darlegen. Das könnte ich nicht.»

«Mit diesem Kuss werde ich verschwinden, Ed», sagt sie, und beugt sich zu mir. «Kein langer Abschied. Ein letzter Kuss und – pling –, dann bin ich Feenstaub.»

«Ich liebe dich, Andeanna», flüstere ich.

«Ich liebe dich auch», haucht sie. Dann küsst sie mich ein letztes Mal. Ich klammere mich an sie, drücke sie so fest an mich, wie ich kann, und flechte meine Finger zwischen die ihren. Die Tränen laufen mir dabei wie Sturzbäche übers Gesicht, und ich wünschte, ich könnte mit ihr zusammen fortgehen. Gleichzeitig bete ich, dass ich, wenn ich ihr eines Tages folge, sie wieder in meinen Armen halten darf.

Dann ist es vorbei. Noch bevor wir uns voneinander lösen, spüre ich, wie sie entschwindet. Ihre Wimpern zucken gegen meine Wange, und die Begierde ihrer Lippen lässt nach. Langsam löse ich meine Umarmung, und während sie zurück in ihren Sessel sinkt, ist sie nicht mehr Andeanna, sondern nur noch Etienne Anders, das Medium, die Channellerin und Brücke zwischen den Welten.

«Leb wohl», flüstere ich. Vielleicht ist es eine Antwort, vielleicht nur eine Wunschvorstellung, aber es kommt mir so vor, als läge ein ganz leichter Schimmer im Raum, und ein sanfter Lufthauch würde mir von weit her eine kaum hörbare Stimme zuwehen.

«Leb wohl, Ed.»

Dann ist sie fort. Es ist vorbei. Und obwohl ich zutiefst unglücklich bin, habe ich das Gefühl, dass mich etwas Wunderbares berührt hat. Ich weiß, dass ich, egal wie einsam mein Leben werden wird, von nun an niemals mehr allein sein werde. Die von uns geliebten Menschen verlassen uns nicht. Sie sind nur eine Weile außer Sicht und warten auf uns … in den Schatten.

TEIL FÜNF

NEUNZEHN

Obwohl ich Etienne Anders frohen Herzens meine sämtlichen Ersparnisse übereignet hätte, lacht sie nur, als ich sie frage, was ich ihr schuldig bin, und sagt, dass die erste Sitzung bei ihr immer umsonst ist. Ich protestiere vehement, aber sie bleibt hartnäckig. Die Freude in meinem Gesicht sei ihr Bezahlung genug, meint sie, aber wenn ich unbedingt wolle, könne ich ja einer karitativen Einrichtung etwas spenden.

«Es hat geklappt, oder?», bemerkt sie, als ich mir mit einem Kosmetiktuch die Tränen aus dem Gesicht wische. «Ich habe es Ihnen angesehen, wie erbärmlich Sie sich fühlten. Sie haben Ihren Schmerz wie einen Treibanker hinter sich hergezogen, aber jetzt haben Sie ganz offensichtlich wieder Wind in den Segeln.»

«Das haben Sie schön gesagt.»

«Solchen Unsinn zu verzapfen gehört zu meinem Beruf»,

lächelt sie. «Aber es hat geklappt, nicht wahr? Sie sind zu ihr durchgekommen?»

«Ja.» Ich lege das feuchte Kosmetiktuch auf den Tisch und strahle Etienne an.

«Nach der Wirkung zu urteilen, die sie selbst nach ihrem Tod noch auf die Männer in ihrem Leben hat, muss Andeanna eine außergewöhnliche Frau gewesen sein. Auch Greygo hat geflennt wie ein kleines Kind, als er zum ersten Mal den Kontakt mit ihr herstellte.»

«Ich würde nicht sagen, dass ich geflennt habe», widerspreche ich leise.

«Das sagen sie alle», lacht sie. «Aber auch wenn ein Mann sich noch so hart gibt, kann er eine Frau nicht hinters Licht führen.»

Etienne lädt mich zu einer Tasse Tee ein, aber ich möchte lieber allein sein, damit ich jedes Wort und jede noch so kleine Nuance des Gesprächs mit Andeanna fest in meinem Gedächtnis verankern kann. Etienne bringt mich zur Tür und sagt, dass ich jederzeit wiederkommen kann. Obwohl ich weiß, dass ich das nicht tun werde, danke ich ihr und sage, dass ich nie zu einem anderen Medium gehen werde.

Dann verlasse ich sie und verschwinde in der Nacht und im Rest meines Lebens.

Durch den Londoner Nieselregen fahre ich langsam zurück zum Hotel. Vermutlich werde ich diese Stadt bald verlassen, denn sie ist mit zu vielen Erinnerungen verbunden. Kann sein, dass ich eines Tages wieder hierherkommen und die Restaurants und Pubs besuchen werde, in denen ich mit Andeanna war. Viellcicht werde ich auch eine Bootsfahrt auf der Themse machen und mich an das Glas Wein erinnern, mit dem alles angefangen hat. Im Augenblick aber will ich möglichst weit fort von London und eine Weile für mich sein. An einem tropischen Strand liegen, im Meer schwimmen und von Andeanna träumen, das könnte ich mir vorstellen. Mein neuer Roman wird warten müssen. Morgen Vormittag werde ich Jonathan anrufen und ihn bitten, den Vertrag zu annullieren. Vielleicht nehme ich in ein, zwei Jahren die eine oder andere Idee aus *Feuergeist* wieder auf, aber vielleicht lasse ich die Geschichte ganz sterben. Möglicherweise bin ich auch mit dem Schreiben durch. Warum sollte man sich noch Wunder ausdenken, wenn man sie in der Realität am eigenen Leib erfahren hat?

Ich lächle die finster dreinblickenden Geister in meinem Rückspiegel an. Ich habe nichts mehr gegen sie. Im Grunde genommen tun mir die sieben Schatten leid, und ich sehe sie als das, was sie wirklich sind: arme, gefangene, gequälte Seelen. Jetzt, wo ich weiß, dass es sie wirklich gibt, kann ich mir überlegen, wie ich sie von ihren Ketten befreie, damit sie Andeannas Geist ins Jenseits folgen können, was immer das auch sein mag. Eigentlich wollte ich ja nur herausfinden, ob ich bei voller geistiger Gesundheit bin. Jetzt habe ich keinen Zweifel mehr daran und kann mich darauf konzentrieren, denen zu helfen, die ich ungewollt zur Gefangenschaft in diesem Zwischenreich verdammt habe.

Ich winke Fred Lloyd, dem gutgelaunten Türsteher des Hotels, zu, der in der Eingangshalle Zuflucht vor dem Regen gesucht hat, aber er bemerkt mich nicht. Ich muss ihn unbedingt fragen, ob er mir ein Urlaubsziel mit schönen Stränden nennen kann. Bestimmt kann er mir da weiterhelfen.

Die Tiefgarage ist menschenleer. Gelbliche Lampen erleuchten sie bis in den letzten Winkel, und der Geruch nach Benzin ist weniger streng als sonst, was bedeutet, dass der Boden erst kürzlich gereinigt wurde. Ich stelle den Wagen auf einen leeren Platz und steige aus. Ein hellblauer BMW kommt die Auffahrt heruntergefahren und parkt ein paar Autos von mir entfernt. Der Fahrer öffnet die Tür und grüßt mich, während ich an ihm vorbeigehe, mit einem Kopfnicken.

«Abend.»

«Guten Abend», erwidere ich und schenke ihm kaum Beachtung. Von dem, was mir dieser Abend beschert hat, schwirrt mir immer noch der Kopf.

Als der Mann plötzlich mit schnellen Schritten hinter mir herkommt und fast in mich hineinrennt, glaube ich noch an ein Versehen und warte darauf, dass er sich bei mir entschuldigt. Aber dann wirft er sich auf mich und stößt mich zu Boden.

Zuerst denke ich, dass der Mann es auf mein Geld abgesehen hat, aber das kann nicht sein, denn kleine Gauner fahren keine teuren Limousinen. Ich vergeude keine Zeit mehr mit Mutmaßungen. Obwohl der Mann mich auf den Boden presst, gelingt es mir, meine rechte Hand zu befreien. Ich reiße sie hoch und kratze ihm mit den Fingernägeln die Wange bis zum rechten Auge auf. Als er vor Schmerz zusammenzuckt, schüttle ich ihn ab und stoße ihn mit dem Ellbogen beiseite.

Während sich mein Angreifer vor Schmerzen am Boden krümmt, rappele ich mich hoch und stelle mich vor ihn, bereit, ihm eine Waffe aus der Hand zu treten. Der Mann macht aber keine Anstalten, mich anzugreifen, er bleibt einfach liegen, streicht mit der Hand vorsichtig über die Kratzer auf seiner Wange und winselt dabei wie ein kleines Kind.

«Wer sind Sie?», fahre ich ihn an und trete ihm gegen den Oberschenkel.

«Lass mich in Ruhe!», schreit er.

«Sagen Sie mir, wer Sie sind, oder ich …»

«Das reicht, Mr. Sieveking», sagt eine andere Stimme hinter mir.

Ich drehe mich nicht um. Diese Tricks kenne ich. Stattdessen bereite ich mich darauf vor, einen Satz nach rechts zu machen und hinter einem geparkten Wagen in Deckung zu gehen. Dann höre ich einen Schuss. Die Kugel schlägt direkt vor mir auf den Betonboden und schwirrt als Querschläger davon.

«Das nächste Mal ziele ich auf Sie. Hände hinter den Kopf, Mr. Sieveking, und dann runter auf die Knie.» Ich verziehe angewidert das Gesicht, tue aber, wie mir befohlen wurde. Der Lockvogel rappelt sich hoch und kommt auf mich zu, als wolle er mir sein Knie ins Gesicht rammen. «Lassen Sie das, Officer Langbein.»

«Wieso verraten Sie ihm meinen Namen?», winselt der Mann.

«Das ist doch egal. Er wird ihn sowieso niemandem mehr sagen können.»

Langbein starrt mich wütend an und ballt die Hände zu Fäusten, kommt aber nicht mehr näher.

«Holen Sie das Chloroform, Langbein», sagt der Mann mit der Pistole, und der Polizist schlurft zum BMW. «Sie werden jetzt eine Weile schlafen, Mr. Sieveking. Ich würde Ihnen ja gerne angenehme Träume wünschen, aber wir beide wissen, dass es für Sie ab jetzt nur noch Albträume gibt.»

«Wer, zum Teufel, sind Sie?», frage ich, ohne eine Antwort zu erwarten.

«Das werden Sie noch früh genug erfahren», erwidert er.

Langbein kommt mit einer kleinen Flasche zurück, aus der er eine klare Flüssigkeit auf ein Tuch schüttet. Ein dunkler Fleck breitet sich auf dem Stoff aus.

«Ich weiß genau, dass Sie jetzt den Atem anhalten und so tun werden, als würden Sie bewusstlos», sagt der Mann hinter mir, «aber eigentlich können Sie sich das sparen. Ich werde nämlich sichergehen, dass Sie auch wirklich bewusstlos werden.»

«Wenn es Ihnen um Geld geht, dann …»

«Tut es nicht.»

«Würden Sie mir dann bitte sagen, was Sie von mir wollen?»

«Das werden Sie bald erfahren, Mr. Sieveking.»

Langbein presst mir das Taschentuch auf Mund und Nase und drückt mit der anderen Hand meinen Kopf nach unten.

Als das Chloroform beginnt, mir die Sinne zu vernebeln, tritt der Mann mit der Pistole vor mich hin und lässt mich sein Gesicht sehen. Er tut das absichtlich, damit ich vor Schreck nach Luft schnappe und die betäubenden Dämpfe noch schneller einatme. Das Letzte, was ich höre, bevor ich vollständig das Bewusstsein verliere, ist die Stimme meines Geiselnehmers, die mir «Schlaf gut, Severs» zuraunt. Und das Letzte, was ich durch den Tränenfilm vor meinen Augen sehe, ist das verschwommene Gesicht von Sebastian Dash, der sich lachend über mich beugt.

Danach gibt es nur noch Dunkelheit.

Als mein Bewusstsein langsam zurückkehrt, glaube ich zunächst, ich würde wohlbehalten in meinem Hotelbett liegen. Dann aber frage ich mich, warum es so dunkel ist, warum das Bett so wackelt und was denn dieses seltsame, brummende Geräusch soll. Kurz darauf schaltet sich mein Verstand wieder ein, ich erinnere mich an das grinsende Gesicht von Sebastian Dash, und plötzlich ist mir alles klar.

Meine Hände sind hinter meinem Rücken gefesselt, und in meinem Mund steckt ein Knebel. Natürlich versuche ich sofort, die Fessel durch geschicktes Bewegen meiner Finger zu lockern, aber Dash kennt die richtigen Knoten genauso gut wie ich – schließlich hatten wir die gleichen Lehrer. Trotzdem probiere ich weiter, mich zu befreien – wer nicht wagt, der nicht gewinnt –, aber Dash gehört nicht zu den Leuten, die einen gefangenen Fisch wieder vom Haken lassen.

Mir ist klar, dass ich mich im geschlossenen Kofferraum eines fahrenden Autos befinde, aber ich weiß nicht, wie lange ich bewusstlos war. Und darüber, wo Dash mich wohl hinbringt, stelle ich nicht einmal Spekulationen an.

Man hat mir nicht nur die Hände, sondern auch die Füße gefesselt und beide Fesseln mit einem dritten Strick verbunden, der meine Bewegungsfähigkeit zusätzlich einschränkt, weil er in einer engen Schlinge um meinen Hals endet. Allerdings bin ich mir sicher, dass Dash sie so geknüpft hat, dass ich mich nicht selbst erwürgen kann – bestimmt will er mit mir noch irgendwelche grausamen Spielchen treiben –, aber mich neuerlich in die Bewusstlosigkeit versetzen, das kann sie bestimmt.

Während ich mechanisch weiter nach einer Schwachstelle an Dashs Fesseln suche, denke ich darüber nach, wie er mich finden konnte. Offenbar ist er nach der Ermordung des Türken doch nicht geflohen. Obwohl er sich damit in große Gefahr begeben hat, ist er in England geblieben und hat sich auf die Suche nach der Person gemacht, die ihn in diese Falle gelockt hat. Weil Bond Gardiner und seine Männer hinter ihm her waren, konnte Dash sich natürlich nicht selbst auf die Suche machen. Dazu brauchte er einen Helfer wie diesen Alan Langbein. Als dieser herausfand, dass ein Journalist ein Buch über den Türken schreiben will, hat er mich bestimmt fotografiert, und als Dash die Fotos sah, war ihm alles klar.

Falls das so gewesen sein sollte, bin ich an meinem Unglück selbst schuld. Ich hätte vorsichtiger sein müssen, aber weil ich annahm, dass Dash aus dem Spiel war, habe ich mich nie nach etwaigen Verfolgern umgesehen. Ich habe diese Sache gründlich verbockt, und dafür muss ich jetzt mit meinem Leben bezahlen.

Ich versuche weiter, die Knoten zu lösen, und gehe alle Möglichkeiten durch, wie ich mich aus dieser ausweglosen Lage doch noch befreien könnte: Wenn Dash den Kofferraum öffnet, werde ich ihm einen Kopfstoß in den Magen verpassen, ihm in die Augen spucken und ihm in die Nase beißen. Trotzdem weiß ich, dass ich keine Chance habe. In Hollywoodfilmen funktioniert so etwas ständig, aber die Wirklichkeit sieht anders aus, wenn man an Händen und Füßen gefesselt im Kofferraum eines Killers liegt. Dann ist der Abspann des Films schneller erreicht, als einem lieb ist.

Meine Geister wissen, dass ich erledigt bin. Aus dem Augenwinkel sehe ich, wie sie zufrieden vor sich hin lachen. Sie freuen sich darüber, dass die Zeit ihrer Befreiung viel näher ist, als ich gedacht habe. Sie brauchen meine Hilfe nicht, um die Ketten dieser Welt zu lösen. Sebastian Dash muss mir nur eine Kugel durch den Kopf jagen, und ihre Qualen sind vorüber. Meine hingegen fangen dann erst an. Wohin geht die Seele eines Mörders, wenn sie ihre sterbliche Hülle verlässt? Bestimmt an keinen allzu schönen Ort, nehme ich an.

Der Wagen wird langsamer und macht eine Linkskurve. Dem Geholper nach zu urteilen, haben wir die Hauptstraße verlassen und fahren an einen stillen, einsamen Ort.

Schließlich hält der Wagen an, und ich höre, wie jemand aussteigt. Danach ist es wieder still, was bedeutet, dass einer der beiden Männer entweder noch immer im Wagen sitzt oder gar nicht mitgefahren ist. Ein Schlüssel wird ins Schloss des Kofferraums gesteckt, und sein Deckel klappt nach oben. Ich sehe, wie mein Kidnapper einen raschen Schritt zurück macht für den Fall, dass ich mich doch irgendwie von meinen Fesseln hätte befreien können.

Auch wenn es draußen ein bisschen heller ist als im geschlossenen Kofferraum, brauche ich eine Weile, bis ich vor dem dunklen Nachthimmel Sebastian Dash erkennen kann, der mit einer Pistole in der Hand vor mir steht. Ich starre ihn wütend und voller Abscheu an, was ihm ein leises Kichern entlockt. Er überprüft meine Fesseln, bevor er mir den Knebel aus dem Mund nimmt und sagt: «Lange nichts mehr von dir gehört, Brad.» Ich antworte nicht. «Du hast ein bisschen zugenommen, aber das steht dir.» Schweigen. Er seufzt theatralisch. «Bist du immer noch böse wegen Antonia?»

«Leck mich», knurre ich.

«Sieh mal einer an. Er kann ja reden.» Mit einem bitteren Lachen geht Dash in die Hocke und blickt mir direkt in die Augen. «Es war der größte Fehler deines Lebens, dass du mich in diesen Mist mit reingezogen hast», sagt er kalt. «Hast du wirklich geglaubt, ich würde mir den Hurensohn nicht ansehen wollen, der mich in diese Falle gelockt hat?» Er wartet auf meine Antwort, aber ich gebe sie ihm nicht. «Was hat dich nur zu diesem Irrsinn verleitet, Brad? Ich weiß, dass du mich schon lange hasst, aber bisher warst du nie so dumm, etwas gegen mich zu unternehmen. Du hast es nicht getan, als du noch fit warst, deshalb habe ich eigentlich geglaubt, du würdest es nie tun und hättest unseren kleinen Streit begraben.»

«Das war kein *Streit*», kontere ich.

«War es nicht?» Sein Lächeln kehrt zurück. «Wie willst du es dann nennen? Eine Vendetta?» Ich antworte nicht. «Egal. Du wirst schon noch reden, verlass dich drauf.» Er steht auf, nimmt ein Handy – *mein* Handy – und wählt mit einer Hand. «Sind Sie bereit?» Kurze Pause. «Allein?» Eine weitere Pause.

«Wenn Sie mich verarschen, ist der Deal geplatzt, und Sie werden es nie erfahren.» Dash hört noch eine Weile zu, dann beendet er das Gespräch und wählt eine neue Nummer. «Er ist da. Er sagt, er ist allein und unbewaffnet. Tun Sie genau, was ich Ihnen gesagt habe. Falls Ihnen etwas merkwürdig vorkommt, dann ...» Dash hört wieder kurz zu, bevor er das Gespräch beendet und das Handy wegsteckt.

«Was geschieht jetzt?», frage ich.

«*Dir* geschieht gleich was», erwidert er und schlägt grinsend die Kofferraumklappe zu. Wieder umgibt mich völlige Dunkelheit.

Als die Klappe aufgeht, steht Alan Langbein neben Sebastian Dash. Die beiden heben mich aus dem Kofferraum, wobei Dash schlau genug ist, mich an den Schultern zu nehmen. Er hat wohl Angst vor meinen gefesselten Füßen. Sie lassen mich unsanft zu Boden fallen, und als ich mich auf den Rücken rolle, stelle ich fest, dass wir uns auf einer von Eichen umgebenen Waldlichtung befinden. Hinter den beiden erkenne ich eine dritte Gestalt: Bond Gardiner.

«Das soll der Mann sein, der Mikis umgebracht hat?», poltert Gardiner los.

«Genau. Ed Sieveking, wie er leibt und lebt», sagt Dash.

«Mir hat er erzählt, er hieße Edgar Sanders und wolle ein Buch schreiben.»

Dash lacht. «Ganz gelogen war das nicht. Schließlich ist er der *berühmte* Ed Sieveking, von dessen grandiosen Romanen Sie bestimmt schon mal in der *Times* oder im *Guardian* gelesen haben. Moderne Meisterwerke mit Titeln wie *Nächte der Angst* oder *Winterschatten*.»

«*Sommerschatten*», berichtige ich ihn automatisch.

«Mr. Sieveking ist seit Jahren ein Dauergast auf sämtlichen

Bestsellerlisten», fährt Dash fort. «Der wohl erfolgreichste Horrorschriftsteller seiner Generation.»

Gardiner knurrt. «Ich lese keine Horrorromane.»

«Aber ich», sagt Langbein stirnrunzelnd. «Und ich habe noch nie etwas von ihm gehört. Sind Sie sicher, dass er ein Bestsellerautor ist?»

Dash verdreht die Augen. «Ich habe mich über ihn lustig gemacht, Alan. Sievekings traurige Machwerke wollen die Leute nicht mal geschenkt haben. Stimmt's, Brad?»

«Leck mich am Arsch», raunze ich.

«Bei diesem vulgären Wortschatz ist das kein Wunder», sagt Dash grinsend und wendet sich wieder an Gardiner. «Ich habe auch nicht erwartet, dass Ihnen sein Pseudonym als Schriftsteller etwas sagt, aber unter dem Namen Elland Severin kennen Sie ihn bestimmt.»

Gardiner reißt erstaunt die Augen auf. «Sie meinen doch nicht etwa den Killer?»

«Genau den.»

«Aber der ist doch vor vielen Jahren ausgestiegen ...»

«... und hat die Pistole gegen die Schreibmaschine getauscht», ergänzt Dash. «Oder war es ein Computer, Brad?»

«Ein Computer», sage ich matt.

«Warum nennen Sie ihn eigentlich Brad?», fragt Gardiner.

«Weil das sein richtiger Name ist, unter dem er zusammen mit mir in der Army gedient hat. Brad Severs. Ich hieß damals noch Simon Dale, und unser Brad machte sich damals nicht viel aus mir und meinem Kumpel Parson McNally. Er hat uns mit zwei Freunden blöd angemacht, was einen seiner Kumpel das Leben gekostet hat. Ich musste damals ins Gefängnis, aber Brad wurde freigesprochen. Jahre später haben wir dann beide für Carter Phell gearbeitet, ohne dass einer vom anderen wusste. Eine Frau hat uns wieder zusammengeführt, die wunderschöne Belinda Darnier, aus der auf tragische Weise die brutal entstellte Antonia Smith wurde.

Ich habe mich an Brad dafür gerächt, dass er mein Leben zerstört hat», fährt Dash fort. «Aber ich war gnädig und habe ihn nicht umgebracht, obwohl ich es gekonnt hätte. Eigentlich dachte ich, dass unser Zwist damit beigelegt wäre, aber Brad hat das offenbar anders gesehen.»

«Wie geht's denn *Belinda* so in letzter Zeit?», frage ich gehässig.

«Ganz gut. Sie ist natürlich nicht mehr so schön, wie sie mal war, obwohl man sagen muss, dass die Schönheitschirurgie wahre Wunder an ihr vollbracht hat. Wenn ich ihr von unserer Begegnung erzähle, wird sie vor Freude bestimmt ausflippen. Sie wollte immer, dass ich dich erledige, und hätte sogar jemand anderen für den Job angeheuert, wenn ich ihr nicht gesagt hätte, dass ...»

Bond Gardiner räuspert sich und unterbricht Dash. «Ich bin nicht hergekommen, um mir eure alten Geschichten anzuhören. Keine Ahnung, worum es zwischen euch beiden geht, und ehrlich gesagt ist es mir auch scheißegal. Ich will nur wissen, wer Mikis getötet hat und aus welchem Grund.»

«Es war Brad!», sagt Dash.

«Ist das wahr?», fragt mich Gardiner.

«Ja», seufze ich.

Gardiner lässt die Schultern sinken. «Warum?»

«Das ist eine viel zu lange Geschichte. Können Sie nicht einfach mein Geständnis akzeptieren und es dabei belassen?»

«Nein!», bellt er und blickt hinüber zu Dash. «Wissen Sie, warum er es getan hat?»

Dash schüttelt den Kopf. «Ich habe keine Ahnung.»

Langbein tritt mir gegen den linken Oberschenkel. «Sagen Sie ihnen, was sie wissen wollen», befiehlt er.

«Ich an deiner Stelle würde es tun, Brad», meint Dash. «Wir gehen hier nicht weg, bevor du es uns verraten hast. Ich bin kein Sadist, aber du weißt, dass ich im Notfall ziemlich fies werden kann. Und unser kleiner Hitzkopf Alan hat bestimmt großen Spaß daran, jemandem weh zu tun. Nicht wahr, Alan?»

«Darauf können Sie einen lassen», lacht Langbein. Er spielt den knallharten Burschen, für den solche Dinge alltäglich sind, aber ich erkenne auf den ersten Blick, dass er ein Anfänger ist. Ich registriere einen raschen Blick zwischen Dash und Gardiner. Ich weiß genau, was er bedeutet, aber die Erkenntnis, dass ich heute nicht alleine ins Reich der Toten gehen werde, ist mir nur ein schwacher Trost.

Ich sehe keinen Sinn darin, das Spiel bis zum bitteren Ende zu spielen. Auch wenn ich mir einbilde, einer Folter bis zu einem gewissen Grad widerstehen zu können, ist mir vollkommen klar, dass starke Schmerzen irgendwann auch den Hartnäckigsten zum Sprechen bringen. Bestimmt ist es besser, in Würde abzutreten, als unter den Schlägen und Tritten eines Alan Langbein elendig zu verrecken. Außerdem kann ich, wenn ich freiwillig spreche, vielleicht verhindern, dass sie Details aus mir herausprügeln, die ich lieber verschweigen möchte. Zum Beispiel Joes Beteiligung an meinen Unternehmungen. «Alles nahm seinen Anfang mit einer Bootsfahrt auf der Themse», beginne ich meine Geschichte.

Obwohl ich vieles weglasse und verkürze, ist sie so lang, dass sie bis zum Sonnenaufgang dauert. Ich erzähle ihnen von meiner ersten Begegnung mit Andeanna und wie sie mir zunächst einen falschen Namen nannte, bevor sie mir nach und nach ihre wahre Identität enthüllte. Ich erzähle, wie ich den Leibwächter getötet und seine Leiche beseitigt habe und wie wir das Mordkomplott gegen den Türken schmiedeten.

Danach komme ich zu der Zeitung, die mir im Bahnhof in die Hände gefallen ist, und erzähle von meinen Treffen mit Andrew Moore, Gardiner und Greygo sowie dem Besuch bei dem Medium. Die drei Männer hören mir schweigend zu, nur Dash flucht leise vor sich hin, als ich erzähle, wie ich ihn benutzt habe.

Als ich fertig bin, entsteht eine lange Pause. Keiner von ihnen wird diese Geschichte jemals vergessen, dessen bin ich mir sicher. Selbst wenn sie meinen oder sogar ihren eigenen Namen nicht mehr wissen, werden sie sich noch an den von Andeanna erinnern und an diese Geschichte voller übernatürlicher Liebe, Mord und Verrat.

Schließlich bricht Dash das Schweigen. «Dieser verrückte Bastard hat doch tatsächlich die Wahrheit gesagt.»

«Nein», widerspricht Gardiner. «Das *glaubt* er vielleicht, aber so kann es nicht gewesen sein.»

Dash lacht. «Sie glauben wohl nicht an Geister?»

«Nein.»

«Was ist mit Ihnen, Alan? Glauben Sie die Geschichte?»

Langbein schüttelt den Kopf. «Das ist zu schräg, um wahr zu sein. Der Typ ist so verrückt, dass wir ihm sogar einen Gefallen tun, wenn wir ihn umbringen.»

Dash, der sich bisher mit dem Rücken an das Auto gelehnt hatte, tritt einen Schritt nach vorn und sieht sich langsam auf der von der aufgehenden Sonne erhellten Lichtung um. «Sind deine Geister jetzt hier?»

Ich sehe hinüber zu den Schatten der Menschen, die ich umgebracht habe. Sie schweben in einer Reihe vor der morgendlichen Landschaft und schauen mich erwartungsvoll an. Ansonsten sind sie ruhig. Sie wissen genau, dass mein letztes Stündlein geschlagen hat, und haben jetzt offenbar keinen Bedarf mehr, sich über mich lustig zu machen.

«Ja.»

«Wo sind sie?»

Ich deute mit dem Kinn in ihre Richtung. «Da drüben.»

Dash späht hinüber und sagt, nachdem er eine Weile geschwiegen hat, enttäuscht: «Da ist nichts. Ich kann sie nicht sehen.»

«Niemand kann sie sehen außer mir.»

«Vielleicht existieren sie ja nur in deinem Kopf.»

«Kann sein.» Ich lächle, wohl wissend, dass es nicht so ist.

Dash sieht mich mitleidig an. «Ich träume auch manchmal von den Menschen, die ich getötet habe, und das sind keine angenehmen Träume. Aber ihnen wieder ins Gesicht sehen zu müssen, wenn man aufwacht ...» Er schüttelt sich und dreht sich zu Gardiner. «Genug gehört? Ich möchte nicht länger als unbedingt nötig hierbleiben.»

Gardiner wirkt verunsichert. Meine Geschichte hat ihn sichtlich aufgewühlt. Er betrachtet mich argwöhnisch, als hätte ich eine ansteckende Krankheit. «Da stimmt was nicht», murmelt er.

«Glauben Sie ihm nicht?», fragt Dash.

«Er hat uns alles gesagt, was er weiß, aber da ist noch mehr. Offensichtlich hat ihm jemand eine Falle gestellt, genau so, wie er Ihnen eine Falle gestellt hat. Ein Geist kann das nicht.»

«Wie auch immer.» Dash zuckt mit den Achseln. «Ich habe Ihnen den Verrückten gezeigt, der mich reingelegt hat, damit bin ich aus dem Schneider. Wenn Sie diese Geschichte weiterverfolgen möchten, ist das Ihre Sache.»

«Dann lasst uns endlich anfangen!», johlt Langbein. «Machen wir diesen Drecksack fertig!»

Dash und Gardiner tauschen ein amüsiertes Lächeln aus. Warum merkt Langbein nicht, was da auf ihn zukommt? Am liebsten würde ich ihn warnen, aber jemand, der einen Mann tritt, der schon am Boden liegt, hat eine solche Warnung nicht verdient.

«Was meinen Sie?», fragt Dash Gardiner. «Sind wir fertig?»

Gardiner nickt zögerlich. «Ich schätze, das sind wir.»

«Und damit sind wir quitt, oder? Sie werden Ihren Leuten sagen, dass ich Menderes nicht umgebracht habe?»

«Ja.»

«Super.» Grinsend hebt Dash seine Waffee und schießt zweimal.

Die Kugeln reißen Alan Langbein zwei hässlich klaffende Löcher in die Brust. Er fällt rückwärts gegen den Wagen und breitet dabei die Arme aus wie ein am Kreuz hängender Christus, wobei ihm helles Blut aus dem Mund quillt. Dann sackt er langsam, wie in Zeitlupe, zusammen und bleibt als schlaffes, verstümmeltes, totes Bündel auf dem Waldboden liegen.

«Sein oder nicht sein – das ist jetzt für ihn keine Frage mehr», witzelt Dash.

«Etwas mehr Respekt vor den Toten würde Ihnen nicht schaden», brummt Gardiner finster.

«Ihn umzubringen war doch Ihre Idee», verteidigt sich Dash. «Von mir aus hätte er ruhig am Leben bleiben können. Mir konnte er schließlich nichts anhaben, aber Sie hätten ein Problem mit ihm bekommen. Es wäre nur eine Frage der Zeit gewesen, bis er Sie erpresst hätte. Typen wie er sind nun mal geldgierig.»

«Ich weiß», erwidert Gardiner, «aber trotzdem ist mir nicht wohl bei der Sache. Einen Bullen umzubringen ist nach wie vor eine heikle Angelegenheit.»

«Nicht, wenn man es so macht wie ich», widerspricht Dash.

«Es wird so aussehen, als ob er und Severs sich gegenseitig erschossen hätten. Das ist die perfekte Lösung. Wir brauchen nicht mal die Leichen verschwinden lassen.»

«Glauben Sie denn nicht, dass die Polizei Langbein oder Severs mit Mikis Menderes in Verbindung bringen wird?»

«Warum sollte sie? Alan hat nicht im Mordfall Menderes ermittelt, und Brad ist nur ein Schriftsteller. Sie werden sich zwar fragen, was die beiden miteinander zu tun hatten, aber wenn wir beide den Mund halten, kann uns nichts passieren. Wer, außer uns beiden, weiß schon von der Sache?»

«Andeanna», antworte ich ruhig.

Beide Männer starren mich gleichzeitig an, Dash mit einem verächtlichen, Gardiner mit einem unbehaglichen Gesichtsausdruck.

«Richtig», erwidert Dash und grinst. «Ein Geist, der zu viel weiß.»

«Bleibt die Frage, wer Sieveking die Falle gestellt hat», sagt Gardiner. «Ihnen kann das egal sein, denn Sie können sich einfach aus dem Staub machen, aber ich muss hierbleiben und mich damit auseinandersetzen.»

Dash zuckt mit den Achseln. «Wir alle haben unser Kreuz zu tragen. Ich bezweifle zwar, dass da noch was nachkommt, aber wenn doch, dann wäre das tatsächlich Ihr Problem. Mich interessiert nur, ob wir mit Brad jetzt fertig sind. Wenn Sie mich fragen, ist es höchste Zeit, dem kleinen Prinzen gute Nacht zu sagen.»

Gardiner denkt kurz nach. «Ja», sagt er und geht hinüber zu Langbeins Leiche.

«Was machen Sie?», fragt Dash, mit einem leisen Anflug von Beunruhigung in der Stimme.

«Ich hole Langbeins Pistole», sagt Gardiner, ohne seine Schritte zu verlangsamen. «Sie wollten es doch so aussehen lassen, als ob sich die beiden gegenseitig erschossen hätten, oder etwa nicht?»

«Ich kann sie auch holen», sagt Dash rasch und macht einen ausweichenden Schritt nach links.

Als Gardiner das aus dem Augenwinkel sieht, dreht er sich um und legt die Hände flach an die Hosennaht. «Hören Sie mir gut zu», knurrt er. «Ich werde das nur einmal sagen. Dieser Drecksack da hat Mikis Menderes getötet. Mikis war für mich wie ein Bruder. Ich habe geschworen, ihn zu rächen, und diesen Schwur werde ich erfüllen. Wenn Sie damit ein Problem haben, würde das unsere Geschäftsbeziehungen dramatisch verschlechtern.»

Ich sehe, wie Dash sich überlegt, ob er Bond Gardiner mit einer Waffe in der Hand trauen kann oder nicht. Einen Augenblick lang sieht es so aus, als ob ihm das nicht passen würde, und ein schwacher Hoffnungsfunke glimmt in mir auf: Falls die beiden sich so sehr misstrauen, dass sie aufeinander schießen, könnte ich vielleicht mit dem Leben davonkommen. Dann aber lächelt Dash. «Nur zu», sagt er großmütig, und mein Hoffnungsfünkchen erlischt.

Während Gardiner auf die Leiche von Alan Langbein zugeht, streift er sich ein Paar dünne Gummihandschuhe über. Dann schiebt er mit einem vom Boden aufgehobenen Zweig die Jacke des toten Polizisten zurück und angelt sich die Pistole aus dem Schulterhalfter. Dash beobachtet ihn dabei argwöhnisch.

Als Gardiner auf mich zukommt, lausche ich resigniert seinen Schritten. Ich habe keine Angst vor dem Tod, aber jetzt, wo er unaufhaltsam näher rückt, kann ich nicht gerade behaupten, dass ich ihn willkommen heiße. Der Gedanke an den Abgrund, der jetzt vor mir liegt, macht mir Angst. Auch wenn Andeanna im Jenseits auf mich wartet, muss ich dort vielleicht für meine Morde bezahlen. Vielleicht haben meine Geister Macht über mich, vielleicht können sie mir weh tun, mich von Andeanna fernhalten und mir bis in alle Ewigkeit Qualen bereiten.

Gardiner baut sich direkt vor mir auf. Ich drehe meinen Kopf, soweit es das Seil um meinen Hals zulässt, und sehe, wie er die Pistole durchlädt und ihren Lauf an meine Schläfe drückt. Am liebsten würde ich die Augen schließen und in der Dunkelheit auf mein Ende warten, aber meine Augenlider wollen meinem Willen nicht gehorchen. Ich kann nicht anders, ich muss Zeuge meines eigenen Todes werden.

«Moment mal!», ruft Dash. Ich zucke zusammen und warte auf den Schuss, aber Gardiner nimmt den Finger vom Abzug und blickt hinüber zu Dash. «Das können Sie doch nicht so machen», sagt der Killer.

«Warum nicht?»

«Weil es so aussehen soll, als hätten die beiden sich gegenseitig umgebracht», erklärt Dash und eilt aufgebracht auf Gardiner zu. «Wenn ihm jemand aus nächster Nähe eine Kugel durch den Kopf geschossen hat, kann er wohl kaum mehr auf Langbein schießen, oder?»

Gardiner macht ein mürrisches Gesicht. «Tut mir leid. Daran habe ich nicht gedacht.»

«Sieht ganz so aus», sagt Dash.

Gardiner sieht mich an, steckt die Pistole weg. «Nehmen Sie seine Füße», weist Dash Gardiner an. «Ich zeige Ihnen, wie man das macht.»

Sie schleppen mich ein Stück weit von Langbein fort und stellen mich auf die Füße, aber ich lasse mich sofort wieder zu Boden fallen. Ich werde es diesen Dreckskerlen ganz bestimmt nicht leicht machen.

«Steh auf», faucht Dash.

«Du kannst mich mal.»

«Halten Sie ihn für mich hoch», sagt Gardiner zu Dash. «Dann mache ich ihn fertig.»

«Den Teufel werde ich tun», schnaubt Dash.

Gardiner lächelt. «Vertrauen Sie mir denn immer noch nicht?»

«Darum geht es nicht. Aber ich habe keine Lust, von einem Querschläger getroffen zu werden, und außerdem kann auch der beste Scharfschütze einmal danebenschießen. Wenn Sie glauben, dass ich ihn halte, während Sie auf ihn schießen, haben Sie echt eine Schraube locker.»

«Okay.» Gardiner kniet sich neben mich. «Sieveking!»

«Gardiner!», antworte ich im selben Ton und muss trotz meiner Angst grinsen.

«Sie haben in dem Pub einen guten Eindruck auf mich gemacht. Ich habe mich Ihnen anvertraut, weil ich Sie für einen Ehrenmann gehalten habe. Jetzt erfahre ich, dass Sie mich angelogen haben. So etwas mag ich nicht. Am liebsten würde ich Sie mit in die Stadt nehmen und meinen Jungs überlassen. Die würden Dinge mit Ihnen anstellen, die Sie sich auch in Ihren schlimmsten Albträumen nicht vorstellen könnten. Aber Dash hat recht – Sie hier zu töten und es so aussehen zu lassen, als ob Langbein Sie erschossen hätte, ist die einfachste Lösung für uns alle, Sie mit eingeschlossen.»

«Was wollen Sie von mir?», frage ich. «Dass ich aufstehe und es über mich ergehen lasse wie ein Mann?»

«Sie haben es erfasst. Und wenn Sie es nicht tun, werde ich ihnen die Kniescheiben durchschießen und Sie im Kofferraum nach London bringen, wo erst die richtigen Höllenqualen auf Sie warten.»

Ich wäge meine Alternativen ab. Ein um ein paar Stunden verlängertes Leben oder brutale Schmerzen. Keine allzu verlockenden Aussichten. Solange ich noch am Leben bin, habe ich zwar auch die Chance zu fliehen. Gardiner könnte einen Unfall haben oder von der Polizei angehalten werden. Eine zugegebenermaßen sehr geringe Chance, aber …

Nein. Gardiners Gesicht sagt mir, dass dieser Mann keinen Fehler machen wird. Alles, was ich von ihm zu erwarten hätte, wären durchschossene Kniescheiben und Folter. Das lohnt sich nicht. Mein Schicksal ist besiegelt. «Dann bringen wir es hinter uns», murmle ich und lasse mich von Dash und Gardiner auf die Füße stellen.

Dash lässt mich nicht aus den Augen, während Gardiner wie bei einem Duell sorgfältig abgezählte Schritte nach hinten macht. «Das habe ich nicht gewollt, Brad», sagt er, «aber du hast mir keine andere Wahl gelassen. Ich konnte dich schließlich nicht …»

«Halt's Maul», unterbreche ich ihn schroff.

Dash runzelt die Stirn. «Hat dir eigentlich schon mal jemand gesagt, dass du schlechte Manieren hast?»

«Ich bin so weit», sagt Gardiner. Er steht seitlich von uns, den rechten Arm mit der Waffe nach vorn gestreckt, während er den linken hinter den Rücken hält.

«Mach's gut», sagt Dash und tätschelt mir die Wange. «War schön, dich wiederzusehen. Ich werde Antonia liebe Grüße von dir ausrichten, und du grüß bitte deine Geister von mir.»

Er dreht sich um und geht zur Seite. Er hat noch keine zwei Schritte gemacht, da schießt Bond Gardiner auch schon. Schnell schließe ich die Augen und spüre, wie mein Magen eiskalt wird. Ich warte auf den Schmerz, aber ich spüre keinen. Ich wage nicht zu hoffen, dass Gardiner danebengeschossen hat, also nehme ich an, dass meine Nerven verlangsamt reagieren. Aber dann höre ich ein Stöhnen, das definitiv nicht von mir kommt.

Ich öffne die Augen und sehe, wie Sebastian Dash in einer Blutlache vor mir auf dem Boden liegt und ungläubig auf seine aufgerissene Bauchdecke starrt, aus der blutige Gedärme quellen. «Was soll der Scheiß?», keucht er und steckt zwei Finger in das Loch, als wolle er sich vergewissern, dass es auch wirklich da ist.

Gardiner nähert sich und hält den rechten Arm noch immer schussbereit ausgestreckt, für den Fall, dass Dash nach seiner Pistole greift. Ich stehe wie angewurzelt da und bin ebenso erstaunt wie Dash. Der Killer sieht Gardiner mit weit aufgerissenen Augen an und sucht hilflos nach Antworten. «Sie haben auf mich geschossen. Ich glaube, ich bin …»

Ein Schwall Blut ergießt sich so heftig aus seinem Mund, dass Gardiner einen Schritt zurück macht, um seine teuren Schuhe nicht zu beschmutzen. Diese Reaktion scheint Dash neue Kraft zu verleihen, und er tastet nach seiner Pistole. Es gelingt ihm sogar, sie aus dem Holster zu ziehen, aber seine Finger sind kraftlos und glitschig vor Blut. Er hat keine Chance.

Als Gardiner ihm zwei weitere Kugeln durch den Brustkorb schießt, fällt dem Killer die Pistole aus der erschlafften Hand, und sein halbaufgerichteter Oberkörper sinkt zurück ins Gras. Er zittert am ganzen Körper, und sein Gesicht ist aschfahl. Sebastian Dash erleidet einen viel schmerzhafteren Tod, als er ihn Alan Langbein bereitet hat. Ich kann nicht sagen, dass mir das sonderlich leidtut, aber richtig freuen kann ich mich darüber auch nicht, zumal ich weiß, dass mich gleich ein ähnliches Schicksal ereilen wird.

Dash versucht, mit den Händen den Blutfluss aus seinen Wunden zu stoppen, aber dann wird ihm klar, dass das ein hoffnungsloses Unterfangen ist. Schließlich gibt er auf, lässt den Kopf nach hinten sinken und starrt hinauf in den Himmel. Ein fast heiterer Ausdruck huscht über sein Gesicht, und er flüstert leise: «Antonia.»

Dann ist er tot, und nun bin ich dran.

Bond Gardiner mustert mich mit einem kalten Blick.

«Wieso haben Sie das getan?», frage ich ruhig.

Der Kopf des Gangsters zuckt nach links. «Weil ich es tun musste.»

«Warum?»

Gardiner wischt sorgfältig seine Fingerabdrücke von der Pistole und geht hinüber zu Langbein. Nachdem er dem Polizisten die Waffe in die Hand gedrückt hat, tastet er dessen Hosentaschen ab und fördert ein Schweizer Messer zutage. Er klappt die längste Klinge heraus und tritt hinter mich. In Todeserwartung krampfe ich mich innerlich zusammen, aber statt meiner Kehle schneidet Gardiner nur die Fesseln durch. Sekunden später bin ich frei, und meine Hände und Füße fangen an zu kribbeln, als das Blut in ihnen wieder zu fließen beginnt.

«Wenn ich Dash nicht umgebracht hätte, hätte ich Sie töten müssen», sagt Gardiner, während er das Messer zuklappt und einsteckt. «Und das wollte ich nicht.»

Ich mache ein paar unsichere Schritte, reibe die Handflächen aneinander und frage mich, ob das alles vielleicht nur ein Traum ist. «Heißt das etwa, dass Sie mich verschonen werden?»

«Was heißt hier *werden*», berichtigt er mich. «Ich *habe* Sie verschont. Sie sind frei. Und jetzt sehen Sie zu, dass Sie von hier wegkommen, bevor ich es mir wieder anders überlege.»

Benommen wanke ich los und befürchte dabei die ganze Zeit, dass Gardiner mir mit Dashs Pistole doch noch in den Rücken schießt. Als ich den Rand der Lichtung erreicht habe und kein Schuss gefallen ist, bleibe ich stehen und drehe mich unter Missachtung sämtlicher Urinstinkte langsam um. Meine Geister heulen lautlos und boshaft auf. Wenn sie nicht zur Stummheit verdammt wären, würden sie jetzt vermutlich losschreien: «Das ist nicht fair!» Ich ignoriere sie und beobachte Bond Gardiner, wie er mit undurchdringlicher Miene auf Sebastian Dashs Leiche starrt.

Ich gehe zurück zu ihm und stelle mich neben ihn. Eine Weile bemerkt er mich nicht, und als er es tut, verfinstert sich sein Gesicht. «Ich habe Ihnen doch gesagt, Sie sollen verschwinden.»

«Das kann ich nicht, solange Sie mir nicht sagen, um was es hier eigentlich geht.»

Gardiner nickt traurig und wendet sich mit einem leisen Seufzer von der Leiche ab. Dann geht er auf die andere Seite des Wagens, wo er die Toten nicht mehr ansehen muss. Ich folge ihm, lehne mich an die Motorhaube des Autos. Gardiner nimmt ein Streichholzbriefchen aus der Hosentasche und beginnt damit zu spielen, so, wie er es in dem Pub getan hat. «Glauben Sie wirklich, dass Sie sich in Andeannas Geist verliebt haben?», fragt er.

«Ich weiß, dass es so war.»

«Dann haben Sie das, was Ihnen Andeanna angeblich durch dieses Medium gesagt hat, tatsächlich für bare Münze genommen?»

«Ja.»

«Sie sind ein Idiot», ächzt er. «Als Sie diesen Leibwächter getötet haben, hat Andeanna Ihnen doch gesagt, dass sein Name Axel Nelke war, oder?»

«Ja.»

«Und später, bei der Séance, hat sie Ihnen durch das Medium mitgeteilt, Axel Nelke wäre vor langer Zeit ihr Liebhaber gewesen, und sie wisse nicht, wer der Bodyguard war, den Sie getötet haben?» Als ich nicke, schnauzt Gardiner mich an. «Aber Sie haben den Kerl in der Villa doch bestimmt gefilzt, nachdem Sie ihn erdrosselt haben, oder? Erzählen Sie mir jetzt bloß nicht, Sie hätten seine Brieftasche ungeöffnet zusammen mit ihm im Meer versenkt.»

«Natürlich nicht. Ich habe ihn durchsucht, seine Brieftasche an mich genommen und …»

Erschrocken halte ich inne. Die Brieftasche des Leibwächters hatte ich ganz vergessen, aber jetzt sehe ich ihren Inhalt deutlich vor mir: Kreditkarten, ein Führerschein, ein Mitgliedsausweis für eine Videothek. Ich habe sie zwar nur flüchtig angeschaut, aber dennoch konnte ich auf ihnen allen denselben Namen lesen: Axel Nelke.

Gardiner lacht, als bei mir der Groschen – der erste von vielen – fällt. «Der Mann, den Sie umgebracht haben, war Axel Nelke. Er war einer von meinen Jungs.»

«Aber Andeanna hat doch gesagt, dass Nelke …»

«Sie hat gelogen.»

«Nein. Es muss einen zweiten Axel Nelke gegeben haben, einen Verwandten dieses Kerls, vielleicht seinen Vater oder seinen Onkel …»

«Beleidigen Sie nicht Ihre Intelligenz», schnaubt Gardiner. «Sie hat sich über Sie lustig gemacht. Sie wusste genau, wer er war. Meine Vermutung ist, dass sie ihn als Köder benutzt hat. Wahrscheinlich war er ihr Versuchskaninchen. Sie wollte sehen, ob Sie noch immer einen Killerinstinkt haben.»

«Das ist eine Lüge. Sie sagen das nur, um mich zu quälen und mich zu …»

«Und was?», fragt Gardiner.

«… mich durcheinanderzubringen», beende ich wenig überzeugend meinen Satz.

«Warum sollte ich?», kontert er.

«Um mich von der Spur abzulenken, um mich zu stoppen, um …» Mir gehen die Ideen aus.

«Wenn ich Sie stoppen wollte, hätte ich Sie getötet», sagt Gardiner ruhig. «Selbst ein liebeskranker Verrückter wie Sie sollte in der Lage sein, das zu erkennen. Momentan bin ich die einzige Person auf der Welt, der Sie vertrauen können, weil ich überhaupt nichts davon habe, Sie zu belügen.»

Er sagt die Wahrheit. Es wäre einfacher, wenn er das nicht täte, wenn das alles nur eine Lüge wäre, mit der er mich von meiner Fährte abbringen will. In diesem Fall aber wäre es für ihn tatsächlich einfacher gewesen, mich zu erschießen, als mich freizulassen und mir Märchen aufzutischen. Der Leibwächter war Axel Nelke. Andeanna hat mich angelogen.

Was war an ihrer Geschichte noch falsch?

«Hat der Türke sie umgebracht?», krächze ich. Gardiner antwortet nicht und scheint sich vollständig auf sein Streichholzbriefchen zu konzentrieren. «Hat er das?», schreie ich ihn an.

«Haben Sie die Adresse von Etienne Anders?», fragt er.

«Ja», antworte ich verwirrt.

«Ich will sie haben.»

«Was hat sie mit dieser Sache zu tun?»

«Man hat Sie in eine Falle gelockt», erklärt Gardiner. «Es gab keinen Geist. Ich bezweifle zwar, dass diese Anders sich den Betrug ausgedacht hat, aber ein Teil davon ist sie mit Sicherheit. Wenn ich diese Schlampe zwischen die Finger kriege, werde ich die Wahrheit schon aus ihr herausquetschen.»

«Aber Anders war doch nur das Medium, durch das Andeanna zu mir sprach.»

Gardiner gibt mir eine Ohrfeige, und als ich ihn daraufhin mit offenem Mund anstarre wie ein Goldfisch, verpasst er mir noch eine auf die andere Wange. Dann packt er mich am Hals und zieht mich ganz nah an sein Gesicht. «Kriegen Sie das denn wirklich nicht in Ihre Birne, Sie verdammter Schwachkopf? Es. Gab. Keinen. Geist. Das Ganze war ein Betrug. Irgendjemand hat sich als Andeanna verkleidet und Sie reingelegt, damit Sie Mikis Menderes umbringen. Und danach hat dieser Jemand die Hellseherin angeheuert, damit sie Ihnen weismacht, Sie hätten es mit einem Geist zu tun gehabt.»

«Nein», stöhne ich und reiße mich los. Gardiner fällt das Streichholzbriefchen aus der Hand. Er bückt sich und hebt es wieder auf. Ich nutze die Zeit, um ihm zu beweisen, dass ich kein Idiot bin. «Und was ist mit Greygo?», frage ich. «Auch er hat den Geist gesehen und bei Etienne Anders mit ihm Kontakt gehabt.»

Gardiners Gesicht nimmt einen sanfteren Ausdruck an. «Der arme Greygo. Er ist so wild darauf, alles über seine Mutter zu erfahren, dass er ein williges Opfer für diese Anders gewesen sein muss.»

«Wie meinen Sie das?»

Gardiner reißt ein Streichholz an und sieht zu, wie die Flamme herunterbrennt, bevor er sie wieder ausbläst. «Greygo hat eine lebhafte Phantasie», sagt er durch die dünne Rauchfahne hindurch. «Mikis hat immer gesagt, dass sein Sohn ein Traumtänzer ist. Wer auch immer Sie manipuliert hat, muss vorher bei Greygo gewesen sein. Ich weiß nicht, wie er es angestellt hat, aber für jemanden, dem es gelingt, Sie an der Nase herumzuführen, kann es nicht sonderlich schwer gewesen sein, einen verwirrten Jungen einzulullen.»

«Nein. Sie irren sich.»

«Denken Sie doch mal nach, Brad. Greygo ging …»

«Ed», unterbreche ich. «Mein Name ist Ed.»

«Wie auch immer. Greygo ging zu vielen Wahrsagerinnen

und Medien. Er hat seine Mutter sehr vermisst, und das, was wir ihm über sie erzählen konnten, hat ihm nicht genügt. Er wollte mehr über sie erfahren. Aber finden Sie es nicht merkwürdig, dass von den vielen Hellseherinnen, bei denen er war, nur eine einzige ihn in Kontakt mit seiner Mutter bringen konnte? Dass eine erfolgreich war, wo alle anderen scheiterten?»

«Geister richten sich nun mal nicht nach den Gesetzen der Logik. Manchmal brauchen die Schatten einen ganz bestimmten Menschen, um sich …»

«Hören Sie endlich mit diesem Unsinn auf!», blafft er mich an. «Sie wurden zum Narren gehalten, und Greygo ebenso. Wenn Sie das nicht erkennen können, dann sind Sie dümmer, als ich gedacht habe. Vielleicht sollte ich Sie doch erledigen und bei den beiden Clowns hier lassen.» Er deutet mit dem Daumen verächtlich nach hinten, wo die Leichen von Dash und Langbein liegen.

«Warum haben Sie mich eigentlich nicht umgebracht?» Trotz allem muss ich ihm diese Frage stellen.

«Weil es zu kompliziert gewesen wäre. Die Polizei wird zwar nicht glauben, dass Langbein und Dash sich gegenseitig erschossen haben, aber sie wird die Geschichte trotzdem akzeptieren, weil sie froh ist, die beiden los zu sein. Aber wenn ich der Polizei noch eine dritte Leiche vor die Füße werfe, gerät sie in Erklärungsnot und muss wirklich ermitteln, ob sie nun will oder nicht.»

Ich denke darüber nach, dann schüttele ich den Kopf. «Das kaufe ich Ihnen nicht ab. Sie hätten mich in den Kofferraum werfen und woanders umbringen können.»

«Warum erzählen Sie mir das erst jetzt?», scherzt er und hofft wohl, dass ich das Thema damit fallenlasse.

«Wieso haben Sie mich verschont?», insistiere ich. «Immerhin habe ich Ihren Boss und einen Ihrer Männer umgebracht. Warum lassen Sie Ihren Rachegelüsten nicht freien Lauf?»

«Weil Sie für die Morde nicht verantwortlich sind. Sie waren nur ein Werkzeug in der Hand irgendeines hinterlistigen Mistkerls. *Der* wird meine Rachegelüste zu spüren bekommen, wenn ich ihn in die Finger kriege, aber an Handlangern vergreife ich mich nicht.»

Das ist eine glaubwürdige Erklärung, die ich ihm unter anderen Umständen vermutlich abgenommen hätte. Aber Gardiner ist so aufgewühlt, dass ich in ihm lesen kann wie in einem offenen Buch.

«Sagen Sie mir die Wahrheit, Bond», sage ich leise. «Für Lügen ist zwischen uns kein Platz mehr. Sagen Sie mir, weshalb Sie mich verschont haben.»

Gardiner starrt auf das Streichholzbriefchen in seiner Hand und antwortet, ohne mich anzusehen. «Weil ich Mitleid mit Ihnen hatte.»

Fast hätte ich laut losgelacht. Das war die erbärmlichste Lüge von allen. Ich öffne den Mund und will mich ereifern, aber dann schließe ich ihn langsam wieder, ohne ein Wort gesagt zu haben. Es war keine Lüge.

«Wieso denn das, um Gottes willen?», murmle ich.

«Nicht um Gottes willen», sagt er. «Um Andeannas willen.» Er hebt den Kopf, und in seinen harten Augen entdecke ich auf einmal einen feuchten Schimmer. «Sie haben mich in dem Pub aus der Fassung gebracht, als Sie mir erzählt haben, dass Andeanna einen Liebhaber hatte. Da Sie schon so viel wussten, habe ich Ihnen ein paar Halbwahrheiten erzählt, in der Hoffnung, dass Sie sich mit ihnen zufriedengeben würden. Wenn ich gewusst hätte, wer Sie wirklich sind …» Er reißt sich zusammen und sagt: «Andeanna hatte einen Liebhaber, aber Mikis hat es nie erfahren.»

Ich sehe ihn skeptisch an. So verwirrt ich auch bin, auf einmal wird mir eines klar. «*Sie* waren dieser Liebhaber», flüstere ich.

Er nickt. «Nur deshalb sind Sie noch am Leben. Ich habe nämlich in Ihren Augen dieselbe Liebe gesehen, die ich für Andeanna empfunden habe. Und obwohl es nicht die wirkliche Andeanna war, in die Sie sich verliebt haben, waren Sie doch bereit, ihr alles zu opfern. Ich respektiere das. Eigentlich dürfte ich das nicht, denn Sie haben Mikis und Axel umgebracht, aber ich kann nicht anders.»

«Jesus, Maria und Josef, so eine verdammte Scheiße», stöhne ich.

«Hören Sie auf zu fluchen», rügt er mich.

«Sie hat mir nichts als Mist erzählt», sage ich fassungslos. «Der Türke hat überhaupt nichts von ihrer Affäre gewusst.»

«Richtig.»

«Und er hat sie nicht umgebracht.»

«Richtig.»

«Also, selbst wenn ich davon überzeugt wäre, dass sie kein Geist war, und annehmen würde, man hätte mich reingelegt, dann bleibt immer noch die eine Frage: Wer außer einem rachsüchtigen Liebhaber oder Verwandten würde so einen komplizierten Plan ersinnen, nur um einen Mann zu töten?»

«Ich war näher an Mikis dran als irgendein anderer auf dieser Scheißkugel von einem Planeten», sagt Gardiner. «Aber selbst wenn er Andeanna ermordet hätte, hätte ich ihm das nicht vergelten können. Ich hätte ihn vielleicht gehasst, aber ich hätte ihn weder umbringen noch jemandem erlauben können, es zu tun.»

«Aber das alles ist doch verrückt. Warum hätte Andeanna mich anlügen sollen? Was hat ein Geist davon, wenn er lügt?»

«Teufel noch mal!» Gardiner tobt. «Wann werden Sie es

endlich in Ihren verdammten Dickschädel kriegen? Sie war kein Geist. Sie sind reingelegt worden.»

«Nein», widerspreche ich. «Sie waren nicht dabei. Sie wissen nicht, wie Etienne Anders sprach, wie ihr Gesicht sich in das von Andeanna verwandelte. Das war keine Farce. Sie war wirklich Andeanna.»

«Aber Sie sind der wirklichen Andeanna doch nie begegnet! Kapieren Sie es denn immer noch nicht? Die Frau, die Sie verführt hat, war eine Schwindlerin. Sie haben keine Ahnung, wie Andeanna sprach, wie sie die Oberlippe hob, wenn sie glücklich war, oder wie ihre Nasenflügel bebten, wenn sie wütend wurde. Sie wissen gar nichts über sie.»

«Da täuschen Sie sich», beharre ich. «Diese Frau *war* Andeanna. Sie wusste zu viel über sie, um es nicht zu sein. Sie hatte Zugang zu der Villa. Sie war dabei, als ich Nelke und den Türken umgebracht habe. Sie wusste, dass Andeanna eine Affäre hatte und dass ihr Mann sie getötet hat.»

«Das hätte diese Anders alles von Greygo erfahren können», erwidert Gardiner.

«Hat Greygo denn von der Affäre seiner Mutter gewusst?», frage ich.

«Nein, ich glaube nicht, aber …»

«Kein Aber. Der Geist, der durch Etienne Anders sprach, hat gewusst, dass Andeanna ihren Mann betrogen hat. Sie hat mir zwar nicht den wirklichen Namen ihres Liebhabers verraten, aber wahrscheinlich nur deshalb, weil sie Sie schützen wollte, so wie Sie sie dereinst beschützt haben.»

«Unsinn. Sie war kein Geist.»

«Doch, das war sie!», schreie ich. Gardiner ist einen Kopf größer als ich und gut fünfzehn Kilo schwerer, aber ich bin in einer Stimmung, in der ich mich selbst mit dem Teufel anlegen würde. «Hören Sie auf, es zu leugnen. Sie muss ein

Geist gewesen sein, anders ergibt die Geschichte keinen Sinn.»

«Sie war eine Betrügerin», sagt er, und macht einen Schritt zurück.

«Nein, ein Geist.»

«Unmöglich.»

«Wieso?» Ich folge ihm dichtauf, während er weiter zurückgeht. «Warum sind Sie nur so vehement dagegen? Weil Sie nicht an Geister glauben?»

«Darum geht es nicht.»

«Worum geht es denn dann?» Er antwortet nicht. «Worum?»

Gardiner bleibt so abrupt stehen, dass ich in ihn hineinlaufe. «Es kann kein Geist gewesen sein», sagt er ruhig, bevor er seine Lippen nahe an mein Ohr bringt und mir etwas hineinflüstert, was mich mit einem Paukenschlag wieder hinaus aufs offene Meer des Wahnsinns treibt. «Es kann deshalb kein Geist gewesen sein, weil Andeanna gar nicht tot ist.»

ZWANZIG

Die Psychiatrie St. Michael befindet sich im Nordosten Englands in der Nähe von Darlington, nicht weit entfernt von Joes Heimatstadt Newcastle. Eine Weile spiele ich mit dem Gedanken, Joe mit auf diese Reise zu nehmen, aber das würde bedeuten, dass ich ihm die Wahrheit sagen müsste, und das will ich erst tun, wenn ich sie beweisen kann.

Nach unserem Gespräch ist Gardiner mit mir aus dem Wald gegangen. Er hat einen Anruf gemacht, und dann haben wir uns nebeneinander auf eine niedrige Steinmauer gesetzt und gewartet. Wir sprachen wenig. Als der Wagen kam, beäugte mich der Fahrer neugierig, fragte aber nicht, wer ich sei. Gardiner befahl ihm, mich zur nächsten Stadt mit einem Bahnhof zu fahren, von wo aus ich einen Zug nach Norden nehmen sollte. «Und vergessen Sie nie», sagte er zum Abschied. «Sie erzählen niemandem ein Wort von dieser Geschichte und kehren niemals wieder nach London zurück. Wir beide haben jetzt ein Geheimnis. Ich werde alle glauben lassen, dass Dash Mikis umgebracht hat, aber ich kenne die Wahrheit und werde sie nie vergessen. Sollten Sie jemals wieder einen Fuß in die Stadt setzen, sind Sie ein toter Mann.»

Das war keine leere Drohung, aber ich kann die Sache nicht so einfach fallenlassen, und falls meine Recherchen mich wieder zurück nach Big Smoke ziehen sollten, werde ich das damit verbundene Risiko wohl eingehen müssen.

Ich habe mir am Bahnhof eine Fahrkarte gekauft und mir dann im Zug ein ruhiges Abteil gesucht, damit ich während der Fahrt ungestört nachdenken kann. Jetzt lasse ich die Landschaft an mir vorbeigleiten und versuche mir einen Reim auf das zu machen, was Gardiner mir erzählt hat. Er hat mir versprochen, beim Krankenhaus anzurufen und meinen Besuch anzukündigen, aber selbst wenn er das nicht getan hat, werde ich mich dort nicht abweisen lassen. Niemand darf mir den Weg versperren. Ich muss die Wahrheit mit eigenen Augen sehen.

Nachdem Gardiner die Bombe hatte platzen lassen, machte er einen Schritt zur Seite. An seinem beschämten Gesicht erkannte ich, dass er mich nicht angelogen hatte.

«Sie ist nicht tot?», krächzte ich, als ich wieder in der Lage war, etwas anderes als einen leisen, halberstickten Schrei von mir zu geben. «Was, zum Teufel, soll das bedeuten?»

Er antwortete nicht sofort. Anscheinend ärgerte er sich, dass er mir die Wahrheit gesagt hatte. Er winkte ab, und obwohl ich ihn am liebsten am Hals gepackt und die Antwort aus ihm herausgepresst hätte, sagte ich nichts. Es dauerte eine Weile, bis er sich wieder so weit beruhigt hatte, dass er fortfahren konnte. Allerdings nicht ohne sein Streichholzbriefchen so zu malträtieren, dass es sich vollständig aufgelöst hatte, als er am Ende seiner Geschichte angelangt war.

«Das mit Andeanna und mir hätte nie passieren dürfen», begann er. «Obwohl die gegenseitige Anziehung schon länger bestand, verhielten wir uns loyal zu Mikis. Wir wussten beide, in welche Gefahr wir uns begaben, wenn wir ihn betrogen. Wir haben jahrelang gegen unsere Gefühle angekämpft, und während dieser Zeit waren wir oft miteinander allein, denn für Mikis war ich einer der wenigen Menschen, denen er seine Frau anvertraute. Wir haben unseren Gefühlen nie nachgegeben, bis …

Sie war es, die den ersten Schritt machte. Eines Abends, als wir vor dem Fernseher saßen, beugte sie sich zu mir herüber und gab mir ohne Vorwarnung einen Kuss. Ich hätte sie wegstoßen sollen, aber ich war so verblüfft, dass ich einfach nur sitzen blieb. Sie zog ihre Bluse aus und dann …» Er wurde rot. «Nun ja, Andeanna und ich machten Sachen, die wir nicht hätten tun dürfen. Am nächsten Morgen packte uns die Reue, und wir schworen uns, es nie wieder zu tun.»

«Aber das haben Sie nicht durchgehalten», warf ich ruhig ein.

Er errötete noch mehr. «Stimmt. Aber wir haben unsere Zusammenkünfte sehr sorgfältig geplant. Für gewöhnlich trafen wir uns dann, wenn Mikis im Ausland war und wir das Haus für uns allein hatten. Ein paarmal trafen wir uns auch, als Andeanna bei ihren Eltern war. Wir gingen kein Risiko ein. Ich glaube, wir hätten es eine Ewigkeit lang so weitertreiben können, wenn …» Er geriet ins Stocken.

«Wenn der Türke nicht dahintergekommen wäre?», fragte ich.

Er schüttelte den Kopf. «Mikis hat es nie erfahren. Glauben Sie etwa, ich wäre noch am Leben, wenn er uns erwischt hätte? Obwohl wir Freunde waren, hätte er mich sofort umgebracht.»

«Was hat Sie dann auseinandergebracht?», fragte ich.

«Der Wahnsinn», sagte er und zuckte zusammen.

Auch ich zucke zusammen, als ich an das Ziel meiner Reise denke. Bis jetzt war ich nur einmal in einer psychiatrischen Klinik. Es war während meiner Recherchen für *Seelengeier* und eine derart deprimierende Erfahrung, dass ich danach sämtliche Szenen, die in dieser Einrichtung spielen sollten, wieder aus dem Roman strich. Ich wünschte, ich könnte das, was jetzt vor mir liegt, ebenso leicht aus meinem Leben streichen.

«Mir ist erst später klargeworden, dass unsere Affäre ein Nebenprodukt von Andeannas geistigem Zusammenbruch war», sagte mir Gardiner mit matter Stimme. «Obwohl sie eine starke Frau war, die vor nichts Angst hatte, hat Mikis sie langsam kleingekriegt. Er liebte sie wirklich, aber er war brutal zu ihr. Er war, wie wir beide, Gewalt nicht abgeneigt, leider auch nicht im Privaten. In den letzten Jahren ihrer Ehe wurde er etwas milder und versuchte, seine Fehler wiedergutzumachen – deshalb hat er ihr beispielsweise erlaubt, ihre Eltern zu besuchen –, aber es war zu spät. Viel zu spät, aber das hat damals keiner von uns geahnt.

Wie Sie ja wissen, hat Mikis Andeanna häufig betrogen. Andeanna wusste das. Sie hat zwar nie etwas gesagt, aber sie wusste es.»

«Was hat das damit zu tun, dass sie …», wollte ich fragen.

«Eine seiner Geliebten war Christina Whiteoak, die Frau von Arnold Whiteoak. Sagt Ihnen dieser Name etwas?» Ich schüttle verwirrt den Kopf. «Arnold Whiteoak war ein Munitionsfabrikant und ein skrupelloser Geschäftsmann, dem es egal war, wen er belieferte. Das hat ihm schließlich das Genick gebrochen – er hat so lange eine Gruppe gegen die andere ausgespielt, bis er schließlich … Aber es geht hier nicht um ihn. Es geht um seine wunderschöne Frau, Christina. Für sie hat Mikis das einzige Mal in seinem Leben seine Gefühle über das Geschäft gestellt. Arnold Whiteoak war sehr viel mächtiger als Mikis. Hätte er herausgefunden, dass seine Frau ihn mit Mikis betrog, hätte er ein Blutbad angerichtet. Mikis wusste das, aber er konnte einfach nicht aufhören.

In dem Jahr, in dem das Unglück geschah, verbrachten Mikis und Andeanna die Weihnachtsferien wie üblich in Schottland. Mikis hatte ein Faible für Kilts, Dudelsäcke und Whisky, der bei diesen Gelegenheiten in Strömen floss. Er sagte immer, dass er im Grunde seines Herzens ein Kelte sei. Aber in diesem Jahr gab er gleich nach dem Weihnachtsessen vor, wegen dringender Geschäfte zurück nach London zu müssen. Das hätte Andeanna eigentlich nicht beunruhigen dürfen – Mikis brach häufig seine Ferien ab –, aber irgendwie wurde sie misstrauisch und folgte ihm heimlich.

Am Siebenundzwanzigsten kam sie mit dem Zug zurück nach London und nahm ein Taxi vom Bahnhof nach Hause. Wahrscheinlich ahnte sie schon, weshalb Mikis nach London gefahren war, aber niemand kann sagen, ob sie das, was sie dann tat, von langer Hand geplant hatte oder ob es eine Handlung im Affekt war. Ich weiß es nicht, und ich bezweifle, dass sie es selbst wusste.»

Als ich Darlington erreiche, ist es schon spät. Ein finsterer, erbärmlicher Abend. Ich steige aus dem Zug, und meine acht Geister – ein wutschnaubender Mikis Menderes hat sich inzwischen zu ihnen gesellt – scharen sich auf dem Bahnsteig in einem Halbkreis um mich wie ein Empfangskomitee.

Ich bin wieder an dem Punkt, an dem ich mich frage, ob sie nicht doch nur Produkte meiner Phantasie sind. Im Moment könnte ich es gut ohne diese Ablenkung aushalten – ich bin auch so schon angespannt genug –, aber da ich die Schatten weder verscheuchen noch erklären kann, tue ich mein Bestes, sie zu ignorieren, verlasse mit gesenktem Kopf den Bahnhof und nehme mir ein Taxi.

Das Krankenhaus hatte ich mir ganz anders vorgestellt. Es ist ein modernes Gebäude direkt neben einem Gewerbegebiet, das ohne das kleine Schild über der Tür und einen davor parkenden Krankenwagen nicht als solches zu erkennen wäre.

«Soll ich auf Sie warten?», fragt mich der Taxifahrer, als ich aussteige.

«Ich weiß nicht so recht», murmle ich.

«Um diese Uhrzeit kann es ziemlich schwierig sein, hier draußen ein Taxi zu bekommen. Wenn ich auf Sie warte, kostet Sie das zwar eine Stange Geld, aber andernfalls müssen Sie womöglich länger hierbleiben, als Ihnen lieb ist.»

Ich drücke ihm ein paar Geldscheine in die gierig aufgehaltene Hand. «Ist das genug?»

«Na klar», erwidert er. «Dafür bleibe ich sogar bis morgen früh hier.»

Ich gehe zum Eingang und starre eine Weile nervös auf den Klingelknopf, bevor ich ihn drücke. Kurze Zeit später trete ich ein, um einem lebendigen Geist aus einer Vergangenheit zu begegnen, die noch lange nicht tot ist.

«Es hat eine Weile gedauert, bis Andeanna die beiden gefunden hatte.» Selbst in den hellen Strahlen der Morgensonne wirkte Gardiners Gesicht finster wie der Tod. «Sie waren in einem der Gästezimmer. Mikis erzählte mir Jahre später, dass sie eine Weile suchen musste, bis sie sie fand.

Wir haben nie herausgefunden, woher sie das Messer hatte. Vielleicht hat sie es auf dem Heimweg gekauft, oder sie hat es von Schottland mit nach London genommen. Manchmal stelle ich mir vor, wie sie in diesem Zug saß, auf dem Schoß die Tasche mit dem Messer, und sich auf ihr Vorhaben konzentrierte. Ihre rechte Hand hatte eine Schnittwunde, also muss sie die Klinge angefasst haben, entweder auf der Fahrt oder während sie durch das Haus lief. Ich glaube nicht, dass sie den Schmerz in ihrem Wahn gespürt hat.»

Er hielt inne und zerrieb die Reste des Streichholzbriefchens zwischen seinen Fingern. Ich ahnte schon, was kommen würde, und verspürte dieselbe Beklommenheit wie Gardiner.

«Als sie die Tür öffnete, verspürte Mikis einen Luftzug, den er aber nicht weiter beachtete, denn er glaubte, er hätte sie nicht richtig zugemacht. Das war ungefähr zehn Minuten bevor Andeanna zu schreien anfing, sie muss also die ganze Zeit mit dem Messer in der Hand an der Tür gestanden und die beiden beobachtet haben.»

Ich wollte, dass er aufhört. Auch wenn ich dieser Geschichte so hartnäckig nachgegangen war, dass vier Menschen ihr Leben lassen mussten und ich um ein Haar auch noch das meine verloren hätte, wollte ich sie jetzt nicht mehr zu Ende anhören. Aber die Worte dazu wollten mir nicht über die Lippen kommen.

«Vor ein paar Jahren hat mir Mikis im Suff erzählt, ihr Schrei sei das Grausigste gewesen, was er in seinem ganzen Leben gehört hat. Er sei so schrill wie eine Dampfpfeife und voller Hass gewesen, sagte Mikis unter Tränen. Seit damals habe er diesen Schrei ständig in den Ohren gehabe, und oft schon habe er ihn an den Rand des Selbstmords getrieben. Wäre Greygo nicht gewesen, hätte er schon vor Jahren Schluss gemacht.

Als Andeanna ins Zimmer kam, hockte Christina gerade auf Mikis – ein Detail, das er mir erst Jahre später mitgeteilt hat –, und als sie Andeannas Schrei hörte, drehte sie sich um. Sie sah Andeanna im Türrahmen stehen, eine Hand an ihrem Kopf, die andere hinter ihrem Rücken versteckt. Als Christina Andeannas entsetztes Gesicht sah, brach sie in lautes Gelächter aus.»

Gardiner ließ das zerstörte Streichholzbriefchen fallen und holte ein neues aus seiner Hosentasche. Er brach ein Streichholz heraus, zündete es an und ließ es, während er weitererzählte, ohne mit der Wimper zu zucken so weit herunterbrennen, bis die Flamme an den Schwielen seiner Finger erlosch.

«Wenn Christina nicht gelacht hätte, wäre es vielleicht bei dem Schrei geblieben. Aber es war Andeannas Zuhause, in dem ihr Mann diese Schlampe bumste, die sie auch noch auslachte.»

Gardiner entzündete ein weiteres Streichholz, hielt es hoch und nickte der Flamme zu. «Andeanna drehte durch. Sie bewegte sich so schnell, dass Mikis kaum sehen konnte, was geschah. Sie stürzte quer durch den Raum auf die beiden zu. Christina hörte nicht auf zu lachen, bis Andeanna ihr beide Brüste durchschnitt, bevor sie ihr das Messer tief in die Kehle rammte.

Aber Andeanna war noch nicht fertig», sagte Gardiner, als das Streichholz heruntergebrannt war. «Sie stach wie eine Wilde auf Christina ein, während Mikis blutbesudelt auf dem Bett lag und ihr dabei zusah. Er war unfähig, etwas zu tun, und außerdem wusste er, dass er Christina nicht mehr helfen konnte. Bereits der Stich in die Kehle war tödlich gewesen, der Rest war nur noch ein sinnloses Abschlachten.

«Ein sinnloses Abschlachten», flüstere ich leise vor mich hin, während ich auf Dr. Jan Tressman warte. Eine junge Krankenschwester hat mich schon dreimal gefragt, ob ich etwas zu trinken möchte. Sie wirkte besorgt, vermutlich wegen meines Aussehens. Ich bin mir nicht sicher, wie ich wirke, aber ich bin nicht mehr ich selbst. Ich kann mich nicht erinnern, wann ich mich zum letzten Mal rasiert oder gewaschen habe, und bin mehrere Stunden im Kofferraum eines Wagens gelegen. An meiner Hose sind Spritzer von Dashs Blut, aber noch schlimmer ist, dass meine Welt von innen nach außen gekehrt und in bizarre Stücke zerschlagen wurde, die man danach mit dem Leim des Wahnsinns wieder zusammengeklebt hat. Ich kann mit Fug und Recht behaupten, dass ich mich schon mal weitaus besser gefühlt habe.

«Mikis war fest davon überzeugt, dass Andeanna, wenn sie mit Christina fertig war, auch ihn töten würde», fuhr Gardiner mit seiner Erzählung fort. «Er war sich sicher, dass er sterben würde, aber er tat nichts, um es zu verhindern. Er blieb einfach liegen und bot Andeanna damit ein wehrloses Ziel. Aber sie hat ihn verschont.

An Schluss stand sie vor ihm und starrte ihn schwer atmend an, das blutige Messer noch immer in der Hand. Dass er keine Anstalten gemacht hat, sich zu verteidigen, hat ihm vielleicht das Leben gerettet. Vielleicht hat sie nur darauf gewartet, dass er eine Hand hebt, sich wegdreht oder … lacht. Aber er blieb liegen und gaffte sie verzweifelt an, bis sie sich von ihm abwandte, sich in eine Zimmerecke kauerte und leise zu summen begann.»

«Was hat sie denn gesummt?», fragte ich.

«Woher soll denn ich das wissen? Ist das wichtig?», schnauzte mich Gardiner an.

«Ich bin nur neugierig», sagte ich, getroffen von seiner harschen Reaktion.

«Warum fragen wir nicht Ihr ominöses Medium? Vielleicht hat es ja einen spektralen CD-Spieler.» Er schüttelte den Kopf. «Was für eine blöde Frage. Auf jeden Fall hat sie vor sich hin gesummt. Mikis konnte nicht die ganze Nacht auf dem Bett liegen bleiben, auch wenn er das am liebsten getan hätte. Er stand auf und vergewisserte sich, dass Christina wirklich tot war. Dann schlich er sich an Andeanna vorbei und ging zum Telefon, um die Polizei anzurufen.»

«Die Polizei? Mikis?»

«Normalerweise hätte er das nie getan. Aber er war so durcheinander, dass er nicht mehr klar denken konnte. Erst als er den Hörer schon in der Hand hatte, wurde ihm bewusst, was er tat. Die Polizei anzurufen, hätte für sie beide das Aus bedeutet. Andeanna wäre verhaftet und einem langwierigen Gerichtsverfahren ausgesetzt worden, und Arnold Whiteoak hätte Mikis umbringen lassen, weil er von dessen Verhältnis mit seiner Frau erfahren hätte.

Das kam also nicht in Frage. Mikis legte den Hörer wieder auf, blieb nackt auf dem Fußboden sitzen und dachte nach. Als sich sein Überlebensinstinkt wieder zurückmeldete, rief er mich an. Diese Sache konnte er nicht allein bewältigen. Ich war der einzige Mensch, dem er vertraute. Mikis wusste, dass ich aus dieser Geschichte niemals einen Vorteil ziehen oder sie gegen ihn verwenden würde.

Am Telefon erzählte er mir nicht, was geschehen war, und sagte nur, dass er ein großes Problem hätte. Einen Notfall. Als ich ankam und Christina und Andeanna sah, war mir sofort klar, dass wir tief in der Scheiße steckten. Mein erster Impuls war, Andeanna in den Arm zu nehmen und zu trösten, aber ich konnte mich gerade noch zurückzuhalten, denn dann hätte Mikis sofort gemerkt, dass etwas zwischen uns war. In dem Zustand, in dem er sich befand, hätte er mich wahrscheinlich an Ort und Stelle mit bloßen Händen erwürgt.

Mikis hatte sich angezogen, aber er war noch immer voller Blut. Er erzählte mir, was geschehen war, erklärte mir grob seinen Plan und fragte mich nach meiner Meinung.» Gardiner schaffte ein schiefes Lächeln. «Nach meiner Meinung!», wiederholte er entrüstet.

«Was hatte er denn für einen Plan?», fragte ich.

«Er wollte zwei Fliegen mit einer Klappe schlagen. Wenn es nur um Christina gegangen wäre, dann hätten wir ihre Leiche entsorgt und gehofft, dass Arnold nie die Wahrheit erfahren würde. Aber …»

Er geriet ins Stocken, also sagte ich es: «Da war auch noch Andeanna.»

«Richtig. Sosehr er sie liebte, Mikis konnte sie nicht einfach laufenlassen. Wir sahen beide, dass sie komplett den Verstand verloren hatte, deshalb gab es eigentlich nur eine Lösung: Wir mussten sie umbringen.»

Ein mittelalter, grauhaariger Arzt mit deutlichem Übergewicht kommt auf mich zu. «Sind Sie Mr. Sieveking?», fragt er und streckt mir seine Hand hin. «Ich bin Jan Tressman.»

«Guten Abend, Herr Doktor», begrüße ich ihn.

«Bitte, nennen Sie mich Jan.» Er mustert mein Gesicht und meine Kleider. Falls die Krankenschwester die Blutflecken auf meiner Hose nicht bemerkt haben sollte, Tressman tut es und schürzt skeptisch die Lippen. «Brauchen Sie Hilfe, Mr. Sieveking?»

«Nein. Mir geht es gut. Ich habe mich nie besser gefühlt.»

Er scheint davon nicht allzu überzeugt zu sein. «Sie wollen also eine meiner Patientinnen besuchen?»

«Ja», flüstere ich.

«Unser gemeinsamer Bekannter hat mir erzählt, dass Miss Emerson Sie nicht kennt. Ist das richtig?»

Wie soll ich das beantworten? Ich beschließe, bei Gardiners Version der Geschichte zu bleiben, das ist weniger kompliziert. «Ja.»

Tressman kaut an seiner Unterlippe herum. «Miss Emerson ist nicht gewohnt, Besuch zu bekommen. Die meiste Zeit ist sie zwar sanftmütig, aber wenn sie jemanden nicht kennt, kann sie das ziemlich nervös machen. Sogar eine neue Pflegekraft müssen wir sehr behutsam an sie heranführen. Am Anfang bleibt die Schwester auf Distanz, bis Miss Emerson sich an ihre Anwesenheit gewöhnt hat. Erst dann kommt sie ihr nach und nach etwas näher, bis sie irgendwann einmal von ihr im normalen Pflegealltag akzeptiert wird. Aber wenn ein Fremder völlig unvermittelt direkt auf sie zugehen würde ...» Er schüttelt den Kopf.

«Besucht sie denn niemand?», frage ich.

Tressman zögert eine Weile, bevor er antwortet. «Nur ihr Sohn.»

«Greygo?», staune ich.

«Ja. Gregory Menderes. Vor einigen Jahren, bevor ich hier angefangen habe, war er zum ersten Mal hier, und seitdem kommt er regelmäßig.»

Dass Greygo die Wahrheit über seine Mutter weiß, überrascht mich. Aber ich habe Gardiner nicht nach ihm gefragt, und Greygo hat schließlich auch verzweifelt versucht, mehr über Andeanna zu erfahren. Er muss sie irgendwie aufgespürt haben, oder vielleicht hat der Türke ihm in einem Anfall von betrunkenem Selbstmitleid alles erzählt.

«Was macht Greygo, wenn er kommt?», frage ich.

«Er sitzt neben ihr und erzählt ihr, was er so macht.»

«Weiß sie, wer er ist?»

Tressman seufzt. «Dazu ist Miss Emerson nicht in der Lage. Ihr labiler Zustand in Kombination mit den Medikamenten … verstehen Sie?» Ich nicke steif. «Der ihr verbliebene Rest Verstand sagt ihr wohl, dass sie einen Sohn hat – sie spielt mit Puppen und behauptet, eine von ihnen sei ihr Kind –, aber sie ist nicht in der Lage, ihn zu erkennen, wenn er vor ihr steht. Am Anfang hat Gregory noch versucht, ihre Erinnerungen wiederherzustellen – er hat ihr immer wieder gesagt, wer er ist, hat ihr Kinderfotos von sich gezeigt und sie regelrecht angefleht, ihn als Sohn zu akzeptieren –, aber inzwischen weiß er, dass sie es nie tun wird. Er gibt sich damit zufrieden, einfach bei ihr zu sitzen.»

Ich denke über das Gehörte nach. Es macht mich traurig, aber es beunruhigt mich auch. Schließlich hat Greygo mir erzählt, dass er als Kind mit dem Geist seiner Mutter gesprochen hat. Wenn er das nur zum Spaß erfunden hätte, könnte ich es akzeptieren, aber er hat mich zu Etienne Anders geschickt, die nicht nur seine Behauptungen bestätigte, sondern mich sogar mit Andeannas Geist in Verbindung gebracht hat. War das eine raffinierte Finte gewesen, um mich von der Wahrheit abzulenken? Oder steckte ein sehr viel ausgeklügelterer Plan dahinter? Hat Greygo eine Doppelgängerin Andeannas angeheuert, um mich reinzulegen? Hat er so seinen Vater, den er behauptete zu lieben, ans Messer liefern wollen?

Auch wenn alles, was ich bisher über den Mustersohn Greygo gehört habe, dieser Hypothese widerspricht – langsam beginnen die Fakten den Menderes-Erben zu belasten. Möglicherweise muss ich noch einmal zu ihm und ihm ein paar unangenehme Fragen stellen.

Ich konzentriere mich wieder auf die Gegenwart und auf das, was ich hier tun soll. Auf gar keinen Fall möchte ich Miss

Emerson verstören. Wenn sie so sehr in ihrer eigenen Welt lebt, wie Gardiner und Tressman gesagt haben, dann habe ich nichts davon, wenn ich sie bedränge. Ich frage den Arzt, ob es möglich wäre, sie zu beobachten, ohne dass sie mich sieht. «Natürlich», antwortet er und strahlt. «Das wollte ich Ihnen ohnehin vorschlagen.» Mit einem zustimmenden Lächeln macht er sich davon, um alles zu organisieren, und überlässt mich wieder meinen Gedanken an das, was ich auf der Waldlichtung erfahren habe.

Gardiner konnte Andeanna nicht umbringen. Obwohl er ebenfalls der Meinung war, dass sie sterben musste, war er doch ihr Liebhaber gewesen, und als sein Boss ihm befahl, ihr ein Kissen aufs Gesicht zu drücken und sie zu ersticken, kam er ins Wanken. Er nahm ein Kissen vom Bett, schüttelte es auf und machte ein paar Schritte auf sie zu. Der leere Ausdruck in ihrem Gesicht, ihre zitternden Hände, ihr monotones Summen und dazu die Erinnerungen an ihre gemeinsamen Stunden … Am Ende blieb er mit dem Kissen in den Händen vor ihr stehen und schüttelte den Kopf.

«Mikis schrie mich an, ich solle sie umbringen», sagte er. «In all den gemeinsamen Jahren war es das einzige Mal, dass er mir gegenüber so heftig wurde. Er schlug mich und drohte damit, mich zu töten. Ich habe nicht zurückgeschlagen, stand nur da und habe ihm gesagt, dass ich es nicht tun könnte.»

Schließlich riss der Türke Gardiner das Kissen aus der Hand, um seine Frau selbst umzubringen. Er trat auf sie zu, aber als das Kissen nur noch wenige Zentimeter von ihrem Gesicht entfernt war, zuckte er zurück.

«Es war ihr Gesichtsausdruck», sagte Gardiner. «Er veränderte sich kein bisschen. Sie summte ganz leise weiter, und in ihren Augen war kein Funken Verstand mehr zu erkennen.

Eigentlich würde man meinen, dass das Töten einem dadurch leichterfällt, aber das war nicht der Fall.»

Als Mikis unverrichteter Dinge das Kissen beiseiteschleuderte, war er überzeugt, dass seine Welt dem Untergang geweiht war. Er würde die Leiche von Christina Whiteoak verschwinden lassen, seine Frau zu Hause einsperren und eine verschwiegene Xanthippe anheuern, um sie zu pflegen, aber trotzdem war er sich sicher, dass die Wahrheit irgendwann ans Licht kommen würde. Schließlich konnte er nicht darauf bauen, dass Andeanna ständig in diesem Zustand verharren würde. Irgendwann würde sie vielleicht daraus erwachen und ihn ruinieren. Es gab nichts, was er tun konnte, um das zu verhindern.

Die Idee, die Leichen zu vertauschen, stammte von mir», sagte Gardiner tonlos. «Sie kam mir, als wir uns überlegten, wie wir die tote Christina loswerden könnten. Mikis wollte sie irgendwo im Meer versenken, wo sie nie wieder gefunden werden würde, aber ich dachte, es wäre besser, wenn man ihre Leiche entdeckt, denn sonst würde ihr Ehemann nicht aufhören, nach ihr zu suchen. Wenn wir es so aussehen lassen könnten, als wäre es ein Unfall gewesen, dann ...»

«Ein bisschen problematisch, angesichts der Art, wie sie getötet wurde», bemerkte ich.

Gardiner nickte. «Andeanna hatte sie mit Messerstichen praktisch durchlöchert. Mikis meinte, wir könnten sie doch eine Treppe hinunterwerfen und behaupten, sie hätte, als sie stolperte, ein Messer in der Hand gehabt. Als ich das hörte, habe ich die Fassung verloren und ihm gesagt, er solle endlich aufhören, sich wie ein Idiot zu benehmen. Die Sache sei nicht einfach, aber machbar sei sie trotzdem. Wir mussten dafür sorgen, dass die Leiche verbrannte und die Flammen sämtliche Hinweise auf einen Mord vernichteten. Wenn Christinas

Körper nur noch Asche war, konnte man auch ihre Wunden nicht mehr sehen.

Mikis war nicht gerade begeistert. Es gab zu viel, was schiefgehen konnte, und er sah keine Notwendigkeit für solch einen komplizierten Plan. Fast hätte er mich überredet, ihn fallenzulassen, als mir eine neue Idee kam. Sie schoss mir in einer einzigen, widerwärtigen Sekunde durch den Kopf. Man könnte sagen, dass es der einzige geniale Moment in meinem ganzen Leben war.

Es war eine grauenhaft einfache Idee – wenn man die Leiche bis zur Unkenntlichkeit verbrannte, konnte man genauso gut behaupten, sie wäre die von Andeanna. Wir mussten ihr nur Andeannas Kleider anziehen und dann den Unfall in einem Wagen des Türken inszenieren, und niemand würde daran zweifeln.

Mikis glaubte, ich hätte den Verstand verloren. Die beiden Frauen sahen sich kein bisschen ähnlich. Sie waren nicht einmal gleich groß, von den unterschiedlichen Zahnarztunterlagen ganz zu schweigen. Und dann war da ja noch Arnold Whiteoak, wegen dem wir die ganze Sache überhaupt machten. Wenn die Leiche nicht Christina war, würde er nach ihr suchen, und eines Tages, so Mikis' Befürchtung, würde Andeanna zu sprechen anfangen und ihn mit der Wahrheit konfrontieren. Nur mit viel Mühe konnte ich ihn davon überzeugen, dass sie das nie tun würde, weil sie schlicht und einfach nicht mehr in der Lage dazu sein würde.»

Rasch und überzeugend legte Gardiner dem Türken seinen Plan dar. Wenn sie Christina das Gebiss zertrümmerten und es so aussehen ließen, als wäre das eine Folge des Unfalls, würde die Polizei wohl nicht weiter nachfragen. Einer gründlichen Untersuchung würde dieser Trick zwar nicht standhalten, aber wer sollte denn ahnen, dass jemand eine falsche Tote in den Wagen geschmuggelt hatte? Sie mussten den Unfall nur echt aussehen lassen. In dem verbrannten Wrack mussten Andeannas Schmuck und Reste ihrer Kleidung gefunden werden, und wenn Mikis dann auch noch der Polizei sagte, er habe sie wegfahren gesehen, warum sollte dann jemand daran zweifeln, dass sie in dem Unfallwagen gesessen hatte?

«Aber Mikis sah immer noch nicht ein, wozu wir die Leichen vertauschen sollten», erzählte Gardiner. «Erst als ich ihm sagte, was wir mit Andeanna tun könnten, wenn alle glaubten, dass sie tot sei, ließ er sich überzeugen.»

An diesem Punkt wurde Gardiner von seiner Scham überwältigt und sank praktisch in sich zusammen.

Tressman streckt den Kopf ins Wartezimmer und winkt mich heran. Ich stehe auf und folge ihm einen langen, weißen Flur entlang in ein kleines, dunkles Zimmer, an dessen Kopfseite ein teildurchlässiger Spiegel den Blick in einen zweiten, größeren Raum freigibt. Vor dem Spiegel, neben dem sich ein Lautsprecher befindet, steht ein Stuhl. Ansonsten ist das Zimmer leer.

«Sie kommt gleich», sagt Tressman. «Das ist ihr Erholungsbereich, in dem sie sich normalerweise wohl fühlt. Sie können bleiben und sie beobachten, so lange Sie wollen. Miss Emerson kann Sie nicht sehen.»

«Sie gehen?»

«Ich habe zu tun. Ich muss …»

«Bitte bleiben Sie», unterbreche ich ihn. «Möglicherweise habe ich ein paar Fragen an Sie.»

«Was für Fragen?»

«Über ihre allgemeine Verfassung. Ihre Geschichte. Ihren Geisteszustand.»

Er lacht zynisch. «Sie hat praktisch keinen Verstand mehr.

Den letzten Rest haben meine Vorgänger ihr mit Medikamenten weggeblasen.»

Ich starre ihn neugierig an. «Sie sind offenbar mit diesen Behandlungsmethoden nicht einverstanden.»

Er zuckt traurig mit den Achseln. «Ich habe zwei Kinder, die studieren, und ein drittes, das besonderer finanzieller Hilfe bedarf. Mein Vorgänger wusste das und hat mich Mr. Gardiner empfohlen, der mir meine dreißig Silberlinge gezahlt hat. Ich bin mir meiner Fehler nur allzu bewusst, aber ich kann immer noch zwischen richtig und falsch unterscheiden, und die Art, wie diese Frau behandelt wurde, ist so falsch, wie sie nur sein kann. Das, was man ihr angetan hat, bevor sie in meine Obhut kam, hätte ich niemals genehmigt, für kein Geld der Welt.»

«Können Sie ihr denn gar nicht helfen?», frage ich leise.

«Nein. Die entscheidenden Schäden wurden ihr zugefügt, lange bevor Sie zu mir in Behandlung kam. Nicht einmal Gott selbst könnte die Wirkung des Zeugs, mit dem man sie vollgepumpt hat, wieder rückgängig machen. Ihre Persönlichkeit wurde ausgelöscht und kann nie wiederhergestellt werden.»

Er hört auf zu sprechen, weil die Tür zu dem zweiten Raum geöffnet wird. Schweigend sehen wir zu, wie eine junge schwarze Krankenschwester eine alte Frau hereinführt. Während sie mit kurzen, wackeligen Schritten in den Raum schlurft, drückt sie zwei Puppen an ihre Brust und bewegt ihre Lippen lautlos im Takt, den ihr auf und ab wippender Kopf vorgibt. Ich betrachte sie mit einer Mischung aus Schrecken, Ekel und Mitleid.

Gardiners Plan war bestechend einfach, vorausgesetzt, sie schafften es, einen tödlichen Autounfall glaubwürdig zu inszenieren. Er bestand darin, Andeanna in eine psychiatrische Anstalt einzuweisen und für den Rest ihres Lebens mit Drogen vollzupumpen. Der Türke hatte gute Kontakte zu Medizinern, die ihm entweder noch einen Gefallen schuldeten oder auf anderen Wegen dazu gebracht werden konnten, seinen Wünschen zu entsprechen.

«Als ich Mikis meine Idee erklärt hatte, erwärmte er sich ziemlich rasch dafür», sagte Gardiner ohne Stolz. «Nur Minuten später griff er zum Telefon und rief erst ein Krankenhaus in Kent an und dann ein anderes in Darlington, in dem sie schließlich gelandet ist. Es war eine kostspielige Angelegenheit, aber das war Mikis egal. Alles war besser, als Arnold Whiteoak Fragen zum Tod seiner Frau beantworten zu müssen.»

«Hatten Sie denn keine Angst, dass er irgendwann einmal davon erfahren würde?», fragte ich.

«Nein. Niemand außer Mikis und mir wusste von ihrer Affäre. Andeanna war die einzige Verbindung.»

Weil sie schnell handeln mussten, luden sie Christinas Leiche schon in den frühen Morgenstunden in den Kofferraum von Andeannas Auto, nicht ohne zuvor ihren Mund mit einem Hammer bearbeitet zu haben. Nachdem sie ihr Andeannas Kleider angezogen und den Schmuck angelegt hatten, fuhr Gardiner den Wagen aufs Land, und Menderes folgte ihm. Sie suchten sich eine einsame Bergstraße, wo sie Leiche und Wagen sorgfältig präparierten. Es war nicht das erste Mal, dass sie einen Unfall inszenierten, und als sie fertig waren, stellte Gardiner den Wagen vor einem steilen Abhang ab, an dessen Fuß einige Bäume standen. Nachdem er die Leiche auf dem Fahrersitz in Brand gesteckt hatte, lenkte er, halb in der Tür stehend, den Wagen den Abhang hinunter und rettete sich erst kurz bevor er in die Bäume krachte mit einem beherzten Sprung. Im Schutz des Waldes rannte er zur nächsten Kurve, wo der Türke auf ihn wartete. Nun mussten sie sich um Andeanna kümmern.

«Wir hatten sie gefesselt», erzählte Gardiner, «aber die ganze Rückfahrt über malte ich mir aus, dass sie sich irgendwie hatte befreien können und mit dem Messer in der Hand auf uns wartete. Die Vorstellung machte mir keine Angst, denn schon damals empfand ich Reue, und ein Teil sehnte sich fast danach, durch ihre Hand zu sterben.»

Aber sie war nicht geflohen. Sie würde nie mehr fliehen.

Widerstandslos ließ sich Andeanna gefesselt auf den Rücksitz von Christina Whiteoaks Auto legen. Während der Türke eine Decke über sie breitete, schluchzte er laut und verkündete, er würde den Plan am liebsten über den Haufen werfen, Andeanna bei sich behalten und pflegen, bis sie ihre geistige Gesundheit wiedererlangt hatte und er sie um Verzeihung bitten konnte. Hätte der Türke wirklich einen ernsthaften Versuch unternommen, Gardiner zu stoppen, hätte dieser sich nicht widersetzt, aber trotz aller Tränen und Lippenbekenntnisse tat der gramerfüllte Ehemann nichts, um seinen Partner aufzuhalten. Bald darauf war Gardiner auf der Fahrt nach Norden, während sein Boss zu Hause neben dem Telefon darauf wartete, dass die Polizei ihn über den tragischen Unfalltod seiner Ehefrau unterrichtete.

«Und das war's dann», beendete Gardiner schroff seine Erzählung. «Auf dem Weg habe ich das Auto gewechselt und Christinas Wagen vor einem Hotel in der Nähe des Flughafens von Birmingham abgestellt. Danach sorgte ich dafür, dass Andeanna sicher verwahrt wurde. Ich lieferte sie unter dem Namen ihrer Mutter in das Krankenhaus ein und bezahlte die Pflegekosten für die ersten Monate, denen noch viele weitere folgen sollten. Ihr Arzt – unser Arzt – wusste genau, was man von ihm erwartete, und versprach, sich intensiv um sie zu kümmern. Ich habe ihn nicht gefragt, was das genau bedeutet. Selbst wenn ich hundert Jahre alt würde, täte ich das nicht. Es gibt Dinge, die man am besten nie erfährt.»

Ich pflichtete ihm von ganzem Herzen bei. Es gab eine Menge über Andeanna Menderes, was ich lieber nicht gewusst hätte: ihre Heirat mit dem Türken und das, was danach gekommen war, zum Beispiel. Aber jetzt, wo ich so weit gekommen war und so viel erfahren hatte, konnte ich nicht mehr zurück. Also fragte ich Gardiner, in welches Krankenhaus er sie gebracht hatte, und wie aus der Pistole geschossen nannte er mir die Adresse. Und jetzt bin ich hier.

Bis zu dem Augenblick, als diese müde Greisin den Raum betrat, hatte ich noch die leise Hoffnung gehegt, dass sie meine Andeanna sein könnte. Vielleicht hatte sie, dachte ich, in der Obhut eines neuen Arztes ihren Verstand wiedererlangt und sich aufgemacht, den Mann zu richten, der ihr so übel mitgespielt hatte. Ich hatte mir vorgestellt, wie sie auf die verspiegelte Scheibe schaute, meine Gegenwart auf der anderen Seite spürte und mit einem wissenden Lächeln flüsterte: «Du hast dir ziemlich viel Zeit gelassen, bis du zu mir gekommen bist, Ed.»

Jetzt, wo ich sie sehe, ist diese schwache Hoffnung verschwunden. Die Alte auf der anderen Seite der Scheibe ist Andeanna Menderes. Ich habe ihre Fotos lange genug angesehen, um sie zweifelsfrei zu erkennen. Trotzdem gibt es nicht einmal den Hauch einer Möglichkeit, dass diese gebrochene, verhärmte Alte die Andeanna ist, in die ich mich verliebt habe. Ihr Gesicht ist so sehr von Schmerz und Wahnsinn gezeichnet, dass kein Make-up der Welt diese Spuren vertuschen könnte. Ihre Finger sind spindeldürr, ihr Rücken ist gebeugt, und ihre schlechtgeschnittenen, ausgefransten Haare sind grau. Diese

Frau ist die echte, heutige Andeanna, während mein Geist eine Illusion war, die gekonnte Rekonstruktion eines Gesichts aus der Vergangenheit. All das erkenne ich jetzt und wichtiger noch: Ich akzeptiere es. Wer – oder was – auch immer meine Geliebte war, sie war auf keinen Fall eine verjüngte, gesundete und rachsüchtige Mrs. Menderes.

Tränen laufen mir über die Wangen. So viele Jahre habe ich nicht mehr geweint, und jetzt heule ich schon zum zweiten Mal innerhalb von vierundzwanzig Stunden Rotz und Wasser. Die Schönheit der alten Frau bewegt mich tief. Trotz ihres Alters, ihrer leeren Augen und ihres schlurfenden Gangs ist die echte Andeanna alles andere als hässlich. Sie ist frühzeitig gealtert und auf grausame Weise ihres Verstands und ihrer Persönlichkeit beraubt worden, sie hat eine vom Leid schwer gezeichnete Seele – und dennoch ist sie eine echte Schönheit.

Etwas blitzt in meinem Augenwinkel auf – es ist ein weißes Taschentuch, das Dr. Tressman mir reicht. Traurig lächelnd schüttle ich den Kopf. Ich will meine Tränen nicht wegwischen. Ich genieße ihre Wärme auf meinen Wangen, denn sie zeigt mir, dass ich trotz allem, was ich getan habe und gewesen bin, immer noch zu gewissen menschlichen Regungen fähig bin.

«Wie konnten sie ihr das antun?», schluchze ich. «Sie zu töten wäre humaner gewesen, als ihren Verstand zu zerstören.»

«Da kann ich Ihnen nur zustimmen», seufzt Tressman. «Der Tod wäre für sie eine Gnade gewesen.»

«Gibt es nichts, was Sie für sie tun könnten? Eine Spritze, irgendwas?»

«Doch», murmelt er. «Daran habe ich schon öfter gedacht, nicht nur bei Miss Emerson, auch bei anderen Patienten in ähnlicher Lage. Aber mein Eid verpflichtet mich, Leben zu bewahren, nicht zu beenden. Und wer bin ich, dass ich mir anmaßen könnte, über Leben und Tod zu entscheiden? Schließlich geschehen immer wieder Wunder. Ich habe schon Patienten gehabt, die viel schlimmer dran waren als Miss Emerson, und trotzdem eines Tages aus ihrem Wahnsinn aufgewacht sind und ihr altes Leben wiederaufgenommen haben, als wäre nichts geschehen.»

«Aber Sie sagten vorhin, dass ihr Gehirn zerstört wurde.»

«Das ist richtig.» Er nickt. «Aber trotz allem, was wir über das menschliche Gehirn wissen, wissen wir so gut wie nichts über die menschliche Seele. Ich glaube nicht, dass Miss Emerson wieder gesund wird, ich würde sogar sagen, dass das unmöglich ist, aber eine Chance, und sei sie noch so klein, gibt es immer. Wo Leben ist, ist Hoffnung. Diese Erkenntnis lässt mich sogar in meinen dunkelsten Stunden, in denen ich Zeuge von schier unerträglichem Leid werde, vor dem letzten, endgültigen Schritt zurückschrecken.»

«Lassen Sie mich die Entscheidung treffen», flüstere ich ihm zu. «Ich würde ihr Leid beenden.»

«Genau aus diesem Grund dürfen Menschen wie Sie so etwas nicht entscheiden», sagt er mit einem ironischen Lächeln. «Wir müssen die Schwachen und Kranken unter uns denjenigen anvertrauen, die stark genug sind, ihr Leid zu ertragen, sonst wären sie der Gnade derer ausgeliefert, die keine Gnade kennen.»

«Doch, ich kenne Gnade», kontere ich, weil seine Schlussfolgerung mir nicht gefällt.

«Wirklich, Mr. Sieveking?»

Ich muss an die Menschen denken, die ich umgebracht habe, und lasse den Blick über meine Geister schweifen, die sich dicht an uns drängen. Sie scheinen genauso fasziniert von der Frau im anderen Raum zu sein wie ich. Die Frage des Arztes bleibt unbeantwortet.

Die Krankenschwester, die Andeanna hereingeführt hat, zieht sich in eine Ecke zurück und liest in einem abgegriffenen Roman. Andeanna geht, während ich sie still und unbemerkt beobachte, an der Wand entlang und lässt mit einem starren, gespenstisch anmutenden Lächeln auf den Lippen die Finger über dort hängende, bunte Bilder gleiten. Sie sehen aus, als hätten Kinder sie gemalt, stammen aber vermutlich von den Patienten. Vor dem Bild eines knallblauen Jungen mit riesigem Kopf bleibt sie stehen und starrt es an. Ihr Lächeln wird breiter, bevor sie ihre Stirn an den Bauch der Figur drückt und in lautes Wehklagen ausbricht.

«Warum macht sie das?», frage ich erstaunt.

«Dieses Bild hat ein Mann gemalt, der schon genauso lang hier ist wie Miss Emerson», erklärt Tressman. «Er ist viel ausgeglichener als sie und hat manchmal lichte Momente. Dieser Mann hat einen Narren an ihr gefressen. Als er erfuhr, dass sie ein Kind hatte, hat er dieses Bild für sie gemalt. Manchmal erkennt sie in dem Bild ihr Kind und trauert ihrem verlorenen Glück nach.»

«Haben Sie nicht gesagt, dass sie nichts mehr erkennen kann?»

«Trotzdem erinnert sie sich auf eine Art und Weise, die wir nicht verstehen können, an gewisse Dinge.»

«Dann ist ihr Gehirn doch nicht vollständig zerstört?»

Er zuckt mit den Achseln. «Wenn ihr Sohn sie besucht, erkennt sie ihn nicht, aber wenn ein Mann ihr ein Bild von einem Kind malt, das er nie gesehen hat, löst das irgendetwas in ihr aus. Offenbar sind in ihr immer noch Spuren von menschlichen Gefühlen vorhanden, aber es ist unmöglich zu sagen, wie stark sie sind und wodurch sie ausgelöst werden.» Er legt mir eine Hand auf die Schulter. «Man kann sie nicht heilen, falls es das ist, was Sie wissen wollten.»

Andeanna wendet sich von dem Bild ab und schlurft in die Mitte des Raums. Ihre Augen sind weit geöffnet, ihr Blick ist leer. Sie setzt sich auf den Boden und wischt eine Stelle sauber, auf der sie ihre Puppen ablegt. Sie betrachtet sie eine Weile, bevor sie die größere von ihnen wieder aufnimmt und an ihren Haaren herumzupft.

«Jetzt wird sie mit der Puppe spielen, bis wir sie zurück in ihr Zimmer bringen», sagt Tressman. «Sie behandelt sie wie ihren Sohn, füttert sie mit imaginären Süßigkeiten und stillt sie manchmal sogar an ihrer entblößten Brust.» Er hustet dezent. «Für den Fall, dass sie das tut, müsste ich Sie bitten zu gehen.»

Ich sehe zu, wie Andeanna die Puppe in ihren Schoß legt und dann nach der anderen greift. Sie zieht ihr das Kleidchen aus und streift es ihrem imaginären Sohn über, wobei sie glucksend vor sich hin lacht. Danach wiegt sie die Puppe in ihrem Arm und gibt röchelnde Geräusche von sich.

Ich verspüre den Impuls zu gehen, aber ich kann mich von dem Anblick nicht losreißen. Es geht nicht nur darum, dass sie mir leidtut – ein Teil von mir will hierbleiben, weil er glaubt, dass auch ich hierhergehöre. Ich kann es direkt spüren, wie sich der Wahnsinn in mir regt. Es wäre so leicht zu kapitulieren, die wirkliche Welt ebenso aufzugeben wie die Suche nach der Wahrheit und mich zu Andeanna zu gesellen in ihrem ebenso ziellosen wie sorglosen Leben. Einfach in einem Raum sitzen, über kindische Bilder lachen, Puppen anziehen und die Sorgen und Entscheidungen anderen überlassen. Auf eine seltsame Art und Weise kommt mir so ein Leben plötzlich vor wie der siebte Himmel.

Aber jetzt ist nicht die Zeit für den Himmel. Es ist die Zeit für die Hölle. Solange ich nicht alle Lügen entlarvt und die Wahrheit über die Frau erfahren habe, in die ich mich verliebt und an die ich meine Seele verloren habe, gibt es keine Zuflucht für mich. Wenn ich jetzt aufgebe, wird mich das für den Rest meines Lebens verfolgen. Ich werde niemals Ruhe finden. Außerdem würde ich ja nicht hier bei Andeanna sitzen und mit Puppen spielen, ich würde irgendwo weggesperrt, wo ich mit meinem Gebrüll die anderen Patienten nicht erschrecken kann.

Andeanna klopft jetzt mit der flachen Hand ein paarmal auf den Boden, während sie mit der anderen die Puppe fest an sich drückt. Ihr Gesicht verzerrt sich, während sie erneut auf den Boden klatscht. Die Krankenschwester steht auf, eilt zu einem Hängeschränkchen an einer Wand und entnimmt ihm einen kleinen Beutel.

«Medikamente?», frage ich. Ich bin drauf und dran, den Raum zu verlassen, denn ich will nicht mit ansehen, wie Andeanna ruhiggestellt wird.

«Nein.» Tressman lächelt. «Etwas viel Harmloseres.»

Die Krankenschwester reicht Andeanna das Säckchen, die sofort den Inhalt auf den Boden leert. Erleichtert sehe ich, dass es ganz normales Schminkzeug enthält – Lippenstift, Mascara, Rouge. Andeannas Finger wuseln über die Tuben und Dosen, bis sie sich für einen Lippenstift entscheidet, den sie mit erstaunlicher Sorgfalt auf die harten Lippen der Puppe aufträgt.

«Wenn sie damit erst einmal angefangen hat, kann nichts sie mehr ablenken», bemerkt Tressman. «Sie kann das stundenlang machen und vergisst dabei alles andere.» Er blickt mich an. «Wenn Sie wollen, kann ich Sie jetzt zu ihr bringen. Sie ist so auf ihre Puppe fixiert, dass sie Ihre Anwesenheit nicht einmal bemerken wird.»

Ich schüttle den Kopf. «Das ist nicht nötig», flüstere ich.

Tressman schürzt die Lippen. «Darf ich Sie fragen, weshalb Sie so ein Interesse an Miss Emerson haben? Ich weiß, dass mir diese Frage nicht zusteht, und Sie müssen mir nicht antworten, aber …»

«Ich war ihr Liebhaber», antworte ich leise.

Er blickt von mir zu Andeanna und wieder zurück. «Bevor sie hier aufgenommen wurde?»

«Nein, später.»

Der Arzt legt die Stirn in Falten. «Das verstehe ich nicht.»

«Ich auch nicht», antworte ich mit einem halberstickten, bitteren Lachen.

Nach einem letzten, langen Blick auf Andeanna und ihr lebloses Baby wende ich mich von ihr ab. «Ich möchte jetzt gehen.»

«Sind Sie sicher?»

«Ich habe das gesehen, was ich sehen wollte. Hier gibt es für mich nichts mehr zu tun. Ich weiß zwar nicht, ob es ein Jenseits gibt, aber ich kann schließlich nicht hierbleiben und mich verstecken, oder?» Tressman starrt mich verwirrt an. «Es ist schon okay», lache ich bitter. «Ich erwarte darauf keine Antwort von Ihnen.»

«Haben Sie schon eine Bleibe für heute Nacht?», fragt Tressman, während er die Tür öffnet.

«Noch nicht. Vielleicht fahre ich nach London zurück, falls es noch einen Zug gibt.»

«Das bezweifele ich. Aber ich könnte Ihnen ein gutes Hotel empfehlen.»

«Vielen Dank. Wenn Sie wüssten, was ich für einen Tag hinter mir habe …» Ich zwinge mich zu einem schwachen Lächeln. «Ich könnte auf der Stelle einschlafen und …»

Ich komme ins Stocken und weiß nicht, weshalb. Das Bild einer Puppe schießt mir durch den Kopf, aber es ist nicht die Puppe, die Andeanna in ihren Armen gehalten hat, sondern eine, die aussieht wie das Bild des blauen Jungen mit dem großen Kopf. Allerdings hat sie ein anderes Gesicht. Mein Gesicht. Und es lacht mich an.

Tressman will gerade die Tür des Beobachtungszimmers schließen, aber ich halte ihn zurück. «Warten Sie», sage ich und drehe mich wieder um. Das Bild, das ich gerade vor meinem geistigen Auge gesehen habe, treibt mich förmlich zu der Glasscheibe hin. Ich kann das Lachen der Puppe fast hören, und ich kann nicht von hier weggehen, bevor ich weiß, über was sie lacht.

«Alles in Ordnung?», fragt Tressman besorgt.

Mit einer Handbewegung bringe ich ihn zum Schweigen. In meinem Gehirn prallen die Gedanken frontal aufeinander. Die Einzelteile eines Puzzles beginnen sich wie von selbst zu einem Bild zusammenzufügen. Zwar kann ich dieses Bild noch nicht erkennen, aber ich weiß, dass es etwas mit der Frau auf den anderen Seite der Glasscheibe zu tun hat und noch viel mehr mit der Puppe, der sie gerade Rouge auf die Wangen legt. Was ist es, das mich an dieser dummen Puppe stört?

Dann taucht aus den schwarzen Tiefen meines Bewusstseins plötzlich eine Frage auf, von der ich intuitiv weiß, dass sie mich zu der Lösung führen wird. Ich weiß nicht, was diese Frage bedeutet oder warum sie der Schlüssel zu meinem Rätsel ist, aber ich äußere sie dennoch, denn sie verlangt danach, gestellt zu werden.

«Wenn sie glaubt, dass die Puppe ihr Sohn ist», sage ich leise zu einem sichtlich befremdeten Dr. Tressman, «warum zum Teufel behandelt sie sie dann wie ein Mädchen?»

EINUNDZWANZIG

Ich verbringe die Nacht in dem Hotel, das mir der freundliche Arzt empfohlen hat, aber obwohl ich ein ruhiges Zimmer habe und ziemlich erschöpft bin, finde ich lange keinen Schlaf. Dazu sind die Fragen in meinem Kopf und die sich langsam entwickelnden Antworten viel zu quälend.

Zuerst kann ich gar nicht glauben, was mir mein Instinkt sagt, und ich fürchte, dass es die Kapriolen eines abgleitenden Verstands sind, dass etwas von dem Wahnsinn in der psychiatrischen Anstalt auf mich abgefärbt hat. So vergeude ich viele Stunden damit, die Theorie zu leugnen, von der ich im Herzen weiß, dass sie wahr ist. Weil ich vor dieser letzten Einsicht zurückschrecke, erkunde ich verzweifelt Alternativen und werde doch jedes Mal auf die verdrehte und verrückte Wahrheit zurückgeworfen.

Immer wieder fixieren sich meine Gedanken auf die Puppe, die Andeanna wie ein Mädchen angezogen und geschminkt hat. Gelänge es mir, mich von diesem Bild zu lösen, dann könnte ich vielleicht an die falschen Antworten glauben, die ich mir eine nach der anderen zusammenspinne. Aber ich kann mich nicht selbst belügen, egal wie sehr ich es auch versuche. Die Wahrheit lässt sich einfach nicht leugnen.

Gegen Morgen gebe ich den Kampf auf. Auch wenn ich noch nicht die ganze Wahrheit kenne, wird es nicht allzu schwierig sein, die letzten Lücken zu schließen. Kann sein, dass es gefährlich und erschreckend wird, aber schwierig dürfte es nicht werden. Ich weiß genau, an wen ich mich wenden muss, wie ich ihn finde, und wie ich, falls er Widerstand leistet, eine Beichte erzwingen kann. Ich lasse mich nicht mehr mit Lügengeschichten von irgendwelchen Geistern hinters Licht führen. Mit diesem Mist bin ich durch. Das Einzige, was ich jetzt noch akzeptiere, ist die nackte und grausame Wahrheit.

In einem Schnellzug auf dem Rückweg nach London. Der permanente Schlafmangel hat wohl seinen Tribut gefordert, denn ich erinnere mich weder daran, dass ich eine Fahrkarte gekauft habe, noch dass ich in den Zug gestiegen bin. Das Letzte, woran ich mich erinnere, ist das Frühstück im Hotel.

Eigentlich sollte ich mir Sorgen wegen Bond Gardiners Drohung machen, aber ich tue es nicht. Ich bin mir sicher, dass ich die Stadt betreten und wieder verlassen kann, ohne dass jemand etwas davon bemerkt. Meine Erschöpfung stellt momentan ein größeres Problem dar als Gardiner. Ich darf nicht die Kontrolle über mich verlieren, ich muss konzentriert bleiben.

Also lehne ich mich in meinem Sitz zurück, schließe die Augen und versuche zu schlafen. Aber ich habe damit genauso wenig Erfolg wie nachts im Hotel. Die Puppe verfolgt mich und lässt sich durch nichts aus meinen Gedanken vertreiben. Vielleicht müssen Verrückte gar nicht schlafen. Vielleicht ist ihre Verrücktheit alles, was sie zum Überleben brauchen.

In einem Taxi. Schon wieder kann ich mich nicht erinnern, wie ich hierhergekommen bin. Ich schaue aus dem Fenster und stöhne leise. Ich bin wieder in London. Eine meiner Taschen beult sich aus, und als ich vorsichtig meine Hand hineingleiten lasse, ertaste ich eine Pistole. Axel Nelkes Pistole. Ich muss nach Heathrow gefahren sein, das Auto aufgebrochen und sie mir geholt haben.

Ich beuge mich nach vorne und frage den Fahrer, ob wir bald da sind. «Zehn Minuten noch, Boss», antwortet er fröhlich. Ich brauche nicht nach dem Fahrtziel zu fragen. Ich lasse mich zurück in den Sitz fallen und lächle sanft. Zum ersten Mal seit meinem Besuch in der Psychiatrie kann ich mich von dem Bild der Puppe und den Fragen, die damit verbunden sind, ein Stück weit lösen. Zehn Minuten noch, dann bin ich nicht mehr auf Vermutungen angewiesen. Dann wird sich endlich alles klären.

Ein weiteres Mal dämmere ich weg und finde erst wieder zu mir, als ich mich auf das Gelände der Menderes-Villa stehle. Meine Geister gehen neben mir her, die Köpfe gesenkt, als würden sie am Boden irgendwelche Spuren lesen. Dabei wirken sie wie Hunde, wie hungrige Höllenhunde, die wissen, dass sie gleich Futter bekommen.

Ich schleiche mich zur Rückseite des Hauses, wo ich durch ein offenes Fenster in die inzwischen so vertrauten Räume klettere. Auf leisen Sohlen gehe ich durch das Haus, ohne jemandem zu begegnen.

Den Mann, nach dem ich suche, finde ich im Billardzimmer. Er spielt eine Partie gegen sich selbst, bei der Gewinnen und Verlieren das Gleiche sind und Triumph und Verzweiflung Hand in Hand gehen. Ich warte, bis er die schwarze Kugel versenkt hat, dann klatsche ich langsam Beifall und mache einen Schritt auf ihn zu.

Gregory Menderes sieht mich erstaunt an und hebt seinen Queue, als wolle er sich damit verteidigen. Als er mich erkennt, lässt er ihn erst sinken, bevor er ihn wieder anhebt. Offenbar kann er sich nicht entscheiden, ob ich eine Bedrohung für ihn darstelle oder nicht. Schließlich legt er den Billardstock beiseite und sieht mich misstrauisch an. «Mr. Sanders, darf ich fragen, wie Sie hereingekommen sind?»

«Mein Name ist Ed Sieveking», erwidere ich ruhig. «Aber das wissen Sie schon, nicht wahr?» Greygos Augen verengen sich, aber er antwortet mir nicht. «Ist außer uns sonst noch jemand im Haus?»

«Nein», sagt er mit einem Lächeln. Ich hole die Pistole aus der Tasche und ziele auf ihn. Sein Lächeln verschwindet. «Niemand.»

«Kein Personal?»

«Das Putzteam und die Gärtner haben bereits Feierabend, und eine Köchin brauche ich heute nicht, weil ich für mich selber koche. Bis morgen früh bin ich allein im Haus.»

«Keine Leibwächter?»

«Seit mein Vater tot ist, benötige ich keine mehr. Am Anfang habe ich noch ein paar von ihnen beschäftigt, um die Journalisten auf Abstand zu halten, aber jetzt, wo das öffentliche Interesse nachgelassen hat, habe ich auch die weggeschickt.»

Das ist schon mal gut, aber ich halte die Waffe weiter auf ihn gerichtet, während ich zur Sache komme. «Ich war gerade in Darlington.» Das Gesicht des jungen Mannes wird blass – er war schon vorher nicht mehr so braun wie bei unserem ersten Treffen, wo er sich vermutlich geschminkt hat, um seine natürliche Hautfarbe zu verbergen –, und sein Unterkiefer klappt herunter. Das ist die Reaktion, auf die ich gehofft habe. Die Bestätigung dafür, dass ich nicht verrückt bin.

«Wir gehen jetzt zusammen nach oben», sage ich. «Dort zeigen Sie mir Ihre Kostüme, und dann will ich zusehen, wie Sie sich umziehen. Wenn Sie jetzt so tun, als wüssten Sie nicht, wovon ich rede, dann schieße ich Ihnen eine Kugel dorthin, wo es richtig weh tut.»

«Ed …», beginnt er.

«Nicht reden, Gregory. Beweg dich.»

Er schaut auf die Pistole und meinen Zeigefinger am Abzug und macht sich mit einem resignierten Nicken auf den Weg zum Korridor. Als er an mir vorbeigeht, bemerke ich viele verräterische Anzeichen an ihm, die ich bei unserem ersten Treffen sicherlich unbewusst wahrgenommen, aber nicht weiter beachtet habe. Vor Ärger über mich selbst kommt mir die Galle hoch, aber ich schlucke sie runter und folge ihm, wobei ich aufpasse, ihm nicht zu nahe zu kommen. Ich will kein Risiko mehr eingehen, nicht jetzt, wo ich der Wahrheit so nahe bin. Ich kann förmlich spüren, wie sie sich wie eine Schlange um meinen Hals windet.

Falls Greygo Angst hat – und eigentlich muss er welche haben –, dann verbirgt er sie gut. Mich überrascht das nicht, schließlich ist er daran gewöhnt, seine Gefühle zu verstecken. Seine Ausbildung an der Royal Academy, seine Jahre auf der Bühne, seine Vorliebe für Charakterrollen … Ich erinnere mich, wie mir Andrew Moore erzählt hat, dass sein Enkel das Zeug zum Star hätte und einer der berühmtesten Schauspieler des Landes sein könnte. Aber Gregory Menderes war nie an Ruhm interessiert, nur an der Perfektionierung seines Handwerks. Er wollte die Kunst, in die Haut anderer zu schlüpfen, zur Vollendung bringen. Ich wünschte, ich hätte mich gründlicher mit seiner Vorgeschichte befasst und mir angeschaut, welche Rollen er im Lauf der Jahre gespielt hat. Ich möchte wetten, dass mir eine Tendenz aufgefallen wäre. Aber Joe und ich haben uns auf Andeanna und Mikis konzentriert und sind nie tiefer in die Vergangenheit ihres Sohnes eingedrungen. Ich hatte nicht geglaubt, dass er eine genaue Betrachtung wert war.

Joe … Was würde er wohl darüber denken? Ich werde es ihm nie erzählen können, was auch immer ich herausfinden werde. Ich werde es niemandem erzählen können, denn es ist eine dieser Wahrheiten, die man ganz tief in seinem Herzen bewahrt und niemandem offenbaren kann. Sollte ich das hier überleben, werde ich etwas für Joe erfinden. In so was bin ich gut. Irgendwann einmal habe ich sogar meinen Lebensunterhalt mit dem Erfinden von Geschichten bestritten.

Greygo führt mich ins Schlafzimmer seiner Mutter und geht auf einen begehbaren Kleiderschrank zu.

«Augenblick», fahre ich ihn an, drücke mich an ihm vorbei und öffne die Schiebetür. Ich sehe vier Regalbretter voller Kleidung und Schachteln. «Sind das die Kostüme?»

«Ja», sagt er. «Aber ich brauche noch etwas aus dem untersten Regal, wenn die Illusion perfekt sein soll.»

Ich trete von dem Schrank zurück und lege den Zeigefinger wieder an den Abzug. «Nur für den Fall, dass du da eine Waffe hast», warne ich ihn.

Greygo kniet sich hin und zieht eine prallvolle Plastiktüte hervor. Ich befehle ihm, ihren Inhalt in der Mitte des Raums auf den Boden zu leeren. Ein Wust von Polstern, Korsetten, BHs, Strümpfen und Slips fällt heraus. Als ich die Unterwäsche sehe, kommt mir schon wieder die Galle hoch. «Zieh das Zeug an.»

Ohne Widerrede zieht er sich aus. Seine Brust, die Beine und Arme sind glatt rasiert. Als er nur noch seine Boxershorts anhat, zögert er. «Würde es dir etwas ausmachen, dich umzudrehen?»

«Ja.»

«Ed, bitte, man muss doch nicht …»

«Tu, was ich sage.»

Mit einem traurigen Seufzer streift Greygo seine Unterhose herunter. Seine Genitalien sind ebenfalls enthaart. Seine Nacktheit verwirrt mich. Ihn so zu sehen, nach allem, was zwischen uns geschehen ist, lässt Übelkeit in mir hochsteigen. Allerdings geschieht das nicht in dem Ausmaß, wie ich angenommen habe. Das überrascht mich. Ich dachte, die Tatsache, dass er das falsche Geschlecht hat, würde mir mehr ausmachen. Vielleicht wird es das später, wenn ich mehr Zeit habe, über alles nachzudenken, aber in diesem Augenblick hat es die unwirkliche Qualität eines Traums.

«Jetzt zieh ihre Sachen an», verlange ich.

Es ist eine komplizierte Prozedur. Jeder Schritt muss in der richtigen Reihenfolge erfolgen. Manches sieht ziemlich unbequem aus, besonders in der Leistengegend, aber Greygo scheinen die extrem festgezogenen Binden nicht zu stören.

Nachdem er die Polster an den richtigen Stellen angebracht hat, schließt er den BH über den synthetischen, aber echt aussehenden Brüsten, rollt die Strümpfe hoch und wendet sich wieder dem Kleiderschrank zu. Er nimmt ein rotes Kleid heraus, schlüpft hinein und zieht es über die Strümpfe und den falschen Busen nach oben. Fast erwarte ich, dass er mich bittet, ihm den Reißverschluss am Rücken zuzumachen, aber er schafft es alleine.

Nachdem er in ein Paar hochhackige Schuhe gestiegen ist, fehlt nur noch die Perücke. Er nimmt sie aus einer Schachtel, setzt sie sich auf und wirft den Kopf zurück. Von einer Sekunde auf die andere bin ich der Wucht seiner Reize ausgesetzt.

Mir stockt der Atem, und ich mache so abrupt einen Schritt zurück, dass ich fast die Pistole fallen lasse. Bei genauerer Betrachtung ist seine Verkleidung noch nicht ganz perfekt. Denn auch wenn seine Gesichtszüge denen seiner Mutter unglaublich ähnlich sind, sieht sein Gesicht ohne Make-up, Lippenstift und falsche Wimpern etwas zu männlich aus. Außerdem braucht er noch farbige Kontaktlinsen, aber selbst in diesem halbfertigen Zustand ist die Illusion schon ziemlich beeindruckend.

«Andeanna», flüstere ich.

Gregory Menderes hebt eine Augenbraue, spitzt die Lippen und sagt mit *ihrer* Stimme: «Wie sie leibt und lebt.» Dazu schenkt er mir ein zweideutiges Lächeln. «Wie wär's mit einem Kuss, Ed? In Erinnerung an alte Zeiten?»

Ich kann ihm nicht antworten, aber ich muss ihn ständig anstarren, diesen Mann, der die Frau ist, in die ich mich verliebt und für die ich getötet habe. Ich kann eigentlich nur darauf warten, dass die Furien des Wahnsinns sich auf mich stürzen und mit sich fortnehmen.

Greygo sitzt am Schminktisch und arbeitet an seinem Gesicht. Obwohl ich im Spiegel sehen kann, mit welchen Mitteln er nach und nach Andeannas vertraute Züge entstehen lässt, bin ich verblüfft von seiner Verwandlung. Es ist nicht nur sein Aussehen, das sich verändert, er *wird* zu einer Frau – die Art, wie er seine Hände bewegt, den Kopf hält, die Beine kreuzt, sich in seinem Stuhl zurücklehnt, wie seine Schultern sich runden und seine Lippen einen ganz anderen Schwung bekommen. Obwohl ich weiß, wer er wirklich ist, muss ich mir immer wieder bewusst machen, dass er nicht Andeanna ist. Er ist ein Mann, keine Frau, ein grausamer Betrüger, der den Tod verdient hat, und keine wiederauferstandene Geliebte.

«Es war von Anfang an eine Falle, oder?», frage ich leise.

«Natürlich», antwortet er mit Andeannas Stimme.

«Lass das!», schnauze ich ihn an. «Sprich mit deiner eigenen Stimme.»

«Das ist meine Stimme, Liebster», antwortet er im selben Ton.

«Hör damit auf», warne ich ihn, «sonst vergesse ich mich …»

Er seufzt, wie Andeanna es tat, als sie mir von ihrem Leben mit dem Türken erzählte. «Das verstehst du nicht, Ed. Wenn ich so angezogen bin, wenn ich diesen Körper und dieses Gesicht habe, *bin* ich meine Mutter. Ich kann meine Stimme nicht verändern, nur um dir zu gefallen. Wenn du möchtest, dass ich wie Greygo rede, muss ich diese Kleider wieder ausziehen. Willst du, dass ich das tue?»

«Nein.» Es ist schwierig, ihn in dieser Verkleidung zu sehen, aber wenn er sie ablegt, werde ich mir für den Rest des Gesprächs wünschen, dass er sie wieder anzieht. Wenn ich glauben will, dass er Andeanna war – *meine* Andeanna –, muss ich ihn auch in ihrem Kleid sehen. «Noch eine Frage, bevor es losgeht. Hast du den Mord an deinem Vater organisiert, weil du sein Geld wolltest?»

Andeanna schüttelt ihren – Nein! Ich darf nicht vergessen, wer er wirklich ist. *Greygo* schüttelt *seinen* Kopf.

«Hältst du mich für so geldgierig?», fragt er. «Das würde mich enttäuschen.»

«Ich wollte mich nur vergewissern.» Ich setze mich auf das Bett, lege die Pistole auf meinen Schoß und nicke ihm zu. Er fängt an zu erzählen.

«Ich nehme an, dass du inzwischen weißt, wie meine Mutter meinen Vater in flagranti erwischt und den Verstand verloren hat?»

«Ja.»

«Gut. Dann kommen wir gleich zu meiner Geschichte. Die Liebe zu meiner Mutter war für mich das Wichtigste auf der Welt. Wichtiger als meine Liebe zu meinem Vater und meine Liebe zu dir.»

«Zu mir!», schnaube ich empört.

Er lächelt, geht jedoch nicht darauf ein. «Meine Mutter wusste immer, dass ich ... wie soll ich sagen ... irgendwie besonders war?»

«Wohl eher stockschwul», berichtige ich ihn.

Er zuckt mit den Achseln. «Sex hat mich nie besonders interessiert, also ist dieser Punkt eher unwichtig. Mich hat es nie erschreckt, dass ich so war, aber ich wusste, wie weh die Wahrheit meinem Vater tun würde. Es war schwer genug, ihm zu sagen, dass ich Schauspieler werden wollte, wenn ich ihm auch noch gesagt hätte, das ich schwul bin ... Vielleicht hätte er sich dazu gezwungen, mich zu akzeptieren, aber es hätte ihn bis ins Mark getroffen. Nach dem, was mit meiner Mutter passiert war, wollte ich ihm nicht noch mehr Kummer bereiten, und deshalb bin ich Single geblieben. Ich hatte sogar ein paar Affären mit Frauen, damit es so aussieht, als ob ich ein heißblütiger Hetero wäre. Aber hier geht es nicht um meine sexuelle Orientierung.»

«Wirklich nicht?»

Er schüttelt den Kopf. «Was meine Mutter in mir als Kind geweckt hat, war keine Geilheit nach Schwänzen – entschuldige, wenn ich das so drastisch ausdrücke –, sondern die Sehnsucht, eine Frau zu sein. Ich liebte es, mich zu verkleiden und schöne Kleider und Unterwäsche anzuziehen. Ich wollte einfach Teil dieser Welt voller Glanz und schönem Schein sein. Mit Sex hat das nichts zu tun.

Meine Mutter wusste, dass ich mich heimlich in ihr Zimmer schlich und mir Sachen aus ihrem Kleiderschrank nahm. Manchmal fand ich dort sogar Kleider, die eindeutig zu klein für sie waren. Ich bin mir sicher, dass sie die nur für mich gekauft hat. Mein Vater hingegen wusste nichts von meiner Leidenschaft, bis er mich im Alter von neun Jahren überraschte, als ich Mutters Kleider trug. Er prügelte mich fast zu Tode.» Greygos Gesicht nimmt einen sanften Ausdruck an. «Ich habe es ihm nie übelgenommen. So denken nun mal die meisten seiner Generation – selbst die meisten *meiner* Generation denken so.»

Greygo lächelt mich an. «Was ist mit dir, Ed? Wie stehst du zu Homosexualität?»

«Leben und leben lassen», erwidere ich. «Ich habe kein Problem mit Schwulen, aber ich habe auch kein Interesse an ihnen.»

«Wie schade», sagt er und zieht scherzhaft einen Schmollmund.

Ich starre auf seine Lippen und denke daran, wie oft ich sie geküsst habe. Der hartgesottene Hetero in mir verlangt, dass ich diese Lippen blutig schlage und Greygo für das bezahlen lasse, was er mir angetan hat. In Wirklichkeit aber ist es mir egal. Das sollte es nicht, aber es ist nun mal so. Ich habe Andeanna so sehr geliebt, dass es mir möglicherweise egal gewesen wäre, wenn sie sich als Transvestit entpuppt hätte – vorausgesetzt, alles andere hätte gestimmt. Ich hätte damit leben können. Ich hätte mich sogar mit Freude damit arrangiert. Für sie.

«Es war das einzige Mal, dass mein Vater mich geschlagen hat», fährt Greygo fort. «Danach habe ich sehr aufgepasst, wenn ich mir Frauenkleider anzog. Meine Mutter hat mich unter ihre Fittiche genommen und mir geholfen. Sie erlaubte mir, mich zu verkleiden, wenn er nicht zu Hause war. Sie brachte mir nicht nur bei, wie man sich schminkt und wie man Frauenkleider richtig trägt, sondern auch, wie ich alle Spuren meines Alter Ego beseitigte, wenn ich ihr Zimmer wieder verließ. Durch sie habe ich gelernt, wie wichtig es ist, die verschiedenen Identitäten strikt zu trennen.»

Greygo hält einen Augenblick lang inne.

«Sie war sehr mutig», sagt er leise. «Mein Vater hätte sie furchtbar geschlagen, wenn er es herausgefunden hätte. Es war das einzige Mal in ihrem Leben, dass sie ihn belogen hat, und sie hat es für mich getan.»

«Nicht das einzige Mal», widerspreche ich ihm. «Immerhin hatte sie eine Affäre.»

Er kichert. «Mit Axel Nelke? Das solltest du inzwischen doch besser wissen. Ich weiß nicht, wie Andrew auf die Idee kam, und Bond hat seine eigenen Gründe gehabt, diese Lüge zu unterstützen. Ich ebenfalls. Aber du müsstest eigentlich wissen, wie loyal und hingebungsvoll sie war. Sie hätte meinen Vater niemals betrügen können.»

Zu meiner Überraschung stelle ich fest, dass er keine Ahnung von ihrem Seitensprung mit Gardiner hat. Der gehässige Teil von mir würde am liebsten sofort alle seine Illusionen zunichtemachen, aber das würde mich nur wertvolle Zeit kosten. Ich bin hergekommen, um die Wahrheit zu erfahren, nicht um sie anderen zu enthüllen.

«Als sie starb, war ich am Boden zerstört», erzählt er weiter. «Ich hatte nicht nur meine Mutter verloren, sondern auch meine Lehrerin, meine Vertraute und meine Freundin. Sie war alles für mich.»

Instinktiv will ich ihm sagen, wie schlimm das für ihn

gewesen sein muss, aber ich unterdrücke den Impuls und runzle die Stirn. «Aber sie war nicht tot.»

«Das weiß ich jetzt», erwidert er, «aber damals wusste ich es nicht. Damals glaubte ich wie alle anderen auch, dass sie bei einem Autounfall ums Leben gekommen war. Ich habe jahrelang um sie getrauert, bevor ich entdeckte, dass sie noch lebt.»

«Wie hast du es herausgefunden?», frage ich, und ermahne mich insgeheim, vorsichtig zu sein – fast hätte ich schon wieder so etwas wie Mitgefühl für ihn empfunden. Ich muss mich ständig daran erinnern, was er getan hat, und mir mein Mitleid für mich selbst aufsparen.

«Irgendwann habe ich bemerkt, dass etwas mit meinem Vater nicht stimmte. Es waren die Art, wie er antwortete, wenn jemand von meiner Mutter sprach, und die verschwörerischen Blicke, die er mit Bond austauschte. Ich fing an, ihn zu belauschen und in seinen Unterlagen zu schnüffeln, wenn er nicht zu Hause war, aber ohne Erfolg.

Der Durchbruch kam, als ich verhaftet wurde.» Er lacht. «Ich habe Transvestitenbars und Clubs besucht, aber nur, um mich zu zeigen, nicht, weil ich Sex haben wollte. Bei einer Privatparty gab es dann eine Razzia. Weil ich noch minderjährig war, hat man mich festgenommen. Ich musste jemanden anrufen, aber weil ich Angst vor meinem Vater hatte, rief ich Bond an. Ich wusste, dass meine Mutter ihm vertraut hatte, und hoffte, ich könnte das auch. Bond zahlte die Kaution für mich und nahm mich mit in seine Wohnung.

Er fragte mich nicht, was ich gemacht hatte. Er wollte es nicht wissen. Er gab mir etwas zu trinken, ließ mich ein Bad nehmen und lieh mir ein paar Klamotten. Dann musste er dringend etwas erledigen. Ich konnte nicht anders, ich musste mich in seiner Wohnung umsehen und fand Briefe von der Psychiatrie St. Michael, die sich auf eine Patientin namens

Deleena Emerson bezogen. Ich rief sofort ihren Arzt an und verlangte, dass er mir die Wahrheit sagte. Erst als ich ihm drohte, alles an die Öffentlichkeit zu bringen, erklärte er mir, was Sache war.

Ich war zutiefst erschüttert. Mein Vater hat meine Mutter doch geliebt, deshalb konnte ich nicht verstehen, warum er ihr so etwas angetan hatte. Damals wusste ich nichts von Christina Whiteoak und fand deshalb keinen Grund, weshalb er …»

Er schafft es nicht, zu sagen «weshalb er ihr Leben zerstört hat» oder «sie vernichtet hat». Es ist der erste echte Beweis dafür, dass Gregory Menderes seinen Vater wirklich geliebt hat.

«Hast du sie besucht?», frage ich.

«Natürlich. Ich bin aus Bonds Wohnung raus und mit einem Taxi nach Darlington gefahren. Das hat mich ein kleines Vermögen gekostet. Als ich dort ankam …» Er hört auf zu sprechen, und seine Lippen werden zu einem dünnen Strich.

«Es ist in Ordnung», sage ich ihm. «Du kannst dir diesen Teil ersparen. Ich habe sie gesehen. Ich weiß, wie es war.»

Er nickt dankbar. «Um es kurz zu machen, als ich zurückkam, habe ich Bond gezwungen, mir die Geschichte zu erzählen. Mit meinem Vater konnte ich nicht darüber reden. Ich habe es nie getan. Bis zum Schluss hat er angenommen, dass ich meine Mutter für tot hielt.

Nachdem ich erfahren hatte, dass sie noch lebt, wusste ich nicht, was ich tun sollte. Ich wollte jemanden hassen, aber ich wusste nicht, wen. Bond, der ja nur Befehle ausführte, kam dafür nicht in Frage, ebensowenig wie das Personal im Krankenhaus. Das waren lauter Fremde, die eingeschüchtert oder bestochen wurden, damit sie den Mund hielten. Es gab nur einen Mann, den ich dafür hassen konnte, und der war ausgerechnet der Mensch, den zu verachten ich nicht übers Herz brachte: meinen Vater.»

«Das musst du mir erklären», werfe ich ein. «Wieso hast du es nicht übers Herz gebracht?»

Greygo zuckt mit den Achseln. «Weil ich ihn geliebt habe.»

«Aber er hat dir deine Mutter weggenommen. Er hat ihre Persönlichkeit ausgelöscht und sie in ein Irrenhaus gesperrt.»

«Ich weiß, aber abgesehen davon ...» Er lacht irre. «Ich meine, eigentlich hätte ich ihn hassen müssen, aber ich konnte es einfach nicht. Ich wollte, dass er für das, was er getan hatte, bezahlen muss, aber ihn selbst zur Rechenschaft zu ziehen, kam mir so vor, als müsste ich mir mein eigenes Herz aus der Brust schneiden und es dann wieder hineinnähen. Ich konnte ihn weder hassen noch ihm weh tun, Ed. Aber Andeanna Menderes konnte das.»

Greygo steht von seinem Stuhl vor dem Schminktisch auf und dreht sich einmal um die eigene Achse. Er sieht jetzt so weiblich aus, dass ich einen Augenblick lang vergesse, wer er wirklich ist. Am liebsten wäre ich aufgesprungen, hätte Andeanna in meine Arme genommen, sie geküsst und ihr gesagt, wie sehr ich sie vermisst habe. Ich schaffe es gerade noch, mich zurückzuhalten.

«Das ist keine bloße Verkleidung», sagt Greygo und geht langsam auf mich zu. «Ich gebe nicht nur vor, eine Frau zu sein. Wenn ich mich verwandle, verwandle ich mich vollständig. Wenn ich als Andeanna mit dir zusammen war, wusste ich nicht, wo mein Ich aufhörte und meine Mutter anfing. Ich habe nicht gespielt. Ich *war* Andeanna Menderes.»

«Willst du mir damit sagen, dass du unschuldig bist?», frage ich. «Dann wäre es das dümmste Plädoyer, das ich jemals gehört habe. *Das war ich nicht, es war meine Mama.* Ist es das, was du mir sagen willst?»

«Nein», seufzt er. «Ich habe dich verführt und zu einem Mord angestiftet. Ich habe das alles ganz bewusst getan, aber trotzdem bin ich dabei vollständig in meiner Rolle aufgegangen. Was ich getan habe, ging über normales Schauspielern hinaus. Sieh mich an. Hör mich an.» Er beginnt, langsam seinen Hals zu streicheln. «Ich muss so sprechen, wenn ich in ihre Haut schlüpfe. Ich habe dann keine eigene Stimme mehr. Selbst wenn mein Leben davon abhängen würde, könnte ich jetzt nicht die Stimme von Greygo oder eine von den anderen nachahmen.»

Ich starre ihn erstaunt an. «Die Stimme von *welchen* anderen?»

Er wirkt überrascht. «Ich dachte, du wüsstest es.»

Ich überlege fieberhaft, bis es mir wie Schuppen von den Augen fällt. «Etienne Anders. *Du* warst das Medium!»

«Natürlich. Wie hätte sie denn sonst mit Andeannas Stimme sprechen können? Etienne war meine schwächste Kreation. Du hättest sie durchschaut, wenn du nicht so mit dir selbst beschäftigt gewesen wärst. Es ist mir nie richtig gelungen, in ihre Haut zu schlüpfen, obwohl ich eine Menge Make-up aufgetragen habe. Irgendwie habe ich mich nicht wie ein richtiges Medium gefühlt.»

Ich denke zurück an das Treffen und muss gegen meinen Willen grinsen. Er hat recht – ich hätte es sehen müssen. Etiennes gezwungene Heiterkeit, das dicke Make-up, die fast schon zu perfekte Stimme, mit der sie als Andeanna sprach, und die verblüffende Ähnlichkeit zwischen den beiden. Gestern Abend, als ich mir die Geschichte nach und nach zusammenreimte, nahm ich noch an, dass das Medium eine bezahlte Helferin war, aber selbstverständlich war es für den Meisterschauspieler viel einfacher, mal schnell in eine weitere Rolle zu schlüpfen.

Ich runzle die Stirn und denke wieder daran, dass Greygo von *anderen* gesprochen hat. «Wer warst du denn sonst noch alles?», frage ich und lasse die Gesichter der Menschen, denen ich in letzter Zeit begegnet bin, Revue passieren.

«Nur noch eine weitere Person», sagt er, und sein Lächeln verschwindet.

«Wer?»

Er zögert. «Das ist nicht wichtig.»

«Sag es mir!»

«Es wird dir nicht gefallen. Ich musste nahe an dich rankommen, damit ich lerne, wie du tickst. Außerdem musste ich dich im Auge behalten.»

Ich weiß nicht, worauf er hinauswill. Wer könnte er gewesen sein? Einer vom Hotelpersonal? Ich denke an Fred Lloyd und muss darüber selber lächeln. Rasch blende ich noch mehr Gesichter ein, alle, an die ich mich erinnern kann, aber keines passt. «Ich gebe auf.»

«Willst du es denn wirklich wissen?»

Ich schaue ihn nur an. Mein Blick ist verärgert und fordernd zugleich.

«Okay», sagt er, nimmt seine Perücke ab und senkt den Kopf. Dann hebt er die Schultern und stellt sich etwas breiter hin, was ihn trotz Kleid und Make-up sofort männlicher wirken lässt. Als er wieder zu mir aufschaut, lächelt er mich an, und dieses Lächeln hat etwas ergreifend Vertrautes an sich.

Obwohl ich das starke Gefühl habe, ihn kennen zu müssen, fällt der Groschen erst, als er mit einem leicht nordenglischen Akzent zu reden beginnt. «Hast eine gute Reise hinauf in den Norden gehabt, Ed? Du hättest mich mitnehmen sollen. Wir hätten uns zusammen ein Fußballspiel ansehen können. Wer noch nie im Stadium of Light war, weiß nicht, wie schön Fußball sein kann.»

Diese Stimme würde ich überall erkennen, ganz gleich, wie das Gesicht dazu aussieht. Es ist die Stimme des einzigen wahren Freundes, den ich seit dem Reinfall mit Belinda gehabt habe, des einzigen Menschen, den ich, abgesehen von Andeanna, in den letzten Jahren an meinem Leben habe teilhaben lassen.

Joe.

Binnen Sekunden fügt sich der Rest des Puzzles zusammen. Joe war derjenige, an den ich mich gewendet habe, als die Probleme mit Andeanna begannen. Er war ein mitfühlender Zuhörer, der stets ein offenes Ohr hatte und immer für mich da war, außer wenn ich mich mit Andeanna traf. Greygo war gleichzeitig meine Geliebte und mein bester Freund gewesen. Was die eine über mich nicht herausfinden konnte, das erfuhr der andere. So schockiert ich auch bin, ich muss trotzdem das Genie bewundern, das sich all das ausgedacht hat. Gregory Menderes ist eine Klasse für sich. Ich habe im Lauf meines Lebens weiß Gott gerissene Typen kennengelernt, aber Greygo stellt sie alle in den Schatten. Er hat mich mit verächtlicher Leichtigkeit zu seinem Werkzeug gemacht. Sein einziger Fehler war, dass er mich nach dem Mord an seinem Vater nicht beseitigt hat. Ich frage mich, wie er einen so wesentlichen Teil des Plans vergeigen konnte. Hätte ich vielleicht noch andere für ihn umbringen sollen, wenn ich schon mal dabei war?

«Ich habe Monate damit verbracht, mich wie meine Mutter anzuziehen, und bin dabei immer tiefer in die Rolle geschlüpft.»

Die Worte kommen aus dem Nichts. Ich blicke auf und sehe, dass Greygo sich das Make-up vom Gesicht wischt. Er trägt zwar immer noch das Kleid, aber er spricht wieder mit seiner Stimme, und Andeanna und Joe sind verschwunden.

Ich muss wohl wieder für eine Weile weggedöst sein und habe damit Greygo die Gelegenheit gegeben, mich zu überwältigen. Aber er hat sie nicht genutzt.

«Ich habe mir noch nie solche Mühe gegeben, jemand anderer zu sein, aber schließlich musste die Verkleidung perfekt sein, wenn sie funktionieren sollte. Ich bin in den Urlaub gefahren und zwei Wochen lang in der Rolle meiner Mutter geblieben. Ich war meine Mutter, wenn ich schlief, wenn ich aß, wenn ich flirtete. Ich nahm Männer mit auf mein Zimmer und hatte Sex mit ihnen, um die Grenzen meiner Tarnung auszutesten. Am Anfang habe ich dabei natürlich noch einige Fehler gemacht, aber nach und nach gelang es mir, auch noch die letzte Spur meiner Männlichkeit zu verbergen. Ich lernte, wie ich Sex mit einem Mann haben konnte, ohne dass er bemerkte, mit wem er wirklich im Bett war. Als ich dann irgendwann einmal meine Mutter *war* und sie nicht mehr nur spielte, war ich bereit.»

Er fährt sich mit der Zunge über die Lippen, an denen noch Spuren von Lippenstift kleben wie verblasste Blutflecken. «Du warst übrigens nicht der Erste», sagt er verlegen. «Es gab noch zwei andere vor dir, zwei deiner Killerkollegen. Ich habe mit ihnen auf ähnliche Weise Kontakt aufgenommen wie mit dir und alles getan, um mich in sie zu verlieben. Es hat nicht geklappt. Sie haben sich zwar für mich interessiert, aber ich …»

«Moment», unterbreche ich ihn. «Da komme ich nicht mit. Warum hast du denn nicht einfach jemanden angeheuert, um ihn zu töten?»

«Das habe ich ja versucht. Mehrmals sogar. Ich habe Bond und meinem Vater die Namen von Auftragsmördern abgeluchst, die Männer kontaktiert und ihnen ein Vermögen angeboten. Keiner wollte sich darauf einlassen. Weil ich in Gestalt meiner Mutter auftrat, konnte ich mich nicht als sie selbst ausgeben, denn alle Welt hielt sie ja für tot. Also verwendete ich den Decknamen Deleena Emerson. Das Problem dabei war, dass kein Killer jemanden wie den Türken umbringt, wenn sein Auftraggeber ein Niemand ist. Das tut man nur, wenn der Auftraggeber einem Schutz vor den Männern des Türken bieten kann, die ihren toten Boss rächen wollen. Als Greygo wäre ich vielleicht in der Lage gewesen, einen der Killer zu überzeugen, aber ich selbst konnte den Mord einfach nicht in Auftrag geben. Dazu musste ich meine Mutter sein. Also entschied ich mich zu einer kleinen Scharade.»

«Sei nicht so bescheiden», sage ich. «Du hast das Drehbuch für einen *film noir* geschrieben. Eine Femme fatale verführt einen nützlichen Idioten, indem sie ihm das Märchen von ihrem qualvollen Leben mit einem brutalen Ehemann erzählt.» Ich nicke langsam vor mich hin, als ich die ganze Hinterhältigkeit dieses Plans begreife.

«Genau so war es», stimmt Greygo mir zu. «Nur, dass es nicht auf Anhieb funktioniert hat. Ich war einfach nicht in der Lage, an mein eigenes Stück zu glauben. Zu Hause im stillen Kämmerlein mochte ja alles hinhauen, aber draußen in der realen Welt klappte es nur, wenn ich mich hundertprozentig mit meiner Rolle identifizierte. Wenn ich andere mit in mein Stück hineinziehen wollte, musste ich voll davon überzeugt sein. Bei den ersten beiden Killern war ich das noch nicht. Ich habe schon geglaubt, dass es mir niemals gelingen würde, aber dann bist du in mein Leben geplatzt.»

Er kommt quer durch das Zimmer auf mich zu, fällt vor mir auf die Knie und nimmt mein Gesicht in beide Hände. Wenn er sie jetzt ruckartig nach unten reißt, könnte er nach der Pistole in meinem Schoß greifen und mich erschießen. Aber er tut es nicht.

«Wahrscheinlich ist das nur ein schwacher Trost für dich, aber ich bin wirklich ein Fan deiner Bücher. Ich hatte *Nächte der Angst* und *Sommerschatten* schon gelesen, lange bevor ich erfuhr, wer du wirklich bist.»

Ich blinzle ihn an. «Hältst du das für den richtigen Augenblick, um meine Arbeit zu loben?»

Er kichert. «Ja, das finde ich, denn damit hat alles angefangen. Ich habe nämlich vor ein paar Jahren auf einer Party mit einem Freund meines Vaters über deine Bücher gesprochen. Dieser Freund war Carter Phell.»

Ich hätte mir denken können, dass mein alter Mentor mir irgendwann einmal wieder über den Weg laufen würde. Die Vergangenheit ist nie tot und begraben.

«Zu Phells Verteidigung muss ich sagen, dass er sofort das Thema gewechselt hat», fährt Greygo fort. «Erst später, als er schon ordentlich was getrunken hatte, kam er wieder zu mir und fragte mich, ob ich denn wüsste, wer du früher einmal warst. Er wollte dieses kleine Geheimnis unbedingt mit dem einzigen Menschen teilen, der ihm jemals gesagt hatte, dass er ein Fan von Ed Sieveking sei. Er hat es mir nicht erzählt, um dir zu schaden, und er wusste, dass ich mit den Geschäften meines Vaters nichts zu tun hatte und deshalb mit dieser Information auch nichts anstellen würde. Auf seine ganz eigene Art und Weise war er sogar stolz auf dich und freute sich, wie weit du gekommen bist.

Auch über die anderen Killer habe ich meine Erkundigungen eingezogen, aber über Menschen eures Berufsstands kann man naturgemäß nicht allzu viel herauskriegen. An Killer kommt man einfach nicht heran. Schriftsteller sind da anders. Sie sind viel mitteilsamer und freuen sich, wenn man ihnen Fragen stellt. Einen Schriftsteller lernt man leichter kennen, und man erfährt auch sehr viel mehr über ihn.»

Greygo erzählt mir, wie er im Internet nach Interviews mit mir gesucht hat. Er hat Kongresse besucht, auf denen ich eingeladen war, und manchmal ist er um die halbe Welt geflogen, nur um mich sprechen zu hören. Er hat sich an Agenten und Verleger gewandt, die mich kannten, und ihnen vorsichtig Informationen über mich entlockt.

Aber das war nicht genug. Er brauchte einen persönlichen Zugang zu mir, und weil er sich mir als Andeanna nicht unvermittelt nähern wollte, erfand er Joe. Als Joe korrespondierte er mit mir und ließ sich dabei viel Zeit, um keinen Verdacht zu erregen. Er hatte keinen festen Plan, wie er mich nach London locken konnte, aber er hatte so ein Gefühl, dass sich eines Tages alles von selbst ergeben würde. Seine Zeit kam, als ich mich für die spontane menschliche Selbstentzündung zu interessieren begann, die Joe ein paarmal in seinen Mails erwähnt hatte.

«Von diesem Augenblick an hast du mir in die Hände gespielt», sagt Greygo und seufzt. «Nun kam es dir nicht seltsam vor, dass ich dich nach London eingeladen habe – es sah schließlich so aus, als ob ich dir damit bei dem Buch helfen wollte, auf das ich dich selbst gebracht habe. Es war nur natürlich, dass ich dich in meiner Begeisterung hierherbitte, weil ich dir hier besser bei deinen Recherchen zur Hand gehen kann.

Indem ich Joe als Opfer der Unruhen in Nordirland angelegt habe, konnte ich ihn wegen seiner angeblichen Narben immer dicke Kleidung tragen lassen, deren Ärmel und Hosenbeine ich ausstopfen konnte, um massiver zu wirken, als ich bin. Auch den Bart, den ich mir angeklebt habe, hast du sofort akzeptiert, weil ich einen guten Grund dafür hatte. Und dass du Joes Gesicht nie genauer angesehen hast, ist deiner Rücksicht geschuldet – du wolltest nicht, dass er glaubt, du würdest nach Spuren seiner Narben suchen.»

«Du hast wirklich an alles gedacht, oder?», schnaube ich.

«Das musste ich», erwidert er. «Bei unserem ersten Treffen war ich noch sehr nervös, aber je mehr Zeit wir miteinander verbrachten, desto weniger musste ich schauspielern, und am Ende ist mir Joe ebenso in Fleisch und Blut übergegangen wie meine Mutter. Weil beide so real, so individuell und vollständig waren, hast du auch keinen von ihnen mit Gregory Menderes in Verbindung gebracht, als du mich schließlich persönlich kennengelernt hast.

Ich denke, den Rest kannst du dir selbst zusammenreimen. Ich habe mit meinen beiden Alter Egos geschickt jongliert und mir große Mühe gegeben, die Fäden meiner Marionetten nicht zu verheddern. Es war alles andere als einfach, mich als Andeanna aus deinen Armen zu lösen und dir kurz darauf als dein Freund Joe zur Seite zu stehen. Ich musste mich ständig daran erinnern, was ich zu dir als die eine der beiden Personen gesagt hatte, damit die andere sich nicht dadurch enttarnte, dass sie zu viel wusste.»

«Eine virtuose Vorstellung», bemerke ich sarkastisch.

Er zuckt mit den Achseln. «Ich glaube nicht, dass es sich so einfach zusammenfassen lässt. Ich habe dir kein Theater vorgespielt – wie bereits gesagt, ging ich in diesen Personen vollständig auf. Ich habe Seelen erschaffen, nicht nur Gesichter und Körper, und habe sie in mir getragen, so integer und komplett wie meine eigene.»

«Große Worte», höhne ich.

«Das ist die Wahrheit!»

«Was weißt du schon über die Wahrheit? Du bist ja selbst nichts weiter als eine verdammte Lüge, eine Lüge, die lebt und arbeitet und anderen Menschen hinterherspioniert. Und du erdreistest dich, von Seelen zu sprechen! Um etwas von Seelen zu verstehen, muss man erst einmal menschlich sein.

Ich will dir mal was sagen.» Ich hebe die Pistole und drücke ihm die Mündung an die Stirn. «Seelen gibt es wirklich. Wenn wir sterben, leben sie weiter und gehen in einen anderen Zustand über. Und deine muss hinunter in die tiefste Hölle, du krankes, perverses Miststück.»

Greygo scheint überhaupt keine Angst zu haben, sondern sieht mich mit einem Blick an, der halb mitleidig ist und halb … ja, was ist dieser Blick sonst noch?

«Verstehst du denn nicht?», herrsche ich ihn an. «Ich werde dich umbringen.»

«Ja», sagt er. «Ich weiß.»

«Ist dir das egal?»

Er gibt ein glucksendes Geräusch von sich. «Mein Leben war in letzter Zeit nicht besonders reizvoll. Ein Grund dafür, dass ich mich so einfach in Joe und Andeanna verwandeln konnte, war der, dass ich lieber in ihrer Haut steckte als in meiner. Die beiden waren einfach toll. Sie konnten nachts schlafen, ohne Albträume zu haben, und sie sahen auch kein Monstrum, wenn sie in den Spiegel schauten. Wenn ich sie verkörperte, war ich glücklich, und wenn ich das weiter tun könnte, dann hätte ich jetzt wohl Angst vor dem Tod. Jetzt aber bin ich nur noch Greygo. Nur noch ich selbst. Und ich hasse mich. Deshalb habe ich keine Angst. Ohne meine Mutter, ohne meinen Vater, ohne Joe und ohne *dich* … bin ich nichts, nur der leere Schatten eines Mannes. Der Tod wird für mich eine Befreiung sein.»

Tränen laufen ihm die Wangen hinab. Es könnten falsche Tränen sein – schließlich ist er ein hochkarätiger Schauspieler –, aber ich glaube es nicht. Ich glaube, dass er genauso elendig und einsam ist, wie er sagt.

«Warum hast du mich nicht umgebracht?», frage ich. Schon wieder füllen sich meine einstmals so trockenen Augen mit Tränen. «War das nicht der Plan? Mich als Werkzeug zu benutzen und danach ebenfalls zu töten?»

Er nickt. «Nachdem du meinen Vater umgebracht hattest, wäre es für mich ganz leicht gewesen, in sein Zimmer zu gehen, den Hinweis auf Sebastian Dash zu entfernen und durch einen anderen zu ersetzen. Ich hatte bereits Gegenstände gesammelt, mit denen ich eine Spur zu dir hätte legen können. Skrupellos genug wäre ich gewesen, schließlich habe ich auch dem armen Axel eine tödliche Falle gestellt, nur um dich auf die Probe zu stellen. Er war nichts weiter als ein Versuchskaninchen für das große Ding. Als Andeanna konnte ich furchtbar brutal sein.»

«Und warum hast du es dann nicht getan?», schreie ich ihn an.

«Du weißt, warum», sagt er.

«Nein. Das tue ich nicht. *Warum?*»

Er senkt den Blick. Die von den Tränen aufgelöste Wimperntusche hat schwarze Spuren auf seinem Gesicht hinterlassen. Als er wieder aufsieht, entdecke ich in seinen Augen einen ganzen Kosmos von Verlangen und Schmerz. «Ich konnte dich einfach nicht töten», schluchzt er. «Ich habe mich auf den Kopf gestellt, um dich zu verschonen. Ich wusste, dass es als Ed und Andeanna für uns vorbei war, aber ich habe gehofft, dass wir als Ed und Joe weitermachen könnten. Ich wollte, dass du fliehst und dein Leben weiterführst, und irgendwann wäre ich nachgekommen. Wir hätten Freunde sein können. Obwohl mir klar war, dass mir das irgendwann einmal zum Verhängnis werden könnte, war es mir unmöglich, dich zu töten. Ich musste dich … gehen lassen.»

Er heult Rotz und Wasser. Ich auch. Eigentlich sind wir jenseits aller Worte angelangt, aber ich muss unbedingt noch etwas von ihm wissen. Bevor das hier zu Ende geht, muss ich diese letzte Erklärung haben. «Sag mir die Wahrheit», verlange ich. «Warum hast du mich nicht verraten?»

Er schaut mir in die Augen und flüstert kaum hörbar: «Weil ich dich liebe.»

Und ich habe geglaubt, noch wahnsinniger könnte ich nicht mehr werden.

«Du *liebst* mich?», stoße ich aufgebracht hervor.

«Verrückt, oder?»

«Das geht nicht! Das kannst du nicht tun!»

«Doch, das kann ich. Ich liebe dich, Ed, und ich weiß, dass du mich töten wirst, aber du hast mich dazu gezwungen, es dir zu sagen, also habe ich es getan.»

«Du kannst doch gar nicht lieben. Du bist ein Ungeheuer.»

«Ich wünschte, ich wäre es», sagt er leise. «Aber es ging mir immer nur um Liebe. Um die Liebe zu meiner Mutter und zu meinem Vater, und jetzt um die Liebe zu dir. Wenn ich es geschafft hätte, mich gefühlsmäßig von euch allen zu distanzieren, würde es mir jetzt nicht so beschissen gehen. Die Liebe ist eine Hure. Du weißt genau, dass uns die Liebe hierhergebracht hat. Leugne es, so lange du willst, aber du *weißt* es. Anders ergäbe das alles keinen Sinn.»

Ich suche nach einer scharfen Erwiderung, aber zu meiner Bestürzung komme ich nur zu dem Schluss, dass er recht hat. Mit allem. Ich wünsche von ganzem Herzen, dass es nicht so wäre, dass er ein bösartiger, berechnender Mistkerl oder ein kranker Spinner wäre, der mich zum Spaß durch die Hölle gejagt hat, aber er ist keins von beiden. Er ist ein einsamer, verletzter, einfallsreicher, talentierter junger Mann, dessen Liebe zu seinen Eltern uns alle in den Ruin getrieben hat.

«Weißt du, was wirklich verrückt ist?», frage ich ruhig. Meine Lippen verziehen sich zu einem ironischen Grinsen. «Ich liebe dich auch.» Er starrt mich wortlos an, weniger schockiert von meinem Geständnis als von dem Gesicht, das ich dabei mache. «Trotz allem, was du getan hast, und trotz der Tatsache, dass du ein Mann bist: Du bist für mich immer noch die Person, in die ich mich verliebt habe und für die ich alles auf der Welt geopfert hätte.»

«Ed …», stöhnt er.

Ich blicke auf die Pistole und lasse sie zu Boden fallen. Ihn zu töten ist keine Lösung. Auch wenn er ein Manipulator und ein Lügner ist, so ist er auch Andeanna, ist er Joe und damit alles, was mir etwas bedeutet. Ich kann ihn hassen, aber ich kann ihn nicht töten, genauso wenig wie ich Belinda töten konnte, obwohl sie mich betrogen hatte. Gregory Menderes hat sich seinen Handlanger gut ausgesucht.

Wie in Trance stehe ich auf und drehe mich in Richtung Tür.

«Ed?», sagt Greygo hinter mir.

«Mach's gut, Andeanna.»

«Du gehst?»

Ich bleibe stehen, drehe mich aber nicht um. «Möchtest du, dass ich bleibe?»

«Und wie!» Er springt auf und stakst in seinen Stöckelschuhen auf mich zu.

«Nein!», zische ich.

Er hält an. «Ed?», fragt er erneut, diesmal voller Angst.

«Du hast mich kaputtgemacht», flüstere ich.

«Aber du hast gesagt, dass du mich liebst.»

«Das tue ich auch.»

«Dann musst du bleiben. Wir können es schaffen. Wir können uns gegenseitig retten. Es wird nicht einfach sein, aber wenn diese Geschichte kein gutes Ende nimmt, sind wir beide verloren.»

«Das sind wir schon jetzt», sage ich.

«Nein!», protestiert er. «Ist es, weil ich ein Mann bin? Ich kann das ändern. Alles ist möglich. Wenn du Geduld hast, lasse ich eine Geschlechtsumwandlung machen und werde zu einer echten Andeanna.»

«Nein.» Ich lächle bitter. «Wie schon gesagt, dein Geschlecht ist für mich kein Problem. Ich dachte, es wäre eins, aber offenbar habe ich mehr bisexuelle Anteile, als ich dachte. Hör auf, dich in jemand anderen zu verwandeln. Sei du selbst. Es ist höchste Zeit.»

«Aber wenn du gehst ...»

«Adieu, Greygo.»

«Ed!», heult er.

«Du hast mich kaputtgemacht», flüstere ich erneut, diesmal nur zu mir selbst, und gehe zur Tür.

«Ed! Nein! Wir können doch ...», fängt er wieder an, aber es ist zu spät. Es ist vorbei. Ich bin fort.

EPILOG

London im Winter ist eine kalte, unmenschliche Stadt. Finstere Straßen. Finstere Menschen. Finstere Geister.

Die Geister sind überall. Ich sehe jetzt nicht nur meine eigene Schar, die sich an jeder Straßenecke über mich lustig macht und an meinem Niedergang große Freude hat – sondern alle, die in dieser Stadt gestorben und an bestimmte Gebäude und Straßen gebunden sind. Alte, Junge, Unschuldige, Schuldige, Geister aus einer weit entfernten Vergangenheit und Geister aus der jüngsten Gegenwart. Sie offenbaren sich mir, wo immer ich auch hingehe. Sie folgen mir mit traurigen, geduldigen, wissenden Blicken, während ich an ihnen vorüberstolpere, ungewaschen, unrasiert, in schmutzigen, zerrissenen Kleidern, weinend, seufzend, wirres Zeug vor mich hin brabbelnd.

Sind sie echt, oder bilde ich sie mir nur ein? Ich weiß es nicht. Es ist mir auch nicht mehr wichtig. Antworten sind etwas für weise Männer, nicht für Narren wie mich.

Ich habe keine Ahnung, wie lange mein Showdown mit Greygo schon her ist. Eine Woche? Einen Monat? Seitdem übernachte ich im Freien, in alten Lagerhallen oder unter Brücken. Nicht dass ich in diesen Nächten viel Schlaf gefunden hätte. Die Geister, mit denen ich es während meiner wachen Stunden zu tun habe, sind tausendmal angenehmer als die, die mich in meinen Träumen heimsuchen: Andeanna, Joe, Greygo und Etienne. Der vierte Geist erscheint mir nicht so oft wie die drei ersten, aber auch das Medium hat seine Momente, in denen sich seine Gesichtszüge zu blubbernden Strömen aus Fleisch und Blut auflösen und ein johlendes Skelett enthüllen, das kurz darauf ebenfalls zerfällt und sich in das traurige, gequälte Gesicht von Gregory Menderes verwandelt.

Manchmal denke ich auch an Belinda und frage mich, ob sie Dash vermisst oder manchmal an mich denkt. Ich hasse sie schon lange nicht mehr. Es gibt Schlimmeres auf dieser Welt als Belinda Darnier.

Ich könnte zurückgehen. Ich könnte Greygo aufstöbern und mein Leid beenden, indem ich ihn töte oder ihm vergebe, indem ich ihn vernichte oder umarme. Aber das werde ich nicht tun. Der Wahnsinn hat mich aufgezehrt. Ich habe nicht mehr die Kraft, mein Leben unter Kontrolle zu halten. Die ganze Zeit über war ich ein Darsteller in einem tragischen Stück, nun muss ich mein schicksalhaftes Ende mit der gleichen Würde und Ergebenheit hinnehmen wie ein Othello oder Macbeth. Es kann keinen anderen Weg geben.

Der einzige Trost in dieser alten Stadt voller hartherziger Gespenster ist der, dass mir der Tod sicher ist. Meine Tage und Nächte sind gezählt. Bond Gardiner wird mich finden und seine Drohung wahr machen. Er ist ein Mann, der zu seinem Wort steht. Selbst wenn er mich nicht töten will, wird er es tun. Er ist an sein Schicksal gebunden wie ich an das meine. Es ist nur eine Frage der Zeit.

Und so krieche ich gebrochen und einsam durch diese Stadt der Gespenster und versuche erfolglos, mich vor den Gedanken an Andeanna zu verstecken. Losgelöst von Gott und den Menschen suche ich Zuflucht und Trost bei den Schatten der Toten und warte darauf, dass sie mich endlich zu sich holen.